HEYNE BÜCHER

Das Buch

Toby ist gerade zehn Jahre alt und zu jeder Schandtat bereit, als seine Mutter Rosemary eines Tages ihren alten Nash Rambler startklar macht, um einem gewalttätigen Liebhaber zu entfliehen und im Westen reich zu werden. Sie träumt von einem Leben in Freiheit und Würde, Toby träumt davon, ein anderer zu werden. Tobys und Rosemarys monatelange Reise durch den Mittleren Westen findet schließlich in einem gottverlassenen Nest ein vorläufiges Ende im Haus eines Mannes, der alles andere als ein idealer Stiefvater für Toby ist. In diesem häuslichen Alptraum entfernt sich der Junge mehr und mehr von dem, der er sein will: Er lügt, prügelt, betrügt — und bleibt doch der sensible, von seiner Mutter rückhaltlos geliebte Toby. Am Ende von Tobys Odyssee siegen jedoch jene rebellischen Kräfte, die schon die mitreißende Persönlichkeit seiner Mutter ausmachten.

»Tobias Wolff erzählt die offenkundig stark autobiographisch orientierte und nicht eben seltene Geschichte einer schwierigen Pubertät. Was diesen Text jedoch aus vergleichbaren heraushebt, ist die kluge Menschlichkeit bei gleichzeitig schonungsloser Härte, mit der Wolff seinen jugendlichen Ich-Erzähler und literarisches alter ego berichten läßt. Und das in einer Sprache, die in der erfindungsreichen Übersetzung von Frank Heibert schwungvoll und cool, spielerisch und selbstironisch sowohl zur Vermittlung amerikanischer Mythen, Schlagerschnulzen, Rambo-Slang wie auch zu lakonischen Analysen und Pointen taugt.« — *Süddeutsche Zeitung.*

Der Autor

Tobias Wolff, geboren 1945 in Alabama, wuchs im Nordwesten der USA auf und studierte in New York und Stanford. Er lehrt heute Literatur an der Syracuse University. Sein erzählerisches Werk wurde mehrfach prämiert und in zahlreiche Sprachen übersetzt.

TOBIAS WOLFF

DAS HERZ IST EIN DUNKLER WALD

Roman

Aus dem Englischen
von
Frank Heibert

WILHELM HEYNE VERLAG
MÜNCHEN

HEYNE ALLGEMEINE REIHE
Nr. 01/8781

Titel der Originalausgabe
THIS BOY'S LIFE
Die Originalausgabe erschien 1989
bei The Atlantic Monthly Press, New York

Wilhelm Heyne Verlag GmbH & Co. KG, München
Umschlagillustration: Warner Bros. Film GmbH
Innenillustrationen: Warner Bros. Film GmbH
Umschlaggestaltung: Atelier Ingrid Schütz, München
Gesamtherstellung: Ebner Ulm

ISBN 3-453-06420-8

Für Michael und Patrick

Vor allem möchte ich meiner Frau Catherine dafür danken, daß sie dieses Buch so oft und sorgfältig gelesen hat. Außerdem geht mein Dank an Rosemary Hutchins, Geoffrey Wolff, Gary Fisketjon und Amanda Urban für ihre Hilfe und Ermutigung. In einigen Punkten hat man mich verbessert, meistens betraf das die zeitliche Reihenfolge. Und meine Mutter findet, daß ein Hund, den ich als häßlich beschreibe, eigentlich ganz gut aussah. Ein paar von diesen Dingen habe ich nicht korrigiert, weil es sich um ein Buch der Erinnerung handelt, und die Erinnerung erzählt ihre eigene Geschichte. Aber ich habe mein Bestes getan, damit sie auch eine wahre Geschichte erzählt.

Mein erster Stiefvater pflegte zu sagen, was ich nicht wisse, würde ein ganzes Buch füllen. Nun, hier ist es.

Die erste Pflicht im Leben ist es, eine Pose einzunehmen.
Was die zweite ist, hat noch niemand herausgefunden.
Oscar Wilde

Wer Angst hat, seine Unschuld zu verlieren,
hat Angst vor dem Leben. Saul Alinsky

Auf gut Glück

Unser Wagen kochte wieder, gleich nachdem meine Mutter und ich die Rocky Mountains überquert hatten. Während wir darauf warteten, daß er sich abkühlte, hörten wir irgendwo oberhalb von uns das Heulen eines Signalhorns. Der Ton wurde lauter, und dann bog ein großer Laster um die Ecke und schoß mit wild schlingerndem Anhänger an uns vorbei in die nächste Kurve. Wir starrten hinter ihm her. »O Toby«, sagte meine Mutter, »seine Bremsen sind hinüber.«

Das Hupen entfernte sich und verhallte schließlich im Wind, der ringsum in den Bäumen seufzte.

Als wir hinkamen, standen schon viele Leute um die Stelle am Abgrund, wo der Laster hinuntergestürzt war. Er hatte die Leitplanke durchbrochen und war mehrere hundert Meter tief ins Leere gefallen, runter in den Fluß; dort lag er umgekippt zwischen den Felsbrocken. Er sah jämmerlich klein aus. Eine Säule aus dichtem, schwarzem Rauch stieg vom Führerhaus auf und zerfiederte im Wind. Meine Mutter fragte, ob jemand den Unfall gemeldet hätte. Er war gemeldet. Wir standen mit den anderen am Rande des Abgrunds. Niemand sprach ein Wort. Meine Mutter legte den Arm um meine Schultern.

Während des restlichen Tages schaute sie immer wieder zu mir herüber, berührte mich, strich mein Haar zurück. Ich hielt den Zeitpunkt für günstig, um ein paar Andenken herauszuschlagen. Ich wußte, sie hatte kein Geld dafür, und ich hatte versucht, mich zurückzuhalten, aber jetzt, wo sie milde gestimmt war, konnte ich nicht anders. Als wir Grand Junction verließen, hatte ich es zu einem perlenbesetzten Indianergürtel, perlenbesetzten Mokassins und einem bronzenen Pferd mit abnehmbarem Sattel aus verziertem Leder gebracht.

*

Es war 1955, und wir fuhren von Florida nach Utah, um einem Mann zu entkommen, vor dem meine Mutter Angst hatte, und um mit Uran reich zu werden. Wir wollten unser Glück machen.

Wir hatten Sarasota mitten im Hochsommer verlassen, gleich nach meinem zehnten Geburtstag, und fuhren Richtung Westen, über uns den tiefhängenden, flimmernden Himmel, der sich verdüsterte und explodierte und wieder aufklarte, gerade lange genug, um die Luft mit diesigem Dunst zu erfüllen. Wir durchquerten Georgia, Alabama, Tennessee, Kentucky, machten, um den Motor abkühlen zu lassen, halt in Städten, wo sich die Leute mit arthritischer Langsamkeit bewegten und mit zähem, würgendem Zungenschlag sprachen. Nichtstuer mit faulen Zähnen umringten das Auto, um der hübschen Yankee-Lady und ihrem kleinen Jungen Erdnüsse aufzudrängen, und stritten sich über den kürzesten Weg. Frauen sahen von ihren Blumenbeeten auf, wenn wir vorbeifuhren, oder beobachteten uns von ihren Veranden aus, mal teilnahmslos, mal mit einem Kopfnicken und einem Wedeln ihrer Fächer.

Alle paar Stunden kochte der Nash Rambler. Meine Mutter zapfte ständig ihre Reisekasse an, aber kein Mechaniker konnte den Wagen reparieren. Alles, was wir tun konnten, war warten, bis er abgekühlt war, und weiterfahren, bis er von neuem kochte. (Meine Mutter haßte dieses Vehikel schließlich so sehr, daß sie es kurz nach unserer Ankunft in Utah einer Frau schenkte, der sie in einem Schnellimbiß begegnet war.) Nachts schliefen wir in schmierigen Zimmern, wo Scheinwerferlichter die Wände rauf- und runterkrochen und uns Moskitos in den Ohren jaulten, unablässig wie das singende Geräusch der Reifen draußen auf dem Highway. Doch nichts von alldem störte mich. Ich war mitgerissen von der Freiheit meiner Mutter, ihrer Lust an ihrer Freiheit, ihrem Traum von einem anderen Leben.

Alles würde anders werden, wenn wir erst draußen im

Westen waren. Meine Mutter hatte als Mädchen in Beverly Hills gelebt, und das Bild des Lebens, das wir vor uns liegen sahen, beschwor sie aus ihren Erinnerungen an das Kalifornien vor dem Schwarzen Freitag. Ihr Vater, sie nannte ihn Daddy, war Marineoffizier und Wertpapiermillionär gewesen. Sie hatten in einem großen Haus mit einem Türmchen gelebt. Kurz bevor Daddy all sein Geld und das seiner armen irischen Verwandten verlor und sich nach Übersee versetzen ließ, wurde meine Mutter dazu ausersehen, als eines von vier Mädchen bei der Rosen-Parade zu Neujahr auf dem Festwagen von Beverly Hills zu thronen. Das Motto des Wagens lautete »Das Ende des Regenbogens«, und da er den meisten Beifall bekam, gewann er den ersten Preis. Sie begegnete Jackie Coogan. Sie ließ sich zusammen mit Harold Lloyd und Marion Davies fotografieren, deren Film »The Sailor Man« auf Daddys Schiff gedreht wurde. Wenn Daddy auf See war, lebten sie und ihre Mutter ein Traumleben, in dem sie manchmal tagelang so taten, als seien sie Schwestern.

Und die *Autos*, von denen meine Mutter mir erzählte, während wir darauf warteten, daß der Rambler abkühlte – die Autos hätte ich mal sehen sollen! Daddy fuhr einen Franklin-Tourenwagen. Ein Junge hatte ihr den Hof gemacht, der sein eigenes Chrysler-Kabrio besaß, sogar mit Fanfare. Und dann war da natürlich noch die Familie Hernandez, Nachbarn, die von Mexiko heraufgezogen waren, nachdem man Öl unter ihrer Kaktus-Ranch gefunden hatte. Sie waren eine große Familie. Wenn sie alle zusammen irgendwo erwartet wurden, fuhren sie einzeln in einer Karawane identischer Pierce-Arrows vor.

So ähnlich würde es uns auch ergehen. Die Leute in Utah standen morgens arm auf und gingen abends reich zu Bett. Man brauchte nicht Bergingenieur zu sein oder Mineraloge. Man brauchte nichts weiter als einen Geigerzähler. Wir waren unterwegs in die Gegend, wo man Uran gefunden hatte. Dort wollte meine Mutter Arbeit suchen und die Augen offenhalten. Wenn sie erst einmal alle Tricks und Kniffe beherrschte, würde sie nach einem eigenen Claim Ausschau halten.

Und wenn sie das gefunden hatte, wollte sie sich mal so richtig etwas gönnen: zur Entschädigung für die Jahre harter Arbeit, zuerst als Kellnerin in einer Eisdiele und dann als Hilfssekretärin, was sie nicht weiter gebracht hatte als bis zur völligen Pleite, und manchmal nicht ganz so weit; für das Auseinanderbrechen unserer Familie vor fünf Jahren; für das Elend ihrer langen Liebschaft mit einem gewalttätigen Mann. Sie würde die verlorene Zeit wieder aufholen, und ich würde ihr dabei helfen.

*

Am Tag, nachdem der Laster verunglückt war, trafen wir in Utah ein. Wir kamen zu spät – Monate zu spät. Moab und die anderen Bergbaustädte waren längst überlaufen. Alle Motels waren voll. Die Einheimischen hatten ihre Schlafzimmer, ihre Wohnzimmer und ihre Garagen vermietet und boten jetzt Unterkünfte in Wohnwagen vor ihren Häusern an, für hundert Dollar die Woche. Soviel konnte meine Mutter in einem Monat verdienen, wenn sie Arbeit hatte. Aber es gab keine, und die Leute wurden allmählich immer gereizter. Es waren Morde geschehen. Betrunkene und streitsüchtige Prostituierte stolzierten am hellichten Tag über die Straßen. Geigerzähler kosteten ein Vermögen. Alle rieten uns weiterzufahren.

Meine Mutter überlegte sich das Ganze. Schließlich kaufte sie einem armen Mann seinen Geigerzähler ab, eine schwarze Lampe, die angeblich jede Spur Uran zum Leuchten brachte, und wir machten uns nach Salt Lake City auf. Sie ging davon aus, daß es irgendwo dort Erz geben müsse. Die Tatsache, daß da bisher niemand welches gefunden hatte, hieß nur, daß wir die Gegend so ziemlich für uns allein haben würden. Um uns über die Runden zu bringen, wollte sie eine Arbeit bei der Kennecott Bergbau-Gesellschaft annehmen, deren Personalchef vor einiger Zeit auf ihre Anfrage aus Florida geantwortet hatte. Er hatte sie gewarnt und gesagt, es gebe keine Arbeit in Salt Lake, seine eigene Gesellschaft stehe kurz vor dem Streik. Aber er hatte so nett geschrieben! Meine Mutter wußte einfach, daß sie bei ihm einen Job rausholen würde. Das war so gut wie sicher.

Also fuhren wir weiter durch die Wüste. Beim Fahren sangen wir – irische Balladen, Folk Songs, Big-Band Blues. Ich war verrückt nach »Mood Indigo«. Wieder und wieder schnulzte ich tieftraurig »You ain't been blue, no, no, no«, während meine Mutter nach dem Temperaturanzeiger spähte und den Motor hätschelte. Dann trocknete meine Kehle aus, und ich krächzte nur noch. Ich war sowieso viel zu aufgeregt. Das war das Ende unserer Reise. Werbeplakate für Burma-Shave und kugeldurchlöcherte Meilenschilder tickerten vorbei. Als die Schilder immer niedrigere Zahlen anzeigten, begannen wir aus vollem Halse mitzuzählen.

*

Ich war nicht nach Utah gekommen, um derselbe Junge zu bleiben, der ich gewesen war. Ich hatte meine eigenen Träume von einem anderen Leben, Western-Träume, Träume von Freiheit und Selbstbeherrschung und schweigsamer Unabhängigkeit. Als erstes wollte ich meinen Namen ändern. Ein Mädchen namens Toby war in meine Klasse gekommen, kurz bevor ich aus Florida wegging, und das hatte uns beiden schlimme Demütigungen eingetragen.

Ich wollte mich Jack nennen, nach Jack London. Ich glaubte, seinen Namen zu tragen, würde mir etwas von der Kraft und von den Fähigkeiten verleihen, die ich in meiner Vorstellung mit ihm verband. Die Chancen standen gut, daß ich niemals mit einem Mädchen namens Jack in einem Klassenzimmer würde sitzen müssen. Und mir gefiel der Klang. Jack. Jack Wolff. Meiner Mutter gefiel das Ganze überhaupt nicht, weder die Idee, meinen Namen zu ändern, noch der Name. Ich ließ nicht locker. Schließlich stimmte sie zu, doch nur unter der Bedingung, daß ich zum Kommunionsunterricht ging. Sobald ich bereit war, in die Kirche aufgenommen zu werden, würde sie mir erlauben, als Taufnamen Jonathan zu tragen und zu Jack abzukürzen. Bis dahin durfte ich mich schon mal als Jack einführen, wenn im Herbst die Schule wieder begann.

Mein Vater bekam Wind von der Sache und rief aus Connecticut an. Er verlangte, daß ich den Namen behielt, den er mir gegeben hatte. Es war ein alter Familienname, wie er sagte. Das erwies sich als Quatsch. Es klang bloß wie ein alter Familienname. Auch die Möbel, die er bei Antiquitätenhändlern kaufte, sahen nur nach alten Familienmöbeln aus, ebenso das Familienwappen, das er selbst entworfen hatte – es sah nur aus wie das Wappenschild irgendeines stolzen Barons, der sein Leben damit verbracht hatte, in Sarazenenblut zu waten und über schlammige Landstraßen, die von unterwürfigem Pöbel und Bauernvolk gesäumt waren, von einer Schlacht zur nächsten zu galoppieren.

Mein Vater war auch nicht glücklich darüber, daß ich Katholik werden sollte. »In meiner Familie«, sagte er, »hat es immer nur Protestanten gegeben. Episkopalen, genauer gesagt.« Genauer gesagt war seine Familie immer jüdisch gewesen, aber ich mußte noch zehn Jahre warten, bis ich das erfuhr. Ihm mißfiel das Ganze dermaßen, daß er sogar meinen älteren Bruder ans Telefon rief. Ich war mürrisch, und Geoffrey war es eigentlich egal, wie ich mich nannte, und damit war die Sache erledigt.

Meiner Mutter gefiel es, wie ungehalten mein Vater reagierte, und hielt zu mir. Langsam fand auch sie, ein neuer Name wäre eine gute Idee. Schließlich war er in Connecticut und wir in Utah. Obwohl mein Vater damals gerade im Geld schwamm – er hatte die Millionärin geheiratet, mit der er schon vor der Scheidung zusammengelebt hatte –, schickte er uns nichts, nicht einmal das Almosen, das der Richter für meinen Unterhalt festgesetzt hatte. Wir schlugen uns eben so durch, und zwar ihm zum Trotz. Daß ich den Namen ablegte, den er mir gegeben hatte, würde ihn an diese Tatsache erinnern.

In jenem Herbst ging ich einmal in der Woche nach der Schule zum Kommunionunterricht. Gelbe Blätter trieben am Fenster vorüber, während Schwester James uns ins Glaubensleben einführte. Sie war eine Frau mit leidenschaftlichen Gefühlen. Ihr eckiger Unterkiefer zitterte, wenn sie von etwas ergriffen war, und beim Sprechen begannen ihre Augen hinter den blitzenden, randlosen Brillengläsern zu funkeln. Sie konnte nicht stillsitzen. Statt dessen ging sie zwischen unseren Pulten auf und ab, und ihre Ordenstracht raschelte an uns entlang. Sie kannte weder Schüchternheit noch Zurückhaltung. Sogar über Sex sprach sie gern und anschaulich. Manchmal konnte sie vergessen, wo sie war, und fing an zu pfeifen.

Schwester James gefiel der Gedanke nicht, daß wir nach der Schule unbeaufsichtigt herumliefen. Sie fürchtete, wir würden unsere Zeit mit Freunden aus den Public Schools verbringen, die wir besuchten, und womöglich gar als Mormonen enden. Um uns auch nachmittags zu beschäftigen, hatte sie den Bogenschützen-Klub, den Mal-Klub und den Schach-Klub gegründet, und sie verlangte, daß jeder von uns einem davon beitrat. Man traf sich zweimal in der Woche, Anwesenheit war Pflicht. Keiner dachte daran, ihr nicht zu gehorchen.

Ich gehörte zum Bogenschützen-Klub. Auch Mädchen durften beitreten, taten es aber nicht. An Regentagen übten wir im Keller der Kirche, an Sonnentagen draußen. Schwester James sah uns zu, wann immer sie konnte; sonst wurden wir von einer älteren Nonne beaufsichtigt, die kurzsichtig war und versuchte, uns im Zaum zu halten, indem sie ständig sagte: »Kinder, Kinder ...«

Die Nachbarsleute hatten Katzen. Die Katzen waren es gewohnt, nach Lust und Laune auf dem Kirchhof herumzulaufen, und sie brauchten eine Zeitlang, bis sie begriffen, daß sie nicht mehr Räuber, sondern Opfer waren – große buntscheckige und rotgestromte Katzen, die, den Schwanz anmutig um ihren Körper gewunden, in der Sonne saßen, und den Kopf von der einen auf die andere Seite legten, wenn unsere Pfeile an ihnen vorbeizischten. Wir trafen sie nie, aber es fehlte nicht viel. Schließlich kapierten die Katzen, was los war, und räumten das Feld. Danach fingen wir an, uns gegenseitig zu jagen.

Unter dem Vorwand, nach Pfeilen zu suchen, die über ihr Ziel hinausgeschossen waren, schlichen wir zu einer Baumgruppe jenseits der Zielscheiben, wo uns die alte Nonne nicht sehen konnte. Dort begann das Spiel. Zuerst ging es nur darum, herumzukriechen und die Pfeile so abzuschießen, daß sie sich in den Baumstamm bohrten, der dem jeweiligen Versteck am nächsten war. Eine Zeitlang begnügten wir uns damit, das als Treffer zu zählen. Doch einige von uns fühlten sich durch diese Regel zu sehr eingeschränkt, und so hatten auch die anderen keine Wahl und mußten sie gleichfalls außer Kraft setzen, genau wie meine späteren Freunde, die die Regeln über den Haufen warfen, nach denen wir mit wassergefüllten Luftballons, Steinen und Luftgewehren kämpften.

Das Spiel wurde spannend. Jeder von uns wurde gelegentlich nur um Haaresbreite verfehlt, und wir erzählten diese Geschichten immer wieder, bis sie Legende waren. Wie Donny ins Portemonnaie getroffen wurde. Wie Patrick der Schuh weggeschossen wurde. Ein paar Jungen nahmen Vernunft an und stiegen aus, doch die anderen machten weiter. Wir fühlten uns dabei entschieden unschuldig und gestanden uns das wirkliche Ziel niemals ein: jemanden zu erlegen. Zwischen den Bäumen geriet ich in einen Zustand vollkommener Geistesabwesenheit. Ich dachte nicht darüber nach, daß ich verletzt werden oder einen anderen verletzen konnte, noch nicht einmal, wenn ich meinen Pfeil anlegte, spannte und aufmerksam spähte, ob sich im Halbdunkel vor mir etwas bewegte. Eines Nachmittags, als ich wieder einmal meinen Bogen spannte und bereit war zu schießen, sobald sich meine Zielscheibe wieder zeigte, hörte ich ein Rascheln hinter mir. Ich wirbelte herum.

Schwester James hatte gerade etwas sagen wollen. Ihr Mund stand offen. Sie sah den Pfeil an, den ich auf sie richtete, dann mich. In ihrer Gegenwart ließ mich meine Unbesonnenheit im Stich. Ich wußte ganz genau, was ich getan hatte. Wir standen eine Zeitlang so da. Schließlich richtete ich den Pfeil auf die Erde. Ich nahm ihn von der Sehne und wollte anfangen, mich zu entschuldigen, aber beim Klang meiner Stimme schloß sie die Augen und wedelte mit den Händen, als wollte sie Mücken verscheuchen. »Schluß für heute«, sagte sie. Dann drehte sie sich um und ließ mich stehen.

*

Ich neigte zu Anfällen von Minderwertigkeitsgefühlen, als hätte ich irgendeine tiefe Schuld auf mich geladen. Es brauchte nicht viel, um dieses Gefühl zu wecken und die damit verbundene Gewißheit, daß alle Leute außer meiner Mutter mich durchschauten und nicht mochten, was sie sahen. Es gab keinen Grund für dieses Gefühl. Ich dachte, ich hätte es zusammen mit meiner Angst vorm Kämpfen und meiner Schüchternheit Mädchen gegenüber in Florida zurückgelassen, aber es war wieder da, kam mir entgegen.

Mit Schwester James hatte es nichts zu tun. Sie haßte es, von der Sünde zu sprechen, und unsere beharrlichen Fragen nach der Hölle und dem Fegefeuer und der Vorhölle langweilten sie einfach. Die Geschichte mit dem Pfeil war vermutlich völlig belanglos für sie gewesen. In ihren Augen war ich nichts als einer dieser Jungen, der etwas Dummes, Jungenhaftes tat. Ich aber begann zu glauben, daß sie alles von mir wisse und daß sie nun ein Gutteil ihres Lebens damit zubringe, darüber nachzudenken, wie schlecht ich war.

Ich umschlich sie verstohlen. Ich schwänzte jetzt auch das Bogenschießen, manchmal sogar den Kommunionunterricht. Es gab keine unmittelbare Möglichkeit für meine Mutter, mir auf die Schlichte zu kommen. Wir hatten kein Telefon, und sie ging nie in die Kirche. Sie fand, es sei gut für mich, sie selbst sei dort aber fehl am Platz, insbesondere jetzt, wo sie geschieden war und sich erneut mit Roy eingelassen hatte, dem Mann, vor dem sie aus Florida geflohen war.

Wann immer ich konnte, trieb ich mich mit den anderen Jungen aus der Schule herum. Aber sie stammten alle aus Mormonenfamilien. Wenn sie nicht gerade in ihrem Glauben unterrichtet wurden, was die meiste Zeit der Fall war, hatten ihre Eltern sie lieber bei sich in der Nähe. An den Nachmittagen pflegte ich in einem Zustand der Entrücktheit umherzuwandern, wie ihn gewohnheitsmäßige Einsamkeit erzeugt. Ich lief in die Stadt und guckte mir Schaufenster an. Ich stellte mir vor, daß verschiedene Leute mich adoptierten, die ich auf der Straße erblickte. Manchmal, wenn ich einen Mann in einem Anzug auf mich zukommen sah, dessen Züge auf die Entfernung nur undeutlich zu sehen waren, bereitete ich mich darauf vor, meinen Vater wiederzuerkennen und von ihm erkannt zu werden. Dann gingen wir aneinander vorüber, und ein paar Minuten später suchte ich mir jemand anderen aus. Ich sprach mit jedem, der mir Antwort gab. Wenn mich das Bedürfnis überkam, klopfte ich an die nächste Haustür und fragte, ob ich die Toilette benutzen dürfte. Keiner sagte jemals nein. Ich saß bei fremden Leuten im Hof und spielte mit ihren Hunden. Die Hunde lernten mich allmählich kennen – gegen Ende des Jahres warteten sie schon auf mich.

Ich schrieb auch lange Briefe an meine Brieffreundin in Phoenix, Arizona. Sie hieß Alice. Meine Klasse hatte sich mit ihrer Klasse geschrieben, seit die Schule angefangen hatte. Wir sollten einmal im Monat schreiben, aber ich schrieb ihr mindestens einmal in der Woche, jedesmal zehn, zwölf, fünfzehn Seiten. Ich stellte mich als Besitzer eines Palomino-Pferdes namens Smiley vor. Smiley begleitete mich bei meinen Abenteuern mit Berglöwen, Klapperschlangen und Kojotenhorden auf der Ranch meines Vaters, die *Lazy B* hieß. Wenn ich nicht auf der Ranch zu tun hatte, züchtete ich Schäferhunde und spielte in mehreren Sportmannschaften. Obgleich Alice eine wortkarge und unregelmäßige Brieffreundin war, glaubte ich, sie würde mich verehren und stellte mir vor, wie ich eines Tages vor ihrer Tür stehen und ihre Anbetung einfordern würde.

So verbrachte ich die Stunden nach der Schule. Manchmal, nicht sehr oft, fühlte ich mich einsam. Dann ging ich nach Hause, zu Roy.

*

Roy hatte uns in Salt Lake City aufgespürt, ein paar Wochen, nachdem wir angekommen waren. Er nahm sich ein Zimmer irgendwo am anderen Ende der Stadt, verbrachte aber die meiste Zeit in unserer Wohnung, nachdem er klargestellt hatte, daß er meiner Mutter nichts nachtragen würde, solange sie nur spurte.

Roy arbeitete nicht. Er verfügte über eine kleine Erbschaft und ergänzte sie durch eine Invalidenrente vom Veteranenverein, die er verlieren würde, sobald er eine Arbeit annahm. Behauptete er zumindest. Wenn er nicht gerade jagte oder angelte oder meiner Mutter nachspionierte, saß er mit einer Zigarette im Mund am Küchentisch und spähte durch den Qualm, der sein Gesicht umhüllte, in die Bibel des Schützen. Es schien, als freute er sich immer, mich zu sehen. Wenn ich Glück hatte, warf er ein paar Gewehre in seinen Jeep, und wir fuhren in die Wüste, um auf Dosen zu schießen und nach Erz zu suchen. Den Uran-Tick hatte er von meiner Mutter.

Auf diesen Ausflügen sagte Roy fast nichts. Ab und zu schaute er mich an und lächelte, dann sah er wieder weg. Er wirkte immer ganz gedankenverloren und starrte durch seine verspiegelte Sonnenbrille auf die Straße, während der Wind die gleichmäßigen Wellen seines Haares zerzauste. Roy sah gut aus, auf die konventionelle Weise, die Jungen gefällt. Er war tätowiert. Er war im Krieg gewesen, hüllte sich darüber aber in das vielsagende Schweigen des Helden. Er bewegte sich anmutig. Er konnte den Jeep reparieren, wenn es sein mußte, fuhr aber lieber durch halb Utah zu einem Mechaniker, von dem irgendein Großmaul in einer Bar erzählt hatte. Er war ein erfahrener Jäger, und er schoß auch jedesmal seinen Bock. Er brachte meiner Mutter und mir das Schießen bei; meiner Mutter so gut, daß sie bald besser schoß als er – eine echte Meisterin.

Meine Mutter erzählte mir nichts von dem, was zwischen ihr und Roy geschah, nichts von der gelegentlichen Brutalität und den Drohungen, mit denen er sie in Schach hielt. Zu mir war sie wie immer, den Kopf voller Luftschlösser und schnell mit einem Lachen dabei. Nur ab und zu gab es Nächte, in denen sie einfach nur dasaß und weinte, und dann tröstete ich sie. Aber ich wußte nie, warum sie weinte. Ich strich diese Nächte aus meinem Gedächtnis, sobald sie vorüber waren. Falls es andere Anzeichen gab, bemerkte ich sie nicht. Roy war seltsam und unser Leben mit ihm auch; das war über die Jahre normal für mich geworden.

Roy war, wie ein Mann sein sollte, fand ich. Das mußte meine Mutter wohl auch mal gedacht haben. Ich dachte, ich müßte ihn mögen, und machte mir selbst vor, daß ich ihn mochte, ja, ich ging so weit, seine Gesellschaft zu suchen. Er war nur ein einziges Mal böse auf mich. Ich hatte entdeckt, daß das Bratöl meiner Mutter bei Schwarzlicht phosphoreszierend leuchtete, genau wie Uran es angeblich tat, und eines Tages spritzte ich ein paar Steine damit voll, die wir mitgebracht hatten. Roy kam ganz schön in Fahrt, als er sie sich anschaute. Ich mußte ihm sagen, warum ich so schrecklich lachte, und er nahm es nicht sehr gut auf. Er warf mir einen harten, bösen Blick zu. Er stand eine ganze Weile so da und nagelte mich mit diesem Blick fest, und schließlich sagte er: »Das ist überhaupt nicht komisch«, und sprach den ganzen Abend nicht mehr mit mir.

Wenn wir aus der Wüste zurückkamen, parkte Roy in der Nähe der Versicherungsgesellschaft, wo meine Mutter eine Arbeit als Sekretärin gefunden hatte, nachdem sie erfahren hatte, daß bei Kennecott tatsächlich gestreikt wurde. Er wartete, bis sie Feierabend hatte. Dann verfolgte er sie im Schneckentempo auf ihrem Heimweg, bog ab und zu in eine Einfahrt, um ihr einen Vorsprung zu geben, und fuhr wieder auf die Straße, um sie nicht aus den Augen zu verlieren. Wenn meine Mutter sich jemals umgedreht hätte, wäre ihr der Jeep augenblicklich aufgefallen. Aber das tat sie nicht. Sie marschierte weiter, in ihrer forschen, militärischen Gangart, mit angespannten Schultern und hocherhobenem Kopf, und wandte sich niemals um. Roy tat so, als spielten wir alle ein Spiel. Ich wußte, daß es kein Spiel war, aber ich wußte nicht, was es war, deshalb hielt ich das Versprechen, das er mir abverlangte, und sagte ihr nichts davon.

An einem Nachmittag in der Weihnachtszeit verpaßten wir sie. Sie war nicht unter den Leuten, die das Gebäude verließen, als es geschlossen wurde. Roy wartete eine Zeitlang, spähte hinauf zu den verdunkelten Fenstern, beobachtete, wie der Wächter die Türen abschloß. Dann geriet er in Panik. Er warf einen Gang rein und jagte den Jeep einmal um den Häuserblock. Vor dem Gebäude hielt er wieder an. Er stellte den Motor ab und fing an, flüsternd Selbstgespräche zu führen. »Ja«, sagte er, »okay, okay«, und ließ den Motor wieder an. Er fuhr noch einmal um den Block und raste dann die Nachbarstraßen runter, wobei er abwechselnd heftig auf die Bremse trat und den Motor wieder hochzog. Seine Wangen waren tränennaß, er bewegte die Lippen wie ein Flehender. All das war schon einmal passiert, in Sarasota, und ich wußte, ich hielt besser den Mund. Ich klammerte mich bloß am Haltegriff fest und versuchte, normal dreinzuschauen.

Schließlich kam der Wagen zum Stehen. Wir saßen ein paar Minuten da. Als es ihm offenbar besser ging, fragte ich, ob wir nach Hause fahren könnten. Er nickte, ohne mich anzusehen, dann zog er ein Taschentuch aus der Hemdentasche, putzte sich die Nase und steckte es wieder weg.

Meine Mutter machte das Abendessen und hörte Weihnachtslieder, als wir hereinkamen. Die Fenster waren ganz beschlagen. Roy beobachtete mich, wie ich zum Herd hinüberging und mich an sie lehnte. Er schaute mich unverwandt an, bis auch ich ihn ansah. Dann blinzelte er mir zu. Ich wußte, er wollte, daß ich zurückblinzelte, und ich wußte auch, daß ich mich damit irgendwie auf seine Seite stellen würde.

Meine Mutter legte einen Arm um meine Schultern, während sie die Soße umrührte. Ein Glas Bier stand auf der Ablage neben ihr.

»Na, wie war's beim Bogenschießen?« fragte sie.

»Okay«, antwortete ich. »Prima.«

Roy sagte: »Wir sind nachher rausgefahren und haben auf ein paar Flaschen geschossen. Und dann sind wir noch ein bißchen rumgestromert.«

»Rumgestromert«, wiederholte meine Mutter kalt. Sie haßte das Wort.

Roy lehnte sich an den Kühlschrank. »Viel zu tun gehabt?«

»Unheimlich viel. Hektisch.«

»Keine Minute Pause, hm?«

»Sie haben uns die ganze Zeit springen lassen«, sagte sie. Sie nahm einen Schluck Bier und leckte sich über die Lippen.

»Muß ja 'n gutes Gefühl gewesen sein, da rauszukommen.«

»Ich sage dir. Wirklich gut.«

»Toll«, sagte Roy. »Und, schöner Heimweg?«

Sie nickte.

Roy lächelte mir zu, und ich gab mich geschlagen. Ich lächelte zurück.

»Was glaubst du eigentlich, wem du hier was vormachen kannst«, sagte Roy zu ihr. »Sogar dein eigenes Kind weiß, was mit dir los ist.« Er drehte sich um und ging ins Wohnzimmer zurück. Meine Mutter machte die Augen zu, dann machte sie sie wieder auf und rührte weiter.

Es war eines jener Abendessen, bei denen nicht gesprochen wurde. Nachher holte meine Mutter ihre Schreibmaschine hervor. Sie hatte gemogelt, was ihre Tippgeschwindigkeit betraf, um Arbeit zu bekommen, und jetzt erwartete ihr Chef mehr von ihr, als sie eigentlich leisten konnte. Das bedeutete, daß sie abends die Berichte fertigschreiben mußte, die sie im Büro nicht geschafft hatte. Während sie tippte, starrte Roy sie finster über die Gewehre hinweg an, die er gerade reinigte, und ich schrieb einen Brief an Alice. Ich steckte den Brief in einen Umschlag und gab ihn meiner Mutter zum Einwerfen. Dann ging ich ins Bett.

Spät in jener Nacht wachte ich auf und hörte Roys eigentümliches, bohrendes Murmeln, die einzelnen Wörter verschwammen zu einem anhaltenden Dauergeräusch, das durch die Wand drang, die zwischen uns war. Es schien überhaupt nicht mehr aufzuhören. Dann hörte ich, wie meine Mutter sagte: »*Einkaufen!* Ich war einkaufen! Darf ich nicht einkaufen gehen?« Roy begann wieder mit seinem Gemurmel. Ich lag da und umarmte den ausgestopften Teddy, für den ich zu alt war und den ich wegzugeben versprochen hatte, sobald ich offiziell meinen neuen Namen bekam. Mondlicht erfüllte mein Zimmer, einen ungeheizten Anbau am hinteren Ende der Wohnung. In klaren, kalten Nächten wie dieser konnte ich die Wolke meines Atems sehen und so tun, als rauchte ich, und das tat ich auch jetzt, bis ich wieder einschlief.

*

Während der Ostertage wurde ich zusammen mit ein paar anderen aus dem Kommunionunterricht getauft. Um uns auf die Kommunion vorzubereiten, sollten wir eine Beichte ablegen, und Schwester James bestellte jeden von uns an einem bestimmten Tag jener Woche ins Pfarrhaus, um uns von dort zum Beichtstuhl zu eskortieren. Sie würde draußen warten, bis wir fertig waren, und uns dann durch unsere Buße geleiten.

Ich überlegte, was ich beichten sollte, aber ich konnte mein Gefühl der Schuld nicht in Einzelteile zerlegen. Der Versuch, eine einzelne Sünde herauszulösen, war wie Angeln in einem Sumpf, wo man einen Ruck verspürt, der zunächst ganz vielversprechend ist, dann widerspenstig und schließlich hoffnungslos, da man merkt, daß der Haken sich in den Grund gebohrt hat und daß man den ganzen Planeten am anderen Ende der Angel hängen hat. Mir fiel nichts ein. Ich wußte nicht, wie ich das Ganze durchstehen sollte, aber zu guter Letzt schleppte ich mich dann doch zur Kirche und hielt meinen Termin ein. Wenn ich mich gedrückt hätte, wäre auch mein sonstiges Fehlen aufgefallen, und das hätte mir womöglich einen Besuch von Schwester James bei meiner Mutter eingebracht. Ich konnte nicht riskieren, daß die beiden sich besprachen.

Schwester James nahm mich in Empfang, als ich ins Pfarrhaus trat. Sie fragte, ob ich bereit sei, und ich antwortete, ich dächte schon.

»Es tut nicht weh«, meinte sie. »Jedenfalls nicht mehr als ein Schuß.«

Wir gingen zur Kirche hinüber und durch den Seitengang bis zum Beichtstuhl. Schwester James hielt mir die Tür auf. »Rein mit dir«, sagte sie. »Und mach deine Sache gut.«

Ich kniete nieder, das Gesicht zur Trennwand gekehrt, wie es uns beigebracht worden war, und fing an: »Segne mich, Vater, denn ich habe gesündigt.«

Ich konnte hören, wie jemand auf der anderen Seite laut atmete. Nach einer Weile fragte er: »Nun?«

Ich faltete meine Hände und schloß meine Augen und wartete darauf, daß mir etwas einfiel.

»Du scheinst etwas Schwierigkeiten zu haben.« Seine Stimme war tief und kratzig.

»Jawohl, Sir.«

»Nenn mich Father. Ich bin ein Priester, kein Herr. Nun gut. Du weißt, daß alles, was du hier drinnen sagst, auch hier drinnen bleibt.«

»Ja, Father.«

»Ich nehme an, du hast hierüber lange nachgedacht. Stimmt das?«

Ich sagte, das hätte ich.

»Nun, du bist ein bißchen nervös, das ist alles. Wie wär's, wenn wir es etwas später noch einmal versuchen, was meinst du?«

»Ja, bitte, Father.«

»So machen wir's. Warte draußen einen Augenblick.«

Ich stand auf und verließ den Beichtstuhl. Schwester

James, die an der Wand gelehnt hatte, kam mir entgegen. »Na, das war doch gar nicht so schlimm, nicht wahr?« fragte sie.

»Ich soll warten«, teilte ich ihr mit.

Sie schaute mich an. Ich konnte sehen, daß sie neugierig war, aber sie stellte keine Fragen.

Der Priester kam bald darauf heraus. Er war alt und sehr groß und zog ein Bein ein wenig nach. Er stellte sich nah neben mich, und wenn ich hochschaute, konnte ich die weißen Haare in seinen Nasenlöchern sehen. Er roch stark nach Tabak. »Wir hatten ein bißchen Startschwierigkeiten«, sagte er.

»Ach ja?«

»Er ist eben ein bißchen nervös, das ist alles«, meinte der Priester. »Muß sich beruhigen. Gibt nichts Besseres als ein Glas Milch für sowas.«

Sie nickte.

»Warum versuchen wir's nicht etwas später noch einmal, sagen wir, in zwanzig Minuten?«

»Wir werden da sein, Father.«

Schwester James und ich gingen in die Küche des Pfarrhauses. Ich setzte mich an den Arbeitstisch aus Edelstahl, während sie mir ein Glas Milch eingoß. »Willst du was Süßes?« fragte sie.

»Nicht nötig, Schwester.«

»Klar willst du.« Sie legte eine Schachtel Negerküsse auf einen Teller und brachte sie mir. Dann setzte sie sich hin. Mit gekreuzten Armen, die Hände in den Ärmeln, sah sie mir beim Essen und Trinken zu. Schließlich sagte sie: »Was war denn nun los? Hast du deine Zunge verschluckt?«

»Ja, Schwester.«

»Du brauchst vor nichts Angst zu haben.«

»Ich weiß.«

»Vielleicht hast du nur eine falsche Vorstellung davon«, meinte sie.

Ich starrte meine Hände auf der Tischplatte an.

»Ich habe vergessen, dir eine Serviette zu geben«, sagte sie. »Na los, leck sie schon ab. Nur keine Angst.«

Sie wartete, bis ich wieder hochsah, und als ich es tat, merkte ich, daß sie jünger war, als ich gedacht hatte. Nicht daß ich groß über ihr Alter nachgedacht hätte. Bis auf die richtig alten Nonnen mit Gehstöcken und Härchen im Gesicht schienen sie alle außerhalb der Zeit zu leben, ohne Vergangenheit oder Zukunft. Aber jetzt, wo ich dazu gezwungen war, Schwester James aus solcher Nähe, über den schimmernden Tisch hinweg anzuschauen, sah ich sie mit anderen Augen. Ich sah eine besorgte Frau, etwa im Alter meiner Mutter, die mir helfen wollte, ohne zu wissen, welche Art Hilfe ich brauchte. Ihr guter Wille hatte eine starke Wirkung auf mich. Meine Augen brannten, und ich hatte einen Frosch im Hals. Ich hätte schon kapituliert, wenn ich nur gewußt hätte, wie.

»Es ist wahrscheinlich gar nicht so schlimm, wie du glaubst«, sagte Schwester James. »Was immer es ist, eines Tages wirst du daran zurückdenken und sehen, daß es ganz natürlich war. Aber du mußt es ans Tageslicht bringen. Es wird erst dadurch schlimm, daß man es im Dunkeln läßt.« Sie fügte hinzu: »Ich frage dich nicht danach, was es ist, verstehst du. Das steht mir nicht zu. Ich sage bloß, daß wir alle so etwas durchmachen.«

Schwester James lehnte sich über den Tisch. »Als ich in deinem Alter war«, sagte sie, »vielleicht sogar ein bißchen älter, da habe ich immer das Portemonnaie meines Vaters durchsucht, wenn er abends badete. Ich nahm keine Scheine, bloß Pennies und Fünfer, manchmal einen Zehner. Nichts, was er vermissen würde. Mein Vater hätte mir das Geld gegeben, wenn ich ihn danach gefragt hätte. Aber ich wollte es lieber stehlen. Ich fühlte mich furchtbar, weil ich ihn bestahl, aber ich tat es trotzdem.«

Sie senkte die Augen. »Ich zog auch über andere her. Immer wenn ich mit einer Freundin zusammen war, erzählte ich schreckliche Sachen über meine anderen Freundinnen, und dann drehte ich mich um und machte das gleiche mit ihr. Dabei wußte ich genau, was ich tat. Ich haßte mich selber dafür, ehrlich, aber das änderte nichts. Ich wünschte mir oft, meine Mutter und meine Brüder würden bei einem Autounfall sterben, damit ich allein mit meinem Vater aufwachsen könnte und alle Mitleid mit mir hätten.«

Schwester James schüttelte den Kopf. »Ich hatte all diese schlimmen Gedanken und wollte nicht von ihnen lassen. Verstehst du, was ich meine?«

Ich nickte und setzte ein Gesicht auf, das dämmernde Einsicht ausdrücken sollte.

»Gut!« sagte sie und klatschte mit den Handflächen auf den Tisch. »Bereit für einen zweiten Versuch?«

Ich sagte ja.

Schwester James führte mich zum Beichtstuhl zurück. Ich kniete mich hin und begann von neuem: »Segne mich, Father, denn –«

»Schon gut«, unterbrach er. »So weit waren wir schon. Sprich ganz offen.«

»Ja, Father.«

Wieder schloß ich meine Augen über den gefalteten Händen.

»Komm, komm«, sagte er mit einer gewissen Schärfe.

»Ja, Father.« Ich beugte mich näher an die Trennwand und flüsterte: »Father, ich bin ein Dieb.«

Er schwieg einen Augenblick. Dann fragte er: »Was stiehlst du denn?«

»Ich stehle Geld, Father. Aus dem Geldbeutel meiner Mutter, wenn sie unter der Dusche ist.«

»Seit wann tust du das schon?«

Ich antwortete nicht.

»Nun?« sagte er. »Eine Woche? Ein Jahr? Zwei Jahre?«

Ich suchte mir das Mittlere aus. »Ein Jahr.«

»Ein Jahr«, wiederholte er. »Das geht nicht. Du mußt damit aufhören. Willst du damit aufhören?«

»Ja, Father.«

»Ganz ehrlich?«

»Ganz ehrlich, Father.«

»Na schön. Gut. Was noch?«

»Ich ziehe über andere her.«

»Du ziehst über andere her?«

»Ich erzähle Sachen über meine Freunde, wenn sie nicht dabei sind.«

»Das geht genausowenig«, sagte er.

»Nein, Father.«

»Das geht ganz und gar nicht. Deine Freunde werden dich im Stich lassen, wenn du so weitermachst, und ich will dir eins sagen, ein Leben ohne Freunde, das ist gar kein Leben.«

»Ja, Father.«

»Willst du ernstlich damit aufhören?«

»Ja, Father.«

»Gut. Aber du mußt es auch wirklich tun. Ich sage dir das in aller Ernsthaftigkeit. Sonst noch etwas?«

»Ich habe schlimme Gedanken, Father.«

»Ja. Ach«, meinte er, »warum heben wir die nicht fürs nächste Mal auf. Du hast genug abzuarbeiten.«

Der Priester gab mir eine Buße auf und erteilte mir die Absolution. Als ich aus dem Beichtstuhl trat, hörte ich, wie die Tür auf seiner Seite auf- und zuging. Schwester James kam mir wieder entgegen, und wir warteten gemeinsam, während der Priester zu uns herüberhinkte. Er atmete rasselnd und richtete sich an einem Pfeiler auf. Seine andere Hand legte er auf meine Schulter. »Das war brav«, sagte er. »Gut gemacht.« Er drückte meine Schulter kurz. »Da haben Sie einen braven Jungen, Schwester James.«

Sie lächelte. »So ist es, Father. So ist es.«

*

Kurz nach Ostern schenkte Roy mir das .22er Winchester-Gewehr, mit dem ich schießen gelernt hatte. Es war eine leichte, wunderbar ausbalancierte, halbautomatische Waffe, deren Nußbaum-Schaft schwarz war vom vielen Einfetten. Sie hatte Roy als Junge gehört und war noch so gut wie neu. Besser als neu. Der Abzug war seidenweich durch den langen Gebrauch, und das Holz von einer Qualität, wie man sie heute nicht mehr findet.

Das Geschenk kam nicht als Überraschung. Roy war

knickerig und kapierte Andeutungen nur langsam, aber ich hatte ihn hartnäckig belagert. Ich hatte mein Herz an dieses Gewehr gehängt. Eine Waffe war die Grundvoraussetzung für Eigenständigkeit, für einen echten Mann des Westens und für jegliche annehmbare Arbeit – Fallensteller, Cowboy, Soldat, Gesetzeshüter und Gesetzesbrecher. Ich brauchte dieses Gewehr, um seiner selbst willen, und weil ich mich als ganzer Mensch fühlte, wenn ich es in der Hand hielt.

Meine Mutter wollte nicht, daß ich es bekam. Auf gar keinen Fall. Roy nahm das Gewehr wieder zurück, versprach mir aber, er würde sie herumkriegen. Er konnte sich nicht vorstellen, daß irgend jemand ihm irgend etwas abschlug, und wenn sich doch einer weigerte, fand er das pervers und unaufrichtig. In solchen Augenblicken wurde er, der normalerweise schweigsam war, zu einem unbarmherzigen Quengler. Er folgte meiner Mutter von einem Zimmer ins andere, wobei er einen ununterbrochenen Klagelaut von sich gab, der perfekt darauf eingestimmt war, ihre Nerven zu zermürben und sie in einen Zustand zu versetzen, wo sie mit allem einverstanden war, nur damit es aufhörte.

Nachdem das ein paar Tage so gegangen war, gab meine Mutter nach. Sie sagte, ich könnte das Gewehr haben, aber wirklich nur unter der Bedingung, daß ich versprach, es niemals hervorzuholen oder auch nur zu berühren, es sei denn, sie und Roy waren dabei. Okay, sagte ich. Klar. Natürlich. Aber selbst das genügte ihr nicht. Sie mochte ganz einfach die Tatsache nicht, daß ich ein Gewehr besaß. Roy sagte, er hätte in meinem Alter schon mehrere Gewehre besessen, aber das beruhigte sie nicht. Sie glaubte nicht, daß man mir eines anvertrauen könne. Roy meinte, jetzt sei der Zeitpunkt gekommen, das herauszufinden.

Ungefähr eine Woche lang hielt ich mein Versprechen. Aber draußen war es warm geworden, und so fuhr Roy meistens irgendwo herum. Irgendwann während der leeren Stunden nach der Schule, die ich allein in der Wohnung zubrachte, beschloß ich, daß nichts Schlimmes dran sei, wenn ich das Gewehr herausholte, um es zu reinigen. Nur um es zu reinigen, nichts weiter. Ich war sicher, es würde mir reichen, es bloß auseinanderzunehmen, es einzufetten, den Schaft mit Leinöl einzureiben, den achteckigen Lauf zu polieren und dann gegen das Licht zu halten, um die Vollkommenheit der Züge zu überprüfen. Aber es reichte nicht. Vom Reinigen des Gewehrs ging ich dazu über, mit ihm durch die Wohnung zu marschieren, und als nächstes markierte ich kühne Posen vor dem Spiegel. Roy hatte eine seiner Armee-Uniformen aufgehoben, und manchmal verkleidete ich mich damit, zusammen mit kriegerisch aussehenden Bestandteilen der Jagdausrüstung: einer pelzbesetzten Uniformmütze, einem Tarnmantel, Stiefeln, die mir fast bis zu den Knien gingen.

In dem Tarnmantel fühlte ich mich wie ein Heckenschütze, und es verging nicht viel Zeit, bis ich auch wie einer handelte. Ich baute mir einen Schlupfwinkel auf der Couch am Fenster zur Straße. Ich zog die Vorhänge zu, um die Wohnung zu verdunkeln, und bezog Posten. Den Vorhang mit dem Gewehrlauf beiseite schiebend, verfolgte ich Leute durchs Visier, die auf der Straße liefen oder fuhren. Zuerst machte ich Schießgeräusche – piuh! piuh! Dann spannte ich den Hahn und ließ ihn zurückschnalzen.

Roy lagerte seine Munition in einer Blechkiste, die er im Wandschrank versteckt hatte. Wie bei allen anderen Sachen, die in der Wohnung versteckt waren, wußte ich genau, wo sie zu finden war. Am Boden der Kiste war eine Lage loser .22er-Patronen, darauf lagen Geschosse größerer Kaliber herum, so wie die Handvoll Kleingeld, die Männer über Nacht auf der Kommode liegenlassen. Ich nahm ein paar davon und brachte sie in meinem eigenen Versteck unter. Ich begann, das Gewehr mit ihnen zu laden. Mit gespanntem Hahn, eine Patrone in der Kammer, den Finger leicht auf dem Abzug ruhend, zielte ich auf jeden, der vorbeikam – Frauen mit Kinderwagen, Kinder, Müllmänner, die lachten und sich etwas zuriefen, egal auf wen – und wenn sie unter meinem Fenster vorbeigingen, mußte ich mir manchmal auf die Lippen beißen, um nicht loszulachen in der Ekstase meiner Macht über sie, um sie nicht auszulachen in ihrem absurden und unschuldigen Glauben, sie seien sicher.

Doch mit der Zeit begann ich mich über die Unschuld, die ich verlachte, zu ärgern. Es war eine merkwürdige Art Ärger. Ich begegnete ihm viele Jahre später bei Männern wieder, mit denen ich diente, und spürte ihn selbst, wenn unbewaffnete vietnamesische Zivilisten uns Widerworte gaben, während wir sie herumschubsten. Macht kann man nur genießen, wenn sie erkannt und gefürchtet wird. Furchtlosigkeit bei den Ohnmächtigen macht die Mächtigen rasend.

Eines Nachmittags drückte ich ab. Ich hatte auf zwei alte Leute gezielt, einen Mann und eine Frau, die so langsam gingen, daß meine kleine Reserve an Selbstbeherrschung aufgebraucht war, als sie endlich am Fuße des Hügels um die Ecke gebogen waren. Ich mußte schießen. Ich spähte die Straße auf und ab. Sie war leer. Nichts rührte sich außer ein paar Eichhörnchen, die einander auf den Telefondrähten hin- und herjagten. Ich verfolgte eines durch mein Visier. Schließlich hielt es einen Augenblick inne, und ich schoß. Das Eichhörnchen stürzte senkrecht auf die Straße hinunter. Ich zog mich ins Halbdunkel zurück und wartete darauf, daß irgend etwas geschah, überzeugt, daß jemand den Schuß gehört hatte oder das Eichhörnchen hatte fallen sehen. Doch das Geräusch, das mir so laut vorgekommen war, klang für unsere Nachbarn wahrscheinlich wie eine zugeknallte Schranktür, nichts weiter. Nach einer Weile wagte ich einen Blick auf die Straße hinunter. Das Eichhörnchen lag noch genauso da wie zuvor. Es sah aus wie ein Schal, der jemandem heruntergefallen war.

Als meine Mutter von der Arbeit nach Hause kam, erzählte ich ihr, daß ein totes Eichhörnchen auf der Straße lag. Sie liebte Tiere, genau wie ich. Sie streifte eine Zellophantüte von einem Laib Brot herunter, und wir gingen hinaus und schauten uns das Eichhörnchen an. »Armes kleines Ding«, sagte sie. Sie steckte ihre Hand in das Zellophan und hob das Eichhörnchen auf, dann zog sie die Tüte von ihrer Hand linksherum über das Tier. Wir begruben es hinter unserem Haus, unter einem Kreuz aus Dauerlutscher-Stielen, und ich heulte die ganze Zeit.

In der Nacht heulte ich wieder, als ich im Bett lag. Schließlich stand ich auf, kniete nieder und imitierte einen Betenden, und dann imitierte ich einen, der den Frieden und die Erleuchtung Gottes empfängt. Ich hörte auf zu weinen. Ich lächelte mir selber zu und zwang ein Gefühl der Wärme in meine Brust. Dann kletterte ich ins Bett zurück und sah mit seligem Gesichtsausdruck zur Decke empor, bis ich wieder einschlief.

Einige Tage lang hielt ich mich von der Wohnung fern, immer wenn ich wußte, ich würde allein dort sein. Ich nahm meinen alten Rundgang durch die Stadt wieder auf oder lungerte mit meinen Mormonenfreunden herum. Einer von ihnen war ein Junge, der am ersten Schultag die allgemeine Aufmerksamkeit auf sich gelenkt hatte, als ein Klassenkamerad namens Boone aufgerufen wurde und er schrie: »Hey! Irgendwie mit Daniel* verwandt?« Sein eigener Name war kurz darauf dran, und es stellte sich heraus, daß er Crockett* hieß. Er schien verblüfft über das johlende Gelächter, das er auslöste. Nicht wütend, nur verblüfft. Sein Vater war ein Scherzbold, der Kinder mochte und ganze Horden von uns zum Schwimmen in den YMCA und zu Jugendkonzerten mitnahm, die der Mormonen-Chor veranstaltete. Mr. Crockett wurde später Richter am Obersten Gerichtshof, der gleiche Crockett, der Gary Gilmores Todeswunsch stattgab.

Obwohl ich die Wohnung mied, konnte ich den Gedanken nicht abschütteln, daß ich früher oder später das Gewehr wieder hervorholen würde. Eine Waffe war unverzichtbarer Bestandteil aller Wunschbilder, die ich von mir hatte. Da ich nicht wußte, wer ich war, hatte jegliches Bild von mir Macht über mich, ganz gleich, wie grotesk es war.

* Daniel Boone (1734–1820) und David Crockett (1786–1836) waren bekannte amerikanische Pioniere.

Soviel ist mir heute klar. Aber der Mann kann dem Jungen keine Hilfe sein, nicht bei diesem Problem und auch nicht bei denen, die später kommen. Der Junge entzieht sich immer wieder.

Eines Nachmittags begleitete ich einen Freund von mir nach Hause. Nachdem er hineingegangen war, setzte ich mich eine Zeitlang bei ihm auf die Eingangsstufen. Dann stand ich wieder auf und machte mich auf den Heimweg. Ich ging schnell. Die Wohnung war leer. Ich nahm das Gewehr heraus und reinigte es. Stellte es zurück. Aß ein Sandwich. Holte das Gewehr wieder. Obwohl ich es nicht lud, machte ich die Lichter aus, zog die Vorhänge zu und bezog meinen Posten auf der Couch.

Danach ließ ich mehrere Tage die Finger davon. Bis ich wieder damit anfing. Ungefähr eine Stunde lang zielte ich auf alle Leute, die vorbeikamen. Wieder reizte ich mich selbst, indem ich das Gewehr nicht lud und den Hahn ins Leere schnalzen ließ, und stellte meine Geduld auf die Probe wie bei einem lockeren Zahn. Ich hatte gerade ein Auto verfolgt, bis ich es aus den Augen verlor, als ein anderer Wagen am Fuße des Hügels um die Kurve bog. Ich nahm ihn ins Visier und ließ das Gewehr sinken. Ich weiß nicht, ob ich gerade dieses Auto schon einmal gesehen hatte, aber diesen Typ, in dieser Farbe – groß, unauffällig, blau – fuhren normalerweise nur Beamte und Nonnen. Man konnte die Nonnen daran erkennen, wie ihre Kopfbedeckung die Fenster ausfüllte und wie sie fuhren, sehr langsam und ängstlich. Sogar von weitem konnte man die Spannung spüren, die ein Wagen voller Nonnen ausstrahlte.

Das Auto kroch den Hügel hoch. Als es sich unserem Haus näherte, fuhr es noch langsamer, dann hielt es an. Die vordere Beifahrertür ging auf, und Schwester James stieg aus. Ich trat vom Fenster zurück. Als ich wieder hinausspähte, war das Auto noch da, aber Schwester James nicht. Ich wußte, daß die Wohnungstür abgeschlossen war – ich schloß immer ab, wenn ich das Gewehr hervorholte –, aber ich ging rüber und sah für alle Fälle noch mal nach. Ich hörte, wie sie pfeifend die Treppen hochkam. Sie blieb vor der Tür stehen und klopfte. Es war ein gebieterisches Klopfen. Sie pfiff weiter, während sie wartete. Sie klopfte noch einmal.

Ich blieb, wo ich war, regungslos und still, das Gewehr in der Hand, voller Angst, Schwester James könnte irgendwie durch die verschlossene Tür dringen und mich entdecken. Was würde sie denken? Was würde sie von dem Gewehr halten, der Pelzmütze, der Uniform, dem abgedunkelten Zimmer? Was würde sie von mir halten? Ich fürchtete ihre Mißbilligung, aber mehr noch fürchtete ich ihr Unverständnis oder gar ihre Belustigung über etwas, das sie unmöglich verstehen konnte. Ich verstand es ja selber nicht. So viel robuste Identität in meiner Nähe ließ mich spüren, wie armselig meine eigene war, wie lächerlich meine Kostümierung und meine Requisiten. Ich wollte sie nicht hereinlassen. Und gleichzeitig wollte ich es merkwürdigerweise doch.

Nachdem eine Weile so vergangen war, glitt ein Briefumschlag unter der Tür hindurch, und ich hörte, wie Schwester James die Treppe wieder hinunterging. Ich lief ans Fenster und sah, wie sie sich bückte, um ins Auto einzusteigen, wie sie ihr Ordenskleid mit einer Hand anhob und mit der anderen ins Wageninnere griff. Sie rückte sich auf dem Sitz zurecht, schloß die Tür, und das Auto fuhr langsam an, bergauf. Ich habe sie nie wiedergesehen.

Der Brief war adressiert an Mrs. Wolff. Ich riß ihn auf und las die Nachricht. Schwester James wollte, daß meine Mutter sie anrief. Ich verbrannte Umschlag und Brief im Waschbecken und spülte die Asche den Abfluß hinunter.

*

Roy saß am Küchentisch und band Fliegen zum Angeln zusammen. Ich trank eine Pepsi und sah ihm zu. Er beugte sich dicht über seine Arbeit und grunzte vor Konzentration. Er sagte, so ganz nebenbei: »Was hältst du von einem kleinen Bruder?«

»Einem kleinen Bruder?«

Er nickte. »Ich und deine Mom haben überlegt, daß wir eine Familie gründen wollen.«

Ich mochte diese Idee kein bißchen. Genauer gesagt erstarrte ich zur Salzsäule.

Er sah von der Zange hoch. »Wir sind doch eigentlich schon eine Familie, wenn man es recht bedenkt«, meinte er.

Ich sagte, wahrscheinlich schon.

»Wir haben eine Menge Spaß.« Er schaute wieder auf die Zange runter. »Eine Menge Spaß. Wir überlegen das«, sagte er. »Gibt nichts Tolleres als so einen kleinen Mann im Haus. Du könntest ihm Sachen beibringen. Du könntest ihm das Schießen beibringen.«

Ich nickte.

»Das haben wir nämlich auch überlegt«, fuhr er fort. »Mit dem Namen weiß ich allerdings noch nicht. Was hältst du von Bill?«

Ich sagte, der Name gefiele mir.

»Bill«, sagte Roy. »Bill.« Er verfiel wieder in Schweigen, starrte die Fliege in der Zange an, seine Hände auf dem Tisch. Ich trank meine Pepsi aus und ging nach draußen.

Während meine Mutter und ich am nächsten Morgen frühstückten, trug Roy das Angelzeug und die Campingausrüstung hinaus zum Jeep. Er band gerade etwas im Kofferraum fest, als ich mich auf den Weg zur Schule machte. Ich schrie »Viel Glück!«, und er winkte mir zu, und auch ihn habe ich nie wiedergesehen. Meine Mutter war in der Wohnung, als ich an jenem Tag nach Hause kam, und faltete Kleider zusammen. Sie packte sie in einen Koffer, der offen auf ihrem Bett lag. Zwei andere Koffer waren schon voll. Sie sang vor sich hin. Sie hatte gerötete Wangen, ihre Bewegungen waren schnell und sicher, alles an ihr strotzte nur so vor Fröhlichkeit. In dem Augenblick, als ich ihre Stimme hörte, wußte ich, daß wir wieder unterwegs waren. Noch bevor ich die Koffer gesehen hatte.

Sie fragte mich, warum ich nicht beim Bogenschießen war. Hinter der Frage steckte kein Mißtrauen.

»Ausgefallen«, antwortete ich.

»Prima«, sagte sie. »Dann brauche ich dich nicht zu suchen. Warum siehst du nicht schnell in deinem Zimmer nach, ob ich alles habe.«

»Fahren wir wo hin?«

»Ja.« Sie glättete ein Kleid. »Da kannst du Gift drauf nehmen.«

»Wohin denn?«

Sie lachte. »Keine Ahnung. Irgendwelche Vorschläge?«

»Phoenix«, sagte ich sofort.

Sie fragte nicht, warum. Sie hängte das Kleid in eine Kleidertasche und meinte: »Das ist aber ein Zufall, ich habe nämlich selber auch schon an Phoenix gedacht. Ich habe sogar die Zeitung von Phoenix geholt. Es gibt 'ne Menge Möglichkeiten dort. In Seattle auch. Was hältst du von Seattle?«

Ich setzte mich aufs Bett. Langsam ergriff es Besitz von mir, das schwindlige Gefühl der Flucht. Meine Knie zitterten, und ich spürte, wie ich grinste. Alles raste. Ich sagte: »Und Roy?«

Sie packte weiter. »Was ist mit ihm?«

»Weiß nicht. Kommt er mit?«

»Nicht, wenn ich es verhindern kann. Garantiert nicht.« Sie sagte, sie hoffe, es mache mir nichts aus.

Ich antwortete nicht. Ich hatte Angst, etwas zu sagen, woran sie sich erinnern könnte, falls sie sich wieder mit ihm versöhnte. Aber ich war froh, wieder auf der Flucht zu sein, und froh, daß ich sie wieder ganz für mich hatte.

»Ich weiß, daß ihr beide euch gut versteht«, sagte sie.

»So gut auch wieder nicht.«

Sie sagte, jetzt sei nicht genug Zeit, um alles zu erklären, aber später einmal würde sie es tun. Sie versuchte, ernsthaft zu klingen, aber sie war kurz davor loszulachen, und ich auch.

»Sieh lieber noch mal in deinem Zimmer nach«, sagte meine Mutter wieder.

»Wann fahren wir?«

»Sofort. So bald wie möglich.«

Ich aß einen Teller Suppe, während meine Mutter zu Ende packte. Sie trug die Koffer in die Eingangshalle und lief dann zur Ecke hinunter, um ein Taxi zu rufen. Das war der Augenblick, als mir das Gewehr einfiel. Ich ging zum Wandschrank und sah es dort bei Roys Sachen stehen, bei seinen Stiefeln und Jacken und Munitionskisten. Ich trug das Gewehr ins Wohnzimmer und wartete darauf, daß meine Mutter zurückkam.

»Dieses Ding bleibt hier«, sagte sie, als sie es sah.

»Es gehört mir«, gab ich zurück.

»Mach kein Theater«, befahl sie. »Ich habe genug von diesem Zeug. Ich kann das nicht mehr sehen. Jetzt stell es zurück.«

»Es gehört mir«, wiederholte ich. »Er hat es mir geschenkt.«

»Nein. Ich kann Gewehre nicht mehr sehen.«

»Mom, es gehört *mir.*«

Sie sah aus dem Fenster. »Nein. Wir haben keinen Platz dafür.«

Das war ein Fehler. Sie hatte die Auseinandersetzung auf die praktische Ebene verlagert, und jetzt konnte sie nicht mehr vom Prinzip her argumentieren. »Guck mal«, sagte ich. »Es ist genug Platz da. Siehst du, ich kann es auseinandernehmen.« Und bevor sie mich zurückhalten konnte, hatte ich das Schloß aufgeschraubt und das Gewehr auseinandermontiert. Ich zerrte einen der Koffer ins Wohnzimmer zurück und zog den Reißverschluß auf und schob die beiden Hälften des Gewehrs hinein, zwischen die Kleider. »Gesehen?« sagte ich. »Da ist eine Menge Platz.«

Sie hatte sich das Ganze mit gekreuzten Armen und fest zusammengepreßten Lippen angeschaut. Sie wandte sich wieder zum Fenster. »Dann behalt es eben«, meinte sie. »Wenn dir so viel daran liegt.«

*

Es regnete, als unser Taxi vorfuhr. Der Taxifahrer hupte, und meine Mutter fing an, einen der Koffer die Treppe hinunterzuschleppen. Er sah sie und stieg aus, um ihr zu helfen, ein dicker Mann mit einem verzierten Cowboy-Hemd, das in dem Sprühregen patschnaß wurde. Er ging noch mal hinein, um das restliche Gepäck zu holen, während meine Mutter und ich im Taxi warteten. Meine Mutter neckte ihn damit, wie naß er war, und er neckte sie ebenfalls, wobei er ständig in den Rückspiegel sah, als wollte er sich vergewissern, daß sie noch immer da war. Als wir uns dem Greyhound-Busbahnhof näherten, hörte er mit dem Herumwitzeln auf und begann, sie mit leiser, eiliger Stimme auszuhorchen, er stellte eine Frage nach der andern, und als ich ausstieg, zog er die Tür hinter mir zu, so daß die beiden allein im Taxi waren. Durch den Regen, der am Fenster herunterströmte, konnte ich sehen, wie er redete und redete und redete und wie meine Mutter lächelte und den Kopf schüttelte. Dann stiegen sie aus, und er holte unser Gepäck aus dem Kofferraum. »Wirklich ganz sicher?« sagte er zu ihr. Sie nickte. Als sie versuchte, ihn zu bezahlen, meinte er, ihr Geld sei nichts wert, jedenfalls für ihn nicht, aber sie hielt es ihm noch einmal hin, und er nahm es.

Meine Mutter brach in Lachen aus, nachdem er abgefahren war. »Ausgerechnet«, sagte sie. Sie lachte immer weiter vor sich hin, als wir die Koffer nach drinnen schleppten, wo sie mich auf eine Bank setzte und zum Fahrkartenschalter ging. Der Busbahnhof war leer bis auf eine indianische Familie. Sie alle sahen geradeaus und sagten nichts, auch die Kinder. Ein paar Minuten später kam meine Mutter mit unseren Fahrkarten zurück. Der Bus nach Phoenix war schon weg, und der nächste würde erst spät in der Nacht hier durchfahren, aber wir hatten Glück – es gab einen Bus nach Portland, der in ein paar Stunden abfuhr, und von dort gab es leicht Anschluß nach Seattle. Ich versuchte, meine Enttäuschung nicht zu zeigen, doch meine Mutter bemerkte das und bestach mich mit einer Handvoll Kleingeld. Ich flipperte eine Zeitlang, dann legte ich mir einen Vorrat an Süßigkeiten für die Reise an, Schoko-Karamellen und Schokolinsen und Chips. Das meiste davon rumorte mir schon im Magen herum, als wir in der Abenddämmerung unseren Bus bestiegen, wo die anderen Passagiere uns mit benommenem Blick musterten. Wir zögerten eine Sekunde lang, als wollten wir wieder aussteigen. Dann nahm meine Mutter mich an der Hand, und wir schoben uns den Gang entlang, nickten jedem zu, der uns ansah, und lächelten, um zu zeigen, daß wir es gut meinten.

Von wegen cool

Wir lebten in einer Pension in West Seattle. Abends, wenn meine Mutter nicht zu müde war, gingen wir in der Nachbarschaft spazieren und blieben vor verschiedenen Häusern stehen, um zu überlegen, ob sie als Kandidaten für einen späteren Kauf in Frage kamen. Wir peilten die größten und protzigsten an und verschmähten Bungalows oder Zweifamilienhäuser – alles, was irgendwie nach Sparsamkeit roch. Wir suchten uns halb mit Holz verschalte Häuser aus, Häuser mit Säulen, Häuser mit kunstvoll geschnittenen Büschen davor. Dann gingen wir in unser Zimmer zurück, wo ich Romane über heroische Collies las, während meine Mutter Tippen und Steno übte, damit sie bei ihrer neuen Arbeit nicht ins Hintertreffen geriet.

Unser Zimmer war ein ausgebauter Dachboden. Es gab dort zwei Feldbetten und dazwischen, unter dem Fenster, einen Schreibtisch mit Stuhl. Es roch nach Schimmel. Die gelbe Tapete war neu, aber schlecht angeklebt und wellte sich schon an den Ecken. Es war die Art Zimmer, in dem die Detektive zweitklassiger Filme gefesselt und geknebelt erwachen, nachdem ihnen einer was ins Glas getan hat.

Die Pension war voll mit alten Männern und Männern, die wahrscheinlich bloß alt aussahen. Außer meiner Mutter lebten nur zwei Frauen dort. Die eine war eine Sekretärin namens Kathy. Kathy war jung und unscheinbar und schüchtern. Die meiste Zeit blieb sie in ihrem Zimmer. Wenn jemand sie ansprach, schaute sie ihn mit ertrinkendem Blick an und bat ihn dann mit sanfter Stimme darum, zu wiederholen, was er gesagt hatte. Mit der Zeit konnte man durch die leichten Kleider, die sie trug, sehen, daß sie schwanger war. Ein Mann schien in ihrem Leben nicht vorzukommen.

Die andere Frau war Marian, die Haushälterin. Marian war dick und laut. Ihre Arme waren so kräftig wie die eines Mannes, und wenn sie Gehacktes zu Hamburgern plattklopfte, wackelte die ganze Küche. Marian ging mit einem Marinefeldwebel aus Bremerton, der noch massiger war als sie, aber ein sanfteres Wesen und eine leisere Stimme hatte. Er war während des Krieges im Pazifik gewesen. Ich wollte, daß er mir davon erzählte, und als ich nicht locker ließ, zeigte er mir zu guter Letzt ein Album mit Fotos, die er gemacht hatte. Auf den meisten Bildern waren seine Kumpels zu sehen. Doc, ein Mann mit Brille. Curly, ein Mann ohne Haare. Jesus, ein Mann mit Bart. Er hatte aber auch Fotos von Leichen. Mit denen wollte er mir Angst einjagen, damit ich Ruhe gab, aber mein Interesse wurde statt dessen nur noch größer. Schließlich befahl Marian, ihn in Frieden zu lassen.

Marian und ich konnten uns nicht leiden. Später wußten wir beide warum, doch unsere Antipathie war instinktiv und geheimnisvoll. Ich versuchte, meine Abneigung hinter einem süßlichen Strom von »Ja, Ma'am« und »Nein, Ma'am« und »Kann ich was helfen, Ma'am?« zu verbergen. Aber ich konnte sie nicht hinters Licht führen. Sie wußte, daß ich sie nicht mochte und daß ich nicht der wohlerzogene junge Mann war, der ich zu sein vorgab. Sie ging viel aus und erledigte Botengänge, und manchmal sah sie mich mit meinen Freunden auf der Straße – schlechte Gesellschaft, so wie sie aussahen. Sie wußte, ich trug meine Haare und meine Kleider anders, wenn ich aus dem Haus war. Einmal fuhr sie an uns vorbei und schrie mir zu, ich solle mir die Hosen hochziehen.

*

Meine Freunde hießen Terry Taylor und Terry Silver. Wir lebten alle drei bei unseren Müttern. Terry Taylors Vater war in Korea stationiert. Der Krieg war schon seit zwei Jahren vorbei, aber er war immer noch nicht heimgekehrt.

Die ganze Wohnung war mit Bildern von ihm übersät, Abiturfeierfotos, Schnappschüsse in Uniform und ohne – stets allein, an Bäumen lehnend, vor Häusern. Das Wohnzimmer glich einem Schrein; wenn man die Hintergründe nicht gekannt hätte, hätte man meinen können, daß er Korea nicht überlebt hatte, sondern dort eine Art Heldentod gestorben war, wie es Mrs. Taylor vielleicht schon vorausahnte.

Diese Traueratmosphäre entsprang aber auch Mrs. Taylors eigener Ausstrahlung. Sie war eine große, gebückte Frau mit tiefliegenden Augen. Sie saß den ganzen Tag in ihrem Wohnzimmer, rauchte eine Zigarette nach der anderen und starrte mit einem Ausdruck unsagbarer Traurigkeit aus dem Panoramafenster, als wisse sie Dinge, die kein Sterblicher ertragen könne. Manchmal rief sie dann Taylor zu sich und schlang ihre langen Arme um ihn, schloß ihre Augen und flüsterte heiser: »Terence! Terence!« Darauf wandte sie mit immer noch geschlossenen Augen den Kopf ab und stieß ihn energisch weg.

Silver und ich erkannten sofort, was aus dieser Szene herauszuholen war und spielten sie oft nach, so oft, daß Taylor die Tränen in die Augen schossen, wenn wir nur sagten: »Terence! Terence!« Taylor war ein verträumter, dünnhäutiger Junge, der leicht weinte, eine Schwäche, von der er uns durch Anfälle wilder Zerstörungswut abzulenken versuchte. Er hatte schon einmal vor dem Jugendrichter gestanden, weil er Fensterscheiben eingeworfen hatte.

Mrs. Taylor hatte auch zwei Töchter, beide älter als Terry und voller Verachtung für uns und unsere ganzen Machenschaften. »O *Gott*«, sagten sie immer, wenn sie uns sahen. »Guck dir bloß an, was die Katze wieder reingeschleppt hat.« Silver und ich ertrugen ihre Beleidigungen sanftmütig, aber Taylor war nie um eine Antwort verlegen. »Tut dir dein Gesicht nicht weh?« sagte er zum Beispiel. »Ich frag' ja bloß. Mich bringt es um.« – »Ist das ein Kamelhaar-Pulli? Ich mein' ja bloß. Mir war so, als hätt' ich da zwei Höcker gesehen.«

Aber sie hatten immer das letzte Wort. Als Mädchen waren sie nichts Besonderes, aber sie waren Mädchen, und das gab ihnen die Macht, ein Urteil über uns zu sprechen. Sie brachten es fertig, daß wir uns duckten, wenn sie bloß die Augen verdrehten. Silver und ich hatten Angst vor ihnen, und Mrs. Taylor und die Friedhofstimmung im Hause verwirrten uns. Wir gingen einzig und allein hin, um Mrs. Taylors Zigaretten zu klauen.

Zu mir konnten wir nicht. Phil, der Mann, dem die Pension gehörte, konnte mit Kindern nichts anfangen. Er hatte meiner Mutter das Zimmer nur vermietet, nachdem sie versprochen hatte, daß ich ruhig wäre und nie andere Kinder nach Hause brächte. Phil war immer da und stank meilenweit nach Kautabak, dessen lange Spuckefäden er in einen abgestoßenen Emailbecher hineinsabberte, den er überall mit sich herumtrug. Phil hatte bei einem Lagerhausbrand schwere Verbrennungen erlitten, die eine narbenglatte Haut bei ihm hinterlassen hatten. Ein wütendes Leuchten ging von ihr aus, als würde das Feuer noch irgendwo in seinem Innern brennen. Die Finger der einen Hand waren beim Vernarben zusammengewachsen.

Er hatte recht damit, daß er mich nicht um sich haben wollte. Wenn wir in der Diele oder auf der Treppe aneinander vorbeigingen, konnte ich meine Augen nicht von ihm lösen, und er sah weder Sympathie noch Freundlichkeit in ihnen, nur Ekel. Er reagierte darauf, indem er mich ständig berührte. Er tat es wider besseres Wissen, aber er konnte nicht anders. Er berührte mich an den Schultern, am Kopf, im Nacken, mit allen Gesten väterlicher Zuneigung, und musterte mein Entsetzen mit einem kalten, bitteren Blick. Dadurch tat er sich selbst immer von neuem weh, als hätte er keine andere Wahl.

Bei mir zu Hause war also verbotenes Terrain, und bei Terry Taylor saßen all diese Xanthippen, deshalb landeten wir meistens in Silvers Wohnung. Silver war ein Einzelkind, schlau, dünn, boshaft, ein schamloser Feigling, wenn seine große Klappe uns in Schwierigkeiten gebracht hatte. Sein Vater war ein Kantor, der mit seiner neuen Frau in Tacoma lebte. Silvers Mutter arbeitete den ganzen Tag bei Boeing.

Das bedeutete, daß wir die Wohnung stundenlang für uns allein hatten.

Doch zuerst machten wir unsere Runde. Wenn wir aus der Schule kamen, liefen wir in sicherer Entfernung hinter den Mädchen her und gaben neunmalkluge Sprüche von uns. Wir rannten in Geschäfte und wieder heraus, nachdem wir alles befingert hatten, was nicht unter Glas war. Wir rollerten auf gestohlenen Dreirädern am Alkai Point bergab, auf dem Sitz stehend bis zum letzten Augenblick, wo wir absprangen und sie scheppernd in geparkte Autos krachen ließen. Manchmal, wenn wir genug Geld hatten, nahmen wir einen Bus in die Stadt und schlängelten uns zwischen den Säufern am Pioneer Square durch, um die Gewehre in den Schaufenstern der Pfandleiher anzustarren. Die Luger war für uns alle drei die Waffe erster Wahl; unsere Leidenschaft für diese Pistole war heftig und so ungefähr die einzige Leidenschaft, die wir uns zugestanden. In Gegenwart einer Luger ließen wir unser ständiges Herumgeschubse sein und standen mit großen Augen da.

Damals machte das Fernsehen viel Aufhebens von den Nazis. Jede Woche brachten sie neue Horrortaten auf den Bildschirm, stets mit einem düsteren Erzähler, der uns daran erinnern sollte, daß dies nicht gestellt war, sondern tatsächliche Geschichte, daß alles, was wir sahen, wirklich geschehen war und jederzeit wieder geschehen könnte, wenn wir uns nicht im Zustand höchster Wachsamkeit hielten. Diese Sendungen endeten immer auf die gleiche Weise. Luftaufnahmen von Berlin in Trümmern. Grinsende GIs, die besiegte arische Soldaten aus ihren Schlupfwinkeln in Scheunen, Kellern und Abwässerkanälen jagten. Himmler tot in seiner Zelle, der hohläugige Hess in Spandau. Der inzwischen geifernde Erzähler, krächzend: »So wurde der hochfliegende preußische Adler niedergeworfen!« und »So zogen der kleine Führer und seine strammen Kerls den Schwanz ein und gaben Fersengeld und ließen ihren Traum vom *Tausendjährigen Reich* für immer fahren!«

Doch diese Einblicke in Demütigung und Verlust dauerten nur wenige Minuten. Sie waren nur drangeheftet, als Vorwand, als ginge es in der Sendung darum, den Sieg des Guten über das Böse zu feiern. Wir durchschauten diesen Betrug natürlich. Wir erkannten, daß es eigentlich darum ging, fesche Uniformen und rassige Mercedes-Dienstfahrzeuge und großartige Märsche zu zelebrieren, Tausende von Stiefeln, die gemeinsam auf Kopfsteinpflaster niederdonnerten, während über ihren Köpfen die Fahnen wehten und kräftige Stimmen Lieder sangen, die unser Blut aufwallen ließen, obwohl wir kein Wort verstanden. Es ging darum, den Stukas zuzusehen, wie sie abdrehten und zu brennenden Städten hinabtauchten, den Panzern, die Löcher in Gebäude schossen, den Männern mit Lugern und Hunden, die die Leute herumkommandierten. Diese Sendungen stärkten uns nur in einem Glauben, dem wir bereits anhingen: daß Opfer verachtungswürdig waren, ganz gleich, ob die Leute das Gegenteil heuchelten; daß es mehr Spaß machte, dazuzugehören als Außenseiter zu sein, wenn man arrogant war statt freundlich, Teil der Masse statt allein.

Terry Silver hatte eine Nazi-Armbinde, von der er schwor, daß sie echt sei, obwohl jeder sehen konnte, daß er sie selbst gemacht hatte. Kaum waren wir bei ihm in der Wohnung angelangt, holte er sie aus seinem Versteck und streifte sie über. Dann stolzierte er durch die Gegend und behandelte Taylor und mich wie Lakaien. Wir ließen ihn gewähren, wegen der Bonbons, die Mrs. Silver in Kristallschalen herumliegen ließ, wegen des Fernsehers, und weil wir ohne Silver, der uns befahl, was wir zu tun hatten, nichts weiter zustande gebracht hätten, als auf den Bürgersteigen hin und her zu wandern und lustlos Steine gegen Verkehrsschilder zu werfen.

Zuerst machten wir ein paar Telefonate. Taylor und ich hörten auf dem Apparat in Mrs. Silvers Schlafzimmer mit, während Silver das Reden übernahm. Er suchte Leute mit jüdisch klingenden Namen heraus und schrie sie in Pidgin-Deutsch an. Er orderte beim Chinesen ganze Bankette für seinen Vater und seine Stiefmutter. Manchmal rief er die

Eltern von Kindern an, die wir nicht leiden konnten, und nahm Stimme und Haltung des besorgten Erwachsenen an – Lehrer, Trainer, Studienberater –, der sich nur mal mit ihnen in Verbindung setzen wollte, um nachzufragen, ob es zu Hause irgendein Problem gab, das Pauls merkwürdiges Verhalten neulich in der Schule erklären konnte. Silver lachte niemals, verriet sich niemals. Wenn er besonders glaubwürdig und sanft klang, mußten Taylor und ich uns Mrs. Silvers Bettdecke in den Mund stopfen und mit den Fäusten auf die Matratze eindreschen.

Dann, wild rempelnd, um uns Platz zu schaffen, drängten wir uns alle drei vor Mrs. Silvers mannshohen Spiegel, kämmten unsere Haare und übten, wie man cool wirkt. Wir trugen die Haare an den Seiten lang und hinten zu einem Entenschwanz zurückgebürstet. Das Haar oben auf dem Kopf kämmten wir in die Mitte und dann nach vorne, mit Schmachtlocken, die sich über unsere Stirn ergossen. Meine Mutter haßte diese Frisur und verbot mir, sie zu tragen, was bedeutete, daß ich überall so herumlief, außer zu Hause. Ich betonte den Unterschied zwischen den verschiedenen Frisuren mit ganzen Klumpen von *Butch Wax*-Schnurrbartwichse, die mein Haar glänzend und steif machte und meine Stirn mit kleinen Pickeln übersäte.

Nicht angezündete Zigaretten, die in unseren Mundwinkeln baumelten, Augenlider auf halbmast, so musterten wir uns im Spiegel. Schmachtlocken. Die Hosen tief auf die Hüften herabzogen, dünne weiße Gürtel mit der Schnalle an der Seite. Hemden mit dreiviertellangen Ärmeln. Kragen im Nacken hochgeklappt. Wir hätten unheimlich cool wirken müssen. Taten wir aber nicht. Silver war mager. Er hatte Glubschaugen, sein Adamsapfel trat hervor, seine Arme staken aus den Ärmeln wie Stifte, auf die man Handschuhe gesteckt hatte. Taylor hatte die feuchten Augen, die langen Wimpern und das breite, ausdruckslose Gesicht einer Kuh. Ich selber sah auch nicht besonders aus. Aber es lag eigentlich nicht an unserem Aussehen, daß wir alles andere als cool wirkten. Eine coole Ausstrahlung hing nicht von etwas so Offensichtlichem ab. Wie Schach oder Musik lief Coolness über einen geheimnisvollen Impuls des Wiedererkennens. Das Gegenteil von Coolness funktionierte genauso. Bei uns lief das Gegenteil.

Um fünf Uhr schalteten wir den Fernseher ein und sahen den *Mickymaus-Klub*. Es verstand sich von selbst, daß wir alle auf Annette standen. Das war unsere Entschuldigung dafür, daß wir die Sendung sahen, und was mich betrifft, stimmte das zum Teil. Ich hatte gewisse Vorstellungen von der größeren Welt, zu der Annette gehörte, und ich wollte meinen Platz in dieser Welt. Ich wollte ihn mit dem ganzen fiebrigen, lähmenden Hunger der ersten Liebe.

Am Ende jeder Sendung gab der Regionalsender eine Briefadresse für die Mickymaus-Fans, die *Mausketiere*, an. Ich hatte angefangen, Annette zu schreiben. Zuerst beschrieb ich mich mehr oder weniger genauso wie in meinen Briefen an Alice, die inzwischen sehr stark zur Vergangenheit gehörte. Nur daß mein Vater nun statt einer Ranch eine Flotte von Fischereibooten besaß und Captain Wolff hieß. Ich selbst war Erster Maat und ziemlich geschickt darin, die großen Fische an Bord zu hieven. Ich lieferte Annette ein paar äußerst detaillierte Schilderungen, wie ich im Wettstreit gegen ein paar der flotteren Burschen antrat. Ich legte ihr auch nahe, sich zu überlegen, wieviel Spaß ein Besuch in Seattle machen konnte. Ich erzählte ihr, daß wir eine Menge Platz hätten. Ich erzählte ihr nicht, daß ich erst elf Jahre alt war.

Ich bekam ein paar fröhliche offizielle Antwortbriefe zurück, die mich dazu ermunterten, einen Annette-Fanklub zu gründen. Mit anderen Worten, mir meine Rivalen selber zu suchen. Na, viel Glück. Doch als ich in meinen Briefen an sie den Einsatz erhöhte, antwortete man mir überhaupt nicht mehr. Das Disney Studio muß wohl eine Art Geheimdienst gehabt haben, der die Mausketier-Post auf unpassende Gefühle und Liebeserklärungen hin durchleuchtete. Als mein Name von der Briefliste gestrichen wurde, landete er vermutlich auf irgendeiner anderen Liste. Aber bei Alice hatte ich alles über Schüchternheit gelernt. Ich schrieb Annette weiter und fing an, mir furchtbare Unfälle vor ihrem Haus vorzustellen, bei denen ich beinahe, aber doch nicht ganz ums Leben kam, so daß ich vollkommen auf ihre Hilfe und Sympathie angewiesen war, die mit der Zeit in Bewunderung und Liebe umschlagen würde...

Sobald sie in der Sendung auftrat – »Hi, ich heiße Annette!« –, fing Taylor an zu stöhnen, und Silver leckte den Bildschirm mit der Zunge ab. »Komm zu mir, Baby«, sagte er dann immer, »ich hab' hier fünfzehn Zentimeter 1A-Frischfleisch, supergeil und nur für dich!«

Wir alle sagten solches Zeug – es war reine Formsache –, und dann hielten wir den Mund und guckten uns die Sendung an. Wir waren völlig versunken. Wir wurden weich. Wir kapitulierten. Wir traten dem Klub bei. Taylor vergaß sich und lutschte am Daumen, und Silver und ich ließen es ihm durchgehen. Wir sahen, wie die Mausketiere sich über nützliche Projekte begeisterten und schlappe Abenteuer erlebten und über ihre Gefühle sprachen, und wir lachten sie nicht aus. Wir lachten sie nicht aus, wenn sie gut von ihren Eltern sprachen oder wenn sie höflich zueinander waren oder wenn sie »Hey, Bande!« sagten. Wir schauten uns jede Minute davon an, unsere Augen glänzten im blauen Licht, und wir starrten den Fernseher immer noch an, wenn sie schon die Hymne abgesungen hatten und in Zahnpasta- und Bonbonwerbung umgeschaltet worden waren. Dann rafften wir uns auf, blinzelnd und verlegen, und redeten schweinisch über Annette.

Manchmal, wenn der Mickymaus-Klub zu Ende war, gingen wir aufs Dach hinauf. Silvers Wohnhaus stand an der California Avenue. Obwohl die Straße sehr befahren war, suchten wir unsere Ziele sorgfältig aus. An den meisten Tagen warfen wir überhaupt nichts runter. Aber ab und zu tauchte jemand auf, der keine Chance hatte, ungeschoren davonzukommen, wie der Mann im Thunderbird.

Den Thunderbird gab es damals erst seit ungefähr einem Jahr, seit 1955, und da er neu war und noch nicht so häufig zu sehen, fanden wir ihn wesentlich cooler als einen Corvette. Es war früher Abend. Der Thunderbird stand im Leerlauf vor einer roten Ampel an der Kreuzung, und auf unserem Hochsitz hinter der Brüstung konnten wir das Lied im Radio hören – »Over the Mountains and across the Sea« – und auch, etwas leiser als die Musik, das kehlige Schnurren des Motors. Die schwarze Karrosserie schimmerte wie Obsidian. Blauer Rauch quoll aus dem doppelten Auspuff. Das Verdeck war zurückgeschlagen. Wir konnten die rote Lederpolsterung sehen und den blonden Mann im Abendjackett, der am Steuer saß. Er war jung und gutaussehend und frisch. Man konnte beinahe das Odol in seinem Atem riechen und das Irish Moos auf seinen Wangen. Wir schauten direkt auf ihn hinunter. Mit der Handfläche seiner linken Hand klopfte er im Takt gegen das Steuerrad. Sein rechter Arm ruhte auf der Lehne des leeren Sitzes neben ihm, der nicht lange leer bleiben würde. Er war unterwegs, um jemanden abzuholen.

Wir hielten keine lange Konferenz ab. Ein Blick genügte, um zu sehen, daß er all das war, was wir nicht waren, daß sein Leben aus einer einzigen Kette aufeinanderfolgender Bestätigungen bestand. Es gab nicht die geringste Hoffnung, daß wir es in irgendeiner Zukunft, die für uns ernsthaft in Frage kam, jemals dahin bringen würden.

Das erste Ei knallte neben ihm auf die Straße. Das zweite Ei traf den vorderen Kotflügel. Das dritte Ei traf den Kofferraum und bespritzte seine Schultern, seinen Nacken und sein Haar. Wir spähten gerade lange genug hinunter, um den Schaden zu überblicken, bevor wir unsere Köpfe einzogen. Ein Augenblick verging. Dann stieg ein Aufschrei gen Himmel. Keine Worte – nur ein einsamer, ungläubiger Aufschrei aus tiefster Seele. Wir konnten immer noch die Musik hören, die aus seinem Radio kam. Die Ampel mußte wohl umgeschaltet haben, denn es wurde gehupt, und nochmals gehupt, und jemand brüllte irgend etwas, und eine andere Stimme antwortete barsch, und plötzlich verlor sich das Lied im Motorenlärm.

Wir tigerten eine Weile auf dem Dach umher. Gerade als wir soweit waren, wieder in Silvers Wohnung hinunterzugehen, quietschte der Thunderbird um die Ecke, am Häuserblock entlang. Wir konnten den Fahrer fluchen hören. Der Wagen bewegte sich mit lauten Fehlzündungen langsam auf die Ampel zu. Als er unten vorbeikam, lugten wir wieder über die Brüstung. Der Fahrer suchte die Bürgersteige mit ruckartigen, wütenden Kopfbewegungen ab. Er schien keine Ahnung zu haben, wo die Eier hergekommen waren. Wir ließen von neuem welche runtersausen. Eins traf die Motorhaube mit einem lauten Knall, ein anderes landete auf dem Sitz neben ihm, das letzte explodierte auf dem Armaturenbrett. Voller Eigelb und Eierschalen erhob er sich in seinem Sitz und brüllte.

An der Ampel ging das Hupkonzert wieder los. Noch einmal raste er davon und kam zurück, immer noch laut zeternd. Sechs Eier waren noch im Karton. Jeder von uns nahm zwei. Silver kniete am Rand und riskierte ein paar eilige Blicke auf die Straße. Während dessen hielt er seinen Arm nach hinten gestreckt, um uns zu bremsen, bis der richtige Augenblick gekommen war. Dann fuchtelte er wie wild, und wir waren neben ihm und wurden unsere Eier los und verschwanden wieder in der Versenkung, noch bevor sie auftrafen. Der Fahrer sah über die Straße zum Haus herüber; uns entdeckte er mit keinem Blick. Wir hörten, wie die Eier aufs Pflaster klatschten und gegen das Auto donnerten. Diesmal kam kein Protestschrei. Die Stille war mir ungemütlich, und in meinem Unbehagen grinste ich Silver an, doch der grinste nicht zurück. Sein Gesicht war purpurrot und zuckte vor Wut, als wäre er derjenige, den man beleidigt, dem man so übel mitgespielt hatte. Er war außer sich. Laut keuchend, mit mahlenden Kiefern beugte er sich über den Rand, hielt seine Hände trichterförmig vor den Mund und schrie ein Wort, das ich nur einmal zuvor gehört hatte, vor Jahren, als mein Vater es einem Mann hinterherbrüllte, der ihm die Vorfahrt genommen hatte.

»Drecksjude!« schrie Silver, und wieder, »Drecksjude!«

*

Eines Tages gingen meine Mutter und ich hinunter zum Alkai Point, um uns anzuschauen, wie die Odd Fellows und der Lions Club Seeschlacht spielten. Das war während der *Seafair*-Messe, als die Gleitboot-Rennen veranstaltet wurden. Vom Park aus hatte man einen Blick auf den Hafen; wir konnten gerade eben die Gestalten auf den beiden Segelbooten ausmachen, die sich mit Wasserballons bewarfen und versuchten, die Enterkommandos der anderen Mannschaft abzuwehren. Eine Zuschauermenge war im Park, und immer, wenn eines dieser Enterkommandos ins Wasser geworfen wurde, lachten alle.

Meine Mutter lachte mit ihnen. Sie liebte es, Männern zuzusehen, die miteinander herumalberten; Rettungsschwimmer, Soldaten in Busbahnhöfen, Kumpels von einer Studentenverbindung, die anderen Leuten das Auto wuschen.

Es war ein heiterer Tag. Händler liefen in der Menge umher und verkauften Sonnenbrillen, Sonnenhüte und *Seafair*-Souvenirs. Mädchen sonnten sich auf Decken. Die Luft roch nach Kokosöl.

Zwei Männer mit Bierflaschen in der Hand standen in der Nähe. Sie drehten sich dauernd um und sahen uns an. Dann kam einer von ihnen zu uns rübergeschlendert. Er hielt einen Riemen in der Hand, an dem ein Fernglas baumelte. Er war tief gebräunt und trug weiße Tennisschuhe. Er hatte einen dünnen Schnurrbart und einen Bürstenhaarschnitt. »Hey, Knirps«, sagte er zu mir, »willst du das mal ausprobieren?« Während er den Riemen um meinen Hals legte und mir zeigte, wie man die Linsen scharf stellte, kam der andere Mann dazu und sagte etwas zu meiner Mutter. Sie antwortete ihm, spähte aber weiter aufs Wasser hinaus, wobei sie die Hand als Sonnenschutz über die Augen hielt. Ich stellte das Fernglas auf die Lions und die Odd Fellows ein und sah zu, wie sie sich gegenseitig über Bord stießen. Sie schienen so nahe, ich konnte ihre blassen Körper und den Ausdruck der Erschöpfung auf ihren Gesichtern sehen. Trotz der markigen Rufe, die sie von sich gaben, kletterten sie mit Mühe an den Tauen hoch und fielen zurück, sobald sie auf Widerstand stießen. Jedesmal, wenn sie ins Wasser klatschten, blieben sie ein bißchen länger drin, paddelten gerade genug, um nicht unterzugehen, und schauten lustlos nach oben auf die Boote, die sie kapern sollten.

Meine Mutter ließ sich von dem Mann neben ihr zu einem Bier einladen. Derjenige, der mir das Fernglas angeboten hatte, spürte meine Ruhelosigkeit, vielleicht sogar meine Eifersucht. Er kniete sich neben mir hin und erklärte mir die Seeschlacht, als wäre ich ein kleines Kind, doch ich nahm das Fernglas ab und gab es ihm zurück.

»Ich weiß nicht«, sagte meine Mutter gerade. »Wir sollten bald mal nach Hause gehen.«

Der Mann, mit dem sie gesprochen hatte, drehte sich zu mir um. Er war älter als der andere, ein großer, eckiger Mann mit rotblondem Haar und unkoordinierten Bewegungen, als wäre er aus dem Gleichgewicht geraten. Er trug Bermudashorts und schwarze Socken. Sein langes Gesicht war sonnenverbrannt, was seine Zähne seltsam hervorstechen ließ. »Fragen wir doch den großen Mann hier«, meinte er. »Was meinst du, großer Mann? Willst du den ganzen Rummel hier von meiner Wohnung aus angucken?« Er zeigte auf ein großes Backsteinhaus am Rande des Parks.

Ich ignorierte ihn. »Mom«, sagte ich, »ich hab' Hunger.«

»Er hat noch nicht zu Mittag gegessen«, erklärte meine Mutter.

»Mittagessen«, sagte der Mann. »Überhaupt kein Problem. Was magst du gern?« fragte er mich. »Was ist dein absolutes Lieblingsmittagessen?«

Ich sah meine Mutter an. Sie war in bester Laune, und das machte mich nur noch grimmiger, denn ich wußte, es war nicht meinetwegen. »Er mag Hamburger«, verriet sie.

»Schon unterwegs«, sagte er. Er nahm meine Mutter beim Ellbogen und führte sie durch den Park auf das Haus zu. Mir blieb nichts übrig, als mit dem anderen Mann nachzukommen, der mich interessant zu finden schien. Er wollte wissen, wie ich hieß, wo ich zur Schule ging, wo ich wohnte, wie meine Mutter hieß, wo mein Vater war. Ich war eine leichte Beute für jeden Erwachsenen, der mir Fragen stellte. Bis wir bei dem Haus angelangt waren, hatte ich vergessen, daß ich mürrisch aufgelegt war, und ihm alles über uns erzählt.

Das Innere des Hauses war höhlenartig, still und kühl. In die hochschiebbaren Fenster waren Bleiglas-Medaillons eingesetzt. Oben waren sie bogenförmig, genau wie die schweren Türen. Die Wohnzimmerdecke war mit Dachbalken gerippt und rundete sich zu einem Gewölbe hoch über uns. Ich setzte mich aufs Sofa. Der Couchtisch vor mir war voll mit leeren Bierflaschen. Meine Mutter ging zu den offenen Fenstern hinüber, die dem Hafen zugewandt waren. »Jungejunge!« rief sie. »Was für eine Aussicht!«

Der sonnenverbrannte Mann sagte: »Judd, kümmere dich um unseren Freund.«

»Komm mit, Kleiner«, meinte der Mann, mit dem ich geredet hatte. »Ich mache dir schnell was zu essen.«

Ich folgte ihm in die Küche und saß an einer Theke, während Judd lauter Sachen aus dem Kühlschrank holte. Er knallte ein Salami-Sandwich zusammen und setzte es mir vor. Er schien den Hamburger vergessen zu haben. Ich hätte etwas gesagt, aber ich wußte ziemlich genau, daß es keinen Hamburger geben würde, auch nicht, wenn ich etwas sagte.

Als wir zurück ins Wohnzimmer kamen, schaute meine Mutter durch das Fernglas aus dem Fenster. Der sonnenverbrannte Mann stand neben ihr, den Kopf zu ihrem herübergeneigt, eine Hand auf ihrer Schulter, während er mit seiner Bierflasche gestikulierend auf irgend etwas Interessantes zeigte. Er drehte sich um, als wir hereinkamen, und grinste uns an. »Da ist ja unser Held«, sagte er. »Wie läuft's? Was zu essen gekriegt? Judd, hast du dem Mann was zu essen gemacht?«

»Jawohl, Sir.«

»Prima! So ist's recht. Setzen Sie sich doch, Rosemary.

Gleich hier. Setz dich, Jack, braver Junge. Magst du Erdnüsse? Prima! Judd, bring ihm ein paar Erdnüsse. Und schaff um Himmels willen diese Flaschen hier raus.« Er saß neben meiner Mutter auf dem Sofa und lächelte mich unverwandt an, während Judd seine Finger in die Flaschen steckte und sie klirrend wegtrug. Dann kam er mit einem Teller Nüsse und ging mit den restlichen Flaschen wieder weg.

»Hier, Jack. Hau rein! Hau rein!« Er beobachtete, wie ich ein paarmal zugriff, und nickte vor sich hin, als verhielte ich mich einer Prophezeiung entsprechend, die er gemacht hatte. »Du bist ein Athlet«, sagte er. »Es steht dir ins Gesicht geschrieben. Die Augen, der Körperbau. Was spielst du, Jack, welche Sportart?«

»Baseball«, erwiderte ich. Das war nicht allzu weit von der Wahrheit entfernt. In Florida hatte ich beinahe jeden Tag gespielt und war am Ende ganz gut darin gewesen. Aber ich hatte später nicht mehr viel getan. Ich war kein Athlet und sah auch nicht danach aus, aber ich freute mich, daß er mich für einen hielt.

»Baseball!« rief er. »Judd, was habe ich dir gesagt?«

Judd hatte sich einen Stuhl am anderen Ende des Zimmers genommen, weit weg von uns. Er hob die Augenbrauen und schüttelte den Kopf über den Scharfblick des anderen.

Meine Mutter lachte und sagte etwas Neckendes. Sie nannte den Mann Gil.

»Einen Moment!« protestierte er. »Denken Sie, ich quatsche nur so daher? Judd, was habe ich über diesen jungen Mann hier gesagt? Was spielt er?«

Judd kreuzte seine dunklen Beine. »Baseball«, antwortete er.

»Aha«, sagte Gil. »Aha. Ich hoffe, das haben wir klargestellt. Jack. Zurück zu dir. Was unternimmst du sonst noch gerne?«

»Ich fahre gern Fahrrad«, verkündete ich. »Aber ich habe keins.«

Ich sah, wie die gute Laune aus dem Gesicht meiner Mutter verschwand, genau wie ich es mir gedacht hatte. Sie blickte mich kalt an, und ich blickte kalt zurück. Das Thema Fahrrad machte uns zu Feinden. Unser Problem war, daß ich ein Fahrrad wollte, und sie hatte nicht genug Geld, um mir eins zu kaufen. Sie hatte überhaupt kein Geld. Das hatte sie mir viele Male erklärt. Ich verstand das vollkommen, aber kein Fahrrad zu haben, war zu hart, als daß ich es stillschweigend hätte hinnehmen können.

Gil mimte den Ungläubigen. Er sah von mir zu meiner Mutter und wieder zurück zu mir. »Kein Fahrrad? Ein Junge ohne Fahrrad?«

»Darüber reden wir später noch«, sagte meine Mutter zu mir.

»Ich hab' doch bloß gesagt –«

»Ich weiß, was du gesagt hast.« Sie runzelte die Stirn und wandte den Blick ab.

»Augenblick mal!« schaltete sich Gil wieder ein. »Augenblick. Also, Mom, was ist hier los? Soll das allen Ernstes heißen, daß dieser Junge hier kein Fahrrad hat?«

Meine Mutter sagte: »Er muß halt noch ein bißchen warten, das ist alles.«

»Jungens können nicht auf Fahrräder warten, Rosemary. Jungens brauchen Fahrräder sofort!«

Meine Mutter zuckte die Achseln und lächelte gepreßt, wie immer, wenn sie in die Enge getrieben wurde. »Ich habe nicht genug Geld dafür«, erklärte sie ruhig.

Das Wort *Geld* hinterließ ein lastendes Schweigen.

Dann meinte Gil: »Komm, Judd, noch eine Runde. Schau mal nach, ob wir Ginger Ale für unseren Preisboxer haben.«

Judd stand auf und verließ den Raum.

Gil fragte: »Was für ein Fahrrad hättest du denn gerne, Jack?«

»Ein Schwinn-Rad, glaube ich.«

»Wirklich? Wäre dir wirklich ein Schwinn lieber als ein englisches Rennrad?« Er sah, wie ich zögerte. »Oder hättest du doch lieber ein englisches Rennrad?«

Ich nickte.

»Na, dann sag's auch! Ich kann doch deine Gedanken nicht lesen.«

»Ich hätte lieber ein englisches Rennrad.«

»Das klingt schon viel besser. Also: Von was für einem englischen Rennrad ist hier die Rede?«

Judd brachte die Drinks herein. Meiner war bitter. Ich identifizierte ihn als einen Collins Mix.

Meine Mutter lehnte sich vor und sagte: »Gil.«

Er hielt eine Hand hoch. »Was für eins, Jack?«

»Raleigh«, antwortete ich. Gil lächelte, und ich lächelte zurück.

»Eins-A-Geschmack«, sagte er. »Nur vom Besten, das gefällt mir. Welche Farbe?«

»Rot.«

»Rot. Gut, gut. Ich denke, das wird sich einrichten lassen. Hast du das alles, Judd? Ein Fahrrad, englisches Rennrad Marke Raleigh, rot.«

»Alles klar«, sagte Judd.

Meine Mutter bedankte sich und sagte, das könne sie nicht annehmen. Gil erwiderte, ich müsse es annehmen, nicht sie. Sie fing an zu debattieren, nicht halbherzig, sondern entschlossen. Gil wollte kein Wort davon hören. Einmal hielt er sich sogar die Ohren zu.

Schließlich gab sie auf. Sie lehnte sich zurück und trank einen Schluck Bier. Und ich sah, daß sie sich trotz allem, was sie gesagt hatte, wirklich darüber freute, wie sich die Dinge entwickelt hatten, nicht nur, weil es das Ende unserer Streitereien bedeutete, sondern auch, weil sie ja wirklich wollte, daß ich ein Fahrrad hatte.

»Wie sind die Erdnüsse, Jack?« erkundigte sich Gil.

Ich antwortete, sie scien lecker.

»Prima«, sagte Gil. »Das ist einfach prima.«

*

Gil und meine Mutter tranken noch zwei, drei Bier und unterhielten sich, während Judd und ich die Ausscheidungsrennen der Gleitboote im Fernsehen sahen. Am frühen Abend fuhr uns Judd zurück in die Pension. Meine Mutter und ich lagen eine Weile im Dunkeln auf unseren Betten, spürten die Brise auf der Haut und horchten auf die rauschenden Bäume draußen. Sie fragte, ob es mir etwas ausmachen würde, an diesem Abend allein zu Hause zu bleiben. Sie war zum Abendessen eingeladen worden. »Von wem?« fragte ich. »Gil und Judd?«

»Gil«, sagte sie.

»Nö«, antwortete ich. Ich freute mich. Das würde die Sache festklopfen.

Schatten erfüllten das Zimmer. Meine Mutter stand auf und nahm ein Bad, dann zog sie einen blauen Glockenrock und eine schulterfreie mexikanische Bluse an, dazu den edlen Türkis-Schmuck, den mein Vater ihr geschenkt hatte, als sie vor dem Krieg durch Arizona gefahren waren. Ohrringe, Halskette, schweres Armband, Navajo-Gürtel. Sie hatte an jenem Tag etwas Farbe bekommen; das Türkisblau wirkte besonders lebhaft, und das Blau ihrer Augen auch. Sie tupfte sich Parfüm hinter die Ohren, in die Armbeugen, auf die Handgelenke. Sie rieb die Handgelenke gegeneinander und berührte dann ihren Nacken und ihre Brust mit ihnen. Sie drehte sich hin und her und überprüfte sich im Spiegel. Dann hielt sie inne und studierte sich frontal, ganz nüchtern. Ohne ihre Augen vom Spiegel abzuwenden, fragte sie mich, wie sie aussehe. Wirklich hübsch, versicherte ich ihr.

»Das sagst du immer.«

»Na, stimmt ja auch.«

»Gut«, sagte sie. Sie warf sich noch einen letzten Blick zu, dann gingen wir nach unten.

Marian und Kathy kamen herein, während meine Mutter mir das Abendessen machte. Sie mußte sich von allen Seiten zeigen, und beide lächelten und applaudierten. Marian schob sie vom Herd weg, um mein Essen fertigzukochen, damit meine Mutter keine Flecken auf ihre Bluse machte. Meine Mutter reagierte reserviert auf ihre Fragen. Sie zogen sie auf mit diesem geheimnisvollen Mann, und als es draußen hupte, folgten sie ihr bis in die Diele, zupften ihr an den Kleidern und der Frisur herum und gaben letzte Anweisungen.

»Er hätte an die Tür kommen müssen«, sagte Marian, als sie wieder in der Küche waren.

Kathy zuckte die Achseln und sah auf die Tischplatte. Sie war inzwischen hochschwanger und wußte nicht recht, ob es ihr zustand, in Rendezvous-Fragen die feineren Unterschiede zu beurteilen.

»Er hätte an die Tür kommen müssen«, sagte Marian noch einmal.

*

In jener Nacht schlief ich schlecht. Das tat ich immer, wenn meine Mutter ausging, was damals nicht oft vorkam. Sie war erst spät zurück. Ich hörte zu, wie sie die Treppe hoch und den Flur entlang bis zu unserem Zimmer kam. Die Tür ging auf und wieder zu. Sie stand einen Augenblick lang auf der Schwelle, dann durchquerte sie den Raum und setzte sich auf ihr Bett. Sie weinte leise. »Mom?« sagte ich. Als sie nicht antwortete, stand ich auf und ging zu ihr hinüber. »Was ist passiert, Mom?« Sie sah mich an, versuchte etwas zu sagen, schüttelte den Kopf. Ich saß neben ihr und legte meine Arme um sie. Sie keuchte, als hätte jemand ihren Kopf unter Wasser gedrückt.

Ich wiegte sie hin und her und sprach leise zu ihr. Ich war geübt darin und mochte es, nicht weil sie unglücklich war, sondern weil sie mich brauchte, und wenn ich gebraucht wurde, fühlte ich mich stark. Sie zu trösten, tröstete mich.

Sie weinte sich aus, und ich half ihr ins Bett. Dann wurde sie albern, lachte und machte Witze über sich selbst, aber sie ließ meine Hand nicht los, bis sie eingeschlafen war.

Am Morgen waren wir scheu miteinander. Irgendwie kriegte ich es hin, meine Frage nicht zu stellen. Am Abend riß ich mich immer noch zusammen, aber meine Selbstbeherrschung wirkte gespielt; ich wußte, ich war zu schwach, um sie durchzuhalten.

Meine Mutter las gerade.

»Mom?« sagte ich.

Sie sah auf.

»Und das Raleigh?«

Sie widmete sich wieder ihrem Buch, ohne zu antworten. Ich fragte kein zweites Mal.

*

Marian und Kathy und meine Mutter beschlossen, gemeinsam ein Haus zu mieten. Meine Mutter erbot sich, es zu finden, und sie fand es auch. Es war die unerhörteste Beleidigung für das Auge in ganz West Seattle. Der Lack hing in Streifen an den Seiten herab, das bloßliegende Holz war verwittert und hatte bereits einen grauen, hornartigen Schimmer. Im Hof stand das Unkraut kniehoch. Die durchhängenden Dachrinnen waren mit langen Planken abgestützt, und die Eingangsstufen waren durchgefault. Um hereinzukommen, mußte man durch die Hintertür gehen. Hinter dem Haus stand eine halb eingestürzte Scheune, in der gerne kleine Kinder herumschlichen, angelockt von der Aussicht, mit Glasscherben und verrostetem Werkzeug zu spielen.

Meine Mutter nahm das Haus auf der Stelle. Der Preis war in Ordnung, fast geschenkt nämlich, und sie glaubte an seine Möglichkeiten, eine Formulierung, die der Mann, der es ihr zeigte, häufig gebrauchte. Er bestand darauf, daß wir uns nachts dort trafen, und führte uns durch die Zimmer wie ein Dieb, wobei er flüsternd die Vorteile des Hauses erläuterte. Meine Mutter, die mit zusammengekniffenen Augen zuhörte, um zu zeigen, daß sie clever war und nicht so leicht hereinzulegen, stimmte schließlich zu, daß diesem Haus nicht viel zu einem wirklich schönen Heim fehlte. Während der Mann eine Taschenlampe auf den Vertrag hielt, unterschrieb sie ihn auf der Motorhaube seines Autos.

Ansonsten standen in der Straße kleine, übermäßig gepflegte Cape Cod- oder Kolonialstilbauten mit Rasenflächen wie Golfplätze. Efeu rankte an den Schornsteinen empor. Jedes der Kolonialstilhäuser hatte einen schwarzen Adler mit ausgebreiteten Schwingen über der Tür hängen. Die Leute, die darin wohnten, kamen heraus, um uns beim Einzug zuzusehen. Sie blickten alle säuerlich drein. Später erfuhren wir, daß unser Haus, das alte Farmhaus des Viertels, vor einiger Zeit zum Abriß freigegeben und dann aufgrund der zynischen Spekulationen seines Besitzers doch noch verschont worden war.

Kathy und Marian verstummten, als sie es sahen. Mit gebeugten Schultern und starren Gesichtern trugen sie ihre Kisten die Einfahrt hoch, ohne nach links oder rechts zu schauen. In jener Nacht knallten und rumorten und grummelten sie in ihren Zimmern herum. Aber zu guter Letzt überwand meine Mutter ihren Widerstand. Sie ließ sich nicht anmerken, daß sie irgendeinen Unterschied zwischen unserem und den Nachbarhäusern erkennen konnte, außer bei einigen Kleinigkeiten, die wir selbst in der einen oder anderen freien Stunde in Ordnung bringen konnten. Sie half uns dabei, uns das Haus auszumalen, wie es nach diesen Reparaturen aussehen würde. Sie war so geschickt darin, es uns mit ihren Augen sehen zu lassen, daß wir langsam das Gefühl bekamen, alles Nötige wäre schon getan, und so lebten wir uns allmählich ein, ohne einen Finger zu rühren, um es vor dem endgültigen Einsturz zu retten.

Bald nachdem wir das Haus gekauft hatten, bekam Kathy einen Jungen, Willy. Willy war ein Clown. Selbst wenn er alleine war, schnatterte und quäkte er wie ein Papagei. Süßer, fast brechreizerregender Geruch von Milch erfüllte das Haus.

Kathy und meine Mutter arbeiteten in der Stadt, während Marian den Haushalt führte und kochte und nach Willy sah. Sie sollte sich auch um mich kümmern, aber ich rannte nach der Schule mit Taylor und Silver durch die Gegend und kam erst heim, kurz bevor mit meiner Mutter zu rechnen war. Wenn Marian mich fragte, wo ich gewesen war, log ich ihr etwas vor. Sie wußte, daß ich log, aber sie konnte mich nicht beaufsichtigen oder meine Mutter auch nur davon überzeugen, daß ich Aufsicht brauchte. Meine Mutter vertraute mir. Der Disziplin vertraute sie nicht. Ihr Vater, Daddy, hatte ihr eine Menge davon verpaßt, und was das bringen sollte, mußte ihr erst mal einer zeigen.

Daddy glaubte fest an die Knute. Als meine Mutter noch in der Wiege lag, ohrfeigte er sie, wenn sie am Daumen lutschte. Um die Angewohnheit, die sie als Kleinkind hatte, zu korrigieren – sie lief nämlich über'n großen Onkel –, zwang er sie, mit nach außen gekehrten Zehen wie eine Ente zu gehen. Kaum war sie in die Schule gekommen, prügelte Daddy sie nahezu jeden Abend, der Theorie zufolge, daß sie im Laufe des Tages bestimmt irgend etwas falsch gemacht hatte, ganz gleich, ob er davon wußte oder nicht. Er sagte ihr lange im voraus, daß er sie verprügeln würde – wenn die Familie sich zum Abendessen hinsetzte –, so daß sie schon daran denken konnte, während sie aß und ihm zuhörte, wie er über die Börse und den Trottel im Weißen Haus redete. Nach dem Dessert verprügelte er sie. Dann mußte sie ihm einen Kuß geben und sagen: »Danke schön, Daddy, daß ich das leckere Abendessen verdienen durfte.«

Meine Großmutter war eine freundliche Frau. Sie versuchte, ihre Tochter zu verteidigen, doch sie hatte ein schwaches Herz und konnte sich selbst kaum wehren. Immer wenn sie bettlägerig war, las ihr Daddy aus den Büchern von Mary Baker Eddy vor, um ihr zu beweisen, daß ihr Leiden eingebildet war, die Folge unschicklicher Gedanken. Auf ihren Sonntagsausflügen jagte er ihren Puls in die Höhe, indem er Stoppschilder überfuhr und Wettrennen mit Zügen bis zum Bahnübergang veranstaltete: Einmal nahm er einen Mann auf den Kühler und raste mehrere Straßenzüge weit mit ihm herum, wobei er laut schrie: »Runter von meinem Auto!«

Meine Mutter war Daddy völlig ausgeliefert. Als sie aufs Gymnasium kam, zwang er sie, lange, weite Damenunterwäsche zu tragen – rosa Seidenunterhosen mit Rüschen an den Beinen. Er hatte mehrere Paar von einer Kreuzfahrt

Caroline Wolff (Ellen Barkin) will mit ihrem Sohn in einer anderen Stadt ein neues Leben anfangen, doch unterwegs macht das Auto Schwierigkeiten.

Caroline (Ellen Barkin) und Toby (Leonardo DiCaprio) schleppen gutgelaunt ihr Gepäck zu dem Bus, der sie nach Seattle bringen soll.

Laßt Blumen sprechen: Dwight Hansen (Robert De Niro) zeigt sich als Kavalier.

O ja, ihr Kaffee schmeckt ihm wirklich ausgezeichnet, aber nicht nur deshalb macht Dwight (Robert De Niro) seiner Angebeteten Caroline (Ellen Barkin) das Angebot, sie zu heiraten.

nach China mitgebracht, wo sie unter Missionarsfrauen noch in Mode waren. Er drängte sie, Zigaretten zu rauchen, damit sie weniger aß, und wenn sie ins Restaurant gingen, mußte sie sich mit Brot vollstopfen. Sie durfte nicht mit Jungen ausgehen. Aber die Jungen wollten nicht aufgeben. Eines Nachts parkten einige vor ihrem Haus und sangen »When It's Springtime in the Rockies«. Als sie »Gute Nacht, Rosemary!« schrien, drehte Daddy durch. Er rannte auf die Straße, wild mit seiner .45er Marinepistole fuchtelnd. Als der Fahrer davonbrauste, gab Daddy mehrere Schüsse auf den Jungen im Rücksitz ab, der sich gerade noch duckte, als zwei Kugeln in das Blech über seinem Kopf krachten. Meine Großmutter brach zusammen und mußte Digitalis nehmen.

Daddy ließ es dabei nicht bewenden. In voller Uniform pirschte er am nächsten Morgen um den Schulparkplatz und inspizierte die Autos nach Einschüssen.

Meine Mutter ging wenige Monate nach dem Tod ihrer Mutter fort, sie war noch ein junges Mädchen. Aber Daddy hinterließ etliche Spuren. Eine davon war eine merkwürdige Unterwürfigkeit, beinahe eine Lähmung gegenüber Männern von der tyrannischen Sorte. Eine andere war ein widersprüchlicher Abscheu vor jeglichem Zwang. Sie hatte es niemals fertiggebracht, mich zu schlagen. Die paar Male, als sie es versuchte, kam ich lachend davon. Sie konnte nicht mal ihre Stimme überzeugend erheben. So wollte sie einfach nicht mit mir umgehen, und sie glaubte sowieso nicht, daß ich das brauchte.

Marian war anderer Meinung. An manchen Abenden hörte ich die beiden über mich streiten, Marian schrill, meine Mutter ruhig und unbeirrbar. Es lag nur an meinem Alter, sagte sie. Da würde ich herauswachsen. Ich war ein guter Junge.

*

An Halloween schlugen Taylor und Silver und ich ein paar Fenster in der Schulcafeteria ein. Am nächsten Tag kamen zwei Polizisten in die Schule, und mehrere Jungen, die einen schlechten Ruf hatten, wurden aus dem Unterricht gerufen und zur Rede gestellt. Niemand dachte an uns, nicht mal an Taylor, der früher schon durch zerschlagene Fensterscheiben aktenkundig geworden war. Daß keiner auf uns kam, lag daran, daß wir in der Schule, wo es wirklich hartgesottene Gören gab, die sich dauernd prügelten und den Lehrern Widerworte gaben, farblos und sanft auftraten.

Als der Unterricht zu Ende war, gab der Direktor über die Lautsprecheranlage bekannt, daß die Schuldigen identifiziert worden seien. Bevor man jedoch Maßnahmen ergreife, wolle man diesen Individuen eine Chance geben, jetzt vorzutreten und ein freiwilliges Geständnis abzulegen; das werde später zu ihrem Vorteil sein. Taylor, Silver und ich vermieden es, einander anzusehen. Wir wußten, daß es ein Bluff war, weil wir den ganzen Tag im selben Klassenzimmer zugebracht hatten. Sonst hätte der Trick wohl gewirkt. Wir trauten einander nicht, und jeder Verdacht, daß einer von uns schwach werden könnte, hätte eine Sturmflut des Verrats ausgelöst.

Wir kamen ungeschoren davon. Eine Woche später kehrten wir nach dem Kino zurück, um noch ein paar Fenster einzuschlagen, und machten schleunigst einen Rückzieher, als ein Auto auf den Parkplatz bog und ein paar Minuten mit laufendem Motor dort stehenblieb, bevor es wieder wegfuhr. Daß sich die Polizei für unsere Tat interessierte, machte uns nicht etwa vorsichtiger, sondern ermunterte uns noch. Wir wurden überheblich und irrsinnig arrogant, uns schwoll der Kamm vor Selbstsicherheit. Wir zerschmissen Fenster. Wir zerschmissen Straßenlaternen. Wir knackten die Türen von Autos, die am Hang geparkt waren, und lösten die Handbremse, so daß sie in die weiter unten abgestellten Wagen krachten. Wir zündeten Tüten voll Scheiße an und legten sie vor die Haustüren, aber die Leute traten das Feuer nicht aus, wie sie eigentlich sollten; statt dessen warteten sie mit angeekeltem Gesichtsausdruck ab, daß die Tüten ausbrannten, und warfen nur ab und zu einen Blick in die Finsternis, von wo sie unsere Blicke spürten.

Wir taten all das im Dunkeln und am hellichten Tage, und der Klang von splitterndem Glas, jaulenden Katzen und knirschendem Metall begleitete uns dabei.

Und wir stahlen. Zu Anfang gehörte das Stehlen zu unserem Rowdy-Alltag, und für Taylor und Silver hatte es auch nie eine andere Bedeutung. Für mich aber war das Stehlen eine so überaus ernsthafte Angelegenheit, daß ich diese Ernsthaftigkeit schließlich vor ihnen verbarg, damit sie nicht sahen, welche Macht es über mich hatte. Ich war ein Dieb. Ein Meisterdieb, nach meiner eigenen Einschätzung. Wenn ich durch die Gänge der Billigkaufhäuser schlenderte, mit sanftem Gesichtsausdruck bei Klappmessern und Spielzeugautos verweilte und dabei unschuldiger aussah, als ein unschuldiger Mensch je Anlaß hat, auszusehen, dann bildete ich mir ein, daß die Verkäuferinnen, die gelegentlich zu mir herüberschauten, einen redlichen jungen Kunden in mir sahen, nicht den offenkundigen kleinen Kleptomanen. Und wenn ich es schließlich fertigbrachte, etwas zu klauen, glaubte ich, ich wäre damit durchgekommen, weil ich so superschlau war, nicht weil diese Frauen schon den ganzen Tag auf den Beinen waren und viel zu müde für einen Ladendieb und den Aufruhr, den er verursachen würde: seine falsche Entrüstung, dann seinen Schrecken, seine Tränen; viel zu müde für den triumphierenden Auftritt des Geschäftsführers, die Polizisten, den Papierkram und das schale Gefühl, wenn alles vorbei war.

Ich versteckte die Sachen, die ich stahl. Hin und wieder holte ich sie hervor, drehte und wendete sie in meinen Händen, betrachtete sie dumpf. Außerhalb des Ladens interessierten sie mich nicht, außer die Klappmesser, die ich auf Bäume warf, bis die Klingen abbrachen.

*

Einige Monate, nachdem wir in das Haus gezogen waren, verlobte sich Marian mit ihrem Freund von der Marine. Dann verlobte sich Kathy mit einem Mann aus ihrem Büro.

Marian fand, meine Mutter sollte sich auch verloben, und versuchte, sie zu verkuppeln. Sie setzte eine kurze Parade von Freiern in Gang. Einer nach dem andern kamen sie den Weg zum Haus hoch, starrten die kaputten Stufen an und gingen zur Hintertür; dann, wenn sie in die Küche kamen, drückten sie die Schultern durch und setzten eine leutselige Miene auf, wie einen Partyhut. Selbst ich konnte sehen, daß sie mit dieser aufgesetzten Fröhlichkeit nur Hoffnungslosigkeit kaschierten, die – das durchschaute ich allerdings nicht – in der Überzeugung wurzelte, daß auch diese Frau keinen Gefallen an ihnen finden würde. Diese Überzeugung war so stark, daß sie prompt Wirklichkeit wurde.

Da war ein Matrose, der mir Zaubertricks mit Bindfäden vormachte, die er an seinen Fingern festgebunden hatte, und der nicht willens schien, das Haus mit meiner Mutter zu verlassen. Ein Mann kam betrunken an und mußte in einem Taxi fortgeschickt werden. Ein alter Mann tauchte auf, der, wie meine Mutter mir später erzählte, Geld von ihr zu borgen versuchte. Und dann kam Dwight.

Dwight war klein und hatte lockiges braunes Haar und traurige, unruhige braune Augen. Er roch nach Benzin. Seine Beine waren zu kurz für seinen Körper mit dem breiten Brustkasten, aber was ihnen an Länge fehlte, glichen sie durch Sprungkraft aus; er hatte eine abrupte, überraschende Art, aufzuspringen. Ich war noch niemandem begegnet, der sich anzog wie er – zweifarbige Schuhe, handbemalter Schlips, Blazer mit Monogramm und Tüchlein mit Monogramm in der Brusttasche. Dwight kam immer wieder, was ihn an die Spitze der Freier setzte. Meine Mutter sagte, er sei ein guter Tänzer – er war tatsächlich flink mit diesen Beinen. Außerdem war er sehr freundlich, sehr zuvorkommend.

Ich machte mir wegen Dwight keine Sorgen. Er war zu klein. Er war Automechaniker. Er hatte die falschen Kleider an. Ich wußte nicht, warum sie falsch waren, aber sie waren es. Wir waren doch nicht von so weit her gekommen, um nun bei ihm zu landen. Er wohnte nicht mal in Seattle; er wohnte in einem Ort namens Chinook, einem winzigen

Dorf hoch oben in den Cascade Mountains, drei Stunden entfernt von Seattle, Richtung Norden. Außerdem war er schon einmal verheiratet gewesen. Er hatte selbst drei Kinder, die bei ihm lebten, alles Teenager. Ich wußte, meine Mutter würde sich niemals in so einen Schlamassel verwikkeln lassen.

Und obwohl Dwight immer wieder aus den Bergen in die Stadt kam, um meine Mutter zu treffen, zuerst jedes zweite, dann jedes Wochenende, schien er zu spüren, daß es sinnlos war. Seine kleinen Aufmerksamkeiten für meine Mutter wirkten wie die eines schwanzwedelnden jungen Hundes, als wisse er, daß seine Chancen, sie zu ergattern, lächerlich gering waren; selbst die Tatsache, daß er in ihrer Nähe sein durfte, war ein Glücksfall für ihn, der davon abhing, daß er jederzeit Verehrung, Schwung, Optimismus und jede nur erdenklich gute Laune an den Tag legte.

Er bemühte sich einfach zu sehr. Kein Auge entlarvt diese Art Anstrengung schneller als das eines Rivalen, noch dazu, wenn er ein Kind ist. Ich schnappte jede Nuance von Dwights kläglichem Charakter auf und speicherte sie, seine Gewohnheit, sich über die Lippen zu lecken, die Art und Weise, wie sein Blick von Gesicht zu Gesicht irrte, um warnende Anzeichen von Mißbilligung oder Langeweile zu entdecken, sein unsicheres Lächeln, der falsche Klang seines Lachens bei Witzen, die er nicht ganz kapiert hatte. Man konnte nie einfach in die Küche gehen und sich einen Drink machen, Dwight mußte aufspringen und es für einen tun. Keiner konnte eine Tür öffnen oder einen Mantel anziehen, ohne daß er ihm behilflich war. Nicht mal ihre eigenen Zigaretten konnten sie rauchen, sie mußten eine von Dwight nehmen und das langwierige Drama des Anzündens über sich ergehen lassen: das Hervorholen seines mit Monogramm versehenen *Zippo*-Feuerzeugs aus dem Samtetui; das Aufklappen des Deckels durch einen Schlag gegen sein Hosenbein; das Darbieten der hohen Flamme mit ihrer Krone aus öligem Rauch – und dann das ganze Ritual in umgekehrter Reihenfolge.

Ich war ein guter Imitator, oder jedenfalls ein gnadenloser, und Dwight war ein leichtes Opfer. Ich ging an die Arbeit, sobald er das Haus verließ. Meine Mutter und Kathy versuchten, ernst zu bleiben, mußten dann aber doch lachen, und Marian genauso, obwohl sie sich niemals ganz gehenließ. »Dwight ist nicht so übel«, pflegte sie zu meiner Mutter zu sagen, und meine Mutter nickte dann. »Er ist sehr nett«, fügte Marian hinzu, und meine Mutter nickte wieder und sagte: »Das reicht, Jack.«

*

Wir verbrachten das Erntedankfest in Chinook mit Dwight und seinen Kindern. Einige Nächte zuvor war Schnee gefallen. Im Tal war er geschmolzen, bedeckte aber noch die Bäume auf den oberen Hängen. Als wir eintrafen, standen sie in purpurrotem Schatten. Die Sonne war bereits hinter den Bergen untergegangen, obwohl es erst später Nachmittag war.

Dwights Kinder kamen uns entgegen, als wir vorfuhren. Die beiden ältesten, ein Junge und ein Mädchen, warteten unten an der Eingangstreppe, während ein zweites Mädchen, das ungefähr in meinem Alter war, zu meiner Mutter rannte und seine Arme um ihre Taille schlang. Das widerte mich zutiefst an. Das Mädchen war dürr, sein Gesicht hager, und auf dem Hinterkopf hatte es eine kahle Stelle, so groß wie ein Silberdollar. Es gab eine Art wimmerndes Geräusch von sich, während es sich an meine Mutter klammerte, die, anstatt diese Person wegzustoßen, lachte und die Umarmung erwiderte.

»Das ist Pearl«, sagte Dwight und befreite meine Mutter irgendwie aus ihrem Griff. Pearl schaute zu mir herüber. Sie lächelte nicht, und ich lächelte auch nicht.

Wir gingen zum Haus und begrüßten die anderen. Beide waren größer als Dwight. Skipper hatte einen keilförmigen Kopf, hinten flach und vorne spitz, mit eng zusammenstehenden Augen und einer langen Klinge von Nase. Er trug einen Bürstenhaarschnitt. Skipper betrachtete mich mit höflichem Desinteresse und wandte seine Aufmerksamkeit meiner Mutter zu, die er ernst, aber wohlerzogen begrüßte. Norma sagte bloß »Hi!« und wuschelte mein Haar durcheinander. Ich sah zu ihr empor, und bis wir Chinook zwei Tage später wieder verließen, wandte ich meine Augen nur von ihr, wenn ich schlief oder wenn sich jemand dazwischenstellte.

Norma war siebzehn, reif und hübsch. Ihre Lippen waren voll und rot und sahen immer ein bißchen geschwollen aus, als wäre sie gerade aufgewacht, und sie bewegte sich auch verschlafen und träge. Sie streckte sich oft. Dann spannte sich ihre Bluse und ging zwischen den Knöpfen ein wenig auf, so daß man milchige Streifen ihres Bauches sehen konnte. Sie hatte die weißeste Haut, die man sich vorstellen kann. Dickes rotes Haar, das sie schläfrig aus der Stirn strich. Grüne Augen mit braunen Sprenkeln. Sie benutzte Lavendelwasser, und die schwache Süße des Geruchs mischte sich mit der Wärme, die sie ausstrahlte. Manchmal, wenn wir nur herumalberten, legte sie, ohne sich etwas dabei zu denken, ihren Arm um meine Schultern, puffte mich mit ihrer Hüfte oder zog mich an ihr hoch.

Falls Norma mein unerschütterliches Starren bemerkte, nahm sie es als selbstverständlich hin. Sie schien nie überrascht zu sein oder verlegen. Wenn unsere Augen sich trafen, lächelte sie.

Wir trugen unser Gepäck hinein und machten einen Rundgang durchs Haus. Es war kein richtiges Haus, sondern die Hälfte einer Baracke, in der deutsche Kriegsgefangene untergebracht worden waren. Nach dem Krieg war sie in ein Zweifamilienhaus umgewandelt worden. Eine Familie namens Miller lebte auf der einen Seite, Dwights Familie auf der anderen. Es gab drei Schlafzimmer, gegenüber die Küche, dann Eßzimmer und Wohnzimmer am Ende eines schmalen Flurs. Die Zimmer waren klein und dunkel. Mit verschränkten Armen spähte meine Mutter hinein, voll falscher Überschwenglichkeit. Dwight spürte ihre Vorbehalte.

Er wedelte mit den Händen und erklärte seine Renovierungspläne. Meine Mutter konnte sich nicht zurückhalten und steuerte ein paar eigene Vorschläge bei, die Dwight so sehr begeisterten, daß er sie alle übernahm, auf der Stelle.

*

Nach dem Abendessen ging meine Mutter mit Dwight aus, um ein paar von seinen Freunden kennenzulernen. Ich half Norma und Pearl beim Abwasch, dann holte Skipper das Monopoly-Brett, und wir spielten zwei Runden. Pearl gewann beide Male, weil es ihr so wichtig war. Sie beobachtete uns mißtrauisch und trug uns ständig die Regeln vor, während sie sich an ihren wachsenden Stapeln von Besitzurkunden und Geld weidete.

Nachdem sie gewonnen hatte, erklärte sie uns haarklein, was wir falsch gemacht hatten.

Meine Mutter weckte mich auf, als sie hereinkam. Wir teilten uns das Sofabett im Wohnzimmer, und sie drehte sich dauernd um und schüttelte das Kissen auf. Sie konnte keine Ruhe finden. Als ich sie fragte, was los sei, antwortete sie: »Nichts. Schlaf ein.« Dann richtete sie sich auf einem Ellbogen auf und wisperte: »Was hältst du denn davon?«

»Sie sind in Ordnung«, sagte ich. »Norma ist nett.«

»Sie sind alle nett«, erwiderte sie. Sie legte sich wieder hin. Immer noch flüsternd sagte sie, sie hätte sie alle gern, fühle sich aber ein bißchen bedrängt. Sie wollte nichts überstürzen.

Das leuchtete ein, sagte ich.

Sie fuhr fort, bei der Arbeit laufe alles wirklich sehr gut. Sie hatte das Gefühl, endlich mal weiterzukommen. Sie wollte jetzt nicht aufhören, nicht gerade jetzt. Ob ich wüßte, was sie meinte?

Ich wüßte genau, was sie meinte, sagte ich.

»Ist das selbstsüchtig?« fragte sie. Marian fand, sie sollte heiraten. Marian fand, ich brauchte einen Vater, und zwar einen, der hart durchgriff. Aber sie *wollte* eigentlich nicht heiraten, nicht wirklich. Jedenfalls jetzt nicht. Vielleicht später, wenn sie sich bereit dazu fühlte, aber nicht jetzt.

Das war in Ordnung, was mich betraf, sagte ich. Später, das war in Ordnung.

*

Am nächsten Tag war Erntedankfest. Nach dem Frühstück packte Dwight uns alle ins Auto und machte eine Rundfahrt durch Chinook. Chinook war eine Firmensiedlung und gehörte dem Elektrizitätswerk von Seattle. Ein paar hundert Leute lebten hier in säuberlichen Häuserreihen und umgebauten Baracken, alle weiß mit grünen Fenster- und Türrahmen. Die Straßen zwischen den Häusern waren von Rhododendronhecken gesäumt, und Dwight sagte, sie blühten den ganzen Sommer lang. Der Ort bot den anmutigen gepflegten Anblick eines alten Militärcamps, und so nannte ihn auch jeder – das Camp. Die meisten Männer arbeiteten im Kraftwerk oder an einem der drei Staudämme des Skagit, der durch die Ortschaft floß, ein tiefer, reißender Fluß, der an beiden Seiten von steilen Bergen eingezwängt war. Das Tal zwischen ihnen war an der Stelle, wo Chinook lag, ungefähr achthundert Meter breit. Die Hänge waren stark bewaldet, die Bäume hatten sogar in Granitböden und Geröllrinnen Wurzeln geschlagen. Nebelschwaden hingen in den Baumwipfeln.

Dwight nahm sich viel Zeit, um uns alles vorzuführen. Nachdem wir den Ort gesehen hatten, fuhr er uns stromaufwärts über eine schmale Straße, die auf der einen Seite steil zum Fluß hin abfiel, auf der anderen von überhängenden Felsbrocken überragt wurde. Beim Fahren zählte er die Vorteile des Lebens in Chinook auf. Die Luft. Das Wasser. Keine Verbrechen, keine Jugendkriminalität. Wer Landschaft wollte, mußte nur vor die Tür treten, die man nie abzuschließen brauchte. Jagen. Angeln. Der Skagit war nämlich einer der reichsten Forellengründe der Welt. Ted Williams – der, was nicht viele Leute wußten, ein Weltklasseangler war, nicht nur eine Baseballgröße, ganz zu schweigen vom Kriegshelden – Ted Williams war jahrelang zum Angeln hierher gekommen.

Pearl saß vorne zwischen Dwight und meiner Mutter. Sie hatte ihren Kopf an die Schulter meiner Mutter gelegt und saß fast auf ihrem Schoß. Ich hockte hinten zwischen Skipper und Norma. Sie schwiegen. Einmal drehte sich meine Mutter um und fragte: »Und ihr, Kinder? Wie findet ihr es hier?«

Sie sahen sich an. Skipper sagte: »Prima.«

»Prima«, echote Norma. »Bloß ein bißchen abgelegen, das ist alles.«

»So abgelegen nun auch wieder nicht«, sagte Dwight.

»Na ja«, meinte Norma. »Vielleicht nicht *so* abgelegen. Aber schon ganz schön abgelegen.«

»Es gibt hier eine Menge zu tun, wenn ihr Blagen nur mal die Initiative ergreifen würdet«, sagte Dwight. »Als ich ein Kind war, hatten wir nicht all die Sachen, die ihr heute habt, wir hatten keinen Plattenspieler, wir hatten kein Fernsehen und all das, aber wir langweilten uns nie. Wir langweilten uns nie. Wir gebrauchten unsere Phantasie. Wir lasen die Klassiker. Wir spielten Musikinstrumente. Es gibt absolut keine Entschuldigung für ein Kind, sich zu langweilen. Jedenfalls nicht bei mir. Zeig mir ein Kind, das sich langweilt, und ich zeige dir ein faules Kind.«

Meine Mutter warf Dwight einen Blick zu und drehte sich dann wieder zu Norma und Skipper um. »Du wirst dieses Jahr mit der Schule fertig, stimmt's?« fragte sie Skipper.

Er nickte.

»Und du hast noch ein Jahr vor dir«, sagte sie zu Norma.

»Noch ein Jahr«, antwortete Norma. »Noch ein Jahr, und dann mache ich mich aus dem Staub.«

»Wie ist die Schule hier?«

»Es gibt keine. Nur eine Volksschule. Wir gehen auf die Concrete.«

»Concrete?«

»Concrete High School«, sagte Norma.

»Ist das der Name einer *Stadt*?«

»Wir sind auf dem Hinweg durchgefahren«, bestätigte Dwight. »Concrete.«

»Concrete«, wiederholte meine Mutter.

»Ein paar Meilen flußabwärts«, sagte Dwight.

»Vierzig Meilen«, warf Norma ein.

»Nun mach mal 'nen Punkt«, sagte Dwight. »So weit ist es nicht.«

»Neununddreißig Meilen«, beharrte Skipper. »Genau. Ich habe es gemessen.«

»Was macht das schon für einen Unterschied!« sagte Dwight. »Ihr würdet genauso quengeln, wenn die verdammte Schule gleich nebenan wäre. Wenn ihr nichts anderes könnt, als euch zu beklagen, dann wär' ich euch dankbar, wenn ihr es einfach lassen würdet. Laßt es einfach bleiben, ja, seid so gut.« Dwight sah sich immer wieder um, während er sprach. Seine Unterlippe war vorgewölbt, und seine unteren Zähne waren zu sehen. Das Auto schlingerte auf der Straße hin und her.

»Ich bin in der fünften Klasse«, sagte Pearl.

Niemand antwortete ihr.

Wir fuhren eine Zeitlang weiter. Dann bat meine Mutter Dwight, rechts ranzufahren. Sie wollte ein paar Fotos machen. Dwight und Norma und Skipper und Pearl sollten sich zusammen am Straßenrand aufstellen, vor die schneebedeckten Gipfel, die in der Ferne emporragten. Darauf grapschte sich Norma die Kamera und begann alle herumzukommandieren. Das letzte Foto machte sie von Pearl und mir. »Näher!« schrie sie. »Na los! Okay, jetzt faßt euch an. An den Händen! *Hände*, schon mal gehört? Ungefähr am Ende eurer Arme?« Sie rannte zu uns herüber, nahm Pearls linke Hand, legte sie in meine Rechte, schlang meine Finger darum und lief wieder zurück zu ihrer Ausgangsposition und richtete die Kamera auf uns.

Pearl ließ ihre Hand leichenschlaff hängen. Ich genauso. Wir starrten beide Norma an. »O jemine«, sagte sie. »Eine Totgeburt.«

Auf dem Rückweg nach Chinook meinte meine Mutter: »Dwight, ich wußte nicht, daß du ein Instrument spielst. Was denn für eins?«

Dwight kaute auf einer unangezündeten Zigarre herum. Er nahm sie aus dem Mund. »Ein bißchen Klavier«, sagte er. »Hauptsächlich Saxophon. Altsaxophon.«

Skipper und Norma warfen sich einen schnellen Blick zu und schauten wieder weg, aus dem Fenster.

*

Als Dwight uns zum erstenmal nach Chinook einlud, kriegte er mich herum, indem er erwähnte, daß der Schützenverein ein Truthahnschießen veranstalten würde. Wenn ich wollte, sagte er, könnte ich meine Winchester mitbringen und am Wettbewerb teilnehmen. Ich hatte nicht mehr geschossen, ja, das Gewehr nicht einmal in der Hand gehalten, seit wir Salt Lake City verlassen hatten. Alle paar Wochen stellte ich das ganze Haus auf den Kopf, um es zu finden, aber meine Mutter hatte es woanders versteckt, wahrscheinlich in ihrem Büro in der Stadt.

Die Fahrt nach Chinook war für mich die Wiedervereinigung mit meinem Gewehr. Während des Kunstunterrichts machte ich Zeichnungen davon und zeigte sie Taylor und Silver, die starke Zweifel hatten, ob es überhaupt existierte. Ich malte auch ein Bild, das mich darstellte, wie ich durch das Visier auf dem Lauf meines Gewehrs einen großen Puter mit rollenden Augen und langen roten Kehllappen aufs Korn nahm.

Das Truthahnschießen fand um zwölf Uhr mittags statt. Dwight, Pearl, meine Mutter und ich fuhren zum Schießplatz hinunter, während Skipper verschwand, um an einem Auto zu arbeiten, das er gerade frisierte. Norma blieb zu Hause und kochte. Erst als wir schon am Schießplatz waren, kam Dwight dazu, mir zu sagen, daß es bei diesem Truthahnschießen in Wirklichkeit keinen Truthahn gab. Die Zielscheiben waren aus Papier – regelgemäße Wettbewerbszielscheiben. Es gab nicht einmal einen Truthahn zu gewinnen; der erste Preis war ein geräucherter Virginia-Schinken. *Truthahnschießen* war einfach eine Redewendung, meinte Dwight. Er dachte, jeder wüßte das.

Außerdem erwähnte er ganz nebenbei, als wäre diese Mitteilung völlig folgenlos, daß ich schließlich und endlich überhaupt nicht schießen durfte. Es war für Erwachsene, nicht für Kinder. Das hatte ihnen gerade noch gefehlt, ein Haufen Gören, die mit Gewehren durch die Gegend rannten.

»Aber du hast doch gesagt, ich könnte.«

Dwight setzte meine Winchester zusammen. Offensichtlich hatte er vor, sie selber zu benutzen. »Ich habe es erst vor ein paar Tagen erfahren«, erwiderte er.

Ich konnte ihm ansehen, daß er log – daß er es schon die ganze Zeit gewußt hatte. Ich konnte überhaupt nichts tun, nur dastehen und ihn anstarren. Pearl beobachtete mich mit einem kleinen Lächeln.

»Dwight«, sagte meine Mutter, »du hast es ihm wirklich gesagt.«

Er antwortete: »Ich mache die Regeln nicht, Rosemary.«

Ich wollte widersprechen, aber meine Mutter kniff mich fest in die Schulter. Als ich zu ihr hochsah, schüttelte sie den Kopf.

Dwight begriff nicht, wie die Teile des Gewehres zusammenpaßten, also zeigte ich es ihm, während er zusah. »Das«, sagte er, »ist die Waffe mit der blödsinnigsten Konstruktion, die ich je in meinem Leben gesehen habe, ohne Ausnahme.«

Ein Mann mit einer Liste kam auf uns zu. Er sammelte das Eintrittsgeld ein. Nachdem Dwight ihn bezahlt hatte, wandte er sich zum Gehen, doch meine Mutter hielt ihn zurück und streckte ihm ebenfalls Geld entgegen. Er sah es an, dann schaute er auf seine Liste.

»Wolff«, sagte sie, »Rosemary Wolff.«

Er studierte weiterhin seine Liste und fragte sie, ob sie schießen wolle.

Sie sagte ja.

Er sah zu Dwight herüber, der sich am Gewehr zu schaffen machte. Dann schlug er seine Augen nieder und murmelte etwas von den Regeln.

»Das ist doch ein NRA-Verein, oder?« fragte meine Mutter.

Er nickte.

»Nun, ich bin beitragszahlendes Mitglied des NRA, und dadurch berechtigt, auch an den Veranstaltungen anderer Ortsgruppen teilzunehmen, wenn ich nicht bei meiner eigenen bin.« Sie sagte das alles sehr freundlich.

Schließlich nahm er das Geld. »Sie werden die einzige Frau sein, die schießt.«

Sie lächelte.

Er schrieb ihren Namen auf. »Warum auch nicht?« meinte er plötzlich, unsicher. »Warum zum Teufel nicht.« Er gab ihr eine Nummer und schlenderte zu einer anderen Gruppe Schützen.

Dwights Nummer wurde früh aufgerufen. Er feuerte seine zehn Schuß in schneller Folge hintereinander ab, machte kaum eine Atempause und erzielte ein lausiges Ergebnis. Einige von seinen Schüssen hatten nicht mal das Papier getroffen. Als sein Resultat ausgerufen wurde, reichte er das Gewehr meiner Mutter. »Wo hast du diesen Schießprügel überhaupt her?« fragte er mich.

Meine Mutter antwortete. »Ein Freund von mir hat es ihm geschenkt.«

»Schöner Freund«, sagte er. »Dieses Ding ist gefährlich. Du solltest es loswerden. Produziert nur Querschläger.« Er fügte hinzu: »Wahrscheinlich ist der Lauf verrostet.«

»Der Lauf ist perfekt«, gab ich zurück.

Die Nummer meiner Mutter hätte nach Dwight aufgerufen werden müssen, aber sie kam nicht. Ein Mann nach dem anderen trat vor an die Linie, während sie dastand und alles beobachtete. Ich wurde kribbelig, und kalt war mir auch. Nachdem ich lange gewartet hatte, ging ich zum Fluß hinüber und versuchte, Steine hüpfen zu lassen. Dunst trieb über das Wasser. Meine Finger wurden taub, aber ich machte immer weiter, bis das Knallen der Gewehrschüsse aufhörte und eine Stille hinterließ, in der ich mich sehr allein fühlte. Als ich zurückkam, war meine Mutter schon fertig. Sie stand mit einigen der Männer herum. Andere brachten ihre Gewehre ins Auto, reichten Flaschen weiter, hin und zurück, und riefen sich Dinge zu, als sie in der Dämmerung verschwanden. »Du hast mich verpaßt!« sagte sie, als ich auftauchte.

Ich fragte, wie sie abgeschnitten hatte.

»Dwight hat ein Prachtexemplar mitgebracht«, meinte einer der Männer.

»Hast du gewonnen?«

Sie nickte.

»Du hast gewonnen? Ohne Witz?«

Sie posierte mit dem Gewehr.

Ich wartete, während meine Mutter mit den Männern herumscherzte und zahme Beleidigungen austauschte. Vor Kälte und vor lauter Vergnügen, bewundert zu werden, hatte sie rote Wangen. Dann sagte sie Auf Wiedersehen, und wir gingen zum Auto hinüber. Ich sagte: »Ich habe gar nicht gewußt, daß du Mitglied im NRA bist.«

»Ich bin ein bißchen mit den Beitragszahlungen zurück«, antwortete sie.

Dwight und Pearl saßen vorne, den Schinken zwischen sich. Als wir einstiegen, sagten beide kein Wort. Dwight brauste davon und fuhr schnurstracks zum Haus zurück, wo er über den Flur in sein Zimmer stampfte und die Tür hinter sich schloß.

Wir gingen zu Norma und Skipper in die Küche. Norma hatte den Truthahn aus dem Ofen geholt, und das ganze Haus duftete danach. Als sie erfuhr, daß meine Mutter gewonnen hatte, meinte sie: »Jungejunge, da steht uns noch was bevor. Er denkt, er ist ein großer Jäger.«

»Er hat mal ein Reh getötet«, sagte Pearl.

»Ja, mit dem Auto«, gab Norma zurück.

Skipper stand auf und ging den Flur entlang zu Dwights Zimmer. Ein paar Minuten später kamen sie beide wieder,

Dwight steif und unbeholfen. Skipper neckte ihn auf eine schüchterne, liebevolle Weise, und Dwight nahm es gut auf. Meine Mutter tat, als wäre nichts gewesen. Dann kam Dwight in Stimmung und machte Drinks für sie beide, und bald amüsierten wir uns alle prächtig. Wir setzten uns an den wunderschönen Tisch, den Norma für uns gedeckt hatte, und aßen Truthahn und Füllsel und kandierte Süßkartoffeln und Lebertunke und Preiselbeersoße. Nach dem Essen sangen wir, »Harvest Moon«, »Birmingham Jail« und »High Above Cayuga's Waters«. Ich kriegte Komplimente, weil ich alle Texte konnte. Wir stießen auf Norma an, weil sie den Truthahn so gut zubereitet hatte, und auf meine Mutter, weil sie das Truthahnschießen gewonnen hatte.

Sie hatte immer noch gerötete Wangen und war sehr gesprächig. Das ganze Reden über Truthähne erinnerte sie an ein Erntedankfest nach dem Krieg, das sie und mein Bruder und ich auf einer Truthahnfarm in Connecticut verbracht hatten. Häuser waren knapp, und wir waren pleite, deshalb hatte mein Vater uns bei diesen Truthahnfarmern untergebracht, während er unten in Peru arbeitete. Die Truthahnfarmer waren Neulinge. Vor dem Erntedankfest hatten sie ihre Truthähne in einem ungeheizten Schuppen geschlachtet, und das ganze Blut gefror in ihren Körpern und färbte sie lila. Der Fleischer des Ortes kam vorbei und warf einen Blick drauf. Er schlug vor, daß die Vögel ein paar Tage lang in einem warmen Wasserbad liegen sollten – vielleicht würde das die ganze Sache auftauen, und sie würden rosa. Das Bad, das sie dazu benutzten, war unseres. Fast zwei Wochen lang trieben diese beuligen blauen Kadaver in unserer Wanne.

Als meine Mutter mit ihrer Geschichte zu Ende war, sagte Dwight nichts. Dann kam er mit seiner eigenen von einem Erntedankfest, das er auf den Philippinen verbracht hatte, als verhungernde japanische Soldaten aus dem Dschungel gerannt kamen und bei der Essensausgabe in die Töpfe grapschten, und nicht einer in der Schlange versuchte, auf sie zu schießen.

Diese Geschichte erinnerte Pearl an Chinesisches Halma. Dwight und Skipper wollten nicht spielen, aber alle anderen machten mit. Zuerst spielte jeder gegen jeden und dann spielten wir in Mannschaften. Pearl und ich spielten die letzte Runde zusammen. Es war knapp – äußerst knapp. Als Pearl den entscheidenden Zug machte, hüpften wir auf und nieder und krähten und klopften uns gegenseitig auf die Schultern.

*

Dwight fuhr uns früh am nächsten Morgen nach Seattle hinunter. Er hielt auf der Brücke an, die aus dem Camp führte, damit wir die Lachse im Wasser unter uns sehen konnten. Er zeigte sie uns, dunkle Umrisse zwischen den Felsen. Sie waren den weiten Weg aus dem Ozean hergekommen, um hier zu laichen, sagte Dwight, und dann mußten sie sterben. Sie starben jetzt schon. Der Wechsel vom Salzwasser zum Süßwasser hatte ihr Fleisch verfaulen lassen. In langen Streifen hing es von ihren Körpern und wehte in der Strömung.

*

Taylor und Silver und ich hingen manchmal in der Mittagspause auf den Toiletten herum. Wir rauchten Zigaretten, kämmten unsere Haare und tauschten interessante, der allgemeinen Öffentlichkeit nicht zugängliche Fakten über Frauen aus.

Es war kurz nach dem Erntedankfest. Ich erzählte Taylor und Silver und zwei Glimmstengelfressern, die praktisch in den Toiletten lebten, die Geschichte, wie ich den Truthahn in Chinook erlegt hatte. »Weißt du, ich hab' ihn *weg*geblasen, Mann – ich hab' seinen verdammten Kopf einfach weggeblasen!«

Zuerst reagierte keiner. Silver machte einen Lungenzug und blies den Rauch dann langsam zur Decke. »Mit 'ner .22er«, sagte er.

»Bei deinem Arsch«, bestätigte ich. ».22er Winchester. Halbautomatisch.«

»Wolff«, sagte er, »du quatschst vielleicht eine Scheiße.«

«Fuck you, Silver. Mir doch egal, was du denkst.«

»Eine .22er macht ihm doch höchstens ein Loch in den Kopf.«

Ich nahm einen Zug und ließ den Rauch beim Sprechen aus meinem Mund strömen. »Eine Kugel vielleicht.«

»Oh. Oh, ich verstehe – du hast ihn mehr als einmal getroffen. Während er flog. In den Kopf.«

Ich nickte.

Silver brüllte. Auch die anderen Typen zeigten Anzeichen von Ungläubigkeit. »Fuck you, Silver«, sagte ich, und als er noch einmal aufbrüllte, sagte ich wieder: »Fuck. You. Fuck. You.« Ich sagte es immer weiter, während ich zu der frisch gestrichenen Wand hinüberging und meinen Kamm herauszog. Es war ein Mädchenkamm. Wir hatten alle solche, sie schauten aus unseren Gesäßtaschen hervor. Mit dem Kammgriff kratzte ich FUCK YOU in die feuchte Farbe und sagte noch einmal zu Silver: »Fuck you.«

Die zwei Glimmstengelfresser schmissen ihre Zigaretten weg und hauten ab. Dann Silver und Taylor. Ich warf den Kamm weg und folgte ihnen.

In der ersten Stunde nach der Mittagspause kam der Konrektor in jedes Klassenzimmer und verlangte die Namen der Schüler, die dafür verantwortlich waren, daß auf der Jungentoilette eine Obszönität an die Wand geschrieben worden war. Er sagte, er habe genug von dem pflichtvergessenen Verhalten einiger weniger verdorbener Elemente. Und die hätten Namen. Nun, er wollte diese Namen haben, und er würde sie auch kriegen, und wenn er jeden einzelnen von uns die ganze Nacht hier festhalten müßte.

Der Konrektor war neu und hartgesotten; er meinte, was er sagte. Ich wußte, er würde diese Sache nicht fallenlassen, er würde dranbleiben, bis er mich gekriegt hatte. Ich bekam Angst. Noch mehr als seine Wut erschreckte mich seine Rechtschaffenheit, so sehr, daß ich Magenkrämpfe bekam.

Im Laufe des Nachmittags wurden die Krämpfe schlimmer, und ich mußte in den Erste-Hilfe-Raum gehen. Dort stöberte mich der Konrektor schließlich auf.

Er gab der Liege, auf der ich zusammengekrümmt und schwitzend lag, einen Tritt. »Aufstehen!« sagte er.

Ich sah ihn verwirrt an und fragte: »Was?«

»Beweg dich. Los!«

Ich setzte mich halb auf, immer noch Unverständnis mimend. Die Krankenschwester kam an die Türschwelle und fragte, was los sei. Der Konrektor sagte ihr, ich simulierte.

»Tu ich überhaupt nicht«, sagte ich hitzig.

»Er hat tatsächlich Schmerzen«, teilte sie ihm mit.

»Er simuliert nur«, beharrte der Konrektor und erklärte, daß dies nichts als ein Trick sei, um der Bestrafung für etwas Abscheuliches zu entgehen, das ich getan hatte. Die Schwester drehte sich mit einem fragenden Gesichtsausdruck zu mir um. Sie war warmherzig und freundlich gewesen; ich konnte es nicht ertragen, daß sie vielleicht dachte, ich wäre einer von denen, die anderer Leute Freundlichkeit ausnutzten oder Sauereien auf Toilettenwände schrieben. Und so einer war ich in jenem Augenblick auch nicht.

Ich setzte an, etwas in dieser Richtung zu sagen, aber der Konrektor ließ sich nichts erzählen. »Gehen wir«, sagte er. Er griff sich eins meiner Ohren und zog mich auf die Füße. »Ich bin nicht hier, um lange mit dir herumzufeilschen.«

Die Schwester starrte ihn an. »Nun warten Sie aber mal einen Augenblick«, sagte sie.

Er zerrte mich auf den Flur und auf sein Büro zu, wobei er an meinem Ohr riß, so daß ich seitwärts gehen mußte, das Gesicht zur Decke gewandt, stolpernd und spastisch mit den Armen rudernd.

»Ich werde seine Mutter anrufen«, rief die Schwester. »Und zwar sofort!«

»Schon erledigt«, gab der Konrektor zurück.

*

Bis meine Mutter eintraf, hatte ich fast eine Stunde mit dem Konrektor verbracht und war vollständig überzeugt von meiner Unschuld. Je mehr ich darauf beharrte, desto wütender wurde er, und je wütender er wurde, desto unmöglicher wurde es für mich, zu glauben, daß ich etwas getan hatte, wofür ich einen solchen Zorn verdiente. Er war sehr nahe daran, mich zu schlagen, das wußte ich; das ließ mich eine Verachtung für ihn spüren, die er sehen konnte, was ihn nur noch mehr zu Handgreiflichkeiten reizte, und das wiederum steigerte mein Gefühl, ungerecht behandelt zu werden, unschuldig zu sein. Mit seinem Zorn wuchs meine Verachtung, weil ich begriff, daß es nicht Selbstbeherrschung war, was ihn davon abhielt, mich zu schlagen, sondern eine Art institutioneller Beherrschung.

Aber dennoch jagte er mir Angst ein. Es war, als würde mich ein Kettenhund anfallen.

So standen die Dinge, als meine Mutter hereinkam. Sie hatte mit der Krankenschwester gesprochen und fragte den Konrektor sofort, was er sich eigentlich einbildete, mich an den Ohren durch die Gegend zu schleifen. Er sagte, darum gehe es nicht, Mrs. Wolff, wir wollen doch die Dinge nicht unnötig komplizieren, doch sie sagte, für sie gehe es sehr wohl darum. Sie blickte ihm über seinen Schreibtisch hinweg in die Augen. Sie saß aufrecht, blaß und unfreundlich da.

Es gehe darum, teilte er ihr mit, daß ich das Eigentum der Schule beschädigt und gegen das Gesetz verstoßen hätte. Ganz zu schweigen von Sitte und Anstand.

Meine Mutter schaute zu mir herüber. Ich sah, wie müde sie war, und sie sah bestimmt, in welcher Not ich war. Ich schüttelte den Kopf.

»Sie irren sich«, sagte sie zu ihm.

Er lachte unangenehm. Dann legte er seinen Fall dar, der auf der Aussage von Augenzeugen beruhte. Zwei Jungen hätten sich zu dem Zeitpunkt, da die fraglichen obszönen Worte an die Wand geschrieben worden seien, auf der Toilette aufgehalten.

»Was für obszöne Worte?« fragte sie.

Er zögerte. Dann sagte er spröde: »Fuck you.«

»Das macht höchstens ein obszönes Wort«, bemerkte meine Mutter.

Er überdachte das. Dann meinte er, daß er in diesem besonderen Kontext auch *you* als ein obszönes Wort betrachte.

Ich sagte, ich war's nicht.

»Wenn er sagt, er war es nicht, dann war er es nicht«, beharrte meine Mutter. »Er lügt nicht.«

»Nun, ich auch nicht!« Der Konrektor wippte nach vorn auf die Füße. Er öffnete die Tür und machte den Glimmstengelfressern, die im Vorzimmer des Büros warteten, ein Zeichen. Sie kamen gemeinsam herein und murmelten nach einem Armesünderblick in meine Richtung ihre schreckliche Geschichte hübsch einer nach dem anderen dem Boden zu, während ich sie mit eherner Ungläubigkeit anstarrte.

Als sie es hinter sich gebracht hatten, gab der Konrektor ihnen ihre Passierscheine und schickte sie hinaus. Er verhielt sich jetzt sehr beherrscht, als hätte er alles im Griff.

»Sie lügen«, sagte ich.

Seine Gelassenheit fiel von ihm ab wie eine Maske. *»Warum?«* fragte er. »Nenn' mir einen Grund.«

»Ich weiß keinen«, antwortete ich, »sie lügen einfach.«

»So kommen wir nicht weiter«, stellte meine Mutter fest. »Ich glaube, ich spreche besser mit dem Direktor.«

Der Konrektor sagte, daß er in diesem Fall volle Handlungsbefugnis erhalten habe. Er sei zuständig. Wir sollten lieber einsehen, daß er hier das Sagen habe.

Aber meine Mutter war nicht umzustimmen. Und zu guter Letzt wurden wir vorgelassen, um mit dem Direktor zu sprechen.

Der Direktor war ein verstohlener, käsigblasser Mann, der Angst vor Kindern hatte und uns mied, indem er den ganzen Tag in seinem Büro saß. Er tat recht daran, uns aus dem Wege zu gehen. Er trug seine Schwäche in einer Weise zur Schau, die zu Angriffslust und Grausamkeit reizte. Als meine Mutter und ich in sein Büro kamen, machte er beharrlich Konversation mit ihr, als wäre sie nur mal eben vorbeigekommen, um zu sehen, wie es so lief.

Irgendwann lehnte er sich vor und beäugte meine Finger. »Ist das Nikotin?« fragte er.

»Nein, Sir.«

»Das will ich hoffen.« Er lehnte sich zurück. Sein Jackett ging auf und enthüllte grüne Hosenträger. »Ich will dir eine Geschichte erzählen«, begann er. »Nimm sie so, wie sie ist. Ich beschuldige dich nicht, aber wenn du etwas hörst, das du gebrauchen kannst, um so besser.« Er lächelte und baute mit seinen Fingern einen Kirchturm. »Ich habe früher geraucht. Ich fing auf dem College mit dem Rauchen an, aus Gruppenzwang, und ehe ich mich versah, war ich bei mehreren Schachteln pro Tag angelangt. Das waren noch richtige Zigaretten, nicht welche mit Filter, wie ihr sie heute habt. Morgens, nach dem Aufwachen, griff ich als erstes nach einer Zigarette, und ich rauchte stets eine, bevor ich abends schlafen ging.

Nun, eines Nachts wollte ich meine Zigarette rauchen, und siehe da, die Schachtel war leer. Ich hatte keine einzige mehr. Es war spät, zu spät, um irgend jemand im Wohnheim aufzuwecken. Normalerweise hätte ich einfach ein paar Kippen aus dem Aschenbecher genommen, aber wie es so kommt, hatte ich nach dem Lernen den Aschenbecher in meinen Abfalleimer und diesen in den Müllschlucker geleert. Da saß ich also, ohne meine Gutenacht-Zigarette.«

Er machte eine Pause und betrachtete sein skandalöses Jugend-Ich. »Weißt du, was ich tat? Ich will's dir sagen. Ich tigerte in meinem Zimmer auf und ab, mein Herz schlug mit hundert Sachen. ›Was soll ich nur tun? Was soll ich nur tun?‹ fragte ich mich immer wieder. Und was tat ich schließlich? Ich lief schließlich nach unten in den Aufenthaltsraum. Die Aschenbecher waren leer. Dann fing ich an, die Mülleimer im Eingangsflur zu durchsuchen. Endlich fand ich einen, in dem Kippen waren. Doch als ich hineinfaßte – tief hinein in einen *Müll*eimer –, da dachte ich plötzlich: ›Hoppla. Bis hierhin und nicht weiter, Bürschchen.‹ Und daran hielt ich mich auch. Ich ging in mein Zimmer zurück, und bis heute habe ich keine Zigarette mehr angerührt.«

Er sah auf und blickte mich an. »Aber weißt du, was ich gemacht habe? Jeden Tag habe ich exakt den Betrag gespart, den ich sonst für Zigaretten ausgegeben hätte. Einfach so, als Experiment. Und letztes Jahr habe ich alles zusammengelegt, und weißt du, was ich gekauft habe?«

Ich schüttelte den Kopf.

»Ich habe dieses Geld genommen und mir einen Nash Rambler gekauft.«

Meine Mutter bekam einen Lachanfall.

Der Direktor lehnte sich zurück und lächelte unsicher. Meine Mutter schniefte und suchte in ihrer Handtasche herum. Sie fand ein Papiertaschentuch und putzte sich die Nase, als hätte sie eine Erkältung, die ihr kleine Schreie entlockte.

»Denk darüber nach«, sagte der Direktor. »Mehr sage ich gar nicht – denk mal darüber nach.«

Meine Mutter ließ den Direktor noch eine Zeitlang weiterfaseln, dann brachte sie ihn wieder auf den Boden zurück. Er wurde unruhig und fühlte sich sichtlich unbehaglich. »Ich ziehe es vor, daß der Konrektor in dieser Frage entscheidet«, sagte er.

Meine Mutter weigerte sich. »Der Konrektor hat ihn mißhandelt, als er krank war«, erzählte sie ihm. »Die Krankenschwester hat ihn dabei gesehen. Wenn es sein muß«, betonte meine Mutter, »werde ich auch nicht zögern, mit einem Anwalt zu sprechen. Ich will das nicht. Aber ich würde es tun.«

Der Direktor sah keinen Grund dafür, daß es so weit kommen mußte. Nicht wegen einer Obszönität.

»Er war es nicht«, sagte meine Mutter.

Der Direktor erwähnte versuchsweise, fast widerstrebend, die Zeugenaussage der Glimmstengelfresser. Meine Mutter drehte sich zu mir um und fragte mich, ob sie die Wahrheit sagten.

»Nein, Ma'am.«

»Er lügt mich nicht an«, sagte meine Mutter.

Der Direktor wand sich. Er war knapp davor, Reißaus zu nehmen. »Also«, meinte er, »offenbar geht hier einiges durcheinander.«

Meine Mutter wartete.

Er sah von ihr zu mir und wieder zu ihr. »Was soll ich machen? Das Ganze fallenlassen?« Als sie nicht antwortete, schlug er vor: »Also gut. Wie wär's mit zwei Wochen?«

»Zwei Wochen was?«

»Schulverbot.«

»Zwei Wochen Schulverbot?«

»Na, dann eine Woche. Wir halbieren es. Ist das nicht fair?«

Sie schaute grimmig den Schreibtisch an und sagte nichts.

Er sah sie flehentlich an. »Das ist doch nicht so lang. Nur fünf Tage.« Dann sagte er abrupt: »Na gut, dann will ich es dieses eine Mal noch durchgehen lassen. Damit bist du fein raus«, fügte er hinzu. »Du mußt ja nicht hier arbeiten.«

Die Schule war zu Ende, als wir das Büro des Direktors verließen. Wir liefen durch die leeren Gänge, unsere Schritte hallten zwischen den langen Reihen der Spinde. Ich hatte immer noch Magenkrämpfe. Sie wurden schlimmer, wenn ich mich bewegte, und auf unserem Weg nach draußen verdrückte ich mich rasch auf die Toilette. Der Hausmeister war schon dagewesen. Er hatte das, was ich geschrieben hatte, umgeändert in BOCK YOU.

*

Es lohnte sich nicht mehr für meine Mutter, zurück zur Arbeit zu gehen, und so kam sie früher als sonst mit mir nach Hause. Marian witterte eine Geschichte und bedrängte meine Mutter so lange, bis sie sie aus ihr raushatte. Wir saßen am Küchentisch, und während sie meiner Mutter zuhörte, fing Marian an, zwischen uns hin- und herzuschauen und mit ruckartigen Bewegungen den Kopf zu schütteln, als wäre sie in den Regen geraten. Dann blieb ihr Blick an mir haften und rührte sich nicht mehr von der Stelle. Als meine

Mutter zum Schluß kam, erneut voller Entrüstung über die Art und Weise, wie ich behandelt worden war, schickte mich Marian aus der Küche.

Ich lauschte vom Wohnzimmer aus. Zuerst verteidigte mich meine Mutter, doch dann wurde sie von Marian überrannt. Diesmal würde sie meiner Mutter die Augen öffnen, bei Gott. Marian kannte nicht die gesamte Palette meiner Sünden, aber sie hatte genug zu bieten, um sich eine ganze Weile lang auszubreiten, und sie tat es aus vollem Herzen und zog bei der Ballade meiner Missetaten alle Register, die ihr zur Verfügung standen.

Es wollte und wollte nicht aufhören. Ich zog mich nach oben ins Schlafzimmer zurück, wartete auf meine Mutter und übte Antworten auf Marians Beschuldigungen ein. Doch als meine Mutter ins Zimmer kam, sagte sie nichts. Sie saß eine Zeitlang auf der Bettkante und rieb sich die Augen; dann zog sie sich mit langsamen Bewegungen bis auf die Unterhose aus und ließ sich ein Bad einlaufen. Sie lag lange in der Wanne, wie sie es manchmal tat, wenn sie abends völlig durchgefroren aus einem kalten Regen nach Hause kam.

Ich hatte meine Antworten parat, aber die Fragen kamen nicht. Nachdem meine Mutter gebadet hatte, legte sie sich hin und las, dann machte sie uns Abendessen und las weiter. Sie ging früh schlafen. Im Dunkeln fielen mir immer neue Antworten ein, Beweise für meine Unbescholtenheit, falsche Beweise, das wußte ich und konnte doch nicht aufhören, sie zu konstruieren.

Am folgenden Wochenende kam Dwight in die Stadt. Sie verbrachten viel Zeit miteinander, und schließlich teilte meine Mutter mir mit, daß Dwight ihr einen Vorschlag ans Herz gelegt habe, den sie ernsthaft erwägen müsse. Er schlug vor, daß ich nach Weihnachten zu ihm nach Chinook ziehen und dort in die Schule gehen sollte. Wenn alles gut lief, wenn ich mich richtig anstrengte und mich mit ihm und den Kindern verstand, dann würde sie ihre Arbeit aufgeben und seinen Heiratsantrag annehmen.

Sie versuchte nicht, irgend etwas von all dem nach großen Neuigkeiten klingen zu lassen. Vielmehr sprach sie so davon, als sähe sie in diesem Plan eine Pflicht, als wäre es selbstsüchtig von ihr, diese Pflicht nicht auf sich zu nehmen. Doch zuerst wollte sie meine Zustimmung. Ich glaubte, keine andere Wahl zu haben, also stimmte ich zu.

Neues Spiel, neues Glück

Dwight fuhr wie in einem dumpfen Traum. Wenn ich mit ihm sprach, war er kurzangebunden oder gab überhaupt keine Antwort. Ab und zu änderte sich sein Gesichtsausdruck, und er grunzte, als wollte er in einer strittigen Sache seinen Standpunkt untermauern. Er hatte ständig eine glimmende Camel auf der Unterlippe. Kurz hinter Concrete riß er das Auto heftig nach links und fuhr einen Biber an, der die Straße überquerte. Dwight sagte, er wäre ausgeschert, um ihm auszuweichen, aber das stimmte nicht. Er hatte die Spur gewechselt, um ihn zu überfahren. Er hielt den Wagen am Straßenrand an und setzte zurück bis zu der Stelle, wo der Biber lag.

Wir stiegen aus und sahen uns das Tier an. Ich bemerkte kein Blut. Der Biber lag auf dem Rücken, mit offenen Augen und entblößten gelben Zähnen. Dwight stieß ihn mit dem Fuß an. »Tot«, sagte er.

Das war er allerdings.

»Heb ihn auf«, befahl Dwight. Er öffnete den Kofferraum und sagte: »Heb ihn auf. Wir werden dem blöden Viech das Fell abziehen, wenn wir zu Hause sind.«

Ich wollte tun, was Dwight von mir erwartete, aber ich konnte nicht. Ich stand wie angewurzelt und starrte den Biber an.

Dwight stellte sich neben mich. »Dieser Pelz ist fünfzig Dollar wert, absolutes Minimum.« Er fügte hinzu: »Sag bloß, du hast Angst vor dem verdammten Ding.«

»Nein, Sir.«

»Dann heb ihn auf.« Er beobachtete mich. »Er ist tot, meine Güte. Es ist bloß Fleisch. Hast du Angst vor einem Hamburger? Schau her!« Er beugte sich nieder, griff mit einer Hand nach dem Schwanz und hob den Biber hoch. Er versuchte so zu tun, als ginge es ganz leicht, aber ich konnte sehen, daß das Gewicht des Bibers ihn überraschte und ihm zu schaffen machte. Ein Blutrinnsal lief aus der Nase des Tieres und versiegte wieder. Ein paar Tropfen fielen auf Dwights Schuhe, worauf er den Kadaver ruckartig von sich weghielt. Mit beiden Händen trug er den Biber vor sich her zum offenen Kofferraum und ließ los. Er schlug hart auf. »So«, sagte Dwight und wischte sich die Hände am Hosenbein ab.

Wir fuhren weiter in die Berge hoch. Es war Spätnachmittag. Blasses kaltes Licht. Der Fluß blitzte grün zwischen den Bäumen am Straßenrand hindurch und wurde grau wie Zinn, als die Sonne unterging. Die Berge verdunkelten sich. Die Nacht brach herein.

Dwight hielt vor einer Kneipe in einem Dorf namens Marblemount, der letzten Ortschaft vor Chinook. Er brachte mir einen Hamburger und Pommes frites ans Auto und befahl mir, eine Weile still sitzen zu bleiben, dann ging er wieder hinein. Nachdem ich aufgegessen hatte, zog ich meinen Mantel an und wartete auf Dwight. Es dauerte ewig. Hin und wieder stieg ich aus und lief ein bißchen auf und ab. Einmal riskierte ich einen Blick durch das Fenster der Kneipe, aber die Scheibe war beschlagen. Ich ging zum Wagen zurück und hörte Radio, wobei ich die Tür der Kneipe genau im Auge behielt. Dwight hatte mir verboten, Radio zu hören, weil es die Batterie verbrauchte. Ich fühlte mich immer noch miserabel, weil ich Angst vor dem Biber gehabt hatte, und ich wollte nicht noch mehr Ärger kriegen. Ich wollte einfach, daß alles richtig klappte.

Ich hatte dem Umzug nach Chinook nicht nur zugestimmt, weil ich glaubte, ich hätte keine andere Wahl. Es steckte noch mehr dahinter. Im Gegensatz zu meiner Mutter war ich nämlich zutiefst konventionell. Die Vorstellung, zu einer konventionellen Familie zu gehören, in einem Haus zu leben und einen großen Bruder und zwei Schwestern zu haben, reizte mich – besonders, wenn eine dieser Schwestern Norma war. Und im Grunde meines Herzens verachtete ich das Leben, das ich in Seattle führte. Ich war es leid und hatte keine Ahnung, wie ich es ändern konnte. Ich dachte, in Chinook, fern von Taylor und Silver, fern von Marian, fern von den Leuten, die bereits eine feste Meinung von mir hatten, könnte ich anders sein. Ich könnte mich als vorbildlicher Sportler einführen, als ein Junge voller Würde und Geradlinigkeit. Wenn sie keinen Grund hätten, an mir zu zweifeln, würden die Leute auch glauben, daß ich dieser Junge war, und es mir dadurch ermöglichen, dieser Junge zu sein. Für meine Begriffe stand diesem wundersamen Wandel kein anderes Hindernis im Wege als die Ungläubigkeit der anderen. Das war eine Vorstellung, von der ich mich nur schwer trennen konnte, falls ich es überhaupt je tat.

Ich stellte das Radio ganz leise, weil ich glaubte, auf diese Weise weniger Strom zu verbrauchen. Dwight blieb mindestens genauso lange in der Kneipe, wie wir von Seattle hierher gebraucht hatten, dann kam er heraus und jagte den Wagen vom Parkplatz. Er fuhr schnell, aber das beunruhigte mich erst, als eine Kurve nach der anderen kam und das Auto zu schlingern begann. Dieses Straßenstück führte an einer steilen Schlucht entlang; zu unserer Rechten fiel der Hang beinahe senkrecht zum Fluß hin ab. Dwight warf das Steuer von links nach rechts, als hörte er das Quietschen der Reifen nicht. Als ich die Hand nach dem Armaturenbrett ausstreckte, sah er mich an und fragte, wovor ich jetzt schon wieder Angst hätte.

Ich antwortete, mir sei ein bißchen übel.

»Bißchen übel? Einem tollen Hecht wie dir?«

Die Scheinwerfer schlidderten von der Straße weg ins Dunkel, dann wieder zurück. »Ich bin kein toller Hecht«, sagte ich.

»Das hört man aber. Ich hab' gehört, du bist ein wirklich toller Hecht. Kommst und gehst, wann es dir beliebt, wohin es dir beliebt. Stimmt doch, oder?«

Ich schüttelte den Kopf.

»Das hört man aber«, wiederholte er. »Kennst dich überall aus in der Stadt. Und ein Schauspieler außerdem, stimmt's? Bist du ein Schauspieler?«

»Nein, Sir.«

»Das ist eine gottverdammte Lüge.« Dwight schaute ständig zwischen mir und der Straße hin und her.

»Dwight, bitte fahr langsamer«, sagte ich.

»Wenn es eins gibt, was ich nicht vertragen kann«, erklärte Dwight, »dann ist es ein Lügner.«

Ich drückte mich gegen den Sitz. »Ich bin kein Lügner.«

»Klar bist du einer. Du oder Marian. Lügt Marian?«

Ich antwortete nicht.

»Sie sagt, du bist ein richtiger kleiner Schauspieler. Ist das eine Lüge? Sag mir, daß es eine Lüge ist, und wir fahren sofort nach Seattle zurück, damit du ihr ins Gesicht sagen kannst, daß sie eine Lügnerin ist. Willst du das?«

Ich sagte nein, das wollte ich nicht.

»Dann mußt du der Lügner sein von euch beiden. Stimmts?«

Ich nickte.

»Marian sagt, du bist ein kleiner Schauspieler. Ist das wahr?«

»Könnte sein.«

»Könnte sein. *Könnte* sein. Na, dann laß deine Nummer mal sehen. Los, hopp. Laß deine Nummer sehen.« Als ich nichts tat, fügte er hinzu: »Ich warte.«

»Ich kann nicht.«

»Klar kannst du.«

»Nein, Sir.«

»Klar kannst du. Mach mich nach. Ich weiß, du machst mich nach.«

Ich schüttelte den Kopf.

»Mach mich nach, ich hab' gehört, daß du das wunderbar kannst. Mach mich nach mit dem Feuerzeug. Hier. Mit dem Feuerzeug.« Er streckte mir das *Zippo* in seinem Samtetui entgegen. »Na los.«

Ich blieb sitzen, wo ich war, beide Hände auf dem Armaturenbrett. Wir schlingerten auf der Straße hin und her.

»Nimm es!«

Ich rührte mich nicht.

Er steckte das Feuerzeug zurück in die Tasche. »Toller

Hecht«, sagte er. »Spiel du mir den tollen Hecht, und ich verpaß dir eine Abreibung, daß dir keine Haare mehr auf dem Kopf wachsen, hast du verstanden?«

»Ja, Sir.«

»Jetzt werden andere Saiten aufgezogen, mein Herr. Kapiert? Hier wird eine ganz andere Musik gespielt.«

Ich wappnete mich für die nächste Kurve.

Toby (Leonardo DiCaprio) ist alles andere als begeistert, daß seine Mutter (Ellen Barkin) Dwight heiraten will; ihre Argumente können ihn immer noch nicht ganz überzeugen.

Hochzeitstag: Glücklich in die Kamera lächeln (v. links n. rechts) Dwights Kinder Skipper (Zack Ansley), Norma (Carla Gugino) und die kleine Pearl (Eliza Dushku), sowie Dwight selbst (Robert De Niro), die Braut Caroline (Ellen Barkin) und ihr Sohn Toby (Leonardo DiCaprio).

Dwight (Robert De Niro) gibt sich als cooler Familienvater. Ausnahmsweise bläst er mal nicht den anderen den Marsch, sondern ins Saxophon, womit er aber bei seiner Familie nicht ankommt.

Caroline (Ellen Barkin) weiß nicht so recht. Die erste Nacht mit ihrem frischgebackenen Ehemann Dwight hatte sie sich wohl doch ein wenig anders vorgestellt.

Einbürgerung zu Hause

Dwight studierte mich gründlich. Er dachte in einem fort über mich nach: tagsüber, wenn er über den Motoren von Lastwagen und Generatoren ächzte, abends, wenn er mich beim Essen beobachtete, und spät in der Nacht, wenn er mit schweren Lidern am Küchentisch saß, bei einem Glas Old Crow Bourbon und einer Schachtel Camel, die ihm bei seinen Ausführungen zur Seite standen. Seine Erkenntnisse teilte er mit, wie sie gerade kamen. Das Problem mit mir war, daß ich glaubte, ohne Arbeit durchs Leben zu kommen. Das Problem mit mir war, daß ich mich für schlauer hielt als alle anderen. Das Problem mit mir war, daß ich glaubte, die anderen wüßten nicht, was ich dachte. Das Problem mit mir war, daß ich überhaupt nicht dachte.

Ein anderes Problem mit mir war, daß ich zuviel Freizeit hatte. Das brachte Dwight schon in Ordnung. Er kümmerte sich darum, daß ich die Lokalzeitung austrug. Er meldete mich bei den Pfadfindern an. Er sorgte dafür, daß ich mit einer Unmenge Arbeiten im Haus beschäftigt war, und ermunterte Pearl, mich zu überwachen und ihm zu berichten, wenn ich langsam oder nachlässig war. Einige der Arbeiten waren vernünftig, andere sinnlos, manche so wunderlich wie die hinterhältigsten Launen eines Gnoms, der einem Schatzsucher Proben zu bestehen gibt.

Nach dem Erntedankfest, als für ihn klar war, daß ich kommen und bei ihm wohnen würde, hatte Dwight mehrere Kisten mit Kastanien gefüllt, die von den Bäumen vor dem Haus stammten, und nun bekam ich die Aufgabe, diese Kastanien zu pellen. Wenn Pearl und ich mit dem Abwasch vom Abendessen fertig waren, kippte Dwight einen Haufen Kastanien auf den Boden des Nutzraums, und ich mußte mit Messer und Zange an die Arbeit, so lange, bis Dwight fand, daß ich für den Abend genug geschafft hatte. Die Kastanienschalen waren hart und voll mit spitzen Stacheln. Am Anfang trug ich Handschuhe, aber Dwight fand das unmännlich. Er sagte, mit Handschuhen könnte ich die Schalen nicht richtig anpacken, und das stimmte tatsächlich, aber es stimmte nicht, daß die Stacheln nicht spitz genug waren, um durch die Haut zu gehen. Meine Finger waren übersät mit Schnitten und Kratzern. Und, was noch schlimmer war, aus den aufgebrochenen Schalen quoll eine Flüssigkeit, von der meine Hände stanken und ganz orange wurden. Egal, wieviel Borax ich nahm, es ging einfach nicht ab.

Wenn Dwight sich nichts anderes für mich ausgedacht hatte, brach ich Kastanien auf, und ich schnitzelte den ganzen Winter fast jeden Abend an ihnen herum. Ich hätte früher damit fertig werden können, aber ich versank in Tagträumen und saß völlig versteinert da, wie ein Küchenjunge in einem verwunschenen Schloß, in der einen Hand die Kastanie, in der anderen das Werkzeug, bis mich das Geräusch näherkommender Schritte hochfahren ließ und ich blinzelnd und verwirrt in die Wirklichkeit zurückgeholt wurde.

Der Nutzraum lag direkt hinter der vorderen Eingangstür. »Nutzraum« war Dwights Name dafür; in anderen Häusern sagte man einfach Diele dazu. Jeder, der das Haus verließ oder betrat oder auf die Toilette wollte, mußte über mich und die Kastanien steigen. Skipper nickte mir jedesmal nüchtern zu, wenn er vorbeikam. Norma warf mir mitfühlende Blicke zu und blieb manchmal einen Moment stehen, um mir ihre Hilfe anzubieten, auch wenn sie es gar nicht so meinte. Beide fanden, daß Dwight übertrieb, und das sagten sie ihm auch. Er antwortete, sie sollten sich gefälligst um ihre eigenen Angelegenheiten kümmern. Ich hoffte trotzdem, sie würden sich irgendwann für mich starkmachen, aber sie hatten Wichtigeres im Sinn. Skipper frisierte sein Auto. Norma war in Bobby Crow verliebt, einen Indianerjungen aus Marblemount, der fast jeden Abend hochgefahren kam, um sich mit ihr zu treffen. Dwight lehnte Bobby ab, aber Norma schlich sich aus dem Haus, wann immer sie wollte, und wenn Dwight den Versuch unternahm, sie auszufragen, tischte sie ihm die plumpesten Lügen auf, und er schluckte sie ohne einen Mucks. Ich wußte, wo sie und Bobby hinfuhren: zur Müllhalde, einem Knutschparadies, wo angeblich ein einarmiger Killer, der aus der Irrenanstalt von Sedro Woolley ausgebrochen war, sein Unwesen trieb. Norma erzählte mir, wie sie eines Nachts ein Geräusch draußen am Auto gehört hatte und Bobby auf ihr Drängen mit quietschenden Reifen davongebraust war. Als sie zu Hause ankamen, entdeckten sie, daß ein blutiger Haken am Türgriff des Wagens hing. Das war eine wahre Geschichte, und ich mußte Norma versprechen, sie niemals weiterzuerzählen, nie im Leben. Und Bären gab es auf der Müllhalde, die im Abfall herumwühlten und sich ab und zu aufbäumten, wenn eine Blechdose auf ihrer Schnauze steckengeblieben war.

Nach und nach arbeitete ich mich durch die Kastanien hindurch und brachte sie auf den Dachboden. Das war ein dumpfiger Raum; überall lagen Pearls alte Puppen herum, deren Augen im Schein der Taschenlampe glommen, zwischen kaputten Gerätschaften und Stapeln von *Collier's* und dem Bottich, wo der Biber in Salzlake schwamm.

Skipper und Norma gewöhnten sich daran, mich mit den Kastanien zu sehen, denn sie kriegten mich meist gar nicht anders zu Gesicht. Ihr Bus nach Concrete fuhr ab, bevor ich morgens aufwachte, und brachte sie gerade rechtzeitig zum Abendessen wieder nach Hause. Sie fanden den Anblick irgendwann normal. Pearl konnte sich nicht daran gewöhnen. Sie kam zwanzigmal pro Abend an meinem Platz vorbei, unter dem einen oder anderen Vorwand, und drückte sich in der Nähe herum, bis ich endlich doch den Kopf hob und sah, wie sie mit harten, glänzenden Augen und einem feinen Lächeln auf mich herabblickte. Manchmal kam Dwight zurück, um meine Fortschritte zu begutachten. Er versuchte mich aufzumuntern, indem er mir ausmalte, wie wir in ein, zwei Jahren alle beisammensitzen und genau diese Kastanien essen würden.

So träumte ich an den Abenden über Kisten voller Kastanien vor mich hin, während meine Hände die Farbe und den Glanz gutgeölter Baseball-Handschuhe bekamen. Der Gestank wurde immer unerträglicher. Die Jungen, mit denen ich zur Schule ging, mußten sich natürlich das Maul darüber zerreißen, und schließlich gab es deshalb eine Schlägerei – wobei ich mir denjenigen aussuchte, den ich für den Schwächsten hielt. Doch inzwischen waren die Kastanien sowieso alle gepellt.

*

Nach der Schule trug ich Zeitungen aus. Dwight hatte die Tour zu einem lächerlichen Preis von einem Jungen gekauft, der die Nase voll davon hatte und keinen anderen Abnehmer dafür finden konnte. Ich lieferte die *Seattle Times* und den *Post-Intelligencer* in die meisten Häuser von Chinook und in die Baracken, wo die unverheirateten Männer lebten. Das Zeitungsaustragen brachte im Monat zwischen fünfzig und sechzig Dollar ein, und immer, wenn ich dieses Geld bekommen hatte, nahm Dwight es mir sofort wieder ab. Er sagte, eines Tages, wenn ich das Geld wirklich nötig hätte, würde ich ihm dafür dankbar sein.

Ich trödelte meine Zeitungstour ab und tat alles mögliche, um nicht gleich wieder zu Hause zu sein. Ich saß bei den Junggesellen im Aufenthaltsraum und las ihre Magazine (AUF GEHEIMER MISSION IN VASSAR! MEINE ZEHN JAHRE ALS SEXSKLAVE DER AMAZONEN AM WEISSEN NIL!). Ich trieb mich mit den Schulkindern herum, spielte mit Hunden, las beide Zeitungen von vorne bis hinten durch. Manchmal saß ich bloß irgendwo auf einem Geländer und schaute in die Berge hoch. Sie lagen immer im Schatten. Die Sonne schaffte es nicht über die Gipfel, bevor morgens der Unterricht begann, und sie war schon hinter dem westlichen Bergrücken untergegangen, wenn die Schule aus war. Ich lebte in ständiger Dämmerung.

Das fehlende Licht bedrückte mich. Wenn ich niedergeschlagen war, weil mir andere Dinge fehlten, so schob ich es auch darauf, doch wollte ich mir das weder eingestehen noch konnte ich es benennen. Nichtsdestotrotz war es mir in meiner Einsamkeit an diesem neuen Ort schmerzhaft bewußt: Mir fehlte mein Vater. Und mein Bruder. Freunde. Am allermeisten meine Mutter, deren bevorstehende Ankunft immer weiter in die Ferne zu rücken schien. In den Wochen nach Weihnachten hatte sie eine endgültige Antwort auf Dwights Heiratsantrag immer wieder hinausgeschoben. Sie wollte ganz sicher sein, sagte sie mir. Dwight heiraten, das hieß, ihre Arbeit kündigen, das Haus aufgeben, wirklich alle Brücken hinter sich abbrechen. Diesmal wollte sie nicht in etwas hineinschlittern.

Ich verstand das, aber bei allem Verständnis fehlte sie mir kein bißchen weniger. Mit ihr sah die Welt freundlicher aus. Und irgendwie war sie das auch, wenn meine Mutter da war. Sie redete mit allen Leuten, egal wo, im Lebensmittelladen, am Fahrkartenschalter, im Restaurant, sie lockte sie aus der Reserve und hörte ihren Geschichten mit großer Aufmerksamkeit und komplizenhafter Anteilnahme zu. Meine Mutter rechnete nicht damit, langweiligen oder bösartigen Menschen zu begegnen; sie ging davon aus, daß sie liebenswert und interessant waren. Die Leute spürten diese Gewißheit und enttäuschten sie meistens auch nicht. Auf der Busfahrt von Salt Lake nach Portland brachte sie alle zum Reden und Lachen, zum Schluß kam man sich vor wie auf irgendeiner Party. Einer der Mitreisenden, eine Frau, die ein Geschäft in Portland besaß, bot ihr sogar eine Arbeit und ein Zimmer in ihrem Haus an, bis wir etwas Eigenes gefunden hätten, aber meine Mutter lehnte dieses Angebot ab, denn bei Seattle hatte sie ein gutes Gefühl.

Jetzt sah ich sie nur, wenn Dwight einverstanden war, daß ich mitkam. Meistens fand er irgendeinen Grund, mich zu Hause zu lassen, das Austragen der Zeitungen oder die Schulaufgaben oder etwas, das ich in der letzten Woche falschgemacht hatte. Aber manchmal mußte er mich mitnehmen, und dann ließ er mich niemals aus den Augen. Er blieb immer in meiner Nähe und spielte den Leutseligen. Er lächelte mir zu und legte seine Hand auf meine Schultern und machte andauernd Anspielungen auf tolle Sachen, die wir zusammen unternommen hätten. Und ich spielte mit. Ich sah mir selbst dabei voller Abscheu zu, entgeistert über meine eigene Falschheit und doch irgendwie machtlos dagegen. Ich grinste einfältig zurück, lachte, wenn er mich zum Lachen bringen wollte, und bestätigte all seine verlogenen Andeutungen, was für prima Kumpel wir wären und wie gut unser Zusammenleben klappte. Dwight tat das, wann immer es ihm in den Kram paßte, und ich ließ ihn nie im Stich. Erst wenn wir wieder abfahrbereit waren, gelang es meiner Mutter, mich einen Augenblick allein zu erwischen; doch da war ich bereits so tief im Schlamm der Heuchelei versunken, daß ich nicht mehr zurückkonnte. »Wie läuft es denn?« fragte sie mich dann, und ich antwortete jedesmal: »Prima.«

»Ganz bestimmt?«

»Ganz bestimmt.«

Wir gingen langsam auf das Auto zu, und Dwight beobachtete, wie wir näherkamen. »Wenn es irgend etwas gibt, das ich wissen sollte, dann sagst du es mir. In Ordnung?«

»Jawohl, Ma'am.«

»Versprochen?«

Ich versprach es immer. Und dann stieg ich zu Dwight ins Auto, und er fuhr mich zurück in die Berge, rauchend, brütend, immer wieder zu mir herüberschauend, um irgendeinen Gesichtsausdruck zu erhaschen, der mich verraten würde und erklären könnte, warum meine Mutter ihre Entscheidung immer wieder verschob. Wenn wir nach Marblemount kamen, hielt er an der Kneipe und betrank sich stundenlang. Dann fuhr er mich durch die Kurven oberhalb des Flusses und zählte noch ein paar Dinge auf, die nicht stimmten mit mir.

An Dwights Beschwerderegister war auch etwas Wahres dran. Aber es hörte und hörte nicht auf. Es ging immer weiter, und nach einiger Zeit hatte es jegliche Macht, mich zu verletzen, verloren. Es fühlte sich an wie ein Dauerregen, den ich einfach nur länger zu überstehen hatte, aber er ging nicht bis auf die Haut. Nur dicht und trübe und schwer war er.

Ich absolvierte meine Zeitungstour mit zeitlupenartiger Langsamkeit, die Tasche baumelte mir gegen Brust und Rükken. Ich saß bei meinen Kunden auf der Eingangstreppe und starrte ins Leere. Ich sagte im Geiste das Einmaleins auf. Ich träumte von mutigen, selbstlosen Heldentaten, meistens militärischer Art; träumte mit solcher Ausführlichkeit, daß ich alle Geschichten meiner Kameraden kannte, ihre Gesichter sah, ihre Stimmen hörte, Trauer verspürte, wenn mein Mut nicht reichte, um sie zu retten. Wenn die Dämmerung langsam zur Nacht wurde, schickte Dwight Pearl mit Botschaften für mich aus: Dad sagt, beeil dich gefälligst, sonst. Dad sagt, du sollst deinen Arsch hochkriegen, sonst.

*

Einmal in der Woche ging ich abends zum Pfadfindertreffen. Um sicher zu sein, daß ich bei dem wöchentlichen Treffen nicht bloß herumblödelte, sondern mich als ernsthafter Pfadfinder betätigte, so wie er es in meinem Alter getan hatte, übernahm Dwight den Posten eines Feldmeister-Assistenten. Er gab mir eine viel zu große Uniform, die Skipper einmal getragen hatte. Sich selber kaufte er eine neue Uniform mitsamt der ganzen Ausstaffierung. Anders als der Feldmeister, der Jeans und Turnschuhe zu seinem ordnungsgemäßen Hemd trug, kam Dwight zu jedem Treffen in vollem Wichs mit allen Abzeichen und Streifen und Halstüchern, mit Schuhen, die ich vor seinen Augen blankgewienert hatte, damit ihm auch ja keine Stelle entging, die ich übersehen oder noch nicht zu vollkommenem Glanz gebracht hatte. Während der Feldmeister das Treffen leitete, lehnte Dwight an der Wand oder plauderte mit den älteren Jungen, rauchte und lachte über ihre Witze. Wir verließen das Treffen stets gemeinsam, wie Vater und Sohn, lächelten, winkten zum Abschied und gingen dann schweigend nach Hause.

Kaum waren wir angekommen, setzte sich Dwight mit einem Glas Old Crow an den Küchentisch und kritisierte meine Darbietung. Ich hatte während der Ansagen nicht aufgepaßt. Ich hatte zuviel Zeit beim Herumalbern mit den falschen Jungen zugebracht. Ich hatte vergessen, bei der künstlichen Beatmung nach der Zunge zu sehen. Warum konnte ich mir das nicht merken? *Guck nach der verdammten Zunge!* Ich konnte mich an irgendeinem abgesoffenen armen Teufel abmühen, bis ich schwarz wurde, aber es würde ihm nicht die Bohne nützen, wenn er seine Zunge verschluckt hatte. War das so schwer zu kapieren?

Darauf antwortete ich, nein, beim nächsten Mal würde ich dran denken, aber in Wirklichkeit hatte ich es überhaupt nicht vergessen, ich hatte bloß keine Lust, meine Finger irgendeinem Heini in den Mund zu stecken, der gerade Cracker mit Erdnußbutter gegessen hatte. Wenn ich jemals mit einem wirklichen Ertrunkenen zu tun hätte, würde ich alles genau so machen, wie es sich gehörte, auch die Sache mit der Zunge; ich konnte einfach keine ernsthafte und wirksame Wiederbelebung am Körper eines Jungen durchführen, der mir zuflüsterte, daß sein Pimmel triefte und mal kräftig angepackt werden müßte.

Aber ich war gerne Pfadfinder. Die erhabene Diktion, in der wir den keuschen, ritterlichen Phantasien von Lord Baden-Powell die Treue schworen, brachte mich in Wallung. In meiner Uniform, so verbeult und schäbig sie auch war, fühlte ich mich als Soldat. Ich studierte beflissen, welche Ränge und Ehrungen für den Ehrgeizigen erreichbar waren, und machte mir Zeitpläne mit Stichtagen für meinen Aufstieg vom Neuling zum Eagle-Scout. Ich entwickelte den Blick eines Oberkellners; wenn wir uns mit anderen Truppen trafen und Pfadfinder-Wettkämpfe austrugen, konnte ich ihre Uniformen auf den ersten Blick lesen und wußte genau, wer wer war. Der Hauptzweck der Pfadfinderei, so wie ich sie verstand, war es, Symbole anzuhäufen, die Respekt oder zumindest Höflichkeit von denjenigen erzwangen, die die gleichen Symbole trugen, und Neid bei denen hervorriefen, die sie nicht besaßen. Außerordentliche Taten des Patriotismus und der Nächstenliebe, Seilkunde, Wasserkenntnisse, das Handwerk des Feuermeisters, Erste Hilfe, alle Kniffe, die man nennen mußte, um sich zu Lande und zu Wasser zurechtzufinden, waren für mich nur unterschiedliche Wege, um an Tüchtigkeitsabzeichen zu kommen.

Dwight gab mir Skippers alte Pfadfinderfibel, das *Handbuch für Jungen,* das schon zu Skippers Zeiten veraltet gewesen war, eine Ausgabe von 1942, voll mit Bildern von »Pfadfindern im Einsatz«, die nach Nazi-U-Booten und Japsen-Bombern Ausschau hielten. Ich las fast jede Nacht im *Handbuch* und durchforstete es nach leicht zu erwerbenden Tüchtigkeitsabzeichen wie Indianerweisheiten, Buchbinderei, Reptilienstudien und Körperhygiene (»Zeige die richtige Methode des Zähneputzens und erörtere die Wichtigkeit der Zahnpflege ...«). Dem Index der Tüchtigkeitsabzeichen folgten Anzeigen für die offizielle Pfadfinder-Ausrüstung und dann eine Liste der »Firmen, die alles herstellen, was du brauchst«, darunter Coca-Cola, Eastman Kodak, Evinrude und Nestlé (»Die Notration des Pfadfinders«), und zu guter Letzt ein Kapitel, das »Wo bekomme ich die beste Ausbildung« hieß. Die Schulen waren überwiegend Militärakademien mit klangvollen Namen wie aus einem Doppellauf: Carson Long. Morgan Park. Cochran-Bryan. Valley Forge. Castle Heights.

Ich las alle diese Anzeigen gerne. Sie gehörten ganz selbstverständlich zum *Handbuch,* auf dessen Seiten sich pfadfinderischer und kommerzieller Geist ungehemmt, oft ununterscheidbar miteinander paarten. »Was der Pfadfinder *ist,* bestimmt sein Vorankommen im Geschäft, egal in welcher Branche er Erfolg sucht – und pfadfinderische Ideale bedeuten Vorankommen im Geschäft.« Vorschläge für gute Taten waren auf einem Block aufgelistet, damit der Pfadfinder sie abhaken konnte, sobald er sie abgeleistet hatte: *Einem ausländischen Jungen in englischer Grammatik geholfen. Beim Löschen eines brennenden Feldes geholfen. Einem lahmen Hund Wasser gegeben.* Hier konnte sogar das heikle Unterfangen der Selbsteinschätzung in Zahlen gefaßt werden: »Welche Gesamtwertung könnte ich mir auf einer Skala von maximal 100 Punkten mit gutem Recht geben?«

Ich mochte all diese Zahlen und Listen, denn sie machten Meisterschaft möglich und erkennbar. Am besten gefiel mir am *Handbuch* aber der Tonfall, die bluffende, kumpelhafte Sprache, in der es versuchte, dem ›guten Jungen‹, der man sein sollte, einen Hauch von Abenteuer, ja, Romantik zu verleihen. Der Pfadfindergeist berief sich ausgehend von König Artus' Tafelrunde auf alle Entdecker und Pioniere und Krieger, deren Eroberungen dank *fair play* und sauberer Lebensweise gelungen waren. »Kein Mann, der sich Ausschweifungen hingibt, kann schwere Prüfungen bestehen. Er ermüdet zu schnell. Er ist der Typ, dem im entscheidenden Augenblick der Mut fehlt. Er kann Bestrafungen und Schmerzen nicht mit einem Lächeln ertragen.«

Ich ließ mich leicht von diesem Kameradenton einfangen und vergaß dabei, daß ich nicht der Junge war, von dem dort ausgegangen wurde.

Boy's Life, das offizielle Pfadfindermagazin, hatte genau die gleiche Wirkung auf mich. Ich las es völlig verzückt und gab fraglos der berauschenden Verlockung nach, zu glauben, ich sei wirklich kein bißchen anders als die Jungen, deren Schwung und Schneid dort verherrlicht wurde. Jungen, die Schätze aus spanischen Galeonen hoben und leere Scheunen wieder nutzbar machten, indem sie Einsatzflugzeuge darin bauten. Jungen, die auf Skiern zum Nordpol fuhren. Jungen, die um Kap Hoorn segelten, und zwar einhändig. Jungen, die das Leben anderer retteten, in wilde Stämme aufgenommen wurden und sich die Uni selber verdienten, indem sie in der Wildnis als Fallensteller arbeiteten. Wenn ich von diesen Jungen las, wurde ich ruhelos und fiebrig vor lauter Hirngespinsten.

Meine Mutter hatte mir erlaubt, meine Winchester mit nach Chinook zu nehmen. Wenn ich allein im Haus war, zog ich mir manchmal meine Pfadfinderuniform an, warf das Gewehr über die Schulter und übte indianische Zeichensprache vor dem Spiegel.

Hungrig.

Bruder.

Essen.

Haben.

Großes Geheimnis.

*

Schließlich nannte meine Mutter Dwight einen Termin im März. Kaum hatte er erfahren, daß sie kommen wollte, fing er an, über seine Pläne für die Renovierung des Hauses zu reden, aber abends trank er immer und schaffte nichts. Ein paar Wochen, bevor sie ihre Arbeit aufgab, brachte er einen Kofferraum voller Farbe mit, in 20-Liter-Kanistern, lauter weiße Farbe. Dwight breitete seine Abdeckplanen aus, und mehrere Male blieben wir bis spät in die Nacht auf und strichen Decken und Wände. Als wir damit fertig waren, schaute sich Dwight um, sah, daß es gut war, und machte weiter. Er strich den Couchtisch weiß an. Er strich alle Betten weiß an und die Kommode und den Eßtisch. Er nannte es »blond«, als er es auf die Möbel pinselte, aber es war nicht blond, nicht mal grauweiß; es war pures, kräftiges Industrieweiß, von dem einem die Augen wehtaten. Das ganze Haus stank bestialisch nach Öl.

Ein paar Tage bevor Dwight in die Stadt fahren und sie abholen sollte, rief meine Mutter an. Sie redete eine Zeitlang mit ihm, dann wollte sie mit mir sprechen. Sie wollte wissen, wie es mir ging.

Alles okay, sagte ich zu ihr.

Sie meinte, sie hätte sich irgendwie traurig gefühlt und wollte bloß bei mir nachfragen, um sicherzugehen, daß ich ein gutes Gefühl bei alldem hatte. Es war solch ein großer Schritt. Kamen Dwight und ich wirklich gut miteinander klar?

Ich sagte ja. Er war bei mir im Wohnzimmer und strich

ein paar Stühle an, aber wahrscheinlich hätte ich dieselbe Antwort gegeben, wenn ich allein gewesen wäre.

Meine Mutter betonte, sie könnte es sich immer noch anders überlegen. Sie könnte ihre Arbeit behalten und eine andere Wohnung finden. Das verstand ich doch, oder, daß es noch nicht zu spät war?

Ich sagte ja, aber ich verstand es nicht. Ich hatte mittlerweile das Gefühl, daß all dies Schicksal war, daß ich einen Ort als mein Heim akzeptieren mußte, wo ich mich nicht heimisch fühlte, und einen Mann als meinen Vater annehmen mußte, den schon meine bloße Existenz beleidigte und der niemals aufhören würde, sie in Frage zu stellen. Ich glaubte meiner Mutter nicht, als sie sagte, es sei noch nicht zu spät. Ich wußte, sie meinte, was sie sagte, aber es kam mir so vor, als würde sie sich selbst betrügen. Die Dinge waren schon viel zu weit vorangeschritten. Und irgendwie bestärkte sie mich gerade dadurch, daß sie mir sagte, es sei noch nicht zu spät, in der Überzeugung, daß es ohne Zweifel schon längst zu spät war. Noch heute klingen ihre Worte für mich weniger nach Hoffnung als nach Grabinschrift, wie die letzte Lüge, die wir uns selbst einreden, bevor wir in den Abgrund springen.

Nachdem meine Mutter aufgelegt hatte, strichen Dwight und ich die Eßzimmerstühle zu Ende. Dann zündete er sich eine Zigarette an, den Pinsel immer noch in der Hand. Nachdenklich starrte er das Klavier an. »Sticht irgendwie ab, oder?«

Ich schaute es mir mit ihm an. Es war ein altes Baldwin-Klavier mit schwarzem Nußbaum-Furnier, das er für zwanzig Dollar einer Familie abgekauft hatte, die gerade umzog und keine Lust mehr hatte, es immer mit sich herumzuschleppen. Dwight führte einen Siegestanz auf, als er es mit nach Hause brachte. Er sagte, die dummen Hinterwäldler hätten keine Ahnung, was es wert war, daß es mindestens doppelt soviel wert war. Eines Abends setzte sich Dwight davor, in der Absicht, uns seine Virtuosität zu demonstrieren, aber nachdem er ihm ein paar mißtönende Akkorde entlockt hatte, knallte er es wieder zu und verkündete, es sei verstimmt. Seitdem machte er einen weiten Bogen darum. Manchmal hämmerte Pearl »Chopsticks« in die Tasten, doch ansonsten wurde es überhaupt nicht gespielt. Es war bloß ein Möbelstück, so dunkel in all dieser Weiße, daß es zu pulsieren schien. Man konnte eigentlich nirgendwo anders hinsehen.

Ich stimmte zu, es stach ab.

Wir gingen an die Arbeit. Mit feinen Pinseln, so daß man die Pinselstriche nachher nicht sehen konnte, strichen wir die Sitzbank, den Sockel und die geriffelten Säulen, die sich vom Sockel zu den Tasten erhoben. Wir strichen die eingeschnitzten Schnörkelverzierungen. Wir strichen die kunstvolle Intarsienarbeit über der Tastatur, das Bild eines Mädchens mit gelben Zöpfen, das sich aus ihrem Giebelfenster lehnte, um einem Kardinalvogel auf einem Ast zuzuhören. Wir strichen das glänzende Gehäuse. Wir strichen sogar die Pedale. Schließlich, da Dwight das alte Gelb der Elfenbeintasten im Vergleich zum neuen Weiß irgendwie falsch fand, strichen wir sehr vorsichtig die Tasten an, alle, außer den schwarzen natürlich.

*

Ich stand mit zwei anderen Jungen auf der Straße und hatte die schwere Tasche mit den Zeitungen über der Schulter, als ich ihn mit seinem kleinen Hund Pepper auf uns zukommen sah. Sofort fingen wir alle drei an, über ihn Witze zu reißen. Er hieß Arthur Gayle und war der krampfigste Junge der sechsten Klasse, vielleicht sogar im ganzen Camp. Arthur war eine Trine. Alle sagten, seine Mutter hätte ihn zu einer Trine gemacht, indem sie ihm Mädchenkleider anzog, als er noch klein war. Er ging wie ein Mädchen, lief wie ein Mädchen und warf wie ein Mädchen. Auch mein Vater hieß Arthur, deshalb war der Vorname für mich in Ordnung, aber der Nachname Gayle gab ihm noch mehr den Anstrich des Trinenhaften. Er war intelligent. Er hatte eine helle, feine

Stimme, die er als ein wirkungsvolles Instrument seiner Intelligenz einsetzte. Alle Wortwechsel mit ihm hinterließen mich in lädiertem Zustand.

Mir gegenüber war Arthur gereizt. Er schien etwas zu wollen. Manchmal ertappte ich ihn dabei, wie er mich erwartungsvoll ansah, als würde ich ihm etwas vorenthalten. Und das tat ich auch. Mein ganzes Leben lang habe ich beinahe auf den ersten Blick diejenigen identifiziert, die zu meinen Freunden werden sollten, und sie haben auch mich erkannt. Arthur war einer von ihnen. Ich mochte ihn. Ich mochte seine Schlagfertigkeit, die wüsten Geschichten, die er erzählte, und seine augenscheinliche Gleichgültigkeit darüber, was die Leute von ihm dachten. Aber ich war mit meiner Freundschaft zurückhaltend gewesen, aus Angst vor dem Preis, den ich dafür zu bezahlen hätte.

Als Arthur auf uns zukam, setzte er ein achtloses, süßliches Grinsen auf. Er muß gewußt haben, daß wir über ihn redeten. Anstatt an uns vorbeizugehen, wandte er sich mir zu und sagte: »Hat dir deine Mammi nicht beigebracht, daß man sich nach dem Pinkeln die Hände wäscht?«

Meine Hände waren gar nicht mehr so gelb, sie waren eigentlich fast schon wieder normal. Ich hatte schon vor Wochen die letzten Kastanien aufgebrochen.

Es war Frühling. Die Erde war matschig vom geschmolzenen Schnee, und an sehr warmen Tagen konnte man, wenn man darauf achtete, das schwache, gleichmäßige Zischen der verdunstenden Feuchtigkeit hören, das beinahe klang wie leichter Regen. Die Bäume waren von einer Wolke frischer Knospen umhüllt. Auf den gleißenden Granitflächen der Berghänge oberhalb von uns tauchten die ersten Bären auf, sonnten sich und sogen die Wärme der Felsen in sich auf; um die Mittagszeit traten die Leute vor ihre Haustüren und beobachteten sie mit emporgewandten, freundlichen Gesichtern. Meine Mutter war wieder bei mir. Die Kastanien waren alle gepellt und trockneten auf dem Dachboden. Wozu sollte ich mich streiten?

Ich neigte eher dazu, es ihm durchgehen zu lassen. Aber

ich ließ mich nicht gern auslachen, und ich mochte keine Bemerkungen über meine Hände. Arthur hatte schon öfter welche gemacht. Er war kräftiger als ich, vor allen Dingen um die Hüften, aber das rechnete ich als Fett und zählte es deshalb nicht mit. Ich konnte es mit ihm aufnehmen, ich fühlte mich sicher. Ich war herausgefordert worden, und ich hatte Zeugen, die für die Verbreitung der Neuigkeiten sorgen konnten. Es schien ein guter Augenblick zu sein, um ein paar Punkte zu machen.

Ich leitete die Sache damit ein, daß ich ihn Fettsack nannte.

Arthur lächelte mich weiterhin an. »Entschuldige«, meinte er, »aber hat dir schon mal jemand gesagt, daß du genauso aussiehst wie ein Haufen feuchte Kotze?«

So machten wir weiter, und schließlich nannte ich ihn Trine.

Das Lächeln verschwand aus seinem Gesicht. Und in diesem Augenblick dämmerte es mir, daß zwar jeder Arthur Trine nannte, wenn von ihm die Rede war, aber niemand hatte ihm dieses Wort je ins Gesicht gesagt. Und im gleichen Augenblick, als ich sah, wie er sich völlig veränderte, nachdem das Wort ausgesprochen war, wie sein Gesicht plötzlich rot und scheußlich wurde, verstand ich, daß es einen Grund dafür geben mußte. Einen entscheidenden Teil der Geschichte, von dem ich hätte wissen müssen und nichts wußte.

Sein erster Schwinger erwischte mich voll auf dem Ohr. In meinem Kopf explodierte etwas, dann kam ein fortwährendes Rascheln, wie wenn jemand Papier zusammenknüllt. Dieses Geräusch hielt tagelang an. Als er wieder ausholte, drehte ich mich weg und kriegte seine Faust auf den Hinterkopf. Er schleuderte Hiebe wie Wurfbälle, seitlich und von unten, viel zu sehr aus dem Handgelenk, aber irgendwie packte er sein ganzes Gewicht dahinter, bevor sie landeten. Dieser Schlag ließ mich in die Knie gehen. Er holte mit dem Fuß aus und trat mich in den Magen. Die Zeitungen in meiner Tasche dämpften den Tritt ab, aber vor allem war ich verblüfft darüber, daß er mich überhaupt getreten hatte. Ich begriff, daß es für ihn ein Kampf auf Leben und Tod war.

Sein Hund kläffte mir ins Gesicht.

Als ich wieder hochkam, rannte Arthur wild mit den Armen schlagend gegen mich an und ließ einen Hagel von Faustschlägen auf meine Schultern niederprasseln. Er brachte mich beinahe wieder zu Boden, aber zu unserer beider Überraschung versetzte ich ihm eins aufs Auge. Er hielt inne und brüllte auf. Das Auge schloß sich bereits, sein Gesicht wurde purpurrot, aus seiner Nase floß der Rotz klumpenweise. Als ich sein Auge sah, wurde mir angst. Ich war bereit, aufzuhören, aber er nicht. Er ging erneut auf mich los. Wir gingen zum Nahkampf über, und ich schaffte es, ihn zu umklammern, so daß er die Arme nicht mehr bewegen konnte. Wir torkelten über die Straße wie ein betrunkenes Tanzpaar, und dann stellte er mir ein Bein und brachte mich zu Fall, und wir wälzten uns vom Straßenrand die lange, schlammige Böschung hinunter, alle beide aufeinander einschlagend, mit den Knien stoßend und uns Beschimpfungen in die Ohren schreiend. Er hatte vollkommen den Verstand verloren, soviel war mir klar, und es schien, als hätte ich nur dann eine Chance, wenn ich ebenfalls den Verstand verlor.

Immer noch abwärtsrollend, landeten wir in der matschigen Mulde unterhalb der Böschung. Er auf mir drauf, ich auf ihm, er wieder auf mir. Meine Zeitungstasche hatte mich gut geschützt, als ich noch auf beiden Beinen stand, aber jetzt war sie schwer vom Schlamm und hatte sich um meine Schultern verwickelt. Ich konnte keinen anständigen Schwinger loslassen. Ich konnte mich bloß an Arthur festhalten, um ihn daran zu hindern, mir einen zu verpassen, das war alles. Er strampelte, dann brach er plötzlich über mir zusammen. Er japste nach Luft. Sein Gewicht drückte mich tief in den Schlamm. Ich sammelte mich und schüttelte ihn ab. Das kostete mich meine ganze Kraft. Wir lagen nebeneinander und keuchten heftig. Pepper zerrte an meinem Hosenbein und knurrte.

Arthur bewegte sich. Er rappelte sich hoch und machte sich an den Aufstieg. Ich folgte ihm, in dem Glauben, nun sei alles vorüber, aber als er oben angekommen war, drehte er sich um und sagte: »Nimm es zurück.«

Die anderen Jungen beobachteten mich. Ich schüttelte den Kopf. Arthur schubste mich, und ich fing an, die Böschung hinunterzurutschen.

»Nimm es zurück«, schrie er.

Pepper folgte mir bei meinem Abstieg, kläffend und mich anspringend. Keine Sekunde seit Beginn des Kampfes hatte Pepper aufgehört, mir irgendwelche Schwierigkeiten zu machen, und sei es nur, daß er um mich herumsprang und bellte. Vor allem dadurch verlor ich schließlich allen Mut. Es tat mir in der Seele weh, einen Hund gegen mich zu haben. Ich *mochte* Hunde. Ich mochte Hunde mehr als Menschen, und ich erwartete von ihnen, daß sie mich ebenfalls mochten.

Ich machte mich wieder auf den Weg nach oben, Pepper immer noch direkt hinter mir.

»Nimm es zurück«, sagte Arthur.

»Okay«, sagte ich.

»Sag es.«

»*Okay*. Ich nehme es zurück.«

»Nein. Sag: Du bist keine Trine.«

Ich sah ihn an, dann die beiden anderen Jungen. Im Gegensatz zu ihm standen ihnen Vergnügen und Spott ins Gesicht geschrieben. Er strahlte dagegen eine solche Ernsthaftigkeit aus, daß es unmöglich schien, ihm abzuschlagen, was er verlangte. Ich sagte: »Du bist keine Trine.«

Er rief Pepper und wandte sich ab. Als ich oben ankam, war er schon auf dem Weg nach Hause. Die anderen beiden Jungen waren aufgeregt, unruhig, und zuckten von all den Schlägen, die sie in ihrer Vorstellung ausgeteilt hatten. Sie wollten über den Kampf reden, aber ich hatte das Interesse daran verloren. Meine Kleider starrten vor Dreck. Meine Zeitungstasche, voll von Schlamm und ruinierten Zeitungen, hing tonnenschwer an mir. Mein Ohr tat weh.

Ich trottete nach Hause.

Pearl saß auf den Eingangsstufen und aß etwas. Sie musterte mich, als ich näherkam. »Jetzt bist du dran«, sagte sie.

*

Meine Mutter sagte, ich solle mich im Nutzraum ausziehen und duschen. Dann setzte sie mich in die Küche und tupfte Jod auf ein paar Kratzer, die ich vermutlich beim Herumwälzen auf der Straße abgekriegt hatte. Sie versuchte, streng zu sein. Ich wußte, daß sie nicht böse war, aber ich wußte auch, daß sie böse werden würde, wenn ich ihr nicht irgend etwas vorspielte, das nach Reue aussah, also ließ ich den Kopf hängen und erklärte, daß ich es mir von nun an bestimmt zweimal überlegen würde, bevor ich mich wieder zu einer Prügelei herausfordern ließ. »Du solltest es lieber Dad sagen«, sagte Pearl zu meiner Mutter.

Sie nickte trübe. »Du kannst es ihm ruhig erzählen«, meinte sie.

Sie und Dwight kamen nicht miteinander aus, und zwar seit dem Abend, als sie zwei Tage zu früh, schweigsam und grimmig, von ihrer Hochzeitsreise nach Vancouver heimgekehrt waren und die Koffer ins Haus und durch den Flur in Dwights Zimmer getragen hatten, ohne sich eines Blickes zu würdigen. In jener Nacht blieb Dwight lange auf, betrank sich und schlief dann auf dem Sofa. Das machte er oft, manchmal drei oder vier Nächte hintereinander, besonders an den Wochenenden. Samstags und sonntags war ich immer als erster auf, weil an diesen Tagen die Zeitungen früh eintrafen, und wenn ich aufstand, fand ich Dwight meistens auf dem Sofa schlafend, während auf der Mattscheibe das Testbild rauschte.

In den ersten Wochen war meine Mutter vollkommen niedergeschlagen. Sie schlief lange, was sie früher nie gemacht hatte, und wenn ich zum Mittagessen nach Hause kam, lief sie manchmal immer noch im Bademantel herum, saß am Küchentisch und starrte benommen den strahlend-weißen Tunnel hinunter, unser Haus. Ich hatte meine Mutter noch nie aufgeben sehen. Ich hatte nicht einmal gewußt, daß das überhaupt möglich war, aber jetzt wußte ich es, und es gab mir zu denken. Eine Zeitlang bekam ich die bittere Wahrheit zu spüren, daß alles Gute in meinem

Leben vergehen konnte, daß es ein anderer Mensch Tag für Tag mit seinem Reservoir an Hoffnung und Willenskraft nähren mußte. Doch dann ging es meiner Mutter wieder besser, und ich hatte über andere Dinge nachzudenken.

Sie gab nicht auf. Statt dessen hielt sie lieber an dem Glauben fest, daß sie sich ihr Leben in Chinook sehr wohl einrichten konnte. Sie engagierte sich in der Elternversammlung und überredete den Präsidenten des Schützenvereins, sie als Mitglied aufzunehmen. Sie nahm eine Halbtagsarbeit als Kellnerin in der Junggesellen-Kantine an. Sie stellte überall im Haus Pflanzen auf, bemutterte Pearl und bestand darauf, daß wir unsere Zeit zusammen verbrachten wie eine richtige Familie.

Und das taten wir auch. Doch wir mußten einfach scheitern, denn die richtige Familie, die wir zu imitieren versuchten, gibt es in Wirklichkeit gar nicht; einer richtigen Familie mit so vielen Schwierigkeiten, wie wir sie hatten, würde es nicht im Traum einfallen, ihre Zeit zusammen zu verbringen.

Dwight war der Meinung, daß ich an den meisten dieser Schwierigkeiten schuld war. Und in vielen Fällen war das auch so. Ich vermasselte ständig irgend etwas, auch wenn ich es gut gemeint hatte. Jedesmal gab es Theater, und jetzt, wo ich in die Schlägerei mit Arthur Gayle geraten war, war bestimmt ein Riesentheater fällig.

Als um fünf Uhr die Fabriksirene heulte, ging Pearl nach draußen, um auf Dwight zu warten.

*

Er kam schnurstracks in mein Zimmer. Als sich die Tür hinter mir öffnete, starrte ich die Hausaufgaben auf meinem Schreibtisch an und legte mir eine sanfte Unschuldsmiene zurecht. Ich drehte mich um und führte sie vor. Er grinste. Er durchquerte das Zimmer und setzte sich auf Skippers Bett. Immer noch grinsend, fragte er: »Wer hat gewonnen?«

Er wollte die Geschichte immer wieder von mir hören. Jedesmal lachte er und schlug sich auf die Schenkel. Zuerst gab ich nur widerstrebend zu, daß ich die Schlägerei wahrscheinlich provoziert hatte, weil ich Arthur eine Trine genannt hatte; als ich dann sah, wieviel Vergnügen es Dwight machte, das zu hören, erinnerte ich mich, daß meine genauen Worte dicke, fette Trine gewesen waren. Ich erzählte ihm, ich hätte Arthur niedergeschlagen, und beschrieb sein geschwollenes Auge. Ich ließ Dwight in dem Glauben, daß ich an jenem Tag ein echtes Arschloch fertiggemacht hatte.

»Du hast ihm wirklich ein blaues Auge verpaßt?« fragte Dwight.

»Na ja, *noch* war es nicht blau.«

»Aber es war ganz geschwollen?«

Ich nickte.

»Dann ist es ein Veilchen«, sagte er, »garantiert.«

Ich drückte mich vor der großen Frage, wer denn nun gewonnen hatte. Ich gab zu, daß mein Erfolg alles andere als bleibend gewesen war, weil Arthur mich danach unerwartet aufs Ohr geschlagen hatte.

»Daran warst du selber schuld«, erklärte mir Dwight. »Du hattest bestimmt deine Deckung nicht gesichert. Es gibt keine Entschuldigung dafür, wenn dich einer kalt erwischt.« Er fing an, im Zimmer auf- und abzutigern. »Ich kann dir ein paar Schläge zeigen, da wird dem kleinen Lord Gayle Hören und Sehen vergehen.«

Beim Abendessen wollte Dwight, daß ich die Geschichte auch Skipper und Norma erzählte, und dann erzählte er selber eine. »Als ich in deinem Alter war«, sagte er, »gab es in meiner Klasse einen Knaben, der hinter mir saß und pausenlos quatschte. Durchfall aus dem Mund hatte der, anders kann man es gar nicht nennen. Na ja, eines Tages ist mir der Kragen geplatzt, und ich hab' zu ihm gesagt, er soll die Klappe halten. Ach ja? er darauf. Wer sagt das? Ich, geb' ich zur Antwort. Ach ja? er wieder. Und wo hast du deine Verstärkung gelassen? Ist schon da, sage ich, alle vier: Ich mit mir und wir beide.

Tja, an dem Tag steht er nach der Schule mit diesem Freund auf der anderen Straßenseite und wartet auf mich, und wie ich herauskomme, schreit er irgend was. Er dachte wohl, ich gehe einfach nach Hause und denke nicht mehr dran. Aber ich kann dir nur sagen: Bei solchen Leuten muß es brennen, du mußt ihnen Schmerzen zufügen, das ist die einzige Sprache, die sie verstehen. Sonst hast du sie ewig auf dem Hals. Glaub mir, ich spreche aus Erfahrung.

Okay. Es war richtig kalt draußen, eiskalt. Und überall lagen diese Pferdeäpfel rum – Straßenäpfel nannten wir sie. Ich hob also einen auf und ging zu diesem Typ rüber, aber ohne den starken Mann zu markieren, verstehst du? *Ohne den starken Mann zu markieren.* Vielmehr so nach dem Motto: Ach je, ich hab ja solche Angst, bitte tu mir nichts. So ungefähr.« Dwight ließ die Schultern fallen und das Kinn sacken und grinste unterwürfig zwischen seinen Augenbrauen hindurch.

»Ich gehe also zu ihm rüber und sage mit einer ganz piepsigen Stimme wie ein aufgescheuchtes Hühnchen, Entschuldigung, was ist denn los? Da legt er natürlich wieder los, bla bla bla, und wie er so schön den Mund offenstehen hat, *ramme ich ihm einen Pferdeapfel rein!* Du hättest sein Gesicht sehen sollen. Dann lande ich einen in seinem Bauchladen, und schon geht er in die Knie. Ich setze mich eine Weile auf ihn drauf und halte meine Hand auf seinen Mund, bis der Pferdeapfel zu schmelzen anfängt. Dann bin ich aufgestanden und habe ihn da liegenlassen. Hinterher bin ich natürlich in Teufels Küche gekommen, aber was soll's.«

Nach dem Abendessen nahm mich Dwight mit in den Nutzraum und zeigte mir ein paar Schläge. Er brachte mir das Stellungsspiel bei, Beinarbeit und Deckung. Er zeigte mir, wie man einen Faustschlag aus der Schulter kommen läßt, anstatt mit dem Arm auszuholen und dabei die Dekkung aufzumachen. Dann brachte er mir bei, wie man jemanden kalt erwischt. Dwight sagte, das sollte man nicht allzu oft machen, sondern nur, wenn man guten Grund zur Annahme hatte, daß einen sonst der andere kalt erwischen würde. Es gab viele Techniken, aber Dwight wollte mich nicht durcheinanderbringen, deshalb zeigte er mir die zwei besten.

Es war wirklich kinderleicht. Du gehst einfach auf einen zu und tust ganz freundlich oder sogar ängstlich, und dann trittst du ihm in die Eier. Das war die erste Technik. Die zweite ging praktisch genauso, bloß daß man den anderen Typen nicht in die Eier trat, sondern auf die Gurgel boxte. Laut Dwight wirkte das am besten bei großen Typen. Wir übten beide Verfahren. Ich sollte ganz lässig auf Dwight zugehen, »Hallo« sagen und dann zutreten oder -schlagen. Zuerst befürchtete ich, er würde diese Manöver als Entschuldigung dafür nehmen, um mich zu vertrimmen – alles im Sinne des ernsthaften Trainings, versteht sich. Aber das tat er nicht. Er fing meine Faust oder meinen Fuß beinahe sanft ab, ließ los, sagte ein paar korrigierende Worte, und forderte mich auf, es noch einmal zu versuchen. Er war schnell und kräftig, und es machte ihm Spaß, zuzuschauen, wie ich es allmählich kapierte.

Unsere Schuhe quietschten auf dem Boden, unsere Gesichter glänzten vor Schweiß. So trainierten wir, bis ich die Schläge intus hatte. Dann gingen wir in die Küche zurück. Dwight machte sich einen Drink und gab mir Tips, wie ich mit Arthur umgehen sollte: wie ich den richtigen Augenblick abwarten sollte, wie ich darauf achten sollte, daß wir allein waren, ihn nicht warnen sollte, und so weiter. Ich merkte, daß er dies für mein Recht, ja für meine Pflicht hielt. Warte den richtigen Augenblick ab, betonte er.

An jenem Abend riefen ein paar Leute an und beschwerten sich darüber, daß sie ihre Zeitungen nicht bekommen hatten. Dwight nahm die Anrufe entgegen und erklärte, die Zeitungen wären bei einer Prügelei draufgegangen. Außerdem fügte er hinzu, daß sein Junge Jack dem Gayle-Sohn ein dickes Veilchen verpaßt habe.

*

Das hatte ich aber auch. Arthurs Auge wurde nicht gleich blau, sondern durchlief zunächst ein schillerndes Spektrum von Gelb- und Rot- und Grüntönen. An der Art und Weise, wie er mich manchmal anstarrte, konnte ich merken, daß er genau wußte, ich hatte Lügengeschichten über unseren Kampf herumerzählt. Aber er machte keine Anstalten, wieder anzufangen. Wir gingen einander aus dem Weg. Und als im Sommer die Schulferien begannen, liefen wir uns fast gar nicht mehr über den Weg, außer wenn wir bei Baseballspielen und Pfadfindertreffen zu mehreren waren.

Eines Nachmittags jedoch, als ich gerade meine Zeitungen austrug, sah ich Arthur auf der Hauptstraße auf mich zukommen. Wir würden nicht weit von der Stelle aufeinandertreffen, wo der Kampf begonnen hatte. Es war kein Mensch in der Nähe. Ich ging weiter, und er genauso, Pepper trippelte hinter ihm her. Während wir aufeinander zugingen, fiel mir ein – und es war mehr ein nervöses Gefühl als ein Gedanke –, daß auch er ein paar Hinweise bekommen haben könnte, wie man jemanden kaltmacht und den richtigen Zeitpunkt abwartet. Ich hatte mehr als genug abgewartet, jedenfalls was Dwights Geduld betraf.

Als wir uns so nah gegenüberstanden, daß wir uns hätten berühren können, blieb Arthur stehen und sagte: »Hallo.«

»Hallo«, antwortete ich.

Da standen wir und sahen uns an. Dann schaute er zu Pepper hinunter. »Willst du meinen Hund streicheln?« fragte er.

»Klar.« Ich stützte ein Knie auf und streckte meine Hand aus. Pepper schnüffelte daran.

»Sie kann sprechen«, verkündete Arthur.

»Klar«, meinte ich. »Ich glaub dir aufs Wort.«

»Hey Pepper«, rief er, »was bist du für ein Hund?«

Sie bellte dreimal.

»Brravbravbrav!« wiederholte Arthur. »Ein braver Hund bist du. Gut gemacht, Pepper. Okay, Pepper, wie geht's dir abends vorm Schlafengehen?«

Sie schaute zu ihm empor.

»Na los! Wie fühlst du dich abends vorm Schlafengehen?«

Sie kam angetrottet und leckte ihm die Hand.

»Genau: Schlappschlappschlapp! Gutes Mädchen!«

Es war ein blöder Witz, aber ich mußte lachen. Während ich Peppers drahtiges Fell streichelte, grunzte sie leise und sah mit lebhaften, erinnerungslosen Augen zu mir hoch.

*

Skipper besaß einen 1949er Ford, den Dwight irgendeinem Trottel in Marblemount zu einem Spottpreis abgehandelt hatte. Dwight hatte ihn gekauft, damit Skipper mit Mädchen ausgehen und jagen und angeln fahren konnte, ohne sein Auto ausleihen zu müssen, aber Skipper stellte den Ford in eine Wellblechhütte am Rande des Camps und fing an, ihn auseinanderzubauen. Er lag schon seit über einem Jahr auseinandergenommen da, als ich nach Chinook zog, und ein halbes Jahr später, als Skipper auf der Concrete High seinen Abschluß machte, hatte sich daran nichts geändert.

Nach seinem Abschluß blieb Skipper in Chinook. Er suchte sich Arbeit beim Elektrizitätswerk und wohnte weiterhin zu Hause, so daß er sein ganzes Geld in das Auto stecken konnte. Wenn ich bei meinen Abonnenten die Beiträge kassierte, schaute ich abends manchmal bei ihm vorbei und sah es mir an. Zu Hause beachtete mich Skipper kaum, aber in der Hütte wurde er gastfreundlich. Egal, mit welcher Maschine er gerade arbeitete, er stellte sie ab und schob die Schutzbrille in die Stirn. Er gab mir Cola zu trinken, während er erklärte, um was für Autoteile es sich handelte und was er mit ihnen vorhatte. Ich nickte, als hätte ich alles verstanden und als glaubte ich wirklich daran, daß dieses ganze Durcheinander sich eines Tages wieder zusammenfügen würde.

Obwohl Skipper im September an der University of Washington in Seattle anfangen wollte, deutete nichts darauf hin, daß er demnächst fortgehen wollte. Dwight begann ihn zu bedrängen. Er wollte wissen, wo Skipper zu wohnen gedachte und wie er sein Studium bezahlen wollte. Er wollte wissen, was Skipper vorhatte. Skipper antwortete, er hätte alles genau geplant.

Dwight ließ nicht locker, aber Skipper setzte sein höfliches, desinteressiertes Lächeln auf und machte, was er wollte. Und dann, gegen Ende des Sommers, nahm das Auto Gestalt an, genau wie Skipper es immer gesagt hatte. Ich war in der Hütte, in jener Nacht, als Skipper und seine Freunde den überholten Motor wieder einsetzten. Skipper hatte Rennwagen-Vergaser eingebaut und die Zylinder aufgebohrt, damit der Motor stärker wurde, und ihn dann verchromen lassen. Er war wunderschön. Skippers Freunde hievten ihn mit einem Flaschenzug hinein, während er ihnen Anweisungen zubrüllte, und innerhalb einer Stunde hatte er ihn soweit, daß er röhrte.

Die Karosserie bot einen unsäglichen Anblick. Sie war verbeult, stumpf und voller Löcher von den Zierleisten, die Skipper abmontiert hatte. Er plombierte die Löcher, füllte die Dellen mit Fiberglasmasse aus, trug eine Schicht Grundierfarbe auf, schmirgelte sie glatt und strich dann sechzehn Schichten knallroten Lack darüber, der genauso aussah wie die roten, kandierten Äpfel. Jede Farbschicht bearbeitete er mit seinem Schmirgelpapier, bevor er die nächste auftrug. Er brauchte einen Monat dafür, und als er fertig war, hatte die Farbe eine solche Klarheit und Tiefe, daß man in eine dicke Schicht aus rotem Eis zu schauen glaubte. Die Linien des Wagens waren fließend und sauber; er hatte recht daran getan, die Zierleisten wegzunehmen.

Nachdem er mit dem Lackieren fertig war, zog Skipper neue Weißwandreifen mit verchromten Radkappen auf, nicht die Schmuckkappen, die damals in Mode waren, sondern einfache Halbkugeln, strahlend wie Spiegel. An die Seiten, unterhalb der Türen hängte er verchromte Laker-Auspuffrohre, die am Ende leicht nach außen gebogen waren, als wollten sie die Abgase diskret vom Wagen weghusten. Vorn brachte er eine frischverchromte Stoßstange an, am hinteren Ende das Modell von Continental – eine ungewöhnlich lange Stoßstange mit einem Außengehäuse für den Reservereifen.

Es war traumhaft. Das einzige, was nun noch aufgemöbelt werden mußte, war das Wageninnere. Skipper erzählte mir, daß er gerade noch genug Geld hatte, um das Auto hinunter nach Tijuana zu fahren und es dort polstern zu lassen. Er würde es in weißem Leder ausstatten lassen, gewalzt, plissiert und mit Biesen.

Als ich ihn fragte, ob ich mitkommen dürfte, antwortete er, er würde es sich durch den Kopf gehen lassen.

Ich dachte, er meinte es ernst. Ich dachte, er überlegte sich tatsächlich, mich mitzunehmen, und da ich mir keinen vernünftigen Grund vorstellen konnte, der gegen mein Mitkommen sprach, nahm ich an, daß es ihm ebenso ging. Es war so gut wie entschieden. Ich sah mich schon, wie ich vorne neben Skipper saß, in diesem schnellen, wunderschönen roten Wagen, und wie wir beide unterwegs Abenteuer bestehen und Leuten aus der Patsche helfen würden, die es allein nicht schafften. Sie würden uns nachher bitten, noch zu bleiben, doch wir würden jedesmal weiterfahren und sie würden unserer Staubwolke hinterherstarren, während wir über den Highway verschwanden. Mexiko, ein ödes Land mit unsichtbaren Trompetenspielern, die im Hintergrund durch das Bild liefen, schien weit, weit weg zu sein, und wir würden eine lange Zeit fort sein.

Ich erzählte Arthur, daß ich fahren würde. Ich erzählte es auch ein paar anderen Jungs und einigen Leuten auf meiner Zeitungstour. Eines Abends, als wir beim Essen saßen, meinte Dwight: »Sag mal, Mister, was hab' ich da gehört, du fährst nach Mexiko?« Er sah mich an.

Pearl rief: »Wenn er hin darf, will ich auch mit.«

Meine Mutter lachte. »Mexiko! Wer hat denn was von Mexiko gesagt?«

»Na, er«, sagte Dwight zu ihr.

»Jack, stimmt das?« fragte meine Mutter. »Hast du jemandem erzählt, du fährst nach Mexiko?«

»Skipper hat gesagt, ich könnte mitfahren«, erklärte ich ihr.

»Hä?« fragte Skipper. »*Was* habe ich gesagt?«

Ich sah ihn an, und zum erstenmal seit Tagen fiel mir wieder ein, daß er das eigentlich nie gesagt hatte. »Du hast gesagt, du würdest es dir durch den Kopf gehen lassen«, beharrte ich.

»Ehrlich? Das habe ich gesagt?«

Ich nickte.

»Da wird nichts draus, altes Haus«, meinte er. »Ich nix können machen.« Er muß gemerkt haben, was für eine Wirkung diese Worte auf mich hatten, weil er daraufhin zu erklären anfing, daß sein Freund Ray vorhatte, mitzufahren. Sie wollten im Auto schlafen, um Geld zu sparen, und das hieß, daß kein Platz für einen Dritten war.

»Jedes Ding hat seine zwei Seiten«, sagte Dwight. *Jedes Ding hat seine zwei Seiten* war einer seiner schwerwiegenden Lieblingssprüche, das und *Das ist eine rein akademische Frage.*

»Ein andermal«, meinte Skipper.

Pearl bat ihn, ihr einen Sombrero mitzubringen.

»Ich will Kastagnetten«, sagte Norma. Sie wackelte mit den Schultern und sang »La Cucaracha«, bis Dwight sie anfuhr, sie solle den Mund halten.

*

Skipper und ich teilten das kleinste Zimmer im ganzen Haus. Wir benutzten denselben Schreibtisch, dieselbe Kommode, denselben Kleiderschrank. Zwischen unseren Betten lag ein Zwischenraum von anderthalb bis zwei Metern. Aber ich fühlte mich nie eingepfercht in diesem Zimmer, bis Skipper nach Mexiko fuhr. Er nahm so viel Raum ein, wenn er zu Hause war, daß ich nicht vergessen konnte, daß er weg war, und so dachte ich immerzu an ihn und seinen Freund Ray, da draußen auf der Landstraße, frei wie die Vögel. Diese Gedanken gaben mir das Gefühl, betrogen und eingesperrt zu sein. Ich fand, Skipper hätte mich mitnehmen sollen statt Ray. Ich hatte ihn zuerst gefragt, und außerdem war ich schließlich sein Bruder. Das bedeutete mir etwas, aber ich merkte, ihm bedeutete es nichts. Mit meinem eigenen Bruder war ich nicht immer gut ausgekommen, und wir hatten uns vier Jahre kein einziges Mal gesehen, doch ich vermißte ihn immer noch und fing an, mir vorzustellen, wieviel besser er mich behandeln würde.

Ich vermißte auch meinen Vater. Meine Mutter beklagte sich mir gegenüber nie über ihn, aber manchmal machte Dwight sarkastische Bemerkungen über Onkel Dagobert und Herrn Hochnäsig. Er wollte meinen Vater dafür angreifen, daß er reich war, weit weg lebte und nichts mit mir zu schaffen hatte, doch alle diese Eigenschaften, selbst die letzte, vielleicht besonders die letzte, machten meinen Vater faszinierend. Er genoß den Vorteil jedes abwesenden Elternteils: Er war nicht da und konnte sich also auch nicht als unvollkommen erweisen. Ich konnte ihn so sehen, wie ich ihn sehen wollte. Ich konnte ihm überragende Qualitäten zuschreiben und gute Gründe, ja romantische Gründe dafür finden, daß er sich nie für mich interessiert, mir nie geschrieben hatte, daß er anscheinend vergessen hatte, daß es mich überhaupt gab. Ich erfand Entschuldigungen für ihn, selbst als ich es schon hätte besser wissen sollen. Und dann, als ich es wirklich besser wußte, beschloß ich, die Tatsache, daß er mich im Stich gelassen hatte, aus meinem Gedächtnis zu streichen. Ich besuchte ihn auf dem Weg nach Vietnam, und dann noch einmal, als ich zurückkehrte. Wir wurden Freunde. Er war kein Ungeheuer – er hatte selber genug Schwierigkeiten. Und überhaupt, nur Heulsusen quengelten über ihre Eltern.

Diese Denkweise funktionierte ganz gut, bis mein erstes Kind geboren wurde. Mein Sohn kam drei Wochen zu früh auf die Welt, ich war gerade von zu Hause fort. Als ich ihn zum erstenmal sah, auf der Säuglingsstation des Krankenhauses, versuchte eine Krankenschwester gerade, ihm Blut abzunehmen. Sie konnte die Vene nicht finden. Immer wieder stach sie zu, und jedesmal, wenn die Nadel eindrang, spürte ich selber den Stich. Meine Ungeduld machte sie so ungeschickt, daß eine andere Schwester sie ablösen mußte. Als ich ihn schließlich bekam, hatte ich das Gefühl, ich hätte ihn gerade einem Rudel Wölfe entrissen, und während ich ihn im Arm hielt, zerbrach etwas Hartes in mir, und ich wußte, ich war lebendiger als zuvor. Doch im gleichen Augenblick spürte ich einen Schatten, eine Kälte an den Rändern. Es machte mich unsicher, deshalb ignorierte ich es. Ich begriff nicht, was es war, bis es mir in der Nacht wieder einfiel, so glasklar, daß ich hätte aufschreien können. Es hatte mit meinem Vater zu tun, der damals schon zehn Jahre tot war. Es war Kummer und Wut, Wut vor allem, und tagelang schüttelte sie mich, wenn es nicht die Freude über meinen Sohn war, die mich schüttelte, und über das neue Leben, das mir geschenkt worden war.

Doch all das sollte noch kommen. Als Junge fand ich keinen Makel an meinem Vater. Ich baute ihn mir aus Träumen und Erinnerungen auf. Eine dieser Erinnerungen war, wie ich in dem wunderschönen alten Haus meiner Stiefmutter in Connecticut in der Küche saß und ihm zusah, wie er eine Kiste voller Feuerwerkskörper auf den Tisch kippte. Es war alles schweres Geschütz, ernsthaft lebensgefährlich und ungesetzlich. Meine Stiefmutter schimpfte mit ihm. Sie wollte wissen, was er damit vorhatte. Er schob ein Bündel Kracher zu mir herüber und antwortete: »In die Luft jagen, meine Liebe, in die Luft jagen.«

*

Nachdem Skipper den Ford überholt hatte, erwachte in mir ein lebhaftes, gieriges Interesse an Autos. Auf meiner Zeitungstour nahm ich die Autos auseinander, die ich sah, und setzte sie in viel interessanteren Varianten wieder zusammen, mit tiefgezogenen Kotflügeln, Kühlrippen, Rallyespoilern, abgesägten Auspuffrohren. Ich las die Gebrauchtwagenanzeigen in den Zeitungen, verglich Preise und rechnete sie gegen das Geld auf, das ich verdiente. Ich stellte mir vor, wie es wäre, ein Auto zu besitzen, einfach einsteigen und losfahren zu können.

Eines Tages, nachdem ich meine Zeitungen alle ausgeliefert hatte, faltete ich meine Zeitungstasche zusammen und überquerte die Brücke, die aus dem Camp führte; dann wartete ich mit ausgestrecktem Daumen, bis ein Wagen anhielt. Ich kannte den Mann nicht – er war ein Bauarbeiter vom Staudamm oben am Fluß. Ich stieg ein, und er fragte mich, wo ich hinwollte. Er fügte hinzu: »Bis Seattle kannst du mitfahren. Von da ab mußt du alleine weitersehen.«

Seattle. Wenn ich wollte, könnte ich den ganzen Weg bis Seattle mitfahren. Ich sagte, ich müßte nach Concrete, das kam mir für den Anfang weit genug vor. Aber als wir Marblemount erreichten, hatte ich bereits die Nerven verloren und bat den Mann, mich aussteigen zu lassen. Es dauerte nicht lange, bis ich die nächste Mitfahrgelegenheit bekam, zurück nach Chinook. An dem Tag war ich zum erstenmal getrampt. Der Sommer schritt voran, und ich streifte immer weiter ins Tal hinunter, nach Concrete und Bird's Eye und Van Horn und Sedro Woolley; einmal, kurz bevor die Schule wieder anfing, fuhr ich sogar bis nach Mount Vernon. In diesen Städten wanderte ich dann ein paar Minuten durch die Straßen und wartete darauf, daß etwas passierte. Wenn nichts passierte, ging ich zur Landstraße zurück und streckte meinen Daumen wieder aus. Ich war immer zurück, bevor Dwight und meine Mutter von der Arbeit nach Hause kamen. Niemand vermißte mich je. Hin und wieder fuhr ich mit Arthur, aber meistens allein. Allein konnte ich freier lügen und fühlte mich offener für alles, was da kommen mochte. Eines Tages, so glaubte ich, würde jemand anhalten und sagen: »Bis Wilton, Connecticut, kannst du mitfahren...«

*

Skipper war nur ein paar Wochen fort. Er kam zurück, packte seine Sachen zusammen und war am nächsten Morgen wieder weg. Danach sah ich ihn nur gelegentlich, wenn er zum Erntedankfest oder über Weihnachten nach Hause kam, oder wenn wir ihn in Seattle besuchten. Er lebte ein paar Jahre lang mit anderen Männern in kleinen Wohnungen, dann heiratete er und nahm wieder eine Arbeit beim Elektrizitätswerk an. In der Nacht vor seiner Hochzeit saßen wir zusammen. Das war eines von zwei Malen, wo ich ihn trübsinnig erlebte. In diesem Falle kam die Rührung nicht von der Aussicht auf die bald verlorene Freiheit, sondern von einem Lied, das er immer wieder auf seiner neuen Stereoanlage spielte – »The Everglades« vom Kingston Trio. Es handelte von der Geschichte eines Mannes, der bei einem Kampf um eine Frau einen anderen Mann tötet. Als er sieht, was er getan hat, nimmt er Reißaus in die Everglades,

wo ein Mann sich versteckt und er wird nicht gefunden
hat keine Angst mehr vor kläffenden Hunden
doch wenn er steh'n bleibt, dann ist er verloren:
nach den Moskitos die Alligatoren.

Was der Mann nicht weiß und natürlich niemals herausfinden wird, ist, daß das Gericht ihn freigesprochen hat, weil er aus Notwehr gehandelt hat. Dieser Knaller kommt aber erst im letzten Vers raus, und jedesmal, wenn es soweit war, senkte Skipper die Augen und schüttelte seinen Kopf voller Trauer.

Das andere Mal, als ich ihn niedergeschlagen erlebte, war, als er aus Mexiko zurückkam. Wir saßen beim Abendessen. Das Motorengeräusch war unverwechselbar, und als wir es hörten, rannten Pearl und Norma und ich nach draußen. Dwight und meine Mutter folgten einen Augenblick später nach. Die Familie, die das Haus zusammen mit uns bewohnte, kam ebenfalls heraus, und außerdem noch ein paar andere Nachbarn. Alle waren sprachlos beim Anblick des Autos.

Es sah aus, als wäre es in ein Sandstrahlgebläse geraten. Der Lack war löchrig und stumpf. Die Radkappen und die Stoßstangen und die Laker-Auspuffrohre waren ebenfalls voller kleiner Löcher und zeigten erste Anzeichen von Rost. Es war ein trauriger Anblick.

Skipper erzählte uns, was passiert war. Nachdem er den Wagen hatte polstern lassen, machten er und Ray einen Ausflug nach Ensenada, und auf dem Rückweg gerieten sie in einen Sandsturm. Der Sand war so dicht, daß sie kaum einen halben Meter weit sehen konnten. Sie mußten an den Straßenrand fahren und das Ende abwarten, was fast den ganzen Tag dauerte. Der Sand ruinierte auch den Motor – Skipper hatte auf der Heimreise ständig dran herumgebastelt. Er machte Witze über die ganze Geschichte, aber seine Stimme war kurz vorm Überkippen. Er hatte sich all diese Zeit zurückgehalten, vermutlich noch Ray Theater vorgespielt, wie lässig er war, aber jetzt, zu Hause, vor seiner Familie, übermannte es ihn. Er machte nicht schlapp, aber er war nahe dran.

Während Skipper sprach, umkreiste ich den Wagen, um das Ausmaß des Schadens festzustellen. Ich öffnete die Fahrertür und steckte meinen Kopf hinein. Der Boden war mit weißem Teppich ausgelegt. Weißes Leder überzog die Sitze, die Türverkleidung, das Dach und das Armaturenbrett. Das Licht im Wageninnern war voll und weich. Ich setzte mich hinter das Steuer und schloß die Tür. Ich atmete den Geruch des Leders ein. Ich ließ meine Finger über die Sitze gleiten und lehnte mich dann zurück, eine Hand auf dem Steuerrad, die andere auf dem Schaltknüppel. Leise, damit mich keiner hörte, machte ich Motorengeräusche nach, legte Gänge ein und blickte durch die verkratzte Windschutzscheibe zu den verschwommenen Umrissen der Bäume am Straßenrand hinüber. Wenn ich nicht allzu genau hinsah, hatte ich fast das Gefühl, ich würde fahren.

*

Beim ersten Zusammentreffen gibt's gleich eine handfeste Keilerei: Toby (Leonardo DiCaprio) und Arthur Gayle (Jonah Blechman) wälzen sich auf dem Waldboden.

Später dicke Freunde: Tobias Wolff (Leonardo DiCaprio) und Arthur Gayle (Jonah Blechman). Gemeinsam begleiten sie auf dem Klavier den Gesang von Hündchen Pepper.

Bislang dachte Dwight (Robert De Niro), er sei ein guter Schütze. Doch diesmal ist er gar nicht zufrieden mit sich. Kein Wunder, denn so schlecht hat er beim Wettschießen noch nie abgeschnitten.

Caroline (Ellen Barkin) ist glücklich: Mit der Winchester ihres Sohnes hat sie beim Wettschießen ein überdurchschnittliches Ergebnis erzielt. Dwight ist natürlich doppelt sauer, aber Toby (Leonardo DiCaprio) freut sich dafür um so mehr.

Andauernd wuchs ich aus meinen Schuhen heraus, allein in der siebten Klasse brauchte ich zwei Paar neue. Dwight war empört. Er dachte, ich würde aus purer Böswilligkeit wachsen. Er schob den Kauf des dritten Paares hinaus, bis ich kaum mehr laufen konnte, und sagte, diesmal gäbe es keine Turnschuhe. Von Turnschuhen sollte erst wieder die Rede sein, wenn ich wußte, was ich wollte, und beschlossen hätte, welche Größe meine Füße denn nun haben sollten. Ich wollte sie mir selbst kaufen, von den Ersparnissen meines Zeitungsaustragens, aber Dwight weigerte sich, das Geld von der Bank abzuheben.

Die Turnschuhe wären mir ziemlich egal gewesen, wenn da nicht die Basketballspiele gewesen wären. Die Volksschule von Chinook hatte nur wenige Jungen, die für Sport eingesetzt werden konnten, was bedeutete, daß ich in den meisten Spielen zum Zuge kam und einen echt scharfen Mannschaftsdreß tragen konnte – aus rotem Satin mit weißen Streifen. Ich hatte nicht ganz unrecht mit meiner Befürchtung, daß dieser Dreß in Kombination mit braunen Straßenschuhen sein gewisses Etwas verlieren würde.

Unsere Spiele fanden nachts statt. Wenn sie außerhalb angesetzt waren, brachte mich normalerweise meine Mutter hin, aber wenn sie keine Zeit hatte, holte Norma Bobby Crow, damit er mich mit seinem Auto hinfuhr. Das war eine ihrer Möglichkeiten, mehr gemeinsame Zeit herauszuschinden. Auf der Fahrt zum Spiel gab Bobby mir Tips, vertrauliche Informationen über Pässe, Würfe, Antäuschen. Ich hing über dem Vordersitz, während Bobby sprach, und nickte wissend zu allem, was er sagte. Bobby hatte für Concrete High Football gespielt. Er war ihr Quarterback gewesen, der kleinste und beste Spieler der gesamten Mannschaft, so viel besser als all die anderen, daß es aussah, als wäre er allein auf dem Platz. Seine einsame Qualität machte ihn schön und tragisch, weil man wußte, was für Wunderwerke er auch vollbrachte, die übrige Mannschaft würde sie ihm schon vermasseln. Geschickt und unbemerkt gab er den Ball an tollpatschige Halfbacks ab und spielte weite, wohlgezielte Pässe an Außenstürmer, die sie nicht fangen konnten. Doch erst wenn er im Zickzack über das Spielfeld lief, vollbrachte er seine eigentlichen Hexereien: Er sprintete vor, stoppte plötzlich, sprang seitwärts, drehte Pirouetten auf den Zehenspitzen und wand seine Hüften mädchenhaft, wenn er vor den wutentbrannten Klötzen davonsauste, die ihn verfolgten, und zwischen ihnen hindurchschlüpfte wie eine Forelle, die einen felsübersäten Gebirgsbach hinunterschießt.

Bobby war feingliedrig und schlank. Er trank und rauchte nie. Er hatte die schmalen Züge seiner Mutter, die ein Halbblut war, und die dunklen Augen und die dunkle Haut seines Vaters von den Nez Percés, der, wie mir Norma erzählte, ein direkter Abkömmling von Häuptling Joseph war. Bobby hatte zwar nicht Basketball für Concrete gespielt, aber ich hörte mir alle seine Ratschläge genau an und konzentrierte mich mit meinem ganzen Hirn darauf, damit sie sich wirklich einprägten und mein Spiel verbesserten. Bobby hatte eine sehr sanfte Stimme, und dadurch klang alles, was er sagte, vertraulich, fast ein bißchen anrüchig.

*

Mein erstes Spiel in Straßenschuhen ging gegen Van Horn. Bobby und Norma ließen mich vor der Schule aussteigen und fuhren wieder weg. Sie waren auf dem Hinweg mürrisch und reizbar gewesen. In ein paar Monaten würden sie beide ihren Abschluß machen, und ihre Pläne paßten nicht zueinander.

Als wir anfingen, das Korbwerfen zu trainieren, wußte ich bereits, daß mich nichts Gutes erwartete. Die Schuhe waren schwer und fast quadratisch, Dwight hatte sie danach ausgesucht, daß sie sowohl zu meiner Schulkleidung als auch zu meiner Pfadfinderuniform paßten. Sie rumsten laut beim Laufen, und die glatten neuen Sohlen rutschten wie Schlittschuhe auf dem glattgebohnerten Boden. Ich fiel zweimal hin, bevor das Spiel begonnen hatte. Beim Anpfiff buhten mich die Jungs von der anderen Schule schon aus. Ich wollte nicht spielen, aber an dem Abend waren nur fünf von uns erschienen, also hatte ich keine andere Wahl. Meine Schuhe rumsten, als ich blindlings auf dem Spielfeld hin und her lief. Manchmal kam der Ball zu mir. Ich dribbelte ein- oder zweimal und warf ihn dann einem anderen in Rot zu. Sprang hoch, wenn ich die anderen springen sah. Rannte hin und her. Fiel hin, wenn ich zu abrupt bremsen wollte.

In dem Stimmengewirr hörte ich besonders eine Stimme heraus, eine kreischende Frauenstimme, die höher war als alle anderen. Sie war wie die verrückte Stimme auf den Lachkonserven im Fernsehen. Nachdem ich sie einmal aufgeschnappt hatte, konnte ich nicht mehr aufhören, auf sie zu achten. Das machte mich ganz verzweifelt und noch ungeschickter. Jedesmal, wenn ich ausrutschte oder hinfiel, kreischte sie höher und lauter als zuvor, und dann kam ein Moment, da hörte sie gar nicht mehr auf zwischen meinen Stürzen, sondern schrie immer weiter, in einer atemlosen, brüchigen Stimme ohne irgendeine Spur von Gelächter. Ich war nicht der einzige, dem das auffiel. Die Turnhalle wurde still. Schließlich war nur noch ihre Stimme zu vernehmen. Sie hörte nicht auf. Unser Trainer pfiff zur Halbzeit, und wir gingen an die Seitenlinie, um uns abzutrocknen und unseren Durst zu löschen. Die Leute drehten sich auf ihren Sitzen um und sahen zu ihr hoch. Sie stand in der obersten Reihe der billigen Plätze, eine Frau, die ich nie zuvor gesehen hatte, breitschultrig, mit Lockenwicklern und Torero-Hosen. Sie hatte die Hände vors Gesicht geschlagen. Ihre Schultern zuckten, während sie erstickte, belfernde Geräusche von sich gab. Ein kleinwüchsiger Mann mit roten Backen und gesenktem Blick führte sie am Ellbogen hinaus. Sie gingen ihre Reihe entlang, die Stufen hinab und über den Turnhallenboden zum Ausgang. Die Frau zuckte und japste immer noch durch die Hände.

Das Spiel ging weiter, doch mit einem Unterschied. Die Menge war jetzt ruhiger, fast still. Wenn die andere Mannschaft im Ballbesitz war, kamen ein paar vereinzelte, höfliche Aufmunterungsrufe; wenn sie einen Korb warfen, blieb der Applaus gedämpft. Der Raum nahm für mich klare Formen an. Ich schöpfte wieder Atem, fand meinen Rhythmus und kam ins Spiel. Zwar hatte ich immer noch Schwierigkeiten, auf den Beinen zu bleiben, aber niemand lachte, wenn ich hinfiel. Die Menge war jetzt auf meiner Seite, und die andere Mannschaft schien das zu merken. Sie spielten mit einer Art Ehrerbietung, fast entschuldigend. Langsam sah ich mich von den Rängen aus und wurde ganz sentimental, als mir zum Bewußtsein kam, wieviel Größe, wieviel Mumm in mir steckte, daß ich dieses Spiel durchstand. Bei einem Sturz hatte ich mir leicht das Knie verstaucht, und ich baute diese Beeinträchtigung zu einem Hinken aus, das deutlich genug war, um Sympathie zu erwecken, ohne den Schiedsrichter zum Abbruch des Spiels zu zwingen. Ich hoppelte lahm die Halle auf und ab, und auch die andere Mannschaft wurde langsamer, als weigerte sie sich, jeden weiteren Vorteil uns gegenüber wahrzunehmen.

Sie gewannen haushoch. Als das Spiel abgepfiffen wurde, lief ihr Trainer auf das Spielfeld und stimmte drei Hurras auf uns an.

*

Norma und Bobby holten mich viel zu spät ab. Der Parkplatz war fast schon leer, als sie vorfuhren.

»Wer hat gewonnen?« fragte Norma. Sie stieß die Tür für mich auf und lehnte sich vor, als ich mich hinter ihr in den Rücksitz quetschte.

»Die anderen.«

»Beim nächsten Mal«, sagte Bobby.

Norma machte die Tür zu und schlüpfte wieder zu Bobby. Sie schauten sich in die Augen. Er legte den Gang ein und fuhr langsam vom Parkplatz herunter. Es war warm im Auto, drückend. Norma räkelte sich, drehte am Radio herum, zupfte an den Härchen in Bobbys Nacken. Sie nannte ihn Bobo, das war ihr Kosename für ihn, und sagte etwas, das ihn zum Lachen brachte. Ihre Stimme war leise, ihre Bewegungen matt. Ich beobachtete die beiden. Wir fuhren weiter, und ich beobachtete sie ständig. Ich war nervös und wachsam, mißtrauisch, ohne zu wissen, weshalb. Und dann wußte ich es plötzlich. Dieses Wissen schoß mir nicht wie ein Gedanke durch den Kopf, sondern lastete wie ein plötzlicher körperlicher Druck auf mir. Ich hatte davor nie so genau verstanden, was sie taten, wenn sie allein unterwegs waren. Ich wußte, sie knutschten rum, aber ich glaubte, sie seien bloß Freunde. Ich hätte nie gedacht, daß sie mir das antun würde.

In der Dunkelheit des Rücksitzes saß ich, steif und stumm, und traktierte sie mit Fausthieben, Ohrfeigen und Schimpfwörtern. Ich nahm ihr das blaue Kabriolet wieder weg, das ich ihr schenken wollte, die Pelze und die duftigen Kleider. Ich warf sie aus der Villa.

Und dann ließ ich sie wieder herein. Es blieb mir nichts anderes übrig. Doch später, immer wenn ich Ray Charles singen hörte »I Can't Stop Loving You«, mußte ich einfach innehalten und einen Moment lang traurig sein.

*

Als meine Mutter dem Schützenverein beitrat, warb sie mehrere andere Ehefrauen an, und mit der Zeit schrieben sich immer mehr Paare ein. Es war eine lockere Gemeinschaft bierseliger Kerle gewesen, die ganz gerne mal auf Dosen ballerten, doch das änderte sich. Einige der neuen Mitglieder waren ernsthafte Schützen, und nachdem der Verein ein paarmal von anderen Vereinen fertiggemacht worden war, wurden die älteren Mitglieder entweder selber ernsthaft, oder sie traten aus.

Meine Mutter schnitt bei Wettkämpfen gut ab. Sie gewann gerne. Wenn sie gewann, lebte sie auf und strahlte. Ihre Schützenjacke war voller Orden und Bänder, aber auf Dwights waren keine, weil er jedesmal verlor. Er behauptete, das Remington-Zielgewehr, das er gekauft hatte, sei ungenügend ausbalanciert. Er kaufte ein anderes und, als sich auch das als defekt erwies, ein drittes. Er verlor immer weiter, aber das lag nicht daran, daß er es nicht oft genug versucht hätte. Er verbrachte zwei oder drei Abende in der Woche damit, im Verein zu üben, und benutzte den langen Flur in unserem Haus als Übungsplatz zum Anlegen und Zielen. Am einen Ende befestigte er eine Zielscheibe an der Tür und nahm sie vom anderen Ende aus ins Visier, die Arme in den Gurt gewunden, die Wange an den Schaft gepreßt. Einatmen, ausatmen, abdrücken. Einatmen, ausatmen, abdrücken. Wenn ich vom Zeitungsaustragen nach Hause kam, starrte mir oft zur Begrüßung der Lauf von Dwights neuestem Gewehr entgegen, das er, in unerhörter Verletzung der Gesetze zum Gebrauch selbst ungeladener Waffen, auf mich richtete, bis ich aus dem Weg gegangen war.

Dwight wollte, daß Pearl und ich mitkamen, wenn der Verein an Wettbewerben in anderen Städten teilnahm. Sie liefen immer auf das gleiche hinaus: Meine Mutter war gut, und Dwight vermasselte es. Er tat so, als sei es ihm egal, fing aber auf der Heimfahrt an, zu schmollen. Sein Gesicht verdüsterte sich, er streckte seine Unterlippe vor, sein Kopf versank in den Schultern. Pearl und ich saßen hinten und verhielten uns ruhig, bis einer von uns sich vergaß und anfing, zu summen oder etwas sagte. Dann fauchte Dwight dermaßen bösartig, daß sich meine Mutter veranlaßt fühlte, ein beschwichtigendes Wort einzulegen. Er ging auf sie los und sagte, soviel er wisse, sei immer noch er der Vater dieser sogenannten Familie, oder ob sie einen anderen Kandidaten hätte?

»Dwight...«, bat sie.

»Dwight«, äffte er sie nach und klang überhaupt nicht wie sie.

Dann, bis wir nach Marblemount kamen, beschimpfte er sie, daß sie einfach nicht zu schätzen wisse, welches Opfer er bringe, indem er eine geschiedene Frau mit einem Kind bei sich aufnehme, und dann noch mit einem Kind wie mir, einem Lügner, einem Dieb, einer Trine. Wenn meine Mutter ihm widersprach, beschuldigte er sie, sich nicht loyal zu verhalten; wenn sie nicht widersprach, brachte er sich durch den Klang seiner eigenen Stimme an den Rand eines Schlaganfalls. Das einzige, was ihn bremsen konnte, war der Anblick der Kneipe von Marblemount.

Er bog auf den Parkplatz und latschte voll auf die Bremse, so daß er über den Splitt rutschte. Er stieg aus, steckte seinen Kopf nochmal herein, sprach irgendein endgültiges Urteil über uns und knallte die Tür zu. Meine Mutter saß eine Zeitlang mit versteinertem Gesicht bei mir und Pearl und sah zur Kneipe hinüber. Sie weinte nie. Schließlich stieg sie aus und ging selbst hinein.

*

Ich war ein Lügner. Obwohl ich an einem Ort lebte, wo jeder wußte, wer ich war, konnte ich mich nicht zurückhalten und versuchte, neue Versionen von mir in Umlauf zu bringen, die meinen veränderten Interessen entsprachen, in der Hoffnung, sie würden überzeugender wirken als die früheren. Ein Dieb war ich auch. Daß Dwight mich so nannte, hatte einen trivialen Grund: Ich hatte einmal sein Jagdmesser ohne seine Erlaubnis genommen. Ich beging richtige Diebstähle. Ich hatte damit angefangen, Süßigkeiten aus den Zimmern der Zeitungsabonnenten zu stehlen, die in den Junggesellen-Baracken lebten. Die meisten dieser Männer hatten Süßigkeiten herumliegen. Ich gewöhnte mir an, mal hier, mal da ein Stück zu nehmen. Dann stahl ich ihnen Geld. Zuerst nahm ich nur Kleingeld, um mir Cola oder Eis zu kaufen, aber später nahm ich Fünfzig-Cent-Stücke und sogar Ein-Dollar-Scheine. Ich hortete das Geld in einer Munitionskiste unter einer der Baracken.

Ich hatte mir in den Kopf gesetzt, genug zu stehlen, damit ich ausreißen konnte. Ich war zu allem bereit, um von Dwight wegzukommen. Ich dachte sogar daran, ihn umzubringen, ihn in der Nacht niederzuschießen, wenn er wieder auf meiner Mutter herumhackte. Ich trug die Zeitungen nicht nur aus, ich las sie auch, und diese Lektüre hatte mich gelehrt, daß man jemanden töten und ungeschoren davonkommen konnte. Man mußte nur in der richtigen Rolle auftreten, wie Cheryl Crane, als sie Johnny Stampanato erstach, weil er Lana Turner bedrohte.

Manchmal holte ich die Winchester hervor, wenn ich hörte, wie Dwight mit meiner Mutter anfing, aber seine Beleidigungen waren eher langweilig als gefährlich. Sie respektierte ihn nicht. Sie sah auf ihn herab. Ihm war es doch prima gegangen, bis wir ankamen. Für wen hielt sie sich denn? Meistens wollte ich ihn erschießen, damit er endlich den Mund hielt, sonst nichts.

Dwight hatte nicht unrecht damit, mich einen Lügner und einen Dieb zu nennen, aber diese Anklagen trafen mich nicht, weil ich mich nicht so sah. Nur eine seiner Beschuldigungen saß – daß ich eine Trine sei. Mein bester Freund war eine Vollblut-Trine, und wegen unserer Freundschaft machte ich mir Sorgen darüber, daß mich auch die anderen so sehen könnten. Um deutlichen Abstand zu nehmen, zog ich Arthur gewohnheitsmäßig auf, immer hinter seinem Rücken, imitierte die Art, wie er sprach und ging, ja, ich verriet sogar seine Geheimnisse. Ich prügelte mich auch. Nicht mehr mit Arthur, aber ich hatte von ihm den Trick gelernt, rasend zu werden, wenn man mich beleidigte. Ich hatte auch gelernt, daß ich nicht davon sterben würde, wenn ich ein paar Schläge abbekam, und daß mich andere Leute, selbst Dwight, ein paar Tage nach dem Kampf mit einer gewissen Ehrerbietung behandelten. Und natürlich überlegten sich die anderen Jungen ihre Worte jetzt zweimal, weil sie wußten, daß sie dafür zahlen mußten.

Alle Beschwerden, die Dwight gegen mich vorbrachte, hatten das Ziel, mir eine Definition meiner selbst zu geben. Das gelang ihm auch, aber nicht so, wie er sich das vorstellte. Ich definierte mich gegen ihn. In der Vergangenheit war ich bereit dazu gewesen, alles mögliche Schlechte von mir zu glauben, auch wenn ich unschuldig war. Jetzt, wo es Gründe für Schuldgefühle gab, hatte ich keine mehr.

*

Während Pearl und ich im Auto warteten, taten wir, was wir konnten, um einander auf die Nerven zu fallen. Pearl summte. Ihr Gesumme hatte nichts mit Musik zu tun. Es hielt sich an keine Melodie- oder Rhythmuslinie, sondern spann sich endlos weiter, schwachsinnig wie mein Knacken mit den Fingergelenken – was meine Art war, sie auf die Palme zu bringen. Krack. Krack. Krack. Krack. Krack.

Das konnten wir eine ganze Weile durchhalten. Sobald es langweilig wurde, ging ich auf der Straße spazieren, gerade weit genug, daß ich die Kneipe immer noch sehen konnte, aber außerhalb von Pearls Blickfeld, so daß sie, wie ich hoffte, sich verlassen fühlen und Angst bekommen würde. Ich stand mit hochgeschlagenem Kragen am Straßenrand, die Hände in den Taschen, und beobachtete die Scheinwerfer der vorbeifahrenden Autos. Ich war ein Mörder auf der Flucht, ein Vagabund, der demnächst einer einsamen Frau in Leidenschaft verfallen würde...

Wenn ich dessen überdrüssig war, ging ich zum Wagen zurück. Inzwischen war ich selber einsam und brannte darauf, zu reden, doch unser offizieller Standpunkt war, daß wir einander nicht ausstehen konnten. Pearl und ich saßen jeder in seiner Ecke und starrten aus dem Fenster, bis ich es keine Sekunde länger aushielt; dann lehnte ich mich über den Sitz und drehte das Radio an. Pearl warnte mich, das lieber zu lassen, aber das meinte sie gar nicht ernst. Sie wollte ebenso gern Radio hören wie ich. Wir waren beide große Fans von *American Bandstand* und dem Regionalprodukt *Seattle Bandstand*. Sie schaute sich die Sendungen zu Hause an. Ich sah sie in den Häusern von Kindern, die entlang meiner Zeitungstour wohnten, blieb für die Dauer eines Lieds und raste dann die Straße hinunter zu meinem nächsten Posten. Unterwegs wirbelte ich die Zeitungen über meinen Kopf.

Ich kannte die Texte aller Lieder auswendig. Pearl auch. Und wenn wir so im Dunkeln saßen und die Musik das ganze Auto überflutete, konnten wir nicht anders, wir mußten einfach mitsingen, zuerst jeder für sich, dann gemeinsam. Pearl hatte keine gute Stimme, aber ich stichelte nie deshalb. Das wäre zu gemein gewesen, so als hätte ich sie wegen ihrer kahlen Stelle gepiesackt. Man brauchte sowieso keine gute Stimme für die Lieder, die wir mochten; man brauchte ein Gefühl für Timing und die Modulation. Das hatte Pearl, und sie konnte den Begleitchor und die zweite Stimme singen. Man kann die zweite Stimme nicht singen, ohne sich nahe aneinanderzulehnen, sich mit einem Nicken die Einsätze zu geben oder durch ein plötzliches Zwinkern der Augen, ein Atemholen; und wenn es dann gut klappt, muß man einfach lächeln. Es geht gar nicht ohne Lächeln. Einige Lieder konnten wir gut – »To Know Him Is To Love Him«, »My Happiness«, »Mister Blue«, das meiste von den Everly Brothers – und wir sangen sie, als sängen wir sie für den anderen, lächelnd, die Gesichter einander zugewandt.

Bis Dwight aus der Kneipe kam. Dann drehten wir das Radio ab und lehnten uns wieder in unsere Ecken zurück. Dwight kam auf das Auto zu, meine Mutter folgte ihm mit ein paar Schritten Abstand, die Arme verschränkt, den Blick gesenkt. Jetzt sah sie nicht gerade nach einer Gewinnerin aus. Dwight stieg ein, er roch nach Bourbon. Meine Mutter blieb draußen. Sie sagte, sie würde nicht einsteigen, bevor Dwight ihr nicht die Schlüssel gäbe. Er blieb einfach sitzen, und nach einer Weile stieg sie ein. Während er vom Parkplatz wegfuhr, nagte meine Mutter an ihrer Unterlippe und sah sich an, wie die Straße auf uns zukam.

»Bitte, Dwight«, sagte sie.

»Bitte, Dwight«, äffte er sie nach.

Als wir in die erste Kurve gingen, spürte ich, wie Pearls Finger sich in meinen Unterarm gruben.

»Bitte, Dwight«, sagte ich.

»*Bitte, Dwight*«, sagte er.

Und dann fuhr er mit uns durch die Kurven oberhalb des Flusses, mit quietschenden Reifen, die Scheinwerfer schwangen zwischen der Felswand und der Leere hin und her, und je mehr wir ihn baten, desto schneller fuhr er, bremste höchstens einmal zum Durchatmen ab, wenn es gerade besonders brenzlig gewesen war, und lachte dann, um zu zeigen, daß er keine Angst hatte.

*

Wenn ich allein im Haus war, durchsuchte ich die persönlichen Sachen der anderen. Eines Tages fand ich im Schreibtisch meiner Mutter einen Brief von ihrem Bruder Stephen, der in Paris lebte. Er war voller Beschreibungen der Stadt und der Vergnügungen, die es dort gab. Ich las ihn ein paarmal, dann schrieb ich die Adresse von dem dünnen Umschlag ab und steckte ihn zurück in die Schublade.

In jener Nacht schrieb ich meinem Onkel einen langen Brief, in dem ich ein alptraumhaftes Bild von unserem Leben in Chinook malte. Beim Schreiben erschien es mir ganz wahrheitsgemäß, aber ich steigerte mich hinein. Am Ende des Briefes flehte ich meinen Onkel an, meine Mutter und mich nach Paris zu holen. Wenn er uns nur über die Anfangsschwierigkeiten hinweghelfen könnte, schrieb ich, würden wir im Handumdrehen auf eigenen Füßen stehen. Wir würden Arbeit finden und ihm alles zurückzahlen, was wir ihm schuldeten. Ich schrieb, ich wisse nicht, wie viel länger wir es noch aushalten konnten – alles hinge nun von ihm ab. Ich bepflasterte einen Briefumschlag mit Briefmarken und schickte ihn ab.

Ein paar Tage lang wartete ich auf seine Antwort und vergaß das Ganze dann.

*

Eines Nachmittags, als ich vom Zeitungsaustragen nach Hause kam, fing mich meine Mutter auf der Eingangstreppe ab. Sie sagte, sie wolle einen Spaziergang mit mir machen. Ganz in der Nähe ging eine Fußgängerbrücke über den Fluß, und als wir dort ankamen, blieb sie stehen und fragte mich, was um alles in der Welt ich ihrem Bruder geschrieben hätte.

Ich antwortete, das wüßte ich nicht mehr so genau.

»Es muß aber ziemlich schlimm gewesen sein«, sagte sie. Und als ich nichts erwiderte, fragte sie: »Wie bist du denn an seine Adresse gekommen?«

Ich erzählte ihr, ich hätte den Brief auf ihrem Schreibtisch gefunden. Sie schüttelte den Kopf und schaute aufs Wasser hinaus. »Ich wollte nur helfen«, meinte ich.

»Lies das mal«, sagte sie und gab mir einen blauen Umschlag. Darin war ein weiterer Brief von Onkel Stephen. Er drückte seinen Schrecken und sein Mitgefühl über unsere Notlage aus, erklärte aber, daß er nicht imstande sei, eine Rettungsaktion in der Größe zu starten, wie ich sie vorgeschlagen hätte. Sie konnten uns nicht beide unterbringen, und was das Finden von Arbeit betraf, da hatten wir überhaupt keine Aussichten. Wir sprachen kein Französisch, und selbst dann würden wir niemals eine Arbeitserlaubnis kriegen. Außerdem gehörte ich sowieso in die Schule. Die ganze Idee war lächerlich.

Trotzdem wollten er und seine Frau aber tun, was sie konnten. Sie hatten es durchgesprochen und sich einen Plan überlegt, über den wir nachdenken sollten. Und zwar sollte ich allein nach Paris kommen, bei ihnen leben und mit ihren Kindern zur Schule gehen, von denen eines, Kathy, in meinem Alter sei und mir dabei helfen könne, Freundschaften zu schließen und mich zurechtzufinden. Während ich bei ihnen lebte, würde meine Mutter freie Hand haben, um von Dwight wegzukommen und Arbeit zu suchen. Sobald sie Fuß gefaßt hatte, richtig Fuß gefaßt – sagen wir, in einem Jahr oder so –, könnte ich zu ihr zurückgehen.

Mein Onkel sprach von einem Scheck, den er anscheinend beigelegt hatte, und entschuldigte sich, daß er nicht mehr schicken könne. Er hoffte, meine Mutter würde sich seinen Plan gut überlegen, denn er fände ihn wirklich gut.

In Zukunft, meinte er, wäre es wohl am besten, wenn sie ihm selbst schriebe.

»Was denkst du?« fragte meine Mutter.

»Ich weiß nicht«, erwiderte ich. »Paris.«

Sie sagte: »Stell dir bloß mal vor. Du in Paris.«

»Paris«, wiederholte ich.

Sie nickte. »Was denkst du also?«

»Ich weiß nicht. Und du?«

»Er hat in einigen Dingen nicht ganz unrecht. Es wäre eine tolle Erfahrung für dich, in Paris zu leben. Und es würde mir ein bißchen Zeit lassen, zu sehen, wie die Dinge hier laufen.«

Ich versuchte, nüchtern zu bleiben, und ihr ging es genauso, aber schließlich grinsten wir uns beide an.

»Aber sag bloß nichts von dem Scheck«, sagte meine Mutter.

*

Dwight war Feuer und Flamme dafür, mich mit Sack und Pack nach Paris zu schicken. Der Gedanke daran, daß ich bald weg wäre, lockerte ihn auf, und er schwelgte in Erinnerungen. Er sagte, seine Reisen während des Krieges hätten ihm das Leben in einem neuen Licht gezeigt, als ganz was anderes. Er gab mir Ratschläge, wie man Franzosen zu behandeln hätte, und riet mir, tolerant zu sein, wenn ich ihre weibischen Gebräuche kennenlernen würde. Ich hörte eine Menge vom französischen Appetit auf Frösche und erfuhr, daß dies der Grund dafür war, daß sie bei anderen Völkern als *Frogs* bekannt waren. Aus einer Sammlung von englischen Enzyklopädien aus der Zeit vor dem Ersten Weltkrieg, die er auf einem Basar erstanden hatte, las mir Dwight lange Passagen über die französische Geschichte vor (turbulent, despotisch, geprägt von der gallischen Neigung zu Konspiration und Verrat), über die französische Kultur (mit gallischem Esprit und Lebenslust, aber im allgemeinen uneigenständig, oberflächlich, trocken und atheistisch) und über den französischen Nationalcharakter (ausgestattet mit einer gewissen gallischen Wärme, einem Charme, doch leicht erregbar, sinnlich und insgesamt unzuverlässig).

Pearl glühte. Sie konnte nicht hinnehmen, daß ich in Paris leben würde. Ich machte sie noch unglücklicher, indem ich sie von oben herab behandelte. Auch Arthur und meinen anderen Freunden gegenüber war ich hochmütig, als hätten sie ihren Zweck erfüllt und wären jetzt nichts weiter als kuriose Schwaden der Erinnerung. In der Schule erlaubte man mir (ich hatte extra darum gebeten), einen Teil meiner Zeit nicht dem üblichen Lernstoff, sondern einer Reihe von »Sonderprojekten« zu widmen, die sich mit der Geschichte, der Kultur und dem Nationalcharakter Frankreichs beschäftigten.

All meine Eindrücke von Paris stammten aus amerikanischen Filmen, in denen jeder Baskenmützen und gestreifte Strickjacken trug und zigarettenrauchend herumsaß, während im Hintergrund Akkordeonmusik spielte. Es war das gleiche Instrument, das ich im Hintergrund der Piaf-Platten meiner Mutter hörte. Aber ich wußte nicht, daß es ein Akkordeon war. Ich dachte, es wäre eine Mundharmonika, und jeder in Paris könnte auf diesem Instrument spielen. Deshalb kaufte ich mir eine, eine Marinekapellen-Mundharmonika von Hohner, spazierte durch Chinook und blies darauf herum. Mit den verträumten Annäherungen an »La Vie en Rose« und an die Filmmusik von *Moulin Rouge*, die ich herauströtete, gedachte ich mich auf mein neues Leben in Paris, Frankreich, vorzubereiten.

*

Ich sollte abreisen, sobald ich die siebte Klasse abgeschlossen hatte, damit ich den Sommer über Zeit hatte, um Französisch zu lernen und mich ein bißchen auskannte, bevor ich im Herbst wieder mit der Schule anfing. Meine Mutter hatte für mich Plätze auf den Flügen von Seattle nach New York und von New York nach Paris gebucht. Sie wollte mich demnächst nach Mount Vernon fahren, um einen Paß zu beantragen, als mein Onkel den Plan änderte.

Er schrieb, seine Frau und er hätten nun doch Zweifel an der ursprünglichen Idee bekommen. Es sei doch nicht sehr sinnvoll für uns, all die Mühe und die immensen Kosten auf uns zu nehmen, um mich meiner Familie, meinen Freunden und meiner Schule zu entreißen, ganz zu schweigen von meiner Sprache, wenn wir das Ganze ein Jahr später nochmal durchexerzieren wollten. Es dauerte länger als ein Jahr, um ein so komplexes Land wie Frankreich kennenzulernen. Außerdem war da die Frage der Autorität. Es gebe ja wohl eine Vorgeschichte, was Disziplinprobleme mit mir betraf. Wie könnten sie sicher sein, daß ich ihnen gehorchen würde, wenn ich offenbar nicht einmal meiner eigenen Mutter gehorchte, insbesondere wenn ich wußte, daß ich am Ende des Jahres wieder abreisen sollte?

Sie sahen eine Menge Probleme auf sich zukommen, um es milde auszudrücken.

Aber helfen wollten sie immer noch und glaubten, die Erfahrung eines Auslandsaufenthaltes, einer guten Schule und einer wohlgeordneten Familie würde mir von großem Nutzen sein. Also schlugen sie vor, daß ich nicht bloß ein Jahr, sondern fünf Jahre bei ihnen leben sollte, bis ich mit dem Gymnasium fertig sei. Und um sicherzugehen, daß ich sie als meine eigene Familie betrachtete, boten sie mir an, meine eigene Familie zu werden. Sie boten an, mich zu adoptieren. Beziehungsweise, sie bestanden auf einer Adoption als Voraussetzung für den gesamten Plan. Nur so, meinten sie, könne das Ganze funktionieren. Meine Mutter sei natürlich willkommen, mich zu besuchen, wann immer sie wolle, aber sie meinten es ernst mit dieser Adoption, nicht nur als Pro-forma-Arrangement. In Zukunft würde ich ihr Sohn sein.

Sie seien sich bewußt, daß uns dies eine Menge Stoff zum Nachdenken gebe. Sie wollten uns weder unter Druck setzen noch drängen, aber wir sollten nicht vergessen, daß sie Zeit brauchten, um sich auf meine Ankunft vorzubereiten, und daß der Sommer mit Riesenschritten näherrücke.

Ich fragte meine Mutter, warum sie ihnen erzählt hatte, daß es Disziplinprobleme mir mir gäbe.

»Weil es stimmt. Es wäre nicht fair gewesen, dich rüberzuschicken, ohne ihnen das zu sagen.«

»Vielen Dank. Das war's dann wohl mit Paris.«

»Nicht unbedingt.«

»Klar, toll. Ich brauche mich ja bloß adoptieren zu lassen.«

Sie sagte, ich sollte drüber nachdenken. Die beiden seien sehr großzügig. Sie boten mir an, alles, was sie hatten, mit mir zu teilen – selbst ihren Namen.

»Ihren Namen? Ich müßte meinen Namen ändern?«

»Es ist ein guter Name. Früher war es mal meiner.«

Als ich meine Mutter fragte, was ihr denn lieber sei, verweigerte sie die Antwort. Sie fand, es sei meine Entscheidung. Obwohl sie diese Fähigkeit nicht oft einsetzte, konnte meine Mutter ihr Gesicht vollkommen ausdruckslos werden lassen, jeglicher Erforschung unzugänglich. Sie ließ sich nichts anmerken. Ich konnte sie nicht niederstarren oder mich in sie hineinschmeicheln oder sie aus ihrer Deckung treiben, indem ich überheblich behauptete, ich wisse schon, was sie mir nicht sagen wolle.

Aber Dwight hatte eine Menge zu sagen. Angesichts der Möglichkeit, mich nicht nur für ein Jahr, sondern praktisch für immer loszuwerden, fing er begeistert an, mich zu beschwatzen, zu drängen und freigiebig seine Meinung zum besten zu geben. Er sagte, ich würde es mir nie verzeihen, wenn ich mir eine solche Chance entgehen ließe. Sie wollten, daß ich sie Mom und Dad nannte? Na wenn schon! Er würde sie Jesus und Maria nennen, wenn das bedeutete, daß er in Paris leben durfte. Ich hatte Angst, meine Mutter zu verlassen? Na gut, er würde sie jeden Sommer nach Paris fliegen lassen, das garantierte er mir, Ehrenwort. Also bitte, was war denn nun das Problem? Ich solle schneller denken, empfahl er mir, und mir gefälligst die richtige Antwort einfallen lassen.

*

Immer wenn mir aufgetragen wurde, über etwas nachzudenken, wurde mein Kopf zu einer Wüste. Doch diesmal brauchte ich nicht zu überlegen, denn die Antwort war schon da. Ich war der Sohn meiner Mutter. Ich konnte nicht der Sohn von irgend jemand anderem sein. Als ich jünger war und Schwierigkeiten hatte, schreiben zu lernen, setzte sie mich an den Küchentisch, legte ihre Hand auf meine und führte sie mehrere Nächte hintereinander durch das Alphabet, und dann durch Wörter und Sätze, bis die Bewegungen zu eigenem Leben erwachten, das zum Teil aus ihr, zum Teil aus mir kam. Ich konnte nicht, kann nicht zur Feder greifen, ohne daß sie bei mir ist. Oder schwimmen oder singen. Ich konnte mir vorstellen, sie zu verlassen. Ich wußte, ich würde es eines Tages tun. Aber jemand anders meine Mutter nennen, das war unmöglich.

All das durchdachte ich nicht bewußt. Es war instinktiv da. Ich fühlte, wie auch niedrigere Instinkte auf mich einwirkten, etwa Beunruhigung bei dem Wort, mit dem mein Onkel seine Familie beschrieb, »wohlgeordnet«. Wie das klang. Es gefiel mir überhaupt nicht.

Und auch wenn meine Mutter mir nicht sagen oder auch nur andeuten wollte, was sie vorzog, war ich mir sicher, daß sie mich gern bei sich behalten wollte. Ich faßte es so auf, daß sie mit ihrer Undurchdringlichkeit diesen Wunsch vor mir verbarg. Später gab sie mir recht, es sei so gewesen, aber vielleicht war es damals nicht ganz so einfach. Sie hoffte immer noch, daß diese Ehe funktionieren würde, und war bereit, dafür fast alles hinzunehmen. Die Vorstellung eines neuerlichen Scheiterns war ihr unerträglich. Sie mag aber auch von Flucht und Freiheit geträumt haben – unbehinderter, einsamer Freiheit, Freiheit auch von mir. Wie wir alle wünschte sie sich bestimmt verschiedene Dinge gleichzeitig. Das menschliche Herz ist ein dunkler Wald.

Nach ungefähr einer Woche verkündete ich beim Abendessen, daß ich beschlossen hatte, nicht nach Paris zu fahren.

»Was zum Teufel, du fährst nicht«, sagte Dwight, »natürlich fährst du.«

»Das kann er entscheiden«, mischte sich Pearl ein, diesmal ausnahmsweise auf meiner Seite, »stimmt's, Rosemary?«

Meine Mutter nickte. »So war's abgemacht.«

»Darüber ist das letzte Wort noch nicht gesprochen«, sagte Dwight. »Nein, noch nicht.« Er sah mich an. »Wieso willst du nicht fahren?«

»Ich möchte meinen Namen nicht ändern.«

»Du willst deinen Namen nicht ändern?«

»Nein, Sir.«

Er legte seine Gabel hin. Seine Nüstern blähten sich. »Warum nicht?«

»Weiß ich nicht. Ich will es einfach nicht.«

»Na, das ist doch vollkommener Quatsch. Du hast deinen Namen doch schon geändert. Stimmt's?«

»Ja, Sir.«

»Dann kannst du den anderen Namen doch genauso ändern, einen klaren Strich ziehen.«

»Aber es ist mein Nachname.«

»Ach du meine Güte. Glaubst du, irgendwen interessiert es, wie du dich nennst?«

Ich zuckte die Achseln.

»Nun laß ihn doch«, meinte meine Mutter. »Er hat sich schon entschieden.«

»Aber es geht um Paris!« rief Dwight.

»Er hatte die Wahl«, sagte sie.

Dwight stach mit seinem Finger nach mir. »Du fährst.«

»Nur wenn er will«, bekräftigte meine Mutter.

»Du fährst«, wiederholte er.

*

Außer Arthur sagten die Leute nicht viel dazu, daß ich nicht nach Paris ging. Wahrscheinlich hatten sie die ganze Zeit angenommen, daß es wieder mal eine meiner Geschichten sei. Arthur nannte mich eine Zeitlang Frenchy und verlor dann das Interesse daran, und auch ich schien jegliches Interesse zu verlieren, während ich insgeheim immer noch an Pflasterstraßen und grüne Dächer dachte, und an Cafés, wo verwegene Frauen mit rauchigen Stimmen Lieder darüber sangen, daß sie absolut nichts bereuten.

*

Dwight sagte, er hätte Lawrence Welk einmal im Speisewagen eines Zuges gesehen. Dwight sagte, er wäre schnurstracks zu ihm hingegangen und hätte ihm erzählt, er sei sein Lieblingsdirigent, und wahrscheinlich stimmte das auch, denn er liebte die Champagnermusik von Lawrence Welk wirklich mehr als jede andere Musik. Dwight hatte eine große Sammlung Lawrence-Welk-Platten. Wenn die Lawrence-Welk-Show im Fernsehen kam, wurde von uns erwartet, daß wir sie uns gemeinsam mit ihm anschauten und still waren und nur während der Werbung aufstanden. Dwight rückte seinen Sessel nahe an den Fernseher heran. Er lehnte sich vor, wenn die gemalten Seifenblasen über dem Champagner-Orchester emporstiegen und Lawrence Welk die Bühne betrat, sich in alle Richtungen tief verbeugte und Demutserklärungen in seiner salbungsvollen, nervtötenden schwedischen Quäkstimme erschallen ließ.

Dwights Augen weiteten sich angesichts der Virtuosität von Big Tiny Little Junior, der Ragtime-Klavier spielte und dabei über die Schulter in die Kamera sah. Er starrte mit keuscher Leidenschaft die Lovely Champagne Lady Alice Lon an, die während jeder Note jedes Liedes dasselbe bebende Lächeln lächelte, bis sie gefeuert wurde und durch die Lovely Champagne Lady Norma Zimmer ersetzt wurde. Er weidete sich an den Lovely Little Lennon Sisters, als wären sie seine eigenen Töchter, und lachte laut über die gemeinen Witze, die Lawrence Welk auf Kosten seines sabbernden irischen Tenors, Joe Feeney, machte. Joe Feeney war die neueste Errungenschaft des Champagner-Ensembles und fühlte sich offenkundig noch auf ziemlich unsicherem Boden, besonders, nachdem die Lovely Champagne Lady Alice Lon ihre Koffer packen durfte und danach der Ragtime-Klaviervirtuose Big Tiny Littly Junior gegen die Ragtime-Klaviervirtuosin Jo Ann Castle ausgewechselt wurde, die in die Tasten hämmerte wie ein Metzger, der Fleisch weichklopft. Wenn Joe Feeney sang, hielt er nichts zurück. Er steigerte sich bis an den Rand der Tränen, und Spuckefäden sprühten von seinen feuchten Lippen. Man hatte das Gefühl, Joe Feeney sänge um sein Leben.

Wenn die Show ungefähr zur Hälfte vorüber war, holte Dwight sein altes Conn-Saxophon hervor und fingerte im Takt auf den Klappen herum. Manchmal, wenn es ihn wirklich mitriß, vergaß er sich und blies hinein, und ein lautes Quieken kam heraus.

*

Nachdem Norma auf der Concrete High School ihren Abschluß gemacht hatte, zog sie nach Seattle. Sie arbeitete in einem Büro, wo sie einen Mann namens Kenneth kennenlernte, der sie auf lange Fahrten in seinem Austin-Healey-Sportwagen mitnahm und versuchte, sie zur Heirat zu überreden. Norma rief ständig meine Mutter an und fragte sie um Rat. Was sollte sie tun? Sie liebte Bobby Crow immer noch, aber Bobby kam einfach nicht vom Fleck. Er hatte nicht mal eine Arbeit. Kenneth war ehrgeizig. Andererseits konnte ihn keiner leiden. Er hatte sehr ausgeprägte Ansichten zu allem und gehörte außerdem den Adventisten vom Siebenten Tag an. Aber das war es eigentlich nicht. Kenneth hatte einfach keinen besonders guten Charakter.

Dann rief Norma an und sagte, sie habe beschlossen, Kenneth zu heiraten. Sie weigerte sich, ihre Entscheidung zu erklären, beharrte aber darauf, sie sei endgültig. Natürlich wollte sie Kenneth nach Chinook einladen, damit er ihre Familie kennenlernte, und schließlich wurde abgemacht, daß er über Weihnachten herkommen sollte, wenn auch Skipper da war.

In jenem Jahr packte Dwight der Gefühlsdusel. Er bastelte einen Kranz für die Tür und hängte überall im Wohnzimmer Tannenzapfen auf. Ein paar Wochen vor Weihnachten fuhren er und ich in die Berge hoch, um einen Baum zu holen. Es war früher Nachmittag, kalter Nieselregen fiel. Dwight trank aus einer Halbliterflasche, während wir durch die Wälder streiften. Wir fanden eine schöne Blaufichte, die ganz allein mitten auf einer Lichtung wuchs, und Dwight ließ mich den Baum fällen, nahm immer wieder Schlucke aus seiner Flasche und schielte zu den nebelverhangenen Gipfeln ringsum hinauf. Als ich den Baum unten hatte, begannen wir, ihn durch das dichte Unterholz zu zerren, zurück zu der Brandschneise, wo wir das Auto gelassen hatten. Wir hatten ein gutes Stück zurückgelegt, und der Weg war anstrengend. Ich konnte Dwight hören, wie er nach Atem rang und vor sich hinbrummte, wenn er stolperte. Ich wartete die ganze Zeit, daß er mich anblaffen würde, aber er tat es nie. So sehr freute er sich darüber, daß Norma nach Hause kam.

An jenem Abend ging Dwight nach dem Essen mit einer Spraydose ins Wohnzimmer und begann sie zu schütteln. Er war sehr gründlich, wenn es ans Anstreichen ging, und wenn er Sprayfarbe benutzte, befolgte er die Gebrauchsanweisung immer aufs Wort und schüttelte die Dose ausgiebig. Die Metallkugel in der Dose klapperte laut, als er sie hin- und herschwenkte. Pearl und ich machten am Eßzimmertisch unsere Hausaufgaben. Wir taten so, als sähen wir nicht hin. Meine Mutter war irgendwo unterwegs, sonst hätte sie ihn wohl gefragt, was er da eigentlich vorhatte, und möglicherweise hätte sie ihn sogar zurückgehalten.

Als er die Dose genug geschüttelt hatte, zog Dwight den Baum in die Mitte des Wohnzimmers und umkreiste ihn mehrere Male. Dann ging er daran, ihn mit weißer Farbe zu besprühen, wobei er sich von oben nach unten vorkämpfte. Ich dachte, er wolle nur hie und da ein paar Spritzer aufsprühen, damit es nach Schnee aussah, aber er sprayte das ganze Ding voll – mit Stamm und allem. Die Nadeln sogen die Farbe auf und wurden wieder blau. Dwight legte eine zweite Schicht auf. Er brauchte drei Dosen, bis er fertig war, aber dann war der Baum auch weiß.

Bis zum nächsten Tag, als wir den Baum schmückten, hatten die Nadeln schon zu rieseln begonnen. Jedesmal, wenn man einen Ast berührte, kam eine kleine Kaskade davon herunter. Keiner sagte etwas. Meine Mutter hängte ein paar Kugeln auf, dann setzte sie sich hin und starrte den Baum an.

Die Nadeln fielen und fielen, rieselten sanft auf das weiße Kreppapier, das um den Stamm herum ausgelegt war. Bis Norma und Skipper eintrafen, war der Baum halb kahl. Sie waren gemeinsam von Seattle hochgefahren; Kenneth mußte arbeiten, er hatte sich aber darauf eingestellt, am nächsten Tag zu uns zu stoßen.

Norma mußte Bobby Crow gesagt haben, daß sie kommen wollte. Er tauchte kurz nach dem Abendessen auf, unruhig und grimmig, und schwieg, wenn Skipper versuchte, ihn aufzuziehen. Er fuhr mit Norma irgendwohin und brachte sie ein paar Stunden später zurück. Doch sie stieg nicht aus dem Wagen. Wir anderen saßen im Wohnzimmer da, beobachteten, wie die kleinen bunten Glühlichter auf dem Baum blinkten, und redeten über alles Mögliche, nur nicht darüber, daß Norma immer noch da draußen bei Bobby Crow war. Die Glühbirnen blinkten nicht unregelmäßig wie funkelnde Sterne, sondern alle auf einmal, wie ein aufleuchtendes Neonlicht an einem Motel.

Ich war schon im Bett, als Norma endlich hereinkam und auf ihr Zimmer rannte, mit langen, heulenden Schreien, die mich so abstießen, daß ich mich jedesmal schon im voraus krümmte. Ich hörte, wie Pearl sie zu trösten versuchte, dann kam meine Mutter dazu, und ich hörte auch ihre Stimme, leiser als Pearls. Die beiden sprachen mal abwechselnd, mal gleichzeitig, und ihre Stimmen verflochten sich zu einem murmelnden Klangband. Skipper wälzte sich in seinem Bett, schlief aber weiter, und irgendwann, als

Normas Wehklagen nachließ, legte ich mich zurück und schlief ein.

*

Kenneth erschien am Nachmittag des folgenden Tages, und bis zum Abendessen haßten wir ihn alle. Er wußte es und genoß es, ja, hatte es förmlich darauf abgesehen. Kaum war er aus seinem Austin Healey gestiegen, beschwerte er sich schon, wie abgelegen das Camp war, wie unbequem die Fahrt und wie ungenau die Beschreibung, die Norma für ihn hinterlassen hatte. Er hatte eine quengelige, kummervolle Stimme und dünne, enttäuschte Lippen. Er trug eine Golfmütze und Lochhandschuhe mit einem Gummizug ums Handgelenk. Während er weiter mäkelte, zog er einen der Handschuhe aus, indem er zaghaft an einem Finger nach dem anderen zupfte, bis er den Handschuh schließlich aus hatte. Den anderen zog er ebenso langsam und behutsam aus und drehte sich dann zu Norma um: »Kriege ich keinen Kuß?«

Sie beugte sich zu einem Küßchen auf die Wange vor, doch er packte ihr Gesicht und küßte sie lange auf den Mund. Es war offenkundig, daß er ihr einen Zungenkuß gab. Wir standen da und beobachteten das, mit dem gleichen einfältigen Grinsen auf dem Gesicht, das wir mit nach draußen genommen hatten, um ihn zu begrüßen.

Nachdem Kenneth ein Sandwich verschlungen hatte, machte Dwight den Fehler, ihm einen Drink anzubieten. »Oh, Mensch«, sagte Kenneth, »ich fürchte, Sie wissen nicht viel von mir.« Er sagte, er glaube, jeder habe die Pflicht, seine Karten offen auf den Tisch zu legen, und das tat er auch.

»Ich weiß nicht«, meinte Dwight. »Ich verstehe nicht, was an einem Drink von Zeit zu Zeit so schlimm sein soll.«

»Das glaube ich Ihnen gern«, erwiderte Kenneth. »Ich bin sicher, der Drogensüchtige versteht auch nicht, was an einem Schuß von Zeit zu Zeit so schlimm sein soll.«

Das führte zu einem Wortwechsel. Meine Mutter schritt ein und verbreitete gute Laune und bugsierte uns von der Küche ins Wohnzimmer, wo sie wohl darauf hoffte, daß wir uns angesichts des Weihnachtsbaums und der Geschenke daran erinnerten, warum wir alle zusammen waren, und daß sich dann unser besseres Ich durchsetzen würde. Aber Kenneth legte immer mehr Karten auf den Tisch. Es nahm wahrhaftig kein Ende damit. Schließlich fragte Skipper: »Hör mal, Kenneth... warum gibst du nicht endlich Ruhe?«

»Wovor hast du Angst, Skipper?«

»Angst?« Skippers Augenlider flatterten, als hätte er etwas ganz Unwahrscheinliches erblickt und müsse sich erst vergewissern.

»Ich sage euch das nur, weil ich euch liebe«, fuhr Kenneth fort, »aber ihr seid sehr ängstliche Menschen. Sehr ängstlich. Dabei – hey! es gibt doch gar keinen Grund dazu – ich bringe euch frohe Botschaft!«

»Wofür hältst du dich eigentlich, zum Teufel noch mal?« polterte Dwight.

Kenneth lächelte. »Nur weiter so. Ich kann's wegstekken.«

Norma versuchte, das Thema zu wechseln, aber Kenneth konnte jede Bemerkung aufnehmen und etwas darin finden, das beklagenswert war. Streiten, das war das einzige Geräusch, das er von sich geben konnte. Und wenn man nicht auf ihn einging, lächelte er süßlich und bot einem sein Mitleid an, weil man so unwissend und irregeführt war. Er zögerte nicht, persönlich zu werden. Dwight und Skipper zahlten es ihm ziemlich schnell mit gleicher Münze heim, und dann gaben auch Pearl und ich unseren Senf dazu. Diesen Mann zu beleidigen, war ein echter Genuß, und nicht nur für uns; eine Röte der Erregung stieg in sein blasses Gesicht, als die Worte verletzender wurden und es schwerer war, sie zurückzunehmen. Er brachte unser Blut immer wieder zum Kochen, indem er sagte: »Wenn du denkst, das macht mir was aus, hast du dich leider geirrt«, und »Tut mir leid, nächster Versuch« und »Da habe ich schon Schlimmeres gehört«.

Das ging einige Zeit so weiter. Während wir ihn reizten,

lächelte Kenneth verschlagen und nuckelte an einer leeren Gelbholz-Pfeife, mit der er, wie er mir später erklärte, seine Willenskraft stählte, indem er sich in Versuchung führte zu rauchen.

Norma war stumm. Sie saß neben Kenneth auf dem Sofa und starrte den Boden an, während er geistesabwesend mit seiner Hand an ihrem Rücken entlangrieb. Jedesmal, wenn er sie anfaßte, packte mich die Verzweiflung. Schließlich kam meine Mutter aus der Küche und schlug vor, daß Norma Kenneth herumfahren und ihm Chinook zeigen könnte. Norma nickte und stand auf, aber Kenneth sagte, jetzt wollte er noch nicht fort, wo die Dinge doch gerade interessant würden.

Norma flehte ihn mit ihren Augen an.

Schließlich ging er mit ihr hinaus. Kurz bevor er weg war, tauschten wir Blicke des Triumphs und der Scham miteinander. Ein nervöses Schweigen überfiel uns. Nach und nach trieb es jeden von uns in eine andere Ecke des Hauses.

Beim Abendessen ging jedoch alles wieder von vorne los. Kenneth konnte sich nicht zurückhalten. Selbst wenn er ruhig war, konnte man spüren, wie er seinen nächsten Angriff vorbereitete. Das einzige, was ihm das Maul stopfen konnte, war das Fernsehen. Als der Fernseher eingeschaltet wurde, verstummte Kenneth und glotzte still vor sich hin wie eine Eule im Baum.

Während der nächsten paar Tage überredete meine Mutter jeden von uns, etwas Zeit allein mit ihm zu verbringen, damit wir uns als Einzelpersonen kennenlernten. Das erwies sich als Fehler. Manche Leute lernt man besser gar nicht kennen. Unsere Spaziergänge und Rundfahrten mit Kenneth endeten vorzeitig und gipfelten in Geschrei und knallenden Türen. Jahre später erzählte mir meine Mutter, daß er einen Annäherungsversuch bei ihr gemacht hatte.

*

Wir alle konnten sehen, daß Norma Kenneth nicht liebte. Doch sie stand zu ihm und unterwarf sich seinen Anfällen von demonstrativer Leidenschaft und weigerte sich, auch nur ein Wort gegen ihn zu sagen. Am Ende heiratete sie ihn sogar. Allerdings erst, nachdem Dwight sich beinahe umgebracht hatte, um sie davon abzuhalten. Er fuhr fast jedes Wochenende nach Seattle hinunter, manchmal nahm er uns mit, öfter kam er allein, jedesmal mit irgendeinem neuen Plan, wie er sie von Kenneth weglocken könnte. Nichts half. Er kam sonntags spät in der Nacht oder Montag früh zurück, mit blutunterlaufenen Augen von der langen Fahrt, selbst zum Streiten zu müde und verstört.

Norma heiratete Kenneth und bekam ein Kind von ihm, und sie zogen in ein Zweifamilienhaus nicht weit von Bothell. Wenn wir auf Besuch kamen, spielte sie uns vor, daß sie glücklich war, und beschwerte sich niemals über irgend etwas. Aber sie war blaß und spitz, alle ihre träge Üppigkeit war dahin. Ihre grünen Augen brannten in der Strenge ihres Gesichts. Sie hatte angefangen zu rauchen – draußen auf ihrer kleinen Terrasse, wo Kenneth es nicht riechen konnte, wenn er nach Hause kam – und sie entschuldigte sich ständig während unserer Besuche, daß sie hinausging und gierig an einer Zigarette sog, mit den Füßen auftippend und in den Himmel starrend. Hin und wieder warf sie uns durch die gläserne Schiebetür einen kurzen Blick zu.

Ich begegnete Bobby Crow ungefähr ein Jahr später in Concrete, kurz nachdem ich dort auf die High School gekommen war. Er stand mit einigen anderen Männern, überwiegend Indianern, neben einem Lastwagen. Bobby genoß immer noch ein gewisses Ansehen wegen seiner Zauberkünste auf dem Football-Feld, und ich dachte, ich könnte die beiden Jungen, mit denen ich unterwegs war, damit beeindrucken, daß ich ihnen vorführte, wie vertraut ich mit ihm war. Als wir am Lastwagen vorbeikamen, sagte ich: »Hey, Bobo, wie sieht's aus?« Die Männer verfielen in Schweigen und sahen zu uns herüber. Bobby fixierte mich mit einem Starren. »Mit wem zum Teufel redest du?« fragte er, Mordlust im Blick.

*

Den größten Teil des Heiligen Abends verbrachten wir vor dem Fernseher. Wenn es dunkel wurde, schaltete Dwight kein Licht im Haus ein, damit wir den vollen Effekt der Birnchen auf dem Baum mitbekamen. Wir unterbrachen fürs Essen und kehrten wieder vor den Apparat zurück. Bis die »Lawrence-Welk-Weihnachts-Show« drankam, hatten wir einen glasigen Blick und hängende Unterkiefer, betäubt vom vielen Fernsehen. Das Champagner-Orchester spielte ein Potpourri aus beliebten Weihnachtsliedern, in dem das Heilige und das Profane zu einem sprudelnden Gemisch zusammenliefen, und dann spielte jemand in Kniebundhosen und einem Dreispitz die Rolle des Franz Gruber, während Lawrence Welk die Erzählung intonierte: »Es war am Weihnachtsabend in der kleinen Stadt Oberndorf, und es schneite, als der Organist Franz Gruber sich auf den beschwerlichen Weg zu seiner kleinen Kirche machte, die bald in der ganzen Welt berühmt werden sollte...« Die Gruber-Figur hielt auf den Kirchenstufen inne, blickte dann plötzlich mit dem Feuer der Inspiration in den Augen empor, sauste hinein und klimperte »Stille Nacht« in die Tasten. Er mußte zwar hie und da ein paar Noten ändern, aber nachdem er es raushatte, konnte sich das Orchester einblenden und das Ganze in seinem eigenen Champagner-Arrangement aufnehmen, mit Joe Feeney, der ganz zum Schluß eine Strophe a cappella hinschluchzte.

Der Schauplatz wechselte. Nun befanden wir uns in einem eleganten Raum, wo unter einem schimmernden Baum die Lovely Little Lennon Sisters ihr ganz eigenes Potpourri zu singen begannen. Kaminlicht leuchtete auf ihren Gesichtern. Schnee fiel langsam vor dem Fenster hinter ihnen herab, und ein Glockenspiel klingelte zur Begleitung. Sie sangen

»Kastanien am offenen Feuer«, als Dwight mich anstupste und mir bedeutete, ich solle ihm folgen. Er sah aus, als wäre er sehr zufrieden mit sich selbst. »Jetzt wird es aber Zeit, daß wir mal was von den ganzen Kastanien haben«, meinte er.

Die Kastanien. Fast zwei Jahre war es her, daß ich sie alle gepellt und gelagert hatte. Die ganze Zeit hatte keiner ein Wort darüber gesagt. Wir alle hatten sie vergessen, bloß ich nicht, und ich hatte meinen Mund gehalten, weil ich Dwight nicht darauf bringen wollte, mir die gleiche Arbeit noch einmal aufzutragen.

Wir stiegen auf den Dachboden und arbeiteten uns bis zu der Stelle durch, wo ich die Kisten untergebracht hatte. Es war eng und muffig. Von unten hörte ich schwach singende Stimmen. Dwight ging voran, das Dunkel mit einer Taschenlampe durchdringend. Als er die Kisten fand, hielt er inne und richtete den Lichtkegel darauf. Schimmel bedeckte die Pappflächen und erhob sich darüber wie Hefe, die aus einer Brotform emporschwoll. Die Oberfläche des Schimmels, dunkel und von festem Aussehen, gefurcht und geknüllt wie Blumenkohl, schillerte im Lichtschein. Dwight ließ den Strahl über die Kisten gleiten und richtete ihn dann hinüber auf den Trog, in den der Biber, ebenfalls seit zwei Jahren völlig vergessen, zum Pökeln gelegt worden war. Nur eine breiige Masse war übriggeblieben. Auch sie war voller Schimmel, doch von einer anderen Sorte als der auf den Kastanien. Dieser Schimmel war weiß und durchscheinend, ein Netz aus zarten Fäden, das zu einer Höhe von ungefähr einem halben Meter über dem Trog emporgewachsen war. Es war wie Zuckerwatte, nur lockerer gesponnen. Und während Dwight den Lichtstrahl darüber gleiten ließ, sah ich etwas Merkwürdiges. Der Schimmel hatte natürlich keine Konturen, doch seine Form erinnerte irgendwie an die Gestalt des Bibers, den er verzehrt hatte: ein vages Wolkenbild von einem Biber, der in der Luft kauerte.

Wenn es Dwight aufgefallen war, sagte er es jedenfalls nicht. Ich folgte ihm wieder nach unten ins Wohnzimmer.

Meine Mutter war zu Bett gegangen, aber die anderen sahen immer noch fern. Dwight griff wieder zu seinem Saxophon und spielte stumm beim Champagner-Orchester mit. Der Baum blinkte. Unsere Gesichter verdunkelten sich und flakkerten auf, verdunkelten sich und flackerten auf.

*

Als ich mein erstes Jahr an der Concrete High School begann, hatte ich über achtzig Dollar in der Munitionskiste gehortet. Einen Teil davon hatten mir Abonnenten auf meiner Zeitungstour gegeben, als Trinkgeld für guten Service; den Rest hatte ich von anderen Kunden gestohlen. Achtzig Dollar schien mir eine Menge Geld, mehr als genug für meine Zwecke, nämlich nach Alaska auszureißen.

Ich hatte vor, allein zu reisen, unter falschem Namen. Später, wenn ich erstmal Fuß gefaßt hatte, würde ich meine Mutter nachkommen lassen. Unser Wiedersehen in meiner Hütte war nicht schwer auszumalen: ihre Tränen des Dankes, ihre Rufe der Bewunderung angesichts der pelzbezogenen Wände, der Gewehrständer und der zahmen Wölfe, die vor dem Kamin dösten.

Unser Pfadfindertrupp fuhr jeden November nach Seattle zum Treffen der Stämme. Morgens gab es einen Wettstreit mit den anderen Trupps. Am Nachmittag strömten alle Pfadfinder in Glenvale zusammen, einem Vergnügungspark, der an jenem Tag für uns reserviert war. Dwight ging immer mit den anderen Feldmeistern einen trinken und holte mich dann für die Rückfahrt draußen vor dem Glenvale Park ab. Dieses Jahr konnte er lange warten. Eine lange Wartezeit stand ihm bevor, dann eine lange Heimfahrt allein und schließlich eine lange Erklärung für meine Mutter, wenn er ohne mich zu Hause eintraf.

Ich erzählte niemandem davon außer Arthur, der meine Geheimnisse immer für sich behielt, selbst wenn ich seine verriet. Ihm gefiel der Plan. Er hatte eine so hohe Meinung davon, daß er bat, mit einbezogen zu werden. Zuerst sagte ich nein. Allein sein, das war der ganze Witz dabei. Und Arthur hatte kein Geld. Aber ein paar Tage vor dem Treffen der Stämme teilte ich ihm mit, ich hätte meine Meinung geändert und er könne doch mitkommen. Ich gab diese Neuigkeiten mit gespieltem Widerstreben an Arthur weiter, als täte ich ihm einen Gefallen, aber in Wirklichkeit hatte ich einfach Angst davor, allein zu sein.

*

Arthurs Vater Cal arbeitete an den Turbinen im Elektrizitätswerk. Er hielt mich für einen hellen Kopf, weil ich ihm immer den neuesten Witz erzählen konnte. Ich hatte die Witze aus dem »Lacher des Tages«, einem Lückenfüller von der ersten Seite der Zeitung. Immer wenn ich Arthur besuchte, fragte Cal: »Na, Jackyboy, was gibt's Neues?«

»Kauft 'ne Frau dreihundert Pfund Stahlwolle. Sagt, sie will einen Herd stricken.«

»Einen Herd stricken! Einen Herd stricken, also nee! Das ist köstlich, das ist ein Volltreffer...« und dann hielt sich Cal den Bauch vor Lachen und schaukelte vor und zurück, während Arthur und Mrs. Gayle angewidert zusahen.

Er war ein einfacher, sonniger Mann, allseits beliebt im Camp. Selbst die Kinder nannten ihn Cal. Ich habe nie gehört, daß jemand Mr. Gayle zu ihm sagte. Einmal, in einem Strandhaus, das Freunden von Gayles gehörte, überredete ich Cal, mir ein Segelboot für eine Spritztour mit Arthur zu geben, mit der Behauptung, daß ich damals in Florida praktisch mit der Ruderpinne in der Hand gelebt hätte. Nachdem wir beinahe auf die offene See hinausgetrieben wären, liefen wir eine Meile vom Haus entfernt auf Grund. Arthur lief am Strand entlang und holte Cal, aber der konnte auch nicht segeln, und so mußte er das Boot durch die Brandung nach Hause ziehen. Er hatte ganz schön damit zu tun – es blies ein steifer Wind, und die Wellen waren hoch –, aber während des ganzen Rückwegs hörte er nicht auf zu lachen.

Arthur und Mrs. Gayle waren kompliziert. Sie waren

schon für sich genommen kompliziert und auf exotische Weise kompliziert, wenn sie zusammen waren. Sie spielten sich gegenseitig aus, in langen, kryptischen Refrains, wie ein Duo von Scat-Sängern, dann verfielen sie in schweres, rätselhaftes Schweigen. Sie hatten eine Art, Schweigen in Anklage zu verwandeln. Cal verstand sie nicht mal im Ansatz. Unter ihrem prüfenden Blick lächelte er und zwinkerte mit den Augen. Das schien die unausgesprochenen Anklagepunkte gegen ihn noch zu bündeln.

Mrs. Gayle war ein Snob. Sie und Cal waren unter den ersten gewesen, die ins Camp gezogen waren, und sie wollte nichts mit den Leuten zu tun haben, die später gekommen waren. Mrs. Gayle benahm sich wie jemand, der um sein eigentliches Leben betrogen worden und zu einer untergeordneten Version davon verdammt war. Die Einzelheiten dieses Betruges waren der Öffentlichkeit nicht zugänglich, doch verstand es sich von selbst, daß Cal der Schuldige war; auch Arthur, bis zu einem gewissen Grad. Mrs. Gayle war enttäuscht. Alle paar Wochen betäubte sie ihre Enttäuschung, indem sie mit Liz Dempsey, einer Freundin aus einer anderen Gründerfamilie, zum Einkaufen nach Mount Vernon fuhr. Sie zogen sich schick an, leisteten sich beschwipste Mittagessen und kauften ein. Meistens kauften sie nutzlosen Kleinkram, den Mrs. Gayle Accessoires nannte, aber manchmal entschlossen sie sich zu ernsthafteren Käufen. Ich war an dem Abend bei ihnen, als Mrs. Gayle mit einer teuren Lampe nach Hause kam, an deren Fuß sich eine Rikscha befand, gezogen von einem grinsenden Kuli, dessen Beine wild zappelten, wenn man auf seinen Hut drückte.

Auf einige ihrer Einkaufsbummel nahmen die Frauen Arthur und mich mit. Ich hörte Mrs. Gayle gerne zu, wenn sie über andere Leute im Camp redete und sie mit einem Wort oder einem Satz aufspießte, der so irre war, daß ich die Beschriebenen danach nicht mehr sehen konnte, ohne daran zu denken. Sie wußte, ich bewunderte ihre scharfe Zunge. Dafür mochte sie mich, und auch dafür, daß mein Bruder Geoffrey in Princeton studierte. Sie gebrauchte die Worte

Ivy League oft und voller Zärtlichkeit. Ich war selber ein Riesensnob, und deshalb kamen wir gut miteinander aus.

Arthurs Enttäuschung war kämpferischer. Er weigerte sich, ein für allemal zu akzeptieren, daß Cal und Mrs. Gayle seine richtigen Eltern waren. Er erzählte mir, und ich brachte es fertig, das zu glauben, er sei adoptiert, und seine eigentliche Familie stamme von schottischen Vasallen ab, die Bonnie Prince Charlie ins Exil nach Frankreich gefolgt waren. Ich las die gleichen Romane wie Arthur, schaffte es aber, die Übereinstimmungen zwischen diesen Geschichten und seinen eigenen zu übersehen. Arthur stellte seinerseits die Märchen, die ich ihm erzählte, nicht in Frage. Ich behauptete, in meiner Familie seien wir Nachfahren preußischer Adliger – »Junker«, sagte ich und sprach das Wort mit pedantischer Akkuratesse aus –, deren Güter nach dem Krieg beschlagnahmt worden seien. Ich hatte die Idee zu dieser Geschichte aus einem Buch mit dem Titel *Die Preußen*. Es war voller Bilder von Kreuzrittern, Königen, Schlössern, prächtigen Husaren, die zum Angriff bei Waterloo ritten, und vom kaltäugigen von Richthofen, der neben seinem Dreidecker stand.

Arthur war ein großartiger Geschichtenerzähler. Er redete sich hinein in Träumereien, wo jedes Wort nach der reinen Wahrheit klang. Er gab Gespräche aus alten Zeiten wieder. Er ahmte das Knarren der Ruder in den Dollen nach. Er sprach im redlichen Platt des Kleinbauern und im verachtenswerten Wimmern des Verräters. In Arthurs Stimme schwebte der Dunst über dem See, und die Dudelsäcke bliesen; kühne Taten wurden vollbracht, erhabene Treueschwüre gelobt, und ich glaubte alles.

Ich war sein vollkommener Zeuge und er der meine. Wir hörten uns ohne Einwand Geschichten von angemaßten Adelstiteln an, die bei jedem Erzählen in ihrer absurden Verworrenheit zunahmen. Doch wir hatten nicht das Gefühl, als sei irgend etwas von dem, was wir sagten, gelogen. Wir glaubten beide, daß die eigentliche Lüge von unseren gegenwärtigen, unwürdigen Lebensumständen erzählt wurde.

Den Blick immer rückwärts gewandt, versanken wir mehr

Sein Job im Supermarkt macht Toby (Leonardo DiCaprio) durchaus Spaß, auch wenn Dosen zu sortieren nicht gerade zu seinen Lieblingsbeschäftigungen zählt.

Norma (Carla Gugino) hat einen guten Schulabschluß geschafft. Freudestrahlend erzählt sie jedem, daß sie bald fern von zuhause ihr Studium beginnen wird.

Dwight (Robert De Niro) will Toby (Leonardo DiCaprio) beibringen, wie man beim Faustkampf die Schläge richtig anbringt. Wie man unschwer erkennen kann, geht er dabei nicht gerade zimperlich vor.

Toby (Leonardo DiCaprio) ist total sauer, denn die Pfadfinder-Uniform paßt ihm überhaupt nicht. Außerdem gehen ihm die Sticheleien seines Stiefvaters Dwight (Robert De Niro) immer mehr auf die Nerven.

und mehr in Nostalgie. Wir beide mochten alte Filme, die uns Mrs. Gayle die ganze Nacht sehen ließ, wenn ich bei Arthur übernachtete, und deren einfältige Obsession für den Adel unsere eigene nährte. Wir mochten alte Autos lieber als neue. Wir benutzten eine altmodische Sprechweise. Arthur spielte ziemlich gut Klavier, und wenn wir allein bei ihm waren, sangen wir gemeinsam alte Lieder, und unsere Stimmen tremolierten vor lauter leidvollem Verlust:

Heut' bin ich auf den Berg gestiegen, Maggie,
blickte auf die Landschaft unter mir,
auf unsern Bach, die alte Mühle, Maggie,
lang ist's her, da saßen wir zwei hier...

Eines Abends küßte er mich, oder ich küßte ihn, oder wir küßten uns. Es überraschte uns beide. Danach gingen wir aufeinander los, immer wenn wir uns einander besonders nahe fühlten. Arthur war ein leichtes Ziel. Er kam in den Stimmbruch. Er badete zweimal täglich, und trotzdem verströmte er einen hormonalen Geruch nach Ammoniak, nach Wachstum und Angst. Er trieb keinen Sport und war immer noch ein Pfadfinder Zweiter Klasse, wirklich ein kläglicher Rang für jemanden in seinem Alter. Solange ich ihn nicht Trine nannte, konnte ich ihn in Stücke reißen.

Ich war selber eine leichte Zielscheibe, und Arthur kannte mein Nervenkostüm wie seine Westentasche. Mit katzenhafter Unbekümmertheit konnte er ein Wort herausbringen, das mir den Atem verschlug und mich blind aus dem Haus taumeln ließ. Manchmal setzte er Pepper auf mich an. Pepper folgte mir kläffend die ganze Straße hinunter, während Arthur vor der Haustür stand und ihn anstachelte, wohl wissend, daß ich den kleinen Köter zu gern hatte, um mich zu verteidigen.

Wir hatten oft solche Gefühlsausbrüche. Ein paar Tage lang gingen wir dann auf Distanz, bis Arthur mich anrief und einlud, als wäre nichts gewesen, und ich ging jedesmal wieder hin.

*

Das Treffen der Stämme wurde in einer High School etwas außerhalb von Seattle abgehalten. Mein Wettkampf war das Schwimmertreffen. Ich hatte eine Reisetasche mit meiner Badehose und einem Handtuch dabei, außerdem andere Kleider für Arthur und mich, damit uns unsere Uniformen nicht verrieten, wenn wir später am Tag von Glenvale Richtung Norden trampten.

Während des Treffens hielt ich Abstand zu Arthur. Ich wollte nicht zusammen mit ihm gesehen werden, und zwar nicht nur wegen unseres Plans. Seine Uniform war ausgebeult und ohne Abzeichen, sein Benehmen herablassend. Er stand am Rande der Wettkämpfe und machte sarkastische Bemerkungen. Er sah nicht wie ein ernsthafter Pfadfinder aus. Ich schon. Ich hatte den Star-Rang inne. Ich trug eine neue Uniform und hatte eine Menge Sachen, die ich mir anstecken konnte. Die Insignien des Sippenführers. Ich gehörte dem Order of the Arrow an. Eine Schärpe mit mehreren Tüchtigkeitsabzeichen. Wer meine Abzeichen sah, hätte glauben können, daß ich, so wie ich war, zu jeder Jahreszeit irgendwo ausgesetzt werden und im Handumdrehen einen Unterstand improvisieren, ein Feuer machen und ein Tier zum Abendessen erlegen konnte. Daß ich nach den Sternen navigieren konnte. Bäume bezeichnen. Auf egal welchem Terrain genau die eßbaren Pflanzen finden und sie zu einem Salat anrichten, bei dem einem das Wasser im Munde zusammenlief.

Und einige dieser Sachen hätte ich tatsächlich tun können. Die Einzelheiten verblaßten augenblicklich, sobald ich das Tüchtigkeitsabzeichen in der Tasche hatte, aber ich war im großen und ganzen mit dem Wald vertraut und hatte eine gewisse Kompetenz erworben. Das war ein Geschenk von unschätzbarem Wert. Doch damals war mir sein Wert nicht klar. Damals ging es mir hauptsächlich darum, mich mit genug Abzeichen einzudecken, um fesch auszusehen, was ich, nach meinem Maßstab, auch tat.

Der Schwimmwettkampf fand morgens statt. Ich flog nach den ersten paar Runden raus. Das überraschte mich, allerdings zu Unrecht – ich flog immer raus. Aber ich startete bei jedem Wettbewerb in dem Glauben, ich würde siegen, und beendete ihn in dem Glauben, daß ich eigentlich hätte siegen sollen, daß ich der beste Schwimmer von allen war. Nachdem ich ausgeschieden war, verbrachte ich viel Zeit unter der Dusche und fühlte mich niedergeschlagen. Dann drehte ich eine Runde und schaute mir die anderen Wettkämpfe an.

Die große Sensation des diesjährigen Treffens war der Wettkampf im geschlossenen Exerzieren. Er wurde von einem Trupp aus Ballard beherrscht, den ein Feldmeister mit schwarzer, silbern gepaspelter Schirmmütze und einer militärisch aussehenden Jacke mit Kampfstreifen anführte. So eine Uniform hatte ich noch nie zuvor gesehen, und auch danach nicht mehr. Sein Trupp hatte die Hosenbeine in glänzende schwarze Stiefel gesteckt. Auch sie trugen alle schwarze Schirmmützen. Ihre Stiefel knallten schallend auf, als der Trupp auf dem Asphalthof hinter der Schule auf- und abmarschierte. Der Feldmeister schrie seine Befehle mit scharfer Stimme und überwachte seinen Trupp mit grimmigem, gebieterischem Gesichtsausdruck.

Unser Trupp hatte keine Exerziergruppe, und die meisten anderen auch nicht. Es gab nur fünf oder sechs davon, und der Trupp aus Ballard stellte sie alle in den Schatten. Sie waren ganz geschäftsmäßig, diese Jungs aus Ballard – flott, aufrecht, mit undurchdringlicher Miene, hörten nur auf die Stimme ihres Feldmeisters. Sie zogen unglaublich viele Zuschauer an. Ich erblickte Dwight auf der anderen Seite des Hofes, wie er sich nachdenklich am Kinn rieb.

»Was für eine Bande von aufgeblasenen Schwengeln!« sagte Arthur.

Ich ignorierte ihn.

Sie verloren den Wettbewerb, weil sie wegen unvorschriftsmäßiger Stiefel und Mützen disqualifiziert wurden. Die Menge buhte die Jury aus: Der Ballard-Trupp hatte gewonnen, und zwar spielend. Ihr Feldmeister kriegte einen Wutanfall. Er überhäufte die Richter mit Flüchen und schleuderte seine Mütze zu Boden, und als die Jury nicht nachgab, ließ er seine Mannschaft abtreten und weigerte sich, sie zur Preisverleihung wieder zu formieren.

Später sah ich drei Jungen aus dem Ballard-Trupp in der Cafeteria. Sie sahen stark aus in ihren Uniformen. Ich setzte mich zu ihnen an den Tisch und sagte ihnen, daß ich fand, sie seien schlimm reingelegt worden, und sie stimmten zu, und so kamen wir ins Gespräch. Im Verlaufe vieler solcher Treffen und Führer-Councils hatte ich das Blufftalent eines Möchtegerns entwickelt, konnte das große Wort führen und »Bande knüpfen« mit den Jungen anderer Trupps. Ich quetschte sie nach Einzelheiten über die Orte aus, wo sie lebten, als stammten sie aus Grönland oder Samoa. Ich gab ihnen meine Adresse und sammelte ihre auf Papierfetzen, die mein Portemonnaie rund wie eine Faust machten.

Ich setzte meine Zauberkräfte bei diesen Jungs aus Ballard ein, und schon bald war es wie in den guten alten Zeiten. Ich erzählte ihnen ein paar von meinen erstaunlichen Geschichten, zum Beispiel die von dem entflohenen Irren, der seinen Haken am Türgriff von Bobby Crows Auto hatte hängen lassen, und sie erzählten mir ein paar von ihren. Sie waren gut befreundet mit dem Vetter von einem Knaben, der seinen Schwanz bei einem Autounfall verloren hatte. Er krachte mit seinem Kabrio in einen Baum, und seine Freundin wurde hoch in die Äste geschleudert. Als die Polizei sie wieder unten hatte, fanden sie das Ding von dem Knaben in ihrem Mund. Und falls ich es nicht glaubte, konnte ich jeden aus Ballard fragen.

Als uns die wahren Geschichten ausgingen, erzählten wir Witze. Der silberne Sattel. Das Glasauge und das Holzbein. Der chinesische Milchshake. Einer von ihnen fragte mich, ob ich rauchte.

»Ob ich rauche?« gab ich zurück. »Ist ein Bär katholisch? Scheißt der Papst in den Wald?«

»Geh'n wir.«

Wir gingen alle vier nach draußen und setzten uns unter ein paar Bäume neben dem Footballfeld. Ich bemerkte

Arthur, der auf uns zukam. Er blieb unter den Torpfosten stehen. Ich traute meinen Augen nicht, als ich sah, daß er mir bis hierher nachgekommen war. Den Jungs aus Ballard fiel er auch auf. »Wer ist das?« fragte einer von ihnen.

»Bloß ein Typ«, antwortete ich.

»Von deinem Trupp?«

Ich nickte.

»Wie heißt er?«

»Arthur.«

»Wie bei *King?*«

Wir lachten alle.

Der Ballard-Junge hielt ein Päckchen Hit-Parades-Zigaretten hoch. »Hey Arthur«, schrie er, »willste 'ne Kippe?«

Arthur schüttelte den Kopf. Er steckte die Hände in die Taschen und sah weg. Nach einer Weile schlenderte er wieder zur Schule zurück.

Der Ballard-Junge gab die Hit Parades herum. Dann holte er ein weiteres, kleineres Päckchen hervor und gab es mir herüber; es war ein Sechserpack Trojans-Kondome. Ich nahm den letzten eingeschweißten Gummi heraus, der noch drin war, sah ihn mir an, steckte ihn wieder in die Schachtel und gab sie ihm zurück. »Die war gestern abend noch voll«, sagte er.

Wir rauchten ein paar Zigaretten und gingen zur Schule zurück, um uns nach Glenvale fahren zu lassen, wo wir uns bei der Achterbahn treffen wollten. Kaum war ich ins Auto eingestiegen, fing Dwight damit an, wie zackig die Exerziergruppe aus Ballard war und daß unser Trupp auch so etwas brauchte, das uns zu einem Gegner machte, mit dem man rechnen mußte. Den ganzen Weg bis Glenvale redete er von nichts anderem. Ich stieg aus dem Auto, als er immer noch redete, und sagte, wir würden uns später treffen. Er sah auf die Reisetasche. »Wofür brauchst du die denn?« fragte er.

»Schon okay«, meinte ich unbestimmt und ging vom Auto weg. Ich erwartete, daß er mich zurückrufen würde, aber es kam nichts.

Die drei Jungen aus Ballard standen schon in der Schlange für die Achterbahn. Die Fahrten waren allesamt gratis an jenem Tag. Alles war gratis, außer Essen und Glücksspiele. Während wir Schlange standen, verglichen wir die Miezen von Ballard mit den Miezen von Concrete und erörterten verschiedene Unglücksfälle der Achterbahn, von denen wir unmittelbar wußten. Arthur stand ein Stück entfernt und beobachtete mich. Schließlich kam er auf mich zu und fragte, wann ich aufbrechen wollte.

»Gleich«, sagte ich.

»Ich finde, wir sollten sofort aufbrechen.«

»Gleich.«

Einer der Ballard-Jungen bot Arthur einen Platz in der Schlange an, doch er schüttelte den Kopf und wandte sich ab. Er wartete immer noch, als ich wieder ausstieg, und wartete weiter, als die Ballard-Jungen und ich uns in eine andere Schlange einreihten. Er wartete den ganzen Nachmittag lang und folgte uns von einer Fahrt zur nächsten. Er beobachtete mich, wie ich am Erfrischungskiosk eine Runde ausgab und fröhlich Schein um Schein von meinem Bündel nahm. Als wir auf den Mittelgang zuschlenderten, folgte er uns und kam wieder auf mich zu, während einer der Ballard-Jungen gerade Pfeile warf.

»Ich dachte, wir fahren nach Alaska«, sagte er.

»Tun wir doch auch.«

»Klar, aber wann?«

»Paß auf, wir *fahren,* kapiert? Meine Güte. Nimm dich doch zusammen.«

Ich warf selber ein paarmal Pfeile. Ich warf Ringe. Ich zielte mit Baseball-Bällen nach beschwerten Milchflaschen. Ich testete meine Kraft. Und dann blieb ich an der *Blackout*-Bude stehen.

Blackout war ein Spiel, mit dem ich nicht vertraut war, aber es sah kinderleicht aus. Für einen Vierteldollar bekam man ein Brett, auf dem verschiedene Felder eingezeichnet waren, und drei Metallscheiben mit eingravierten Symbolen. Wenn die Symbole auf einer Scheibe in einer bestimmten

Weise zu den Symbolen auf einem Feld paßten, konnte man die Scheibe auf das Feld legen. Je nach den Kombinationen der Scheiben auf dem Brett kriegte man Punkte, und die Summe dieser Punkte berechtigte einen zu Preisen, die auf Regalen an der Rückwand der Bude ausgestellt waren: Aschenbecher, Briefbeschwerer, pausbäckige Puppen, Bulldoggen aus Porzellan auf dem untersten Regal; Baseball-Handschuhe, Plüschtiere, Feuerzeuge in Pistolenform, Uhrenradios, Stilettmesser und Armbänder mit Kennmarken auf dem nächsthöheren; und so weiter bis zum höchsten Regal, wo die großen Preise untergebracht waren. Tragbare Fernseher. Ferngläser. Fotoapparate. Goldene Ringe für den kleinen Finger, die mit Diamanten besetzt waren. Diamanthalsbänder an Goldketten, lässig zwischen anderen Preisen drapiert. Goldene Armbanduhren. Und, an jedem dieser Preise mit einem Band befestigt, ein zusammengerollter Hundertdollarschein.

Die zwei Männer hinter der Theke sahen, wie wir die Preise beäugten. Smoke und Rusty, so hießen sie. Rusty war dünn und nervös. Smoke war ein fetter, grinsender Bursche mit weit auseinanderstehenden Zähnen. Es stellte sich heraus, daß Smoke selber mal Pfadfinder gewesen war, deshalb gab er jedem von uns ein Freispiel, »um der guten alten Zeit willen«. Rusty versuchte, ihn davon abzubringen, aber Smoke blieb dabei. Es war genauso leicht, wie es aussah. Zwei der Ballard-Jungen gewannen Briefbeschwerer, und ich raffte genug Punkte für ein Armband mit Kennmarke zusammen. Rusty holte es für mich vom Regal, als Smoke beiläufig bemerkte, daß wir, wenn wir unser Glück noch mal versuchen wollten, die erzielten Punkte für einen höheren Preis stehenlassen könnten. Die Ballard-Jungen hatten kein Geld mehr und nahmen ihre Aschenbecher, aber ich ließ einen Vierteldollar springen und forderte Smoke auf, auszuteilen. Diesmal kam ich nahe an die Summe heran, die ich für ein Uhrenradio brauchte. »Kann ich die Punkte wieder stehenlassen?« fragte ich.

Smoke und Rusty sahen sich an. »Ist nicht drin«, sagte Rusty. »Der Chef macht uns kalt.«

»Scheiß auf den Chef«, meinte Smoke. »Der Chef ist nicht hier.«

Dank Smoke war ich wieder dabei. Ich glaubte, ich hätte die nötigen Punkte gewonnen, aber Smoke sagte: »So ein Pech, Jack. Stern gleich doppelter Einsatz.«

»Stern gleich doppelter Einsatz?«

»Genau. Stern gleich doppelter Einsatz. Siehst du diesen Stern hier? Du hast auch einen auf diesem Feld. Also doppelter Einsatz. Doppelter Einsatz heißt minus vierzig. Bist aber ganz schön nahe 'rangekommen, Jack, alter Kumpel.«

Ich fragte, ob ich's noch mal versuchen dürfte.

Smoke lehnte sich über die Theke und lugte den Mittelgang auf und ab. »Ich sehe ihn nicht. Was meinst du?« sagte er zu Rusty.

»Okay, aber mach schnell«, antwortete Rusty. »Er macht uns kalt, wenn das hier auffliegt.«

»Am besten spielst du Vierlinge«, empfahl Smoke.

»Vierlinge?« Mein Portemonnaie war offen. Smoke zupfte einen Eindollarschein heraus und sagte: »So läuft das. Dann kriegst du viermal so viele Punkte. Geht irgendwie schneller so.«

Ich übertraf die Punktzahl für das Uhrenradio bei weitem. Ich hatte beinahe das Fernglas ergattert. Smoke rief »Oho!«, aber Rusty sog die Backen ein. »Willste alles auf eine Karte setzen?« fragte er.

»Kann ich noch mal Vierlinge spielen?«

Smoke sagte ja. Er sagte auch, wenn ich wollte, könnte ich auf zwei Brettern spielen, und auf dem zweiten Brett bekäme ich die gleiche Punktzahl, die ich jetzt auf dem ersten hätte. Damit hätte ich eine Chance, zwei große Preise zu gewinnen statt einen.

»Verdammt noch mal, Smoke«, sagte Rusty.

Ich starrte in mein Portemonnaie. Smoke zog ein paar Einer heraus und teilte sechs Scheiben vom Stapel aus, drei für jedes Brett. Die Ballard-Jungen drängten sich um mich, um zu sehen, auf wieviel ich kommen würde. »Ich hab's gekriegt!« schrie ich.

Smoke schüttelte den Kopf. »Fast, Kumpel, fast. Mond gleich Strafpunkte. Mond kostet dich normalerweise fünfzig Strafpunkte, aber ich denke, wir können es mit dreißig durchgehen lassen. Was meinste, Rusty?«

Rusty grummelte. Schließlich sagte er, meinetwegen. Auf Smokes Vorschlag hin eröffnete ich noch ein Brett und erhöhte den Einsatz von Vierlingen auf Doppel-Vierlinge.

»Paß auf, falls der Chef kommt«, warnte Smoke.

»Macht dalli«, sagte Rusty.

»Scheiße«, rief Smoke. »Texas Sandfalle. Fast hättest du es gehabt, Jack.«

Die Ballard-Jungen ermunterten mich. Ich eröffnete noch zwei Bretter und spielte Doppel-Vierlinge auf allen fünfen. Meine Punktzahl stieg bei Carolina-Schneeflocken und dem Magischen Rad und fiel wieder beim Banana Split, den Einsamen Herzen und den Schwarzen Diamanten. Ich legte mein Portemonnaie auf die Theke, und Smoke nahm heraus, was ich ihm schuldig war, während er immer weiter Scheiben austeilte. Ich war nur wenige Punkte davon entfernt, das ganze obere Regal zu gewinnen, als Smoke mir das Portemonnaie zuschob. »Du bist ein bißchen knapp, Jackson.«

Es war leer.

Ich wußte, daß die Ballard-Jungen kein Geld hatten. Arthur beobachtete mich von der kleinen Menschenmenge aus, die sich um die Bude herum versammelt hatte, aber ich wußte, daß er auch kein Geld hatte. Ich fragte Smoke, ob ich eine letzte Runde spielen dürfte.

»Tut mir leid, Jack. Erst das Geld und dann die Ware.«

»Nur eine. Bitte.«

Er schaute an mir vorbei und lächelte den zuschauenden Kindern zu. »Da habt ihr's gesehen«, sagte er. »Der Mann wäre fast mit dem ganzen Laden abgezogen. He du, Rotfuchs – genau, du da – nur nicht so schüchtern, komm schon, das erste Spiel geht auf Kosten des Hauses. War selber mal ein Pfadfinder.«

»Keine Freispiele!« protestierte Rusty. »Der Chef macht uns kalt.«

»Bitte, Smoke«, sagte ich. Er mischte, immer noch lächelnd, die Scheiben. Er ignorierte mich nicht wirklich; ich war einfach gar nicht da.

»Hier«, sagte Rusty und schob mir irgendwas zu. »Fahr doch noch 'ne Runde oder was.«

Es war ein Plüschtier, ein großes rosa Schweinchen mit schwarzen Füßen und einem Ring in der Nase. Ich trug es vor mir her, während ich mit den Ballard-Jungen den Mittelgang hinunterlief. Ich hatte einen dicken Kloß im Hals und brachte kein Wort heraus. Die Geräusche drangen aus weiter Ferne zu mir. Ich trieb dahin, ohne mir bewußt zu sein, daß ich mich bewegte. Wir gingen hierhin und dorthin. Irgendwann machten die Ballard-Jungen zusammen eine Fahrt, und ich verlor sie aus den Augen. Ich hatte nicht mal ihre Adressen bekommen.

*

Nachdem der Park geschlossen war, stand ich mit einigen anderen Pfadfindern aus meinem Trupp am Tor. Außer mir waren alle am Morgen in Fünfer- oder Sechsergruppen nach Seattle gekommen, und die Eltern, die dabei waren, gingen Verwandte besuchen, bis es Zeit für die Heimfahrt wurde. Dwight und ich waren allein gekommen.

Während wir darauf warteten, daß Dwight uns abholte, versuchte ich Arthur zu überreden, mit Dwight und mir zurückzufahren. Ich wußte, Dwight würde betrunken sein, und ich wollte nicht allein mit ihm sein. Aber Arthur wollte nicht mit mir reden. Wenn ich sprach, sah er weg. Ich bettelte schamlos, und schließlich fragte er: »Warum sollte ich?«

Ich sagte: »Ich würde es für dich tun.«

»Pah«, erwiderte er. Doch es stimmte, und er wußte es. Nach einer Weile sagte er: »Hervorragender Auftritt, Wolff. Wirklich hervorragend.«

Wir waren unter den letzten, die abfuhren. Als ich das Auto kommen sah, streckte ich Arthur das Schweinchen entgegen. Ich war außerstande gewesen, mir eine Erklärung dafür auszudenken. »Hier«, meinte ich. » Du kannst es haben.«

»Was soll ich denn mit diesem Ding anfangen?«

»Na los, nimm schon. Bitte.«

Er sagte: »Na, wir sind heute abend aber ausnehmend höflich, wie?« Doch er nahm es. Und das war es, was Dwight ungläubig anstarrte, als wir im Scheinwerferlicht auf ihn zukamen, dieses leuchtendrosa Schwein, das die Trine Arthur Gayle auf dem Arm hielt. Arthur, der nur Verachtung für Dwight hatte, lächelte ihn süßlich an und trippelte und tänzelte auf ihn zu, als wüßte er genau, wie Dwight den Anblick später beschreiben würde.

*

Eines Abends, als ich aus Concrete nach Hause kam, lag ein großer Hund im Nutzraum auf dem Boden und schlief. Es war ein häßlicher Hund. Sein kurzes gelbes Fell hatte kahle Stellen, und ein Ohr hing in wimpelartigen Fetzen herab. Er hatte einen nahezu nackten rosa Schwanz. Als ich an dem Hund vorbeigehen wollte, wachte er auf. Seine Augen waren gelb. Zuerst sah er mich einfach nur an, aber als ich mich wieder bewegte, gab er ein leises Knurren von sich. Ich schrie, daß jemand kommen sollte.

Dwight steckte seinen Kopf durch die Tür, und der Hund stand auf und fing an, ihm die Hände zu lecken. Dwight fragte, was das Problem war, und ich erzählte ihm, daß mich der Hund angeknurrt hatte.

Dwight meinte: »Gut, das soll er. Er kennt dich noch nicht. Champion«, sagte er, »das ist Jack. Laß ihn an deinen Händen schnuppern«, wies er mich an. »Na los, er beißt nicht.«

Ich streckte meine Hand aus, und Champion schnüffelte daran. »*Jack*«, sagte Dwight zu ihm, »*Jack*.«

Ich fragte Dwight, wem der Hund gehöre. Er sagte, mir.

»Mir?«

»Du hast doch gesagt, du wolltest einen Hund.«

»Aber nicht den hier.«

»Tja, er gehört jetzt dir. Du hast ihn bezahlt«, fügte er hinzu.

Ich fragte, was er damit meinte, ich hätte ihn bezahlt, aber Dwight wollte es mir nicht sagen. Ein paar Minuten später fand ich es heraus. Irgend etwas stimmte nicht in meinem Zimmer. Dann sah ich, daß meine Winchester weg war. Ich starrte das Fichtenholzregal an, das ich beim Werken für mein Gewehr gebaut hatte. Ich starrte das Regal an, als hätte ich die Winchester beim ersten Mal übersehen und müßte nur genauer hinsehen, um sie zu entdecken. Ich setzte mich eine Weile auf mein Bett, dann stand ich auf und ging ins Wohnzimmer, wo Dwight Fernsehen guckte.

Ich sagte: »Meine Winchester ist weg.«

»Dieser Hund ist ein reinrassiger Weimaraner«, meinte Dwight und wandte seine Augen nicht vom Fernseher.

»Ich will ihn nicht. Ich will meine Winchester.«

»Dann hast du verdammt noch mal Pech gehabt, deine Winchester ist nämlich auf dem Weg nach Seattle.«

»Aber es war *mein* Gewehr!«

»Und Champ ist dein Hund! Meine Güte! Ich tausche eine alte Schrottknarre für einen wertvollen Jagdhund ein, und was machst du? Quengeln und motzen, quengeln und motzen.«

»Ich quengle und motze nicht.«

»Den Teufel tust du. Von jetzt ab kannst du deine Geschäfte selber erledigen.«

Meine Mutter war auf einer politischen Versammlung. Sie war bei den letzten Regionalwahlen Wahlhelferin für die Demokraten gewesen, und jetzt wollte man sie für Adlai Stevenson engagieren. Als sie am nächsten Tag nach Hause kam, fing ich sie draußen ab und erzählte ihr von dem Gewehr.

Sie nickte, als würde sie die Geschichte schon kennen. »Ich wußte, daß er etwas unternehmen würde«, sagte sie.

Sie fochten die Sache aus, nachdem ich zu Bett gegangen war. Dwight gab ein paar Laute von sich, aber er mußte klein beigeben. Das Gewehr gehörte doch mir, sagte sie. Er konnte soviel herumschreien, wie er wollte, über diesen Punkt gab es nichts zu diskutieren. Sie zwang Dwight, ihr zu versprechen, daß er, sobald Champions Besitzer wie abgemacht die Papiere vom Hundezüchterverband hochschickte, die den illustren Stammbaum des Hundes beweisen sollten, den Mann anrief und mit ihm vereinbarte, daß er Champion nach Seattle bringen und mein Gewehr zurückholen würde. Dwight konnte das nicht sofort tun, weil er weder den Nachnamen noch die Adresse des Mannes wußte.

Auf diese Weise wurde die ganze Angelegenheit zu meiner Zufriedenheit geregelt, bloß daß der Mann irgendwie vergaß, die Papiere zu schicken.

*

Das erste Mal, als wir Champion zum Jagen mitnahmen, fuhren wir zu einer Kiesgrube, wo sich oft Gänsesäger zusammenscharten. Diese Enten wurden als ungenießbar betrachtet, weshalb die meisten Leute sie auch nicht jagten. Dwight jedoch schoß auf alles. Er war ein schlechter Jäger, unruhig und unaufmerksam und laut, und er kriegte nie die Tiere, hinter denen er her war. Das machte ihn zornig; auf dem Rückweg zum Auto tötete er dann alles, was ihm unterkam. Er tötete Backenhörnchen, Eichhörnchen, Blauhäher und Rotkehlchen. Er tötete eine große Schneeule mit einem 12er-Kaliber aus drei Meter Abstand und gab unweidmännisch Schüsse auf weißköpfige Seeadler ab, während sie im Gleitflug über den Fluß zogen. Ich habe niemals gesehen, daß er ein Stück Wild, ein Waldhuhn, eine Wachtel, einen Fasan, eine genießbare Ente oder auch nur einen großen Fisch erlegt hätte.

Er dachte, seine Ausrüstung sei daran schuld. Seiner Sammlung von Sportwaffen fügte er noch zwei Jagdgewehre hinzu, ein Marlin 30/30 und ein Garand M-1 mit Zielfernrohr. Er hatte eine doppelläufige Flinte Kaliber 12 für

Wasservögel und eine halbautomatische Kaliber 16, die er seine »Buschflinte« nannte. Um das Wild zu erspähen, an das er niemals herankam, benutzte er ein leistungsstarkes Zeiss-Fernglas. Um das Wild abzuhäuten, das er niemals erlegte, trug er ein Puma-Jagdmesser bei sich.

Trotz all des Geredes, daß Champion mein Hund war, begriff ich bald, daß er ein Teil von Dwights totalem Jagdsystem sein sollte.

Als wir die Kiesgrube erreichten, warf Dwight einen Stock ins Wasser, um Champions Apportierinstinkte zu schärfen und vorzuführen, was für einen weichen Fang er hatte. Er sagte, dafür seien Weimaraner berühmt. »Du wirst nicht einen Abdruck von seinem Gebiß auf diesem Stock entdecken«, verkündete er. Champion lief bis ans Wasser, dann hielt er inne. Er schaute zu uns zurück und winselte. Er zitterte wie ein Chihuahua. »Na los, Junge«, ermunterte ihn Dwight. Champion winselte erneut. Er krümmte eine Pfote, steckte sie ins Wasser, zog sie wieder heraus und fing an, den Stock anzubellen.

»Schlauer Hund«, bemerkte Dwight. »Weiß, daß es kein Vogel ist.«

Die Gänsesäger kamen in der Abenddämmerung. Sie hatten uns bestimmt gesehen, aber sie zeigten keine Furcht, als wüßten sie, wie sie schmeckten. Sie flogen niedrig und dicht beieinander ein. Dwight feuerte beide Läufe auf sie ab. Eine Ente stürzte wie ein Stein herab, und der Rest wurde laut quäkend wieder aufgescheucht. Sie kreisten lange genug um die Kiesgrube herum, damit Dwight nachladen und feuern konnte. Diesmal traf er nichts, und die Gänsesäger flogen fort.

Der Vogel, den er heruntergeholt hatte, trieb im Wasser, etwa sechs Meter vom Ufer entfernt. Sein Schnabel war unter Wasser, die Flügel ausgebreitet. Er rührte sich nicht. Dwight klappte das Gewehr auf und zog die Patronenhülsen heraus. »Hol sie, Champ«, befahl er. Doch Champion holte die Ente nicht. Er war nicht mal mehr am Ufer oder sonst irgendwo in Sicht. Dwight rief ihn, erst freundlich, dann herrisch und drohend, aber er kam nicht zurück. Ich bot an, die Ente an Land zu holen, indem ich sie mit Steinwürfen zu uns trieb. Dwight meinte, es sei die Mühe nicht wert, da sie doch nur ein Abfallvogel sei.

Wir fanden Champion unter dem Auto. Dwight mußte ihm minutenlang gut zureden, bevor er auf dem Bauch hervorrutschte, schwach kläffend und sich duckend. »Er ist bloß ein bißchen waffenscheu, das ist alles«, meinte Dwight. »Das kriegen wir schon hin.«

Dwight beschloß, es hinzukriegen, indem er Champion zur Gänsejagd in den Osten des Staates mitnahm. Er überredete auch meine Mutter mitzukommen. Sie wollten ungefähr eine Woche lang fortbleiben, kehrten aber zerstritten nach drei Tagen zurück. Meine Mutter erzählte mir, daß Champion nach dem ersten Schuß quer über die Felder davongelaufen war, und daß Dwight die meiste Zeit des Nachmittags damit zugebracht hatte, ihn wiederzufinden. Am nächsten Tag schlossen sie ihn ins Auto ein, aber er pinkelte und schiß überall auf die Sitze. Da beschlossen sie zurückzufahren.

»Er hat es weggemacht«, fügte sie hinzu. »Jedes kleine bißchen. Ich bin nicht mal in die Nähe gekommen.«

Danach hatte ich gar nicht gefragt. Wahrscheinlich dachte sie einfach, ich wüßte es gerne.

*

Champion knurrte nicht jedesmal, wenn ich hereinkam. Normalerweise ignorierte er mich, und mit der Zeit gab ich meine Wachsamkeit auf. Doch dann tat er es wieder und erschreckte mich zu Tode. Eines Abends jagte er mir einen solchen Schrecken ein, daß ich mir einen Schrubber schnappte und ihm eins über den Kopf zog. Champion fauchte, und ich schlug ihn wieder und schlug ihn immer weiter und schrie mich in eine Hysterie hinein, während er mit auf den Dielen scharrenden Pfoten davonzukommen versuchte. Schließlich steckte er seinen Kopf hinter den Boiler und behielt ihn da, während ich ihn von oben bis unten durchwalkte. Irgendwann wurde ich müde und begriff, was ich da tat, und hörte auf.

Ich war allein im Haus. Hin- und herlaufend versuchte ich, die Alarmsirene in mir abzustellen und das Schuldgefühl abzuschütteln. Ich konnte mir die meisten Dinge verzeihen, nur Grausamkeit nicht.

Ich ging in den Nutzraum zurück. Champion lag wieder auf seiner Decke. Ich betastete seine Knochen und suchte ihn nach Wunden ab. Er schien in Ordnung zu sein. Der Schwamm des Schrubbers hatte die Kraft der Schläge abgefangen. Während ich Champion untersuchte, winselte er und leckte meine Hand. Ich redete ihm gut zu. Das war ein Fehler. Daraus schloß er, daß ich ihn mochte, daß wir Kumpel waren. Von diesem Abend an wollte er die ganze Zeit bei mir sein. Immer wenn ich durch den Nutzraum kam, warf er sich auf den Boden und kroch vor mir herum, in der Hoffnung, er könnte mich dadurch zum Bleiben bewegen, dann bellte er und sprang gegen die Tür, wenn ich hinausging.

Das brachte mich einigermaßen in Schwierigkeiten. Seit fast einem Jahr, seit ich auf die High School ging, hatte ich mich nach Mitternacht oft aus dem Haus geschlichen, um mit dem Auto eine Spritztour zu machen. Dwight wollte mir das Fahren nicht beibringen – er behauptete, er wüßte, daß ich uns beide umbringen würde –, und so hatte ich die Lehrerrolle selbst übernommen. Seit Champion sich an mich gehängt hatte, mußte ich ihn mitnehmen, sonst hätte er das ganze Haus mit seinem Gejaule aufgeweckt.

Mit Champion neben mir auf dem Vordersitz, aus dem Fenster schauend wie ein richtiger Beifahrer oder in den Wind beißend, kurvte ich durch die leeren Straßen des Camps. Wenn mir das zu langweilig wurde, fuhr ich den Wagen zu einem Stück freier Strecke, halbwegs bis Marblemount, wo ich ihn bis auf hundert Meilen pro Stunde hochziehen konnte, ohne Kurven fahren zu müssen. Während Champion gelassen die weiße Linie beobachtete, die zwischen den Scheinwerfern hin- und herpendelte, schnatterte ich wie ein Klammeraffe und vergoß Tränen des schieren Entsetzens. Dann hielt ich den Wagen mitten auf der Straße an, wendete und tat das gleiche in der Gegenrichtung. Jedesmal wagte ich mich ein Stückchen weiter vor. Eines Tages, so dachte ich, würde ich einfach immer weiterfahren.

Einmal setzte ich den Wagen frühmorgens beim Wenden in einen Graben. Ich ließ die Räder eine Zeitlang durchdrehen, dann stieg ich aus und schaute mir das Ganze an. Ich ließ die Räder noch ein bißchen mehr durchdrehen, bis ich sie richtig schön tief hineingewühlt hatte. Da gab ich auf und machte mich auf den Weg zurück ins Camp. Es war fast drei Uhr, und zu Fuß würde ich mindestens vier Stunden bis nach Hause brauchen. Sie würden mich vermissen, bevor ich ankam. Und das Auto auch. Ich ließ eine Reihe von Schimpfwörtern los, aber es war, als kämen sie nicht von mir, sondern gingen auf mich nieder, und ich hörte schnell wieder auf.

Champion lief voraus durch den Wald, der die Straße auf beiden Seiten einzwängte. Die Berge ringsumher waren schwarz, die Sterne strahlten am tintenblauen Himmel. Meine Schritte hallten laut auf dem Fahrdamm. Ich hörte sie, als kämen sie von jemand anderem. Die Bewegung meiner Beine begann, sich fremd anzufühlen, und dann mein ganzer Körper, fremd und unglaubwürdig, als behauptete ich lediglich, jemand zu sein. Ich beobachtete diesen dahinstolpernden Körper. Ich stand daneben und betrachtete ihn ungläubig. Seine vorgebliche Zielstrebigkeit wirkte absurd und beängstigend. Ich wußte nicht, wer oder was er war, wer oder was ihn so voller Unruhe von so weit weg beobachtete.

Und dann heulte eine Stimme auf: »Oh Maybelline!« Ich kannte diese Stimme. Es war meine eigene, und sie war laut, und ich holte sie wieder ein. Ich sang »Maybelline« und ein anderes Lied und dann noch eins. Ich sang und sang aus Leibeskräften. Ein paarmal brach ich ab und versuchte, mir eine Entschuldigung für meine Lage auszudenken – Paß mal auf, ich weiß, du wirst es nicht glauben, aber plötzlich wache ich irgendwie auf und sitze da *hinter dem Steuer des Wagens!* –, doch all diese Gedanken brachten mich nur zur Verzweiflung, also sang ich lieber Lieder. Ich sang jedes Lied, das ich kannte, und allmählich wunderte ich mich, wie viele ich kannte. Ich merkte, daß ich gar nicht übel klang, hier draußen, wo ich mich richtig gehenlassen konnte – daß ich sogar ziemlich gut klang. Ich übernahm verschiedene Rollen. Ich ging zu Sprechgesängen über, wie »Deck of Cards« und »Three Stars«. Ich sang im Falsett. Langsam machte mir die Sache Spaß.

*

Ich hatte die Hälfte des Weges nach Chinook geschafft, als ich hinter mir ein Motorengeräusch hörte. Ich blickte ins Scheinwerferlicht und winkte den Fahrer an den Straßenrand. Er hielt seinen Lastwagen mit laufendem Motor mitten auf der Straße an, ein Mann, den ich nicht kannte. »Ist das dein Auto da hinten?« fragte er.

Ich sagte ja.

»Wie hast du das bloß hingekriegt?«

»Das ist schwierig zu erklären«, antwortete ich.

Er forderte mich auf einzusteigen. Ich fing an, nach Champion zu rufen. »Einen Augenblick«, sagte er. »Wer ist dieser Champ? Du hast nichts von einem Champ erzählt.«

»Mein Hund.«

Der Mann starrte in die Dunkelheit hinaus, während ich weiter versuchte, Champion herbeizurufen. Er hatte Angst vor dem, was da draußen war, und er hatte Angst vor mir, und seine Angst gab mir das Gefühl, gefährlich zu sein. Schließlich sagte er: »Ich fahre jetzt«, genau in dem Augenblick, als Champion zwischen den Bäumen hervorsprang. Der Mann sah ihn sich an. »Allmächtiger«, meinte er, öffnete uns aber die Tür und fuhr uns zum Auto zurück. Er schwieg während der Fahrt und auch, während er den

Wagen wieder auf die Straße zog. Als ich ihm dankte, nickte er nur leicht und fuhr davon.

Ich schaffte es gerade noch ins Bett, bevor meine Mutter kam, um mich zu wecken. »Ich fühle mich nicht besonders gut«, sagte ich zu ihr.

Sie legte ihre Hand auf meine Stirn, und bei dieser Bewegung hätte ich ihr am liebsten alles erzählt, den ganzen Schlamassel, nicht um zu beichten, sondern aus Freude, daß ich davongekommen war. Sie mochte Geschichten, bei denen man nur um Haaresbreite entkam; das festigte ihren Glauben ans Glück. Doch ich wußte, ich konnte ihr nichts davon erzählen, ohne ihr zumindest versprechen zu müssen, daß ich das Auto nie mehr nehmen würde, was ich aber fest vorhatte; im schlimmsten Falle würde sie sich gezwungen sehen, mich an Dwight zu verraten.

Sie schaute im grauen Licht der Morgendämmerung zu mir herunter. »Fieber hast du nicht«, meinte sie. »Aber ich muß zugeben, du siehst furchtbar aus.« Sie befand, daß ich an diesem Tag zu Hause bleiben durfte und nicht in die Schule mußte, wenn ich ihr versprach, nicht Fernsehen zu gucken.

Ich schlief bis zum Mittag. Ich saß aufrecht im Bett und aß ein Sandwich, als Dwight in mein Zimmer kam. Er lehnte in der Tür, die Hände in den Hosentaschen, wie ein Pantomime, der Lockerungsübungen vorführt. Ich wurde wachsam.

»Geht's besser?« fragte er.

Ich sagte ja.

»Wollen doch nicht, daß du was Ernsthaftes kriegst«, meinte er. »Bißchen Schlaf gekriegt, hm?«

»Ja, Sir.«

»Den hattest du auch nötig.«

Ich wartete.

»Ach übrigens, du hast nicht zufällig so ein komisches Klingeln im Motor gehört, oder?«

»Was für ein Motor?«

Er lächelte.

Dann erzählte er, daß er vor ein paar Minuten mit Champion auf der Polizei gewesen war. Da sei er einem

Mann begegnet, der den Hund wiedererkannt und eine ziemlich interessante Geschichte erzählt hätte, wie sie sich am frühen Morgen über den Weg gelaufen seien. Was ich davon hielte?

Ich sagte, ich hätte keine Ahnung, wovon er redete.

Dann ging er auf mich los. Er kriegte mich zu fassen, während ich noch die eine Hand unter der Bettdecke hatte und mit der anderen das Sandwich hielt, und anstatt mich zu schützen, schwang ich als erstes das Sandwich zur Seite, als hätte er es mir abnehmen wollen. Mit den flachen Händen klatschte er mir links und rechts ins Gesicht. Ich ließ das Sandwich fallen und schützte mein Gesicht mit dem Unterarm, aber ich konnte seine Hände nicht von mir abwehren. Er kniete auf dem Bett, seine Beine links und rechts von mir, so daß ich durch die Bettdecke eingeschlossen war. Ich schrie seinen Namen, aber er schlug mich immer weiter in einem schnellen, zuckenden Rhythmus, und da wußte ich, daß er schon längst nichts mehr hörte. Irgendwie, ohne bewußte Absicht, bekam ich meinen anderen Arm frei und traf ihn an der Gurgel. Er prallte zurück, nach Luft schnappend. Ich stieß ihn vom Bett herunter und trat die Decke zur Seite, aber bevor ich hochkommen konnte, griff er in meine Haare und drückte mein Gesicht mit aller Kraft in die Matratze. Dann kam ein Hieb in den Nacken. Von dem Schock wurde ich stocksteif. Er riß noch stärker an meinen Haaren. Ich wartete darauf, daß er noch einmal zuschlug. Ich konnte ihn keuchen hören. So hielten wir einen Moment inne. Dann stieß er mich zur Seite und stand auf. Er war über mir und atmete heiser. »Räum dieses Durcheinander hier auf«, sagte er. An der Tür wandte er sich um: »Ich hoffe, das war dir eine Lehre.«

Es war mir in mehrfacher Hinsicht eine Lehre. Ich hatte gelernt, daß ein Schlag auf die Kehle den anderen nicht immer bremst. Und ich hatte gelernt, daß es keine gute Idee ist zu fluchen, wenn man in Schwierigkeiten ist, aber eine gute Idee zu singen, wenn man kann.

*

Champion hatte seine letzten Gänsesäger gesehen. Er entpuppte sich als Katzenkiller. Dreimal brachte er tote Katzen in seinem berühmten weichen Fang nach Hause. Dwight warf sie in den Fluß und schrie Pearl und mich an, weil wir ihn hinausgelassen hatten. Aber Champ stand unter Verdacht, und eines Tages drang er bei anderen Leuten in den Hinterhof ein und riß ein Perserkätzchen in Stücke, vor den Augen des kleinen Mädchens, dem es gehörte. Der Leiter des Lagers klopfte am gleichen Abend an die Tür und teilte Dwight mit, daß Champ weg mußte, sofort. Dwight erwiderte, er werde ein paar Tage brauchen, um ein anderes Zuhause für ihn zu finden, doch der Leiter sagte, wenn er sofort sage, meine er *sofort*, sofort nachdem er gegangen sei.

Dwight blieb eine Zeitlang im Nutzraum. Ein Weilchen war alles still, dann hörte ich ihn herumwühlen. Schließlich sagte er: »Komm, Champ.« Meine Mutter und ich saßen im Wohnzimmer und lasen. Wir sahen uns an. Ich ging ans Fenster und beobachtete, wie Dwight in der Abenddämmerung verschwand, Champion vornweg, am Boden schnüffelnd. Dwight hatte die 30/30er geschultert. Er ließ Champion ins Auto und fuhr los, flußaufwärts.

Dwight war nicht lange fort. Ich wußte, daß er Champion nicht begraben hatte, weil er so schnell zurück war und weil wir keine Schaufel besaßen.

Meine Mutter und ich sahen gern *The Untouchables*. In einer Folge stellte Al Capone einen Mann zur Rede, der ihn enttäuscht hatte. Er hörte sich die gequälten Rechtfertigungen des Mannes voller Mitgefühl und Verständnis an. Dann sagte er sanft: »Mach doch einen kleinen Ausflug mit Frank.« Die Augen des Mannes traten aus den Höhlen. Er sah Frank Nitti an, dann wieder Al Capone, und heulte auf: »Nein, Mr. Capone, warten Sie, ich werde es wieder gutmachen ...« Doch Mr. Capone las in irgendwelchen Akten auf seinem Schreibtisch. In der nächsten Einstellung sah man einen langen, schwarzen Wagen, der auf einer Landstraße geparkt war.

Nach der Sache mit Champion sagte meine Mutter immer, wenn ich etwas falsch gemacht hatte: »Mach doch einen kleinen Ausflug mit Dwight.«

Einbürgerung in der Schule

Concrete war eine Firmenstadt. Sitz der Zementfirma Lone Star. Die Straßen und Häuser und Autos waren grau vom Zementstaub aus der Fabrik. An windstillen Tagen hing eine Staubwolke in der Luft, so dick, daß manchmal das Football-Training gestrichen wurde. Concrete High lag oberhalb der Stadt auf einem Hügel, dessen Hänge mit Beton ausgegossen worden waren, damit sie nicht weggewaschen wurden. Als ich dort anfing, nicht lange nach dem Bau der Schule, zeigten die Zementbänke erste Risse und gerieten ins Rutschen, wodurch das Stahlgeflecht sichtbar wurde, das man mit dem Beton übergossen hatte.

Die Schule nahm Schüler aus dem ganzen Tal auf. Sie waren die Kinder von Farmern, Kellnerinnen, Holzarbeitern, Bauarbeitern, Lastwagenfahrern, Wanderarbeitern. Die meisten Jungen hatten selber schon einen Job. Sie arbeiteten nicht etwa, um Geld zu sparen, sondern um es für ihre Autos und ihre Freundinnen auszugeben. Viele von ihnen heirateten, während sie noch auf der Schule waren, und gingen dann ab, um voll zu arbeiten. Andere gingen zur Armee oder zur Kriegsmarine – aber nie als Matrosen, nur als Marines. Ein paar wurden Kleinkriminelle. Die Jungen an der Concrete High sahen sich selbst eher nicht als Universitätenfutter.

Die Schule hatte einige gute Lehrkräfte, meistens ältere Frauen, denen es egal war, wenn sie ausgelacht wurden, weil sie Gedichte rezitierten oder eine Träne fallen ließen, während sie die Schlacht zu Verdun beschrieben. Viele gab es nicht davon.

Mr. Mitchell unterrichtete Staatskunde. Er trat außerdem als inoffizieller Anwerber für die Armee in Erscheinung. Er hatte im Zweiten Weltkrieg »auf dem europäischen Schauplatz« gedient, wie er sich gern ausdrückte, und tatsächlich Menschen umgebracht. Manchmal brachte er verschiedene Gegenstände mit, die er den Leichen abgenommen hatte, nicht bloß Medaillen und Bajonette, wie man sie bei jedem Pfandleiher kaufen konnte, sondern auch Briefe auf deutsch und Brieftaschen mit Familienfotos darin. Wann immer wir Mr. Mitchell davon ablenken wollten, Aufsätze einzusammeln, die wir nicht geschrieben hatten, fragten wir ihn nach den näheren Umständen seiner Treffer. Mr. Mitchell kauerte sich daraufhin hinter sein Pult, lugte über die Platte, rollte dann in die Mitte des Raumes und sprang auf die Füße, wild *ratta tatta ta* schreiend. Doch er lobte Mut und Disziplin der Deutschen und sagte, seiner Meinung nach hätten wir auf der falschen Seite gekämpft. Wir hätten in Moskau einmarschieren sollen statt in Berlin. Und was die Konzentrationslager betraf, so dürften wir nicht vergessen, daß fast alle jüdischen Wissenschaftler dort umgekommen waren. Wenn sie am Leben geblieben wären, hätten sie Hitler dabei geholfen, seine Atombombe zu entwickeln, bevor wir unsere entwickelten, und dann würden wir alle heute deutsch sprechen.

Mr. Mitchell stützte sich bei seinem Unterricht vor allem auf audiovisuelles Material. Wir sahen die gleichen Filme viele Male, Dokumentarstreifen über Kampfhandlungen und vom FBI produzierte Abschreckungsmärchen über Jugendliche von der High School, die dazu verführt wurden, sich kommunistischen Zellen in Irgendwo, USA anzuschließen. Bei unserer Abschlußprüfung fragte Mr. Mitchell: »Welches ist euer Lieblingsgrundrecht?« Wir waren auf diese Frage gefaßt und gaben alle die richtige Antwort – »Das Recht, Waffen zu tragen« –, bis auf ein Mädchen, das antwortete: »Das Recht auf freie Meinungsäußerung.« Für eine solche Unverschämtheit war sie nicht nur bei dieser Frage, sondern gleich bei der ganzen Prüfung durchgefallen. Als sie protestierte, ihre Antwort könne schon rein logisch nicht als falsch bewertet werden, ging Mr. Mitchell in die Luft und warf sie aus dem Klassenzimmer. Sie beschwerte sich beim

Schulleiter, aber das führte zu nichts. Die meisten Kinder in der Klasse fanden, sie spiele bloß die Neunmalkluge, und das fand ich auch.

Mr. Mitchell gab auch Sportunterricht. Er hatte Boxen an der Schule eingeführt, und jedes Jahr veranstaltete er ein öffentliches Freistilboxen, wo Hunderte von Zuschauern gutes Geld bezahlten, um uns dabei zuzuschauen, wie wir uns gegenseitig dumm und dämlich prügelten.

Miss Houlihan unterrichtete Sprecherziehung. Sie war schon seit ein paar Jahren Anhängerin einer Theorie der Diktion, die damit zu tun hatte, daß man die Worte »heraufholte«, statt sie ganz einfach zu sagen, so als säßen sie schon fertig geformt in unserem Magen und warteten nur darauf, wie Forellen aus einem Zuchtteich gefischt zu werden. Statt unsere Lippen zu benutzen, sollten wir die Worte lediglich »entweichen« lassen. Es war schwierig, dahinterzukommen. Miss Houlihan glaubte daran, daß man erst einmal die eine Sache ordentlich beherrschen mußte, bevor man zur nächsten überging, und so verbrachten wir den größten Teil des Jahres damit, »Hiawatha« in einem Chor-Arrangement zu grunzen, das sie selber entworfen hatte. Sie fand es so gut, daß sie dafür sorgte, daß wir im Frühjahr an einem Sprechwettbewerb in Mount Vernon teilnahmen. Die Ausscheidung wurde draußen abgehalten, und es fing an zu regnen, während wir im großen Kreis saßen und deklamierten. Wir trugen indianische Kostüme aus Leinensäcken, in denen früher mal Zwiebeln gewesen waren. Als das Sackleinen naß wurde, fing es an zu stinken. Das fiel nicht nur uns auf. Miss Houlihan wollte aber nicht, daß wir aufgaben. Sie wandelte um den Kreis herum und flüsterte uns von hinten zu: »Heraufholen, heraufholen.« Schließlich wurden wir disqualifiziert, weil wir auf einer indianischen Trommel den Rhythmus geschlagen hatten.

Bei Pferdegesicht Greeley hatten wir Werken. Er hatte die Angewohnheit, in der Einführungsstunde für jede Gruppe der Schulanfänger einen 20 Kilo schweren Eisenblock auf seinen Fuß fallen zu lassen. Er tat das, um die Aufmerksamkeit auf sich zu ziehen und um mit seinen Tuff-Top-Schuhen anzugeben, die stählerne Schutzkappen hatten. Er fand, wir sollten alle Tuff-Tops tragen. Die gab es nicht im Geschäft, aber wir konnten sie durch ihn bestellen. Als ich in meinem zweiten Jahr in Concrete war, versuchte ein beflissener Neuling, den Eisenblock abzufangen, der gerade auf Pferdegesichts Fuß herunterfiel, und quetschte sich dabei die Finger.

*

Zuerst brachte ich gute Noten nach Hause. Das war Betrug – ich schrieb die Hausaufgaben bei anderen Kindern im Bus von Chinook ab und lernte für die Klassenarbeiten auf den Gängen, wenn ich von einem Klassenzimmer zum nächsten lief. Nach den ersten Zensuren machte ich mir nicht mal mehr diese Mühe. Ich lernte überhaupt nicht mehr. Nun bekam ich Dreier statt Einser, aber zu Hause erfuhr ja keiner, daß meine Noten sich verschlechtert hatten. Die Zeugnisse waren, so unglaublich es klingt, mit Bleistift geschrieben, und Bleistifte hatte ich auch.

Alles, was ich tun mußte, war, zur Schule zu gehen, und manchmal schien selbst das zuviel verlangt. Ich hatte mich ein paar berüchtigten älteren Jungs aus Concrete angeschlossen, die mich als Kuriosum mitnahmen, nachdem sie herausgefunden hatten, daß ich noch nie betrunken gewesen war und immer noch meine Unschuld hatte. Ich war dankbar für ihr Interesse. Ich wollte auffallen, und die respektierlichen Wege, um dies zu bewerkstelligen, schienen mir verschlossen zu bleiben. Wenn ich es nicht als Bürger schaffte, dann eben als Außenseiter.

Jeden Morgen rauchten wir Zigaretten in einer flachen Mulde hinter der Schule, und oft, wenn die Schulglocke zum Unterricht rief, blieben wir einfach dort und nahmen dann eine Abkürzung durch ein Farnfeld – die Farne waren so hoch, daß es schien, als schwämmen wir hindurch – zu der Seitenstraße, wo Chuck Bolger sein Auto abgestellt hatte.

Chucks Vater besaß ein großes Geschäft für Autozubehör

und Ersatzteile nicht weit von Van Horn und war außerdem Priester bei der Pfingstbewegung. Chuck selbst schwafelte von schwarzer Magie, wenn er trank. Er war unheimlich und wild, doch in seinem Verhalten sanft – brüderlich sogar, zumindest mir gegenüber. Aus diesem Grund fühlte ich mich in seiner Gesellschaft weniger unbehaglich als mit den anderen. Ich war überzeugt, daß es zumindest ein paar Dinge gab, die er nicht tun würde. Dieses Gefühl hatte ich bei den anderen nicht. Einer von ihnen hatte schon im Gefängnis gesessen, zuerst für den Diebstahl einer Kettensäge und später für die Entführung einer Katze. Er war dick und dumm und merkwürdig. Jeder nannte ihn Psycho, und er hatte den Namen als Berufung angenommen.

Chuck war dabei, als Psycho die Katze kidnappte. Die Katze lief auf sie zu, während sie vor dem Drugstore von Concrete standen, und fing an, sich an ihren Beinen zu reiben. Psycho nahm sie hoch, um ihr irgend etwas anzutun, doch als er den Namen auf ihrem Halsband sah, hatte er eine Idee. Die Katze gehörte einer Witwe, deren Mann Generalvertreter einer Autofirma in der Stadt gewesen war. Psycho dachte sich, die Frau müßte stinkreich sein, und beschloß, sie anzuzapfen. Er rief die Witwe von einer Telefonzelle aus an und erzählte ihr, er hätte die Katze und würde sie ihr für zwanzig Dollar zurückverkaufen. Andernfalls würde er sie töten. Um ihr zu zeigen, daß er es ernst meinte, hielt er die Katze an den Hörer und zog sie am Schwanz, aber sie gab partout kein Geräusch von sich. Schließlich hielt Psycho den Hörer wieder an seinen eigenen Mund und sagte: »Miau, miau.« Dann befahl er der Witwe, das Geld einzupacken und sich zu einer bestimmten Zeit an einem bestimmten Ort mit ihm zu treffen. Als Chuck versuchte, ihm dieses Treffen auszureden, nannte Psycho ihn Fotze. Die Witwe kam nicht. Statt dessen kamen ein paar andere Leute.

Dann war da noch Jerry Huff. Huff sah gut aus, von der Sorte mit Schmollmund und schweren Lidern. Mädchen gefiel er, und das hieß, Pech für sie. Er war klein, aber überaus kräftig und eitel. Seine Eitelkeit gipfelte in einer

Pompadourfrisur, einem streng zurückgebürsteten, prachtvoll glänzenden Kamm. Er war ein Piesacker. Er hing auf den Toiletten herum und hänselte andere Jungen wegen ihrer Pimmel und trat ihnen auf ihre weißen Wildlederschuhe und hielt sie an ihren Knöcheln kopfüber in die Toilettenschüsseln. Piesacker sind bekanntlich Feiglinge, aber Huff widerlegte diese allgemeine Auffassung. Er versuchte ständig, alle und jeden zu piesacken, auch Typen, die ihn schon mal verprügelt hatten.

Auch Arch Cook gehörte zu uns. Arch war ein liebenswürdiger Trottel, der Selbstgespräche führte und manchmal ohne Grund schrie oder lachte. Sein Kopf war lang und dünn und flach an den Seiten. Chuck erzählte mir, daß ihn ein Auto überfahren hätte, als er noch ein Baby war. Vermutlich stimmte das. Huff sagte immer zu ihm: »Mensch, Arch, du hättest ja noch davonkommen können, wenn der Kerl nicht zurückgesetzt hätte, um zu sehen, was er überfahren hat.« Arch war Huffs Vetter.

Wir waren zu fünft. Wir stopften uns in Chucks 53er Chevy und fuhren herum auf der Suche nach einem Auto, dem wir Benzin abzapfen konnten. Wenn wir eins fanden, füllten wir ein paar Liter in Chucks Tank um und verbrachten den Morgen damit, über die Brandschneisen in die Berge zu rasen. Gegen Mittag kamen wir dann normalerweise nach Concrete zurück und schneiten bei Archs Schwester Veronica herein. Sie war auf der Concrete High in Normas Klasse gegangen. Sie hatte immer noch die Stupsnase und die weitgeöffneten blauen Augen der Hofdame vom Sympathiewettbewerb des Klassenfestes, die sie mal gewesen war, aber ihr Gesicht war vom Alkohol fleckig und schlaff. Veronica war mit einem Sägewerker verheiratet, der in einer Sägemühle bei Everett arbeitete und nur an den Wochenenden nach Hause kam. Sie hatte zwei fette kleine Töchter, die in Unterhosen durch die Ruine von Haus liefen, herumwinselten, um die Aufmerksamkeit ihrer Mutter auf sich zu ziehen, und Kartoffelchips aus Familienpackungen aßen, die fast so groß waren wie sie selbst. Veronica war verrückt nach Chuck. Wenn er keine Lust hatte, versuchte sie ihm welche zu machen, indem sie in kurzen Höschen und Stöckelschuhen herumlief oder auf seinem Schoß saß und ihm die Zunge ins Ohr steckte.

Wir lungerten den ganzen Nachmittag in dem Haus herum, spielten Karten und lasen Veronicas Krimihefte. Ab und zu versuchte ich, mit den kleinen Mädchen zu spielen, aber sie waren zu lahmarschig, um sich drauf einzulassen oder sich irgendeine Rolle auszudenken. Um drei Uhr lief ich zurück zur Concrete High, um meinen Bus nach Hause zu kriegen.

*

Chuck und die anderen kannten eine Menge Frauen wie Veronica und Mädchen, die auf dem besten Wege waren, wie sie zu werden. Wenn sie eine neue aufgetrieben hatten, wurde sie herumgereicht. Sie versuchten, mich mit einigen von ihnen zu verkuppeln, aber ich hielt mich immer raus. Ich wußte nicht, was diese Mädchen von mir erwarteten; aber ich wußte, ich würde sie bestimmt enttäuschen. Ihre Verfügbarkeit blockierte mich. Und ich wollte nicht, daß es so passierte, so häßlich und öffentlich, mit einer Fremden. Ich wollte, daß es mit dem Mädchen passierte, das ich liebte.

Aber es kam anders, denn das Mädchen, das ich liebte, erfuhr niemals davon. Ich behielt meine Gefühle für mich, weil ich fest daran glaubte, sie würde sie lächerlich oder gar beleidigend finden. Sie hieß Rhea Clark. Rhea war mitten in ihrem vorletzten Schuljahr von North Carolina nach Concrete gezogen, als ich gerade auf die High School gekommen war. Sie hatte flachsblondes Haar, das ihr bis zur Taille herabhing, ruhige braune Augen, goldene Haut, die wie Honig leuchtete. Ihr Mund war voll, fast schlaff. Sie trug enge Röcke, unter denen sich das Anspannen und Wiegen ihrer Hüften beim Gehen abzeichnete, und enganliegende pastellfarbene Pullis, deren Ärmel sie bis zu den Ellbogen hinaufschob, wodurch sie ein Stückchen cremigen Unterarms enthüllte, das mir das Herz brach.

Kurz nachdem Rhea nach Concrete gekommen war, forderte ich sie bei einer gemischten Fete in der Turnhalle zum Tanzen auf. Sie nickte und folgte mir auf die Tanzfläche. Es war ein Blues. Als ich mich umwandte und sie ansah, schlüpfte sie in meine Arme, wie es noch kein Mädchen getan hatte, ganz und gar. Sie schmolz an mir dahin und schmiegte sich an mich, fügte sich meinen geringsten Bewegungen, ihre Beine an meinen, ihre Wange an meiner, ihre Finger über meinen Nacken streifend. Ich begriff, daß sie nicht wußte, wer ich war, daß sie diesen Fehler nur machte, weil sie neu war. Aber ich dachte, es sei mein gutes Recht, dies auszunutzen. Ich fand unsere Begegnung genau richtig, ein wahres Ich, das auf ein anderes wahres Ich traf, unabhängig von den Zufälligkeiten des Alters.

Nach einer Weile sagte sie: »Ihr könnt doch alle nicht feiern.«

Ihre Stimme war tief und kehlig. Ich konnte sie in meiner Brust spüren.

»Die alten Jungs drüben in Norville, die konnten total feiern«, sagte sie, »da kannst du Gift drauf nehmen.«

Ich brachte kein Wort heraus. Ich hielt sie fest und bewegte sie und atmete in ihr Haar, mehr nicht. Ich hatte sie drei Minuten lang, und dann verlor ich sie für immer. Ältere Jungen, Jungen, bei denen ich mich nicht traute, sie abzuklatschen, tanzten danach die ganze Nacht mit ihr. Ungefähr eine Woche später bändelte sie mit Lloyd Sly an, einem Basketballspieler mit einem tollen Schlitten. Wenn wir uns im Gang begegneten, erkannte sie mich nicht mal.

Ich schrieb ihr lange, hochtrabende Briefe, die ich sofort vernichtete. Ich dachte an verschiedenc Wege, wie das Schicksal sie in meine Macht bringen könnte, so daß ich ihr zeigen konnte, wer ich wirklich war, und sie dazu bringen konnte, mich zu lieben. Die meisten dieser Möglichkeiten beinhalteten Tod oder schwere Verkrüppelung für Lloyd Sly.

Und wenn, wie es manchmal vorkam, ein Mädchen meines Alters an mir interessiert war, behandelte ich sie saumäßig. Ich begleitete sie nach einem Tanzabend oder einem

Spiel nach Hause, knutschte an der Haustür mit ihr herum und schnitt sie vom nächsten Tag an. Ich wollte immer nur, was ich nicht kriegen konnte.

*

Chuck und die anderen hatten mehr Erfolg damit, mich betrunken zu machen. Obwohl Alkohol und ich nicht besonders gut zusammenpaßten, waren sie geduldig und experimentierfreudig, und die Zeit spielte für sie. Schließlich gelang ihnen während eines Basketballspiels, des letzten der Saison, der Durchbruch. Es hatte kurz vorher geregnet, und die Luft war dunstig. Die Fenster der Schulräume standen offen, und von unserer Mulde draußen konnten wir die Cheerleader hören, wie sie den Leuten auf der Tribüne einheizten, während die Spieler ihr Korbtraining machten.

Wer ist unser Favorit?
Con-crete! Con-crete!
Da hält einfach keiner mit:
Con-crete! Con-crete!

*

Huff gab eine Dose Hawaiipunsch mit Wodka herum. Gorillablut nannte er es. Ich befürchtete, mir würde davon schlecht werden, aber einen Schluck probierte ich vorsichtshalber. Er blieb drin. Eigentlich mochte ich es, es schmeckte genau wie Hawaiipunsch. Ich nahm noch einen Schluck.

*

Ich war oben auf dem Dach der Schule mit Chuck. Er sah mich an und nickte nachdenklich. »Wolff«, sagte er. »Jack Wolff.«

»Jau.«

»Wolff, du hast so ein großes Maul.«

»Ich weiß. Ich weiß.«

»Wolfmensch.«

»Jau, Chuckles.«

Er hielt seine Hände hoch. Sie bluteten. »Nicht mit Bäumen boxen. Okay?«

Ich sagte okay.

»Nicht mit Bäumen boxen.«

*

Ich lag auf dem Rücken, Huff kniete auf mir und klatschte mir auf die Wangen. Er sagte: »Sprich zu mir, du Schwanzlutscher«, und ich sagte: »Hallo, Huff.« Alle lachten. Huffs Kamm hatte sich aufgelöst und hing in langen Strähnen über sein Gesicht. Ich grinste und sagte: »Hallo, Huff.«

*

Ich lief auf einem Ast entlang. Ich hatte mich weit hinausgewagt, über den äußeren Rand der Mulde hinaus, wo die Betonfläche begann. Sie schauten alle zu mir hoch und schrien etwas. Was für Spinner, ich hielt doch perfekt mein Gleichgewicht. Ich hüpfte auf dem Ast herum und wedelte mit den Armen. Dann steckte ich die Hände in die Hosentaschen und spazierte immer weiter auf dem Ast entlang, bis er brach.

Ich spürte nicht, wie ich aufschlug, aber ich hörte, wie meine Atemluft schlagartig aus mir herauszischte. Ich rollte seitwärts den Abhang hinunter, die Hände immer noch in den Hosentaschen, rollte und rollte wie ein Baumstamm, immer schneller über den steilen Beton. Er endete in einer tiefen Senke, wo die Erde weggespült worden war. Ich flog von der Kante weg und wirbelte in der Luft herum und landete hart und rollte weiter bergab durch die Farne, prallte auf Steine und Baumstümpfe, um mich rauschte der Farn, und dann schlug ich auf etwas Hartes und wurde abrupt gebremst.

Ich lag auf dem Rücken. Ich konnte mich nicht bewegen,

»Spieglein, Spieglein an der Wand ...« Zumindest Dwight (Robert De Niro) ist höchst zufrieden mit seinem Äußeren sowie seinen pädagogischen Fähigkeiten als selbsternannter Pfadfinder-Ausbilder.

Die Ruhe vor dem Sturm: Noch schaut Haustyrann Dwight Hansen (Robert de Niro) mißmutig in die Runde, weil er nicht in Ruhe seine Zeitung lesen und Musik hören kann, doch es wird bald ein Donnerwetter geben.

Und wieder mal macht Dwight (Robert De Niro) aus einer Mücke einen Elefanten. Weil das Senfglas, das er aus dem Mülleimer gefischt hat, angeblich noch nicht leer ist, traktiert er Toby (Leonardo DiCaprio) auf üble Weise.

konnte nicht atmen. Ich war zu leer, um den ersten Atemzug zu tun, und mein Körper wollte nicht auf die Botschaften reagieren, die ich aussandte. Schwärze stieg vom Grund meiner Augen empor. Ich war dabei zu ertrinken, und dann ertrank ich.

*

Als ich die Augen wieder aufschlug, lag ich immer noch auf dem Rücken. Ich hörte Stimmen, die meinen Namen riefen, aber ich antwortete nicht. Ich lag inmitten eines Farndschungels, dessen Wedel voller glitzernder Regentropfen waren. Diese Farnwedel bildeten ein Gitterwerk über mir. Die Stimmen kamen näher, und immer noch antwortete ich nicht. Ich war glücklich, wo ich war. In den Büschen ringsum war Bewegung, und wieder und wieder hörte ich meinen Namen. Ich biß mir in die Backen, um nicht zu lachen und mich zu verraten, und schließlich gingen sie fort.

Ich verbrachte die Nacht dort. Am Morgen lief ich zur Hauptstraße hinunter und trampte nach Hause. Meine Kleider waren naß und zerrissen, doch abgesehen von einer gewissen Empfindlichkeit am ganzen Rücken war ich unverletzt, nur zerschlagen von meiner Nacht auf der Erde.

Dwight saß am Küchentisch, als ich hereinkam. Er sah mich von oben bis unten an und fragte – ruhig, denn diesmal hatte er mich, das wußte er: »Wo warst du letzte Nacht?«

Ich sagte: »Ich habe mich betrunken und bin von einem Felsen gefallen.«

Wider Willen mußte er grinsen, genau wie ich es erwartet hatte. Er ließ mich mit einer Predigt und einigen Ratschlägen gegen Kater davonkommen, während meine Mutter im Bademantel an der Spüle stand und teilnahmslos zuhörte. Nachdem Dwight mich entlassen hatte, folgte sie mir den Flur entlang. In meiner Tür blieb sie mit verschränkten Armen stehen und wartete darauf, daß ich ihr ins Gesicht sah. Schließlich sagte sie: »Du bist auch keine Hilfe mehr.«

*

Nein, aber in jener Nacht war ich glücklich, als ich ihnen zuhörte, wie sie mich suchten, wie sie meinen Namen riefen. Ich wußte, sie würden mich nicht finden. Nachdem sie fortgegangen waren, lag ich dort lächelnd an meinem vollkommenen Ort. Durch den Farn über mir sah ich den Hof des Mondes am dichten, dunklen Himmel. Kühle Wassertropfen rollten an den Farnblättern herab auf mein Gesicht. Ich konnte die Geräusche des Spiels, das oben auf dem Hügel weiterging, gerade eben ausmachen, das Klatschen, das Trampeln der Füße auf den Tribünen. Ich hörte mit der Herablassung eines Gottes zu. Ich war ganz allein, wo mich niemand erreichen konnte, nur die schwache Begeisterung eines Spiels und Stimmen, die schrien Concrete, Concrete, Concrete.

*

Mein Bruder und ich hatten uns seit sechs Jahren nicht gesehen. Nachdem ich Salt Lake verlassen hatte, war der Kontakt zu ihm abgebrochen, bis er mir im Herbst meines zweiten Jahres an der Concrete High einen Brief schrieb und ein Princeton-Sweatshirt schickte. Der Brief war voll von eindrucksvollen Wendungen – »In einer Welt, wo Verhütungsmittel und die Wasserstoffbombe sich gegenseitig als negative Werte übertrumpfen ...« –, die ich im Gespräch zu benutzen versuchte, als wären sie mir gerade erst eingefallen. Ich trug das Sweatshirt überall und erzählte Fremden, die mich auf der Straße mitnahmen, ich sei ein Princeton-Student, der zu Besuch nach Hause kam. Ich ließ mir sogar einen Haarschnitt namens »Der Princeton« machen – oben kurz und an den Seiten lang und nach hinten gebürstet.

Ich beschloß, mich dorthin durchzuschlagen. Meine Mutter war mit dem Wahlkampf für Senator Jackson und John F. Kennedy beschäftigt. Dwight nannte Kennedy den »Kandidaten des Papstes« und den »Senator aus Rom«. Er mochte ihn nicht, vermutlich wegen der Wirkung, die er auf meine Mutter ausübte. Seine hoffnungsvolle Art hatte sie angesteckt, und sie war auch ein bißchen in ihn verliebt. Jetzt, da sie viel außer Haus war, nahm Dwight es nicht mehr so genau und schubste mich oft herum. Er schlug mich nicht wirklich, aber Schläge waren im Rahmen des Möglichen. Ich haßte es, mit ihm allein zu sein.

Mein Plan war, nach Princeton zu trampen und mich in Geoffreys Hände zu begeben. Ich hatte kein Geld für die Reise. Um an welches zu kommen, hatte ich vor, einen Scheck zu fälschen. Schon seit einiger Zeit hatte mich die Naivität der Banken gewundert, die vertrauensvolle Art, wie sie Scheckbücher für ihre Kunden auf den Tischen auslegten. Leute kamen von der Straße herein, schrieben ihre Wünsche nieder und spazierten dann wieder hinaus, die Taschen voller Geld. Nichts hinderte mich daran, ein paar Blankoschecks mitzunehmen und sie später auszufüllen. Ich konnte sie nicht in Chinook oder Concrete einlösen, wo ich zu bekannt war, um einen falschen Namen zu verwenden, aber in einer anderen Stadt würde es leicht gehen.

Ich gehörte zum Order of the Arrow, einer Ehrenvereinigung der Pfadfinder, deren Jahresbankett in jenem Jahr in Bellingham abgehalten wurde. Ich fuhr am Nachmittag mit einigen anderen O.A.-Mitgliedern aus meinem Trupp hinunter und schüttelte sie ab, sobald wir angekommen waren. Zuerst ging ich zu einer Bank. Bevor ich hineinging, setzte ich die Hornbrille auf, die meine Mutter mir gekauft hatte, damit ich in der Schule die Tafel lesen konnte. Damit sah ich wie eine Eule aus, aber älter. Ich durchquerte die Bank bis zu einem der Tische und riß einen Scheck aus dem Kundenscheckbuch. Ich stellte mich eine Zeitlang in die Warteschlange und drehte mich dann, mit einem Fingerschnippen, als wäre mir gerade etwas eingefallen, auf dem Absatz um und ging wieder hinaus.

Im Hauptgebäude der Leihbibliothek ließ ich mir eine Lesekarte auf den Namen Thomas Findon ausstellen. Ich wählte »Thomas Findon«, weil ich im letzten Sommer als Ferienlager-Trainer mit einem Jungen dieses Namens zusammengearbeitet hatte. Er war ein Eagle-Scout aus Portland, ein Athlet mit einer sanften Stimme und dem Körper eines Mannes, der leichtes Spiel bei Mädchen hatte, die ins Ferienlager kamen, um ihre kleinen Brüder zu besuchen. Wir gaben zusammen Schwimmunterricht, bis ich degradiert und zum Übungsplatz für Bogenschützen abkommandiert wurde, wo ich meinen Job beinahe ganz verlor, weil ich mit den jungen Pfadfindern, die ich eigentlich unterrichten sollte, 25-Cent-Partien organisierte.

In der Bibliothek lief es so glatt wie in der Bank. Ich hatte nichts zu tun, als der Bibliothekarin meinen Namen anzugeben und eine Adresse, die ich aufs Geratewohl aus dem Telefonbuch abgeschrieben hatte. Sie tippte die Karte, während ich wartete.

*

Über eine Stunde lang lief ich durch die Straßen, sah mir die Geschäfte an und die Leute hinter der Theke. Ich suchte nach jemandem, dem ich trauen konnte. Ich fand sie in einem Drugstore an der Ecke, im Einkaufsviertel der Stadt, nur ein Stück vom Altersheim für schwedische Matrosen entfernt. Ein paar Minuten ging ich ich auf und ab und beobachtete sie durch das Ladenfenster. Dann trat ich ein und stellte mich an den Zeitschriftenständer, tat so, als läse ich, und wechselte nervös meine Reisetasche von einer Schulter auf die andere. Sie hatte graues Haar, aber ihr Gesicht war glatt, mit einem direkten und offenen Ausdruck, wie bei einem jungen Mädchen. Ein argloses, hübsches Gesicht. Sie trug eine Lesebrille, über die hinweg sie nach ihren Kunden lugte, während sie deren Waren eintippte. Danach vertrieb sie sich mit ihnen ein wenig die Zeit, hörte meistens zu, gab manchmal auch einen Kommentar ab. Ihr Lachen war weich und angenehm. Durch sie fühlte man sich in dem Laden zu Hause.

Ich nahm eine *Saturday Evening Post* und ein Exemplar des *Reader's Digest* mit und schlenderte dann durch die Gänge, auf der Suche nach weiteren Erwachsenen-Artikeln. Ich tat ein *Old Spice*-Aftershave dazu, einen messingbeschichteten Nagelknipser, eine Haarbürste und ein Päckchen Pfeifentabak. Als ich auf die Registrierkasse zukam, lächelte sie mich an und fragte mich, wie es mir ginge.

»Großartig«, antworte ich, »einfach großartig.« Sie addierte meine Rechnung und fragte, ob ich sonst noch irgend etwas brauchte.

»Ich glaube, damit hätten wir's«, sagte ich, faßte in meine rechte hintere Hosentasche und runzelte die Stirn. Ich behielt die Miene bei, während ich meine anderen Taschen abtastete. »Sie werden's nicht glauben«, sagte ich. »Offenbar habe ich mein Portemonnaie zu Hause liegengelassen. Verflixt! Entschuldigen Sie die Umstände.«

Sie lehnte mein Angebot ab, die Waren in die Regale zurückzutragen, und meinte, es mache nichts, das komme ständig vor. Ich dankte ihr und wandte mich zum Gehen. Und wandte mich ihr wieder zu. »Ich könnte Ihnen einen Scheck ausstellen«, schlug ich vor. »Nehmen Sie Schecks an?«

»Aber sicher tun wir das.«

»Klasse.« Ich zog den Scheck heraus, den ich in der Bank mitgenommen hatte, und legte ihn auf die Theke. »Ich stelle ihn auf fünfzig Dollar aus, wenn es Ihnen nichts ausmacht.«

Sie zögerte. »Fünfzig, das geht schon in Ordnung.«

Sie beobachtete mich beim Ausstellen des Schecks. Ich hatte Dwight dabei zugesehen und kannte alle Tricks, wie zum Beispiel »Fünfzig und keine/100« als Betrag einzutragen. Ich unterschrieb mit einem Schnörkel und reichte ihn hinüber.

Sie studierte den Scheck. Ich wartete mit einem geduldigen Lächeln. Als sie weitersprach, hatte sich ihre Stimme verändert. »Thomas«, setzte sie an, »hast du einen Ausweis dabei?«

»Natürlich«, erwiderte ich und griff wieder in die Hosentasche. Dann hielt ich inne. »Dieses blöde Portemonnaie. Da ist alles drin. Warten Sie mal, vielleicht habe ich etwas anderes.« Ich durchsuchte alle meine Taschen, und mit allen Anzeichen der Erleichterung entdeckte ich die Karte der Leihbücherei. »Na bitte«, sagte ich. »Zurück zum Geschäftlichen.«

Sie studierte die Karte, so wie sie den Scheck studiert hatte. »Wo wohnst du, Thomas?«

»Wie bitte?«

Sie sah mich über ihre Brille hinweg an. »Wie lautet deine Adresse?«

Ich hatte vollkommen vergessen, was auf der Karte stand. Da stand ich und blinzelte einfältig, dann lehnte ich mich über die Theke, zupfte die Karte aus ihren Fingern und sagte: »Da steht's doch.« Ich las ihr die Adresse vor und reichte die Karte zurück.

Sie nickte und betrachtete mich. Dann hob sie den Kopf und rief: »Albert, könnten Sie mal einen Augenblick herkommen?«

Ein kleiner, gebrechlicher alter Mann in einer weißen Jakke kam langsam aus seiner Apotheken-Abteilung den Gang herunter. Sie gab ihm den Scheck und die Leihkarte, richtete ihren Blick auf ihn und sagte mit besonderer Betonung: »Albert, der junge Mann hier hat uns diesen Scheck ausgestellt. Bitte kümmern Sie sich darum.« Er schaute sie an, zunächst unsicher, dann mit einer gewissen Schärfe. »In Ordnung«, erwiderte er. »Ich werde mich darum kümmern.« Er ging wieder in seine Abteilung zurück. Ich setzte an, ihm zu folgen, doch sie hielt mich zurück: »Er ist gleich wieder da, Thomas. Warte doch hier.«

Sie tat meine Einkäufe in eine Tüte, und wir standen eine Weile da, ohne zu sprechen. »Normalerweise habe ich nicht so viel Bargeld griffbereit«, meinte sie schließlich.

Mein Blick ging in den hinteren Teil des Ladens. Ich konnte den Mann nicht erkennen.

»Wie lange wohnst du denn schon hier, Thomas?«

»Ungefähr ein halbes Jahr«, antwortete ich.

»Und wie gefällt es dir bis jetzt?«

»Ganz gut. Ich meine, ich finde es wirklich gut hier.«

»Schön. Ich nämlich auch, es läßt sich sehr angenehm leben hier. Die Menschen sind nett.«

Da sah ich, daß sie zitterte und den Tränen nahe war. Sie hatte mich also verraten. Ich spähte erneut in die leere Apotheken-Abteilung hinüber und sagte: »Wissen Sie, ich habe noch ein paar andere Dinge zu erledigen, ich komme einfach später noch mal wieder.«

Ich setzte mich in Bewegung, den Gang hinunter. Sie sagte: »Warte, Thomas.« Als ich die Tür erreichte, schaute ich mich um und sah, daß sie hinter ihrer Theke hervorgekommen war und mir folgte. »Warte«, wiederholte sie und hielt mich mit ihren Augen fest, so wie ich da stand, und in ihren Augen las ich, was ich zuvor in ihrer Stimme gehört hatte: Kummer. Ich zog die Tür auf, trat hinaus und begann, zügig die Straße hinunterzugehen. Ich kam an ein paar Geschäften vorbei, da hörte ich ihre Stimme wieder hinter mir – »Thomas!« Ich beschleunigte meine Schritte. Sie folgte mir immer weiter und rief meinen Namen. Ich sah über meine Schulter. Sie rannte jetzt, langsam und unbeholfen, aber sie rannte. Ich preßte die Reisetasche mit dem Ellbogen an meine Seite und fing selbst an zu rennen. Wir rannten zu zweit die Straße entlang, mit sechs, acht Metern Abstand. Ich hielt mich zurück, machte nur große, leichte Schritte. »Thomas!« rief sie, »Thomas, warte!«, und jedesmal, wenn sie rief, spürte ich, wie diese sorgenvolle Stimme an mir zerrte. Ich spürte, sie wußte alles über mich, meine Torheit und meine Probleme, und wollte mich nur erwischen, um alles wieder in Ordnung zu bringen.

Der Bürgersteig war belebt. Wenn die Männer und Frauen, zwischen denen wir hindurchrannten, einen Grund dafür gesehen hätten, mich aufzuhalten, sie hätten es getan. Wenn sie nur einmal »Haltet den Dieb!« gerufen hätte, wäre die Menge augenblicklich über mich hergefallen. Sie müssen alle gedacht haben, es wäre eine Familienangelegenheit. Sie müssen dasselbe gehört haben wie ich, die Stimme einer Mutter, die ihr Kind zu erreichen versucht.

Ich bog am Ende des Häuserblocks um die Ecke, und danach hatte sie irgendwie keine Macht mehr über mich. Das ganze Tempo, das ich aufgespart hatte, schien mit einem

Mal über mich zu kommen. Ich raste bis zur nächsten Ecke, bog ab, bog ein paar Häuser weiter nochmals ab und lief in ein kleines Sträßchen. Erst da wurde ich langsamer und schaute mich um. Sie konnte unmöglich Schritt gehalten haben, aber ich mußte nachsehen, um ganz sicher zu sein. Sie war nicht da. Ich war sie losgeworden. Ich glaubte, ich wäre sie für immer losgeworden, doch da irrte ich mich.

Die kleine Straße endete gegenüber einer Gaststätte. Bauarbeiten, keine Autos, nur einige wenige Fußgänger. Ich wartete einen Augenblick, um wieder zu Puste zu kommen, und ging dann hinüber in die Gaststätte. Sie war fast leer. Der Kassierer grunzte, als ich eintrat, doch ohne von dem Notizblock hochzuschauen, auf dem er schrieb. Ich marschierte durch bis nach hinten und schloß mich auf der Toilette ein.

Dort lehnte ich mich gegen die Tür. Da stand ich und atmete einfach nur durch. Meine Augen brannten vor Schweiß, und mein Hemd war durchnäßt. Ich hatte einen rauhen Hals. Ich beugte meinen Kopf zum Wasserhahn hinunter und ließ mir das Wasser in den Mund laufen. Dann zog ich mich obenherum aus und wusch mich mit Papierhandtüchern. Als ich wieder trocken war, zog ich meine Hosen aus und stopfte sie zusammen mit dem Hemd und der Brille in die Reisetasche. Dann holte ich meine Pfadfinderuniform heraus, legte sie langsam und sorgfältig auseinander und zog sie an. Mit einem feuchten Tuch fuhr ich über meine Schuhe, richtete mich auf und inspizierte mich. Alles war genau, wie es sein sollte, der Sitz meines Halstuchs, die Ausrichtung meiner Gürtelschnalle, der Winkel meiner Mütze, die Anordnung meiner beiden Schärpen. Die eine war die Order of the Arrow-Schärpe, ein roter Pfeil auf leuchtendweißem Grund. Die andere war die Schärpe mit meinen Tüchtigkeitsabzeichen. Sie war übersät von Beweisen meiner Fähigkeiten. Im Ferienlager hatte ich mich im letzten Sommer in ein Delirium des Abzeichen-Raffens hineingesteigert, weil es sonst kaum etwas zu tun gab. Ich war nunmehr ein Life Scout, und mir fehlte nur noch ein Abzeichen zum Eagle. Das war das Verdienstabzeichen in Staatsbürgerkunde. Ich hatte die zahlreichen Anforderungen dafür schon erfüllt, inklusive Besuch einer Gerichtsverhandlung, um der Anwendung der Gesetze beizuwohnen, aber Dwight weigerte sich, die Papiere einzuschicken. Er wollte nicht erklären warum, außer daß er meinte, ich verdiente es nicht, ein Eagle-Scout zu sein. Das war ein Streitpunkt zwischen uns.

Ich schulterte meine Tasche und verließ das Lokal.

*

Zwischen meiner Flucht aus dem Drugstore und meiner Rückkehr war höchstens eine Viertelstunde vergangen. Vor dem Laden hielt ein leeres Polizeiauto mit blinkendem Licht. Ruhig, Augen geradeaus, ging ich daran vorbei und die Straße hoch zu dem Hotel, wo das Bankett stattfinden sollte.

Obwohl bis zur Abfütterung noch eine Stunde Zeit war, wimmelte die Hotelhalle bereits von Pfadfindern mit O.A.-Schärpen, die umherstolzierten und sich taxierende Blicke zuwarfen. Ich gab meine Tasche ab und begrüßte einige Bekannte aus anderen Trupps. Einer von ihnen war damit beauftragt, Stühle aufzustellen. Er bat mich, ihm dabei zu helfen, und als das getan war, postierte er mich zusammen mit zwei anderen Jungen an der Tür, wo wir die Gäste bei ihrer Ankunft begrüßen sollten. Wir drei feuerten uns gegenseitig an. Als die Leute allmählich an unserem Tisch vorbeidefilierten, lieferten wir schon ein ununterbrochenes Feuerwerk spritziger Sprüche. Zwischen den Pointen hakte ich Namen auf der Gästeliste ab, der zweite Junge schrieb sie auf selbstklebende Namensschilder, und der dritte führte die Gäste zu ihren Tischen.

Dann war sie da, in der Schlange hinter einem alten Ehepaar. Ich blickte auf und sah, wie sie mich beobachtete. Der Raum geriet ins Schwanken, aber ich behielt mein Gleichgewicht. Ich blinzelte nicht einmal. Ich hakte den Namen des Ehepaars ab und machte einen freundlichen Scherz, über den sie lachten.

Und dann wandte ich mich ihr zu. Ich lächelte sie zur

Begrüßung an und sagte: »Ihr Name bitte, Ma'am?« Sie trat an den Tisch heran und blieb nachdenklich dort stehen, ihre Handtasche mit beiden Händen vor sich haltend. Sie hatte immer noch den weißen Pulli und den Schottenrock an, die sie auch im Laden getragen hatte. Ich hatte keine Angst, spürte nicht einmal Überraschung, nachdem der erste Schock vorüber war. Ich wußte, sie war mir nicht hierher gefolgt. Natürlich hatte sie einen Sohn bei den Pfadfindern, und natürlich gehörte er zum Order of the Arrow. Sie las mein Namensschild und betrachtete mich von oben bis unten, und ich konnte sehen, wie ihr Gesicht sanft und heiter wurde, als sie beschloß, daß sie sich geirrt hatte, daß es unmöglich ich sein konnte. Sie erwiderte mein Lächeln und gab ihren Namen an. Auf der Liste sah ich, daß sie zwei Söhne im Order of the Arrow hatte. Sie suchte schon nach ihnen, schaute ringsumher und spähte in den lärmenden Saal. Sie nahm ihr Namensschild entgegen, reichte dem Jungen an der Tür ihren Arm und betrat das Bankett.

*

Mein Bruder schickte mir eine Geschichte, die er geschrieben hatte, sie hieß »Ein Büschel Haar, ein Knochenstück«. Sie handelte von einem Amerikaner, der in Italien im Gefängnis saß, weil er eine Prostituierte umgebracht hatte. Der junge Mann hatte einen reichen Vater, aber er weigerte sich, ihn um Hilfe zu bitten. Sein Vater war ihm fremd geworden, und alle anderen auch. Seine Entfremdung war so groß, daß er nicht einmal sagen wollte, daß ihm der Mord an dem Mädchen leidtat. In Wirklichkeit *tat* es ihm schon leid – er war zu dem Zeitpunkt betrunken gewesen –, doch er empfand eine solche Verachtung für die Gesellschaft, daß er sie um keinen Preis um Gnade bitten wollte. Die Geschichte war voll von scharf beobachteten Einzelheiten aus dem Gefängnisleben, wie zum Beispiel automatischen Toiletten, die alle paar Minuten spülten, und Häftlingen, die mit Blechtassen an die Gitterstäbe schlugen.

Ich fand sie toll. Ich konnte mich gar nicht mehr einkriegen, daß Geoffrey es gewagt hatte, sie zu schreiben. Ich schickte ihm eine meiner Geschichten. Sie handelte von zwei Wölfen, die sich im Yukon bis auf den Tod bekämpften, aber ich wußte, seine war besser, und überlegte, ob ich sie meinem Englischlehrer als meine eigene abgeben sollte. Am Ende entschloß ich mich dagegen. Ich wußte, damit würde ich nie durchkommen.

Geoffrey schrieb zurück, um mir zu sagen, daß ihm meine Geschichte gefallen hatte, und ich sollte mehr davon schikken. Sein Brief war herzlich und voller Neuigkeiten. Es war sein letztes Jahr in Princeton. Nach dem Abschluß hoffte er, nach Europa zu ziehen und dort an einem Roman zu arbeiten. Es gab auch eine Möglichkeit, in der Türkei als Lehrer zu arbeiten. Princeton hatte ihm gutgetan, sagte er, und ich sollte ernsthaft darüber nachdenken, wenn ich soweit war, mir ein College zu suchen.

Geoffrey hatte auch Neues von meinem Vater zu berichten. Er und seine Frau hatten sich getrennt. Er war nach Kalifornien gezogen und hatte Arbeit bei Convair Astronautics gefunden, den ersten richtigen Job seit Jahren. Deshalb hatten sie es nämlich alle nicht besonders leicht gehabt, wie Geoffrey sagte, und das schon seit einiger Zeit. Er wolle mir mehr davon erzählen, sobald wir uns trafen, und er hoffe, mich zu sehen, noch bevor er das Land verließ. Es war einfach zu viel Zeit vergangen, fand er.

Geoffrey wollte mich treffen. Das war eindeutig. Ich hatte ihn schon jahrelang wiedersehen wollen, doch bis jetzt war mir nie klar gewesen, ob es ihm genauso ging, auch wenn ich Pläne ausbrütete, wie ich mich ihm anschließen konnte. In den meisten Dingen waren wir einander fremd. Aber es bedeutete mir etwas, daß er mein Bruder war, und ihm schien es auch etwas zu bedeuten. In seinen Briefen war der elegante Stil einfacher Freundlichkeit gewichen. Ich trug die Briefe mit mir herum und las sie voller Hochgefühl immer wieder.

*

Eines Nachmittags kam Dwight in die Küche, als Pearl und ich ein paar Hot Dogs aßen, die ich warmgemacht hatte. Er bemerkte ein Glas French's Senf im Abfalleimer und fischte es heraus. »Wer hat das hier weggeworfen?« fragte er.

Ich sagte, ich.

»Warum hast du es weggeworfen?«

»Weil es leer war.«

»Weil es *leer* war? Nennst du das vielleicht leer?« Er hielt das Glas dicht an mein Gesicht. Unter dem Schraubverschluß und in den Rillen am Boden des Glases klebten noch ein paar Senfspuren.

Pearl sagte: »Ich finde, es sieht leer aus.«

»Dich habe ich nicht gefragt«, fuhr Dwight sie an.

»Tut es aber trotzdem«, wiederholte sie.

Ich sagte, für mich sähe es auch leer aus.

»Sieh noch mal hin«, befahl er und preßte mir das offene Glas aufs Auge. Als ich zurückzuckte, packte er mich bei den Haaren und schubste mein Gesicht wieder nach unten auf das Senfglas. »Sieht das für dich leer aus?«

Ich antwortete nicht.

»Dad«, sagte Pearl.

Er fragte mich noch einmal, ob das Glas leer aussah. Da mein Auge wehtat, sagte ich nein, es sähe nicht leer aus. Er ließ mich los. »Mach es sauber«, ordnete er an und gab mir das Glas. Ich nahm ein Messer und fing an, nach den Senfresten zu kratzen, während er zusah. Nach einer Weile setzte er sich mir gegenüber an den Tisch. Es war schwer, an das Zeug ranzukommen, vor allem am Verschluß, wo man mit dem Messer nicht hinkam. Dwight wurde ungeduldig. Er sagte: »Wenn du dir einbildest, daß aus dir jemals ein Ingenieur wird, mußt du aber noch viel besser werden.«

Wenn Skipper früher davon redete, auf die Ingenieursschule zu gehen, hatte ich heuchlerisch dieselbe Absicht verkündet, in der Hoffnung, ich könnte ein paar Punkte machen, wenn ich sein nüchternes Programm nachbetete.

Je mehr ich davon sprach, desto wahrscheinlicher wurde es. Ich hatte keinerlei Interesse an den Besonderheiten dieses Berufs, und auch nicht das nötige Talent, aber mein Vater war Ingenieur, und ich mochte den Klang des Wortes.

Ich holte so viel von dem Senf heraus, wie ich konnte. Am Tellerrand abgekratzt, ergab das einen braungelben Klecks.

»Na also«, sagte Dwight. »Und – war es leer?«

»Ja«, antwortete ich.

Er lehnte sich über den Tisch und haute mir eine runter. Er schlug nicht fest zu, aber es klatschte laut. Pearl begann ihn anzuschreien, und als er zurückbrüllte, stand ich auf und ging aus dem Haus. Ich wanderte umher und bemitleidete mich. Dann beschloß ich, mir aus dem Automaten an der Laderampe des Hauptlagers eine Cola zu ziehen. Dort stand auch eine Telefonzelle, und während ich die Cola trank, entstand in meinem Kopf die Idee, meinen Bruder anzurufen. Ich wußte nicht, wie ich das anstellen sollte, aber die Frau vom Fernamt amüsierte sich über meine Hilflosigkeit und lotste mich durch. Sie bekam Geoffreys Nummer von der Auskunft in Princeton und beruhigte mich, als ich in Panik ausbrach, weil sie mich aufgefordert hatte, Geld nachzuwerfen. »Wir machen es einfach als R-Gespräch«, meinte sie. Ich horchte, wie es gedämpft durch die atmosphärischen Störungen klingelte. Ich bebte. Und dann hörte ich seine Stimme. Ich hatte sie sechs Jahre lang nicht gehört, aber ich erkannte sie sofort. Er nahm das Gespräch an und sagte: »Hallo Toby.«

Ich versuchte, zurück »Hallo« zu sagen, aber das Wort blieb mir im Halse stecken. Jedesmal, wenn ich zum Sprechen ansetzte, blieb ich wieder hängen. Es war kein Selbstmitleid; es kam daher, daß ich die Stimme meines Bruders hörte, und, zum ersten Mal nach all diesen Jahren, den Klang meines Namens. Aber ich konnte nichts davon in Worte fassen. Geoffrey fragte mich wieder und wieder, was los sei, und als ich meine Stimme wiederfand, erzählte ich ihm das Nächstbeste, was mir einfiel – daß Dwight mich geschlagen hatte.

»Er hat dich geschlagen! Was soll das heißen, er hat dich geschlagen?«

Ich brauchte eine Zeitlang, bis die Geschichte heraus war. Das Wort *Senf* sträubt sich gegen jede Form ernsthafter Betrachtung, und während ich beschrieb, was passiert war, bekam ich Angst, daß Geoffrey die ganze Episode lächerlich finden würde, und deshalb stellte ich sie schlimmer dar, als sie eigentlich gewesen war.

Geoffrey hörte zu, ohne mich zu unterbrechen. Als ich fertig war, fragte er: »Also habe ich dich richtig verstanden – er hat dich wegen einem bißchen Senf geschlagen?«

Ich sagte ja.

»Wo war Mom?«

»Bei der Arbeit.«

Geoffrey schwieg einen Moment lang. Als er wieder sprach, klang er entmutigt. »Toby, ich weiß nicht, was ich sagen soll.«

»Ich dachte, ich rufe einfach an«, meinte ich.

»Warte mal«, sagte er. »Er hatte kein Recht, dich so zu schlagen. Hat er das schon mal gemacht?«

Ich sagte ja – »die ganze Zeit«.

»Na, das war's dann wohl«, erwiderte Geoffrey. »Du mußt da weg.«

Ich fragte, ob ich zu ihm ziehen dürfte.

»Nein«, antwortete er. »Das würde nicht gehen.«

»Und bei Dad?«

»Nee, im Augenblick würdest du auch nicht bei dem alten Herrn wohnen wollen, glaub mir.« Geoffrey sagte, er hätte etwas anderes im Sinn, etwas, das er in seinem nächsten Brief habe ansprechen wollen. Er fragte mich, wie die Schule in Chinook war. Als ich ihm erzählte, daß ich vierzig Meilen flußabwärts zur High School in Concrete fuhr, sagte er: »*Wo*?«

»Concrete.«

»Concrete. Meine Güte. Was bringen sie dir da bei?«

Ich führte meine Fächer auf. Musik, Werken, Algebra, Sport, Englisch, Staatskunde und Fahrschule. Geoffrey gab

Laute der Unzufriedenheit von sich. Als er mich nach meinen Noten fragte, erzählte ich ihm, ich hätte lauter Einser. »Das ist gut«, meinte er. »Damit haben wir schon mal einen Ausgangspunkt. Offensichtlich machst du deine Sache, so gut du kannst, und solche Leute suchen die.«

Dann berichtete er mir von seiner Idee. Seine alte Prep School Choate vergab jedes Jahr eine bestimmte Anzahl von Stipendien, und in Anbetracht der Tatsache, daß ich Bestnoten erzielte, hatte ich vielleicht eine Chance, eines dieser Stipendien zu bekommen, meinte er. Es war ein weiter Weg dorthin, aber einen Versuch war's wert. Ich sollte mich auch bei Deerfield bewerben, wo unser Vater eine Zeitlang gewesen war, und bei St. Paul's. Und vielleicht noch bei ein paar anderen. Sie mochten Reiter, sagte er, ob ich ein Reiter sei.

Ich erzählte ihm, daß ich Schwimmer war.

»Gut, sie sind ganz wild auf Schwimmer. Schwimmst du für deine Schule?«

»Die Schule hat keine Mannschaft. Ich schwimme für meinen Pfadfindertrupp.«

»Du bist Pfadfinder? Prima! Wird ja immer besser. Was für ein Rang?«

»Eagle.«

Er lachte. »Mein Gott, Toby, sie werden dir aus der Hand fressen. Sonst noch etwas? Schach? Musik?«

»Ich spiele in der Schulkapelle.«

»Klasse. Welches Instrument?«

»Schnarrtrommel.«

»Aha, ja, also, bleiben wir lieber bei den Noten und dem Schwimmen und den Pfadfindern.« Geoffrey kündigte an, er wolle mir eine Liste der Schulen schicken, bei denen ich mich bewerben solle, zusammen mit den Adressen und Bewerbungsfristen. Ich müßte Geduld haben, dies alles würde nicht über Nacht funktionieren. »Das gefällt mir überhaupt nicht, daß dieser Kerl dich schlägt«, sagte Geoffrey. »Meinst du, du kannst es noch aushalten?«

Ich sagte ja.

»Ich werde den alten Herrn mal deswegen anrufen. Vielleicht fällt ihm auch noch was ein. Wir kriegen dich da schon raus, so oder so.« Er trug mir Grüße für unsere Mutter auf, und ich sollte weiter schreiben. Er sagte, die Wolfsgeschichte hätte ihm wirklich gut gefallen.

*

Es war eine trübe Zeit für meine Mutter. Während des Wahlkampfs war sie im ganzen Tal hin und her gereist, hatte Versammlungen besucht und ihre Zeit mit Leuten verbracht, die sie bewunderte. Sie war John F. Kennedy vorgestellt worden. Und jetzt, wo die Wahlen vorüber waren, bediente sie wieder als Kellnerin in der Kantine. Sie vermißte das Aufregende, doch ihre Traurigkeit saß tiefer und ging über ihre Langeweile und Erschöpfung weit hinaus. Sie hatte einem Mann, den sie vom Wahlkampf her kannte, erzählt, daß sie aus Chinook wegwollte, und er hatte ihr angeboten, seine Beziehungen spielen zu lassen und ihr einen Job an der Ostküste zu besorgen. Irgendwie erfuhr Dwight davon. Eines Nachts, sie waren auf dem Heimweg aus Marblemount, bog er in einen Waldweg und fuhr mit ihr an eine abgelegene Stelle. Sie bat ihn umzukehren, aber er weigerte sich, den Mund aufzumachen. Er saß bloß da und trank aus einer Whiskyflasche. Als sie leer war, zog er sein Jagdmesser unter dem Sitz hervor und hielt es ihr an die Kehle. So hielt er sie stundenlang dort fest, ließ sie um ihr Leben betteln, ließ sie versprechen, daß sie ihn nie verlassen würde. Wenn sie ihn verließ, sagte er, würde er sie finden und umbringen. Ganz gleich, wohin sie ging oder wie lange er dazu brauchte, er würde sie umbringen. Das glaubte sie ihm.

Ich wußte, daß etwas geschehen war, aber ich wußte nicht was. Meine Mutter wollte es mir nicht sagen. Sie hatte Angst, ich könnte die Sache verschlimmern, wenn ich davon wüßte, und Dwight von neuem reizen. Es war ganz einfach – sie hatte kein Geld und wußte nicht, wohin sie hätte gehen sollen. Allein hätte sie sich vielleicht trotzdem davongemacht. Da sie sich aber auch um mich kümmern mußte, hielt sie es für unmöglich.

Als ich ihr erzählte, daß ich mit Geoffrey gesprochen hatte, standen ihr die Tränen in den Augen. Das war ungewöhnlich für sie. Wir saßen am Küchentisch, wo wir uns gern miteinander unterhielten, wenn wir allein im Haus waren. Geoffrey schrieb auch meiner Mutter seit kurzem Briefe, aber sie hatten nicht mehr miteinander gesprochen, seit wir Utah verlassen hatten. Sie wollte wissen, wie er klang, wie es ihm ging, und alle möglichen Dinge, die ich vergessen hatte, ihn zu fragen. Das Gesicht meiner Mutter verdüsterte sich, wie es oft geschah, wenn wir über Geoffrey sprachen. Sie befürchtete, das Falsche getan zu haben, als sie ihn bei meinem Vater ließ, befürchtete, er könnte es ihr vorwerfen, das und die Scheidung, und daß sie sich mit Roy eingelassen hatte.

Ich erwähnte Geoffreys Idee mit Choate, die Möglichkeit, daß ich dort vielleicht ein Stipendium bekam, oder vielleicht an einer anderen Schule. Ich fürchtete mich vor ihrer Reaktion. Ich dachte, es würde sie vielleicht verletzen, daß ich fortgehen wollte, aber der Gedanke gefiel ihr. »Glaubt er wirklich, daß du eine Chance hast?« fragte sie.

»Er sagte, sie würden mir aus der Hand fressen, Zitatende.«

»Ich weiß nicht, wie er darauf kommt.«

»Ich habe gute Noten«, sagte ich.

»Das stimmt. Deine Noten sind gut. Was für Schulen hat er noch genannt?«

»St. Paul's.«

»Er hat ja viel mit dir vor.«

»Deerfield.«

Sie lachte. »Jedenfalls werden sie sich an deinen Namen erinnern. Ich glaube, dein Vater war der einzige Junge, den sie jemals gefeuert haben.« Dann meinte sie: »Mach dir nicht zu große Hoffnungen.«

»Geoffrey sagte, er wollte mit Dad darüber reden. Er sagte, vielleicht würde Dad was einfallen.«

»Oh, ganz bestimmt«, meinte sie.

*

Geoffrey schickte die Namen und Adressen der Schulen, die er zuerst aufgezählt hatte, und noch drei weitere – Hill, Andover und Exeter. Ich ging in die Schulbibliothek und schlug sie in Vance Packards Buch über soziale Aufsteiger, »Die unsichtbaren Schranken«, nach. Dieses Buch erläuterte, wie die Oberklasse sich fortzeugt. Packards Motive waren vorgeblich demokratisch, er wollte den Snobismus angreifen und die Oberklasse unterminieren, indem er ihre Geheimnisse verriet. Doch ich las das Buch nicht als Sozialkritik. Aufsteigen zu wollen erschien mir als natürlichste Sache von der Welt. Jeder tat das. Die Leute, die das Buch kauften, taten es ganz gewiß. Sie konsultierten es mit der gleichen Absicht wie ich, nicht um das Klassenproblem zu beklagen, sondern, um es zu lösen – indem sie die Klasse wechselten.

Was immer Packard hatte sagen wollen, sein Buch war der perfekte Leitfaden für soziale Aufsteiger. Er führte die Orte auf, wo man leben sollte, die Colleges, die man besuchen sollte, und die Klubs, bei denen man Mitglied werden sollte; den Glauben, zu dem man sich bekennen sollte. Er nannte die Schneider und die Geschäfte, die man frequentieren sollte, und beschrieb mit filigraner Genauigkeit, wie man sich mit seiner Herkunft verraten konnte: Wenn man einen blauen Serge-Anzug zu einer Jachtklub-Party anzog. Wenn man Kanapee statt Sofa sagte, »ich bin unpäßlich« statt »mir ist schlecht« und stets »wohlhabend« statt »reich«. Wenn man sein Haus in leuchtenden Farben anstrich. Wenn man Ginger Ale mit Whiskey mischte. Wenn man ein allzu guter Tänzer war. Er zeigte ineinander verschachtelte Schubladen und Kreise, in denen wieder Kreise waren. Selbstverständlich ging man auf eine *Ivy League*-Universität, aber das allein reichte nicht aus. »Es geht nicht um Harvard, sondern darum, welches Harvard. Mit Harvard meint man Porcellian, Fly oder AD.« Und er fügte hinzu, daß der Schlüssel zu der Frage, zu welchem Harvard man gehörte, zu welchem Yale oder Princeton, dazu also, welches Leben man späterhin führen würde, in der jeweiligen Prep School lag. »Harvard oder Yale oder Princeton, das reicht nicht. Es ist die wirklich exklusive Prep School, die zählt...«

Packard stellte fest, daß es über dreitausend Privatschulen in Amerika gab. Nur sehr wenige erfüllten seinen Standard von Exklusivität. Er benannte jede einzelne in einer kurzen Liste, die beinahe identisch mit der von Geoffrey war. Ich begriff, während ich über diesen Namen in der Bibliothek von Concrete High brütete, daß das glänzende Leben, welches sie verhießen, darauf basierte, die meisten anderen auszuschließen und ihren grellen Wänden und schlechten Schneidern zu überlassen. Ich wollte nicht ausgeschlossen werden. Nun, da ich die Möglichkeit eines solchen Lebens gespürt hatte, würde jedes andere Leben wie eine Vergewaltigung sein.

Packard unterstrich, daß es für Außenseiter nahezu unmöglich war, in diese Schulen hineinzukommen. Aber er erwähnte auch, daß sie Stipendien ausschrieben und daß viele davon an »Nachfahren einst wohlhabender Ehemaliger, die schwierige Zeiten durchzumachen hatten«, vergeben wurden. Das gab mir das Gefühl, als säßen sie in Deerfield herum und warteten nur darauf, von mir zu hören.

Ich schrieb die Schulen wegen Bewerbungsformularen an. Sie antworteten rasch, mit Formbriefen, und ich brachte es fertig, aus ihrer steifen Höflichkeit wilde Begeisterung herauszuhören. Und ich bekam tatsächlich ein freundliches Briefchen von John Boyden, dem Direktor von Deerfield, Sohn des Mannes, der meinen Vater rausgeschmissen hatte. Er schrieb, die Schule habe in jenem Jahr schon eine Flut von Bewerbungen erhalten, und empfahl mir einige andere Schulen. Seine Liste kam mir bekannt vor. In einem handschriftlichen Postscriptum fügte er hinzu, daß er sich an meinen Vater erinnerte, und wünschte mir alles Gute. Ich beschloß, dieses freundschaftliche Nicken als ein Zeichen der Gunst zu nehmen.

Als die Formulare alle eingetroffen waren, setzte ich mich hin, um sie auszufüllen, und lief gegen eine Wand. An den

Fragen, die sie stellten, konnte ich sehen, daß ich, um auf eine dieser Schulen zu kommen oder gar ein Stipendium zu gewinnen, mindestens der Junge sein mußte, den ich meinem Bruder beschrieben hatte, und wahrscheinlich noch einiges mehr. Geoffrey war bereit, mir aufs Wort zu glauben; die Schulen waren es nicht. Für jede Bewerbung wurden Empfehlungsschreiben verlangt. Sie wollten Empfehlungen von Lehrern, Trainern, Beratern, und, wenn möglich, ihren eigenen Ehemaligen. Sie forderten einen Bericht über meine Arbeit fürs Gemeinwesen und ließen entmutigend viel Platz für die Antwort offen. Genauso bei Sportliche Leistungen, Auslandsreisen, Sprachen. Mir wurde klar, daß diese Angaben durch die Empfehlungsschreiben bestätigt werden mußten. Sie wollten, daß Concrete High meine Noten auf ihren offiziellen Zeugnis-Formularen einschickte. Und zu guter Letzt verlangten sie, daß ich an einer Prep-School-Version ihres Eignungstests teilnahm, der im Januar an der Lakeside School in Seattle abzulegen war.

Ich war aufgeschmissen. Schon beim bloßen Anblick der Formulare überkam mich die Verzweiflung. Ihre Weiße wirkte feindselig und weit wie die Sahara. Ich hatte nichts, womit ich sie hätte durchqueren können. Tagsüber komponierte ich geschraubte Umschreibungen, doch wenn ich sie abends zu Papier bringen wollte, scheute ich vor ihrer Albernheit zurück. Die Formulare blieben leer. Als mich meine Mutter drängte, sie abzuschicken, trug ich sie in meinen Schulspind und erzählte ihr, ich hätte mich um alles gekümmert. Ich belästigte meine Lehrer nicht wegen eines Lobliedes, das sie nicht singen konnten, oder bemühte mich darum, daß meine Dreier verschickt wurden. Ich gab auf – ich war *realistisch*, wie die Leute gerne sagten, was allerdings auf das gleiche hinauslief. Realistisch zu sein gab mir ein Gefühl der Bitterkeit. Es war ein neues Gefühl, und ich mochte es nicht, aber ich sah keinen Ausweg.

*

Mein Vater rief an, und zwar an einem Abend, als weder Dwight noch Pearl zu Hause waren, und das war ein Glück, denn meine Mutter nahm den Anruf entgegen, und alles an ihr änderte sich augenblicklich. Sie wurde zum Backfisch. Ich begriff, wer dran war, und stand neben ihr und mühte mich ab, aus dem Dröhnen der Stimme meines Vaters einzelne Wörter herauszuhören. Das Reden übernahm er. Meine Mutter lächelte nur und schüttelte den Kopf. Ab und zu lachte sie skeptisch auf und sagte: »Wir werden sehen« und »Das weiß ich ja noch nicht«. Schließlich meinte sie: »Er steht direkt neben mir«, und reichte mir den Hörer herüber.

»Hey Kumpel«, sagte er, und ich konnte ihn förmlich spüren. Seinen bärenhaften Körper, seinen Tabakgeruch.

Ich sagte Hallo.

»Dein Bruder sagt, du denkst an Choate«, begann er. »Ich persönlich glaube ja, du würdest dich in Deerfield wohler fühlen.«

»Na ja, ich habe mich gerade beworben«, erwiderte ich. »Vielleicht nehmen sie mich auch nicht.«

»Ach was, klar kommst du rein, ein Junge wie du.« Er sagte mir lauter Dinge auf, die ich Geoffrey erzählt hatte.

»Ich weiß nicht. Sie haben eine Menge Bewerber.«

»Du kommst rein«, wiederholte er streng. »Die Frage ist, welche Schule du dir aussuchst. Ich meine ja bloß, daß Deerfield vielleicht auf einem angemesseneren Niveau wäre. Sprechen wir es doch aus, du bist daran gewöhnt, der große Fisch in einem kleinen Teich zu sein – in Choate könntest du untergehen. Aber das mußt du entscheiden. Wenn du nach Choate gehen willst, dann geh um Himmels willen nach Choate! Das ist eine gute Schule. Eine verdammt gute Schule.«

»Jawohl, Sir.«

Er fragte, wo ich mich noch beworben hatte, und ich ging die ganze Liste durch. Er gab seine Zustimmung und fügte noch hinzu: »Allerdings hat Andover was von einer Fabrik. Ich bin nicht sicher, ob ich meinen Sohn dort hinschicken würde, aber wir können darüber reden, wenn es soweit ist. Also, ich habe einen Plan.«

Der Plan war, daß ich nach La Jolla runterkommen sollte, sobald die Schule um war. Dann würde Geoffrey nach seinem Abschluß von Princeton herüberfliegen, und wir drei würden den ganzen Sommer zusammen verbringen. Geoffrey würde an seinem Roman arbeiten, während ich mich auf den Unterricht in Deerfield vorbereiten konnte. Und wenn wir mal eine Pause machen wollten, konnten wir schwimmen gehen, an der Wind and Sea Beach, von der Wohnung aus war es bloß um die Ecke. Und später würde meine Mutter sich uns anschließen, sobald sie sah, wie gut alles lief. Wir würden wieder eine Familie sein. »Ich habe ein paar Fehler gemacht«, sagte er zu mir. »Wir alle. Aber das liegt hinter uns. Stimmt's, Tober?«

»Stimmt.«

»Da kannste drauf wetten. Wir fangen bei Null wieder an. Und paß auf, Schluß mit diesem Jack-Quatsch. Mit einem Namen wie Jack kannst du nicht nach Deerfield gehen. Verstanden?«

Ich sagte, ich hätte es verstanden.

»Guter Junge.« Er fragte, ob es stimmte, daß mich mein Stiefvater geschlagen hatte. Als ich das bejahte, antwortete er: »Wenn er es noch mal macht, bring ihn um.« Dann wollte er noch einmal mit meiner Mutter sprechen.

Nachdem sie aufgelegt hatte, erzählte ich ihr, was er zu mir gesagt hatte.

»Klingt wirklich nett«, meinte sie. »Verlaß dich nicht darauf.«

»Er sagte, du würdest mitkommen.«

»Ha! Das denkt er. Ich müßte verrückt sein, wenn ich das täte.« Dann sagte sie: »Mal sehen, was passiert.«

*

Meine Mutter fuhr mich zu den Tests nach Seattle hinunter. Ich machte den sprachlichen Teil am Morgen, und es machte mir sofort Spaß. Hinter den einfach klingenden Fragen zu Wortschatz und Leseverständnis erkannte ich eine konkurrierende Intelligenz, die es darauf angelegt hatte, mich zu Antworten zu verleiten, die nicht korrekt waren. Die Tricks hatten etwas Überhebliches an sich, das mich herausforderte. Ich wollte diese Schlaumeier verblüffen, ihnen beweisen, daß ich nicht so dumm war, wie sie dachten. Als der Aufsichtführende die Tests einsammelte, fühlte ich mich plötzlich allein, als hätte mich jemand mitten in einem guten Streitgespräch im Stich gelassen.

Die anderen Jungen, die den Test ablegten, versammelten sich auf dem Korridor, um ihre Antworten zu vergleichen. Sie schienen sich alle zu kennen. Ich ging nicht nahe heran, aber ich beobachtete sie genau. Sie trugen zerknitterte Sportjacketts und ausgebeulte Flanellhosen. Weiße Socken, die aus braunen Mokassins hervorschauten. Ich war der einzige Junge, der einen Anzug trug, einen Pfeffer-und-Salz-Anzug, den ich zum Abschluß der achten Klasse bekommen hatte und der mir inzwischen zu klein geworden war. Und ich war der einzige Junge dort mit einem »Princeton«-Haarschnitt. Die anderen trugen langes Haar mit einem angedeuteten Scheitel, das ihnen über die Stirn, beinahe bis in die Augen herabhing. Ab und zu warfen sie den Kopf zurück, um ihre Tolle nach hinten zu befördern. Wenn es nur einer von ihnen getan hätte, wäre die Wirkung lässig gewesen, aber sie taten es alle auf die gleiche Weise, es war Teil ihres Stils, und ich merkte es mir. Ich merkte mir auch, wie sie miteinander sprachen, ihren angriffslustigen, nachdenklichen Sarkasmus. Er interessierte, ja erregte mich; in manchen Momenten mußte ich mich bemühen, nicht zu lachen. Beim Sprechen lächelten sie ironisch und schaukelten auf den Absätzen und warfen ihre Köpfe zurück wie wiehernde Pferde.

Nach dem Mittagessen spazierte ich auf dem Campus umher. Die normalen Studenten waren noch nicht aus den Weihnachtsferien zurück, und es herrschte tiefe Stille. Ich fand eine Bank mit Blick auf den See. Die Wasseroberfläche war dunstig und grau. Bis es zum Mathe-Test klingelte, saß ich mit übereinandergeschlagenen Beinen da und tat so, als gehörte ich hierher, als wären diese schönen alten Gebäude, überwuchert mit echten Efeuranken, an denen noch ein paar braune Blätter hingen, mein Zuhause.

*

Arthur haßte Werken, was an der Concrete High ein Pflichtkurs für Jungen war. Nachdem er seine achte oder neunte Zedernholzkiste gemacht hatte, rebellierte er. Er schaffte es, eine Befreiung auszuhandeln, indem er sich einverstanden erklärte, während dieser Stunden in der Schulverwaltung zu arbeiten. Ich dachte, er würde mir helfen, aber er weigerte sich wütend. Seine Wut war mir unverständlich. Ich begriff nicht, daß auch er wegwollte. Ich machte einen Rückzieher und fragte ihn kein zweites Mal.

Ein paar Tage später kam er jedoch in der Cafeteria auf mich zu, warf eine Aktenmappe auf den Tisch und ging wortlos fort. Ich stand auf, nahm die Mappe mit auf die Toilette und schloß mich in eine Kabine ein. Alles war da, alles, worum ich ihn gebeten hatte. Fünfzig Blatt offizielles Schul-Briefpapier, mehrere Blanko-Zeugnisse und ein Stapel offizieller Briefumschläge. Ich schob alles wieder in die Mappe und ging in die Cafeteria zurück.

Die nächsten Abende verbrachte ich damit, die Zeugnisse und die Bewerbungsformulare auszufüllen. Jetzt fielen mir die Bewerbungen leicht; ich konnte es mir leisten, knapp und bescheiden in meinen Selbstbeschreibungen zu bleiben, da ich ja wußte, wie ausführlich die mich Empfehlenden sein würden. Als ich das hinter mir hatte, fing ich an, die Gutachten aufzusetzen. Ich schrieb die Rohversionen mit der Hand, dann tippte ich die endgültige Fassung auf offiziellem Briefpapier, wobei ich im Schreibmaschinenraum der Schule jedesmal eine andere Maschine benutzte. Die ersten Entwürfe schrieb ich sehr sorgfältig, strich vieles durch und fügte anderes mit Bleistift ein, doch ohne jenes Zögern, das ich zuvor verspürt hatte. Die Worte entströmten mir so leichthin, als flüstere sie mir jemand ins Ohr. Ich fühlte mich übervoll von Dingen, die gesagt werden mußten, voll von unterdrückten Wahrheiten. Denn das glaubte ich zu schreiben – die Wahrheit. Es war eine Wahrheit, die nur ich kannte, doch ich glaubte fester an sie als an die lange Reihe der Fakten, die gegen sie standen. Ich glaubte, daß ich in einem faktisch nicht überprüfbaren Sinne ein Musterschüler war. Genauso glaubte ich daran, daß ich ein Eagle Scout war, ein kraftvoller Schwimmer und ein redlicher Junge. Das war das Bild meiner selbst, an das ich mich geklammert hatte, um überleben zu können. Und jetzt verlieh ich ihm eine Stimme.

Ich stellte keine Behauptungen auf, die mir unberechtigt erschienen. Ich sagte nicht, daß ich ein Quarterback-Star wäre oder auch nur in der Football-Mannschaft der Schule, denn obwohl ich jedes Jahr Football spielte, lag mir der proletarische Geist dieser Sportart nie. Das gleiche galt für Basketball. Ich konnte mir nicht vorstellen, wie ich in der letzten Sekunde einen Siegestreffer aus der Birne einwarf, so wie Elgin Baylor es in jenem Jahr für Seattle geschafft hatte, bei den Ausscheidungskämpfen der National Collegiate Athletic Association gegen San Francisco. Dito Schulpolitik; der endlose Zwang, seine eigene Popularität zu erproben, war verwirrend für mich.

All das gehörte nicht zu dem Bild, das ich von mir selbst hatte, und ich versuchte auch nicht, jemand anderem etwas davon aufzudrängen.

Ich verzichtete darauf zu behaupten, ich wäre ein Football-Star, aber ich erfand dafür eine Schwimmer-Mannschaft der Concrete High. Der Trainer schrieb einen ausgezeichneten Brief für mich, genau wie meine Lehrer und der Direktor. Sie schwärmten nicht. Sie berichteten sachlich von einem begabten, aufrechten Jungen, der auf seine eigene, ruhige Art die Möglichkeiten seiner Schule und seiner Gemeinschaft bereits ausgeschöpft hatte. Sie hatten für ihn getan, was sie konnten. Nun hofften sie, daß andere die gute Arbeit fortsetzen würden.

Ich schrieb ohne Hitze oder Übertreibung, mit den Worten, die meine Lehrer gebraucht hätten, wenn sie mich so gekannt hätten, wie ich mich kannte. Es waren ihre Briefe. Und an dem Jungen, der in ihren Gutachten lebte, dem strahlenden Phantom, das all meine Hoffnungen trug, glaubte ich endlich mein eigenes Gesicht zu erkennen.

*

Zwischen Arthur und mir hatte sich ein scharfer Umgangston eingebürgert. Das war eigentlich scherzhaft gemeint, wurde aber leicht bösartig und führte manchmal zu Rempeleien, einem Gegrunze und Geraufe, bei dem wir angestrengt lächelten, um zu zeigen, wie wenig Kraft es uns kostete. Eines Tages nach der Schule fingen wir wieder damit an, an der Bushaltestelle. Das Ganze hätte wie gewöhnlich von selbst wieder aufgehört, nur daß ein paar andere Jungen Interesse zeigten und uns anfeuerten. Das wiederum erregte die Aufmerksamkeit von Mr. Mitchell, der über die Straße rannte und schrie: »Aufhören! Aufhören!« Er stellte sich zwischen uns und hielt uns voneinander ab, als geiferten wir danach, übereinander herzufallen.

»Also«, sagte er, »was ist hier los?«

Keiner von uns antwortete. Ich wußte genau, was gleich passieren würde und daß es nicht zu ändern war, egal, was ich sagte.

»Auf dem Schulgelände gibt es keine Schlägereien«, wies Mr. Mitchell uns zurecht. »Wenn ihr eine Rechnung zu begleichen habt, weiß ich den richtigen Ort dafür.« Er zückte sein Notizbuch, schrieb unsere Namen auf und gratulierte uns zu unserer freiwilligen Teilnahme am Freistilboxen.

*

Mr. Mitchell hatte vor ein paar Jahren damit angefangen, das Boxtalent einiger Jungen vorzuführen, und sein eigenes als ihr Trainer, doch inzwischen war das Freistilboxen zu einem Riesengeschäft geworden. Die Eintrittskarten kosteten drei Dollar und waren innerhalb von wenigen Tagen ausverkauft. Das kam nicht daher, daß die Kämpfe besser wurden, sondern daher, daß sie immer schlechter wurden. Keiner wollte kunstvolle Fliegengewichte sehen, die auf und nieder tänzelten und ihre Schultern anmutig bewegten, wenn sie den nächsten ausgeklügelten kleinen Klaps abschossen. Sie wollten Raufbolde mit Hängeschultern sehen, Zehe an Zehe, die einander zu Gulasch verarbeiteten. Sie wollten Blut sehen. Sie wollten Schmerzen sehen.

Das kriegten sie von Mr. Mitchell. Das Freistilboxen wurde zur bloßen Randale. Er ließ die härtesten Brocken gegeneinander antreten, die er finden konnte, und er machte sich nicht die Mühe, lange nach Größe und Gewicht zu fragen. Ein ungleicher Kampf konnte genauso lustig werden wie ein gleicher. Oder noch lustiger. Man konnte gar nicht anders, man interessierte sich dafür, auf welche Weise sich eine Schwabbelwampe wie Bull Slatter – auch bekannt als Fettundfetter – sich gegen einen brutalen Pygmäen wie Huff seiner ausgedehnten Haut wehrte. Stil stand hier nicht auf dem Programm. Die Leute wollten Action, und die beste Action des Abends lief bei den Abrechnungskämpfen.

Die Abrechnungskämpfe kamen als letzte. Mr. Mitchell sagte sie als solche an, um die Stimmung in der Turnhalle aufzuheizen und um die Kämpfer daran zu erinnern, daß sie es ihrer Ehre schuldig waren, den anderen möglichst total fertigzumachen. Viele dieser Jungen waren nicht wirklich verfeindet. Vielleicht hatten sie sich ein bißchen zu arg getriezt, wie Arthur und ich, oder sie hatten in der Cafeteria voreinander die Muskeln spielen lassen wollen, oder sie waren einfach nur am selben Tag schlechter Laune gewesen. Das einzige, was sie gemeinsam hatten, war das Pech, von Mr. Mitchell erwischt worden zu sein.

Mr. Mitchell hielt nach Jungen Ausschau, die etwas miteinander abzurechnen hatten, und wenn er ein Kandidatenpaar auftrieb, teilte er sie auf der Stelle ein. Es war vollkommen gleichgültig, wie geringfügig ihre Meinungsverschiedenheit war oder wie lange es bis zum nächsten Freistilboxen hin sein mochte. Arthur und ich hatten Glück; wir brauchten nur drei Wochen zu warten. Es gab Jungen auf der Liste, die seit September warteten und die sich nur noch mit Mühe daran erinnerten, was genau sie gegeneinander hatten. Aber keiner von ihnen weigerte sich je, zum Kampf anzutreten – das war undenkbar. Sie hielten ihre Feindschaft am Leben, so lange sie mußten, und wenn ihre Zeit gekommen war, kämpften sie, wie man es von ihnen erwartete, haßerfüllt und gemein, als wollten sie sich gegenseitig vom Erdboden auslöschen.

Arthur und ich hielten uns voneinander fern, wenn es ging, und warfen uns böse Blicke zu, wenn es nicht ging. Es wäre unschicklich und unklug für ein Paar von Abrechnungskämpfern gewesen, wenn sie sich Freundlichkeiten miteinander erlaubt hätten. Wir mußten unsere Feindseligkeit bis zum Tag des Freistilboxens erhalten. Mir fiel das nicht schwer. Nun, da böser Wille benötigt wurde, stellte ich fest, daß mir große Reserven davon zur Verfügung standen.

Wir waren uns nah gewesen. Was immer es ist, das Nähe zwischen den Menschen möglich macht, es kann sie auch zum Haß treiben, wenn diese Nähe zu Ende geht. Arthur und ich bewegten uns auseinander, und zwar schon, seit wir auf die High School gekommen waren. Arthur versuchte, ein anständiger Bürger zu sein. Er hielt sich Ärger vom Hals und heimste gute Noten ein. Er spielte Baßgitarre für die Deltones, eine ziemlich gute Band, bei der ich einmal als Drummer vorgespielt hatte und hochmütig abgelehnt worden war. Die Jungs von Concrete, mit denen er herumzog, waren alles brave Streber, so wenige es auch in unserer Klasse gab. Er hatte sogar eine Freundin. Und doch, da ich ihn so gut kannte, durchschaute ich all diese Respektierlichkeit als Show, und angestrengte Show noch dazu. So tugendhaft seine neuen Freunde auch sein mochten, sie waren öde. Um sich ihnen anzupassen, mußte er seine Zunge im Zaum halten und jegliches exzentrische Benehmen unterdrücken. Er mußte selber den Öden spielen, was er nicht war und nur mit der größten Willensanstrengung vorgeben konnte, die mir geradezu ins Auge sprang, auch wenn die anderen nichts davon merkten.

Der schwächste Teil dieser Show war die Freundin, Beth Mathis. Sie war zwar nicht sehr hübsch, aber als Schreckschraube konnte man sie auch nicht gerade bezeichnen, selbst wenn Arthur sie so behandelte. Er grapschte sich Beths Hand, wenn sie von Klassenraum zu Klassenraum marschierten, aber er sprach nie mit ihr oder sah sie auch nur an. Statt dessen starrte er herausfordernd in die Gesichter der Entgegenkommenden, als suchte er nach Zeichen der Skepsis oder Belustigung. Niemand schien das aufzufallen außer mir. Es beunruhigte mich. Es wirkte so merkwürdig, daß ich den Mund hielt.

Doch ich wußte, er war kein anständiger Bürger, und er wußte, ich war kein Außenseiter – ich war nicht hart, mir war die Zukunft nicht gleichgültig, und mir war nicht egal, was die anderen dachten. Ich sah ihm an, daß er das wußte, wenn er dastand und mich mit meinen Außenseiterfreunden beobachtete. Seine Ungläubigkeit verletzte mich, genau wie meine kaum verhohlene Ungläubigkeit gegenüber seinem respektierlichen Gehabe ihn verletzt haben muß. Ich konnte die wachsende Distanz zwischen uns hinnehmen. Meistens war sie mir recht. Aber ich konnte nicht hinnehmen, daß er wußte, ich war nicht der Mensch, als der ich um jeden Preis gesehen werden wollte. Daß wir dies voneinander wußten, war unverzeihlich und mußte es so lange bleiben, bis jeder sich selbst verziehen hatte, so zu sein, wie er war.

Ich war nicht nur auf mich selbst angewiesen, um ordentlich in Kampfesstimmung zu kommen. Ich hatte Sympathisanten und Berater. Einige dieser Jungen konnten Arthur nicht leiden, aber die meisten von ihnen wollten einfach bei einem Kampf mitmischen, ohne selber etwas abzukriegen. Sie überschütteten mich mit endlosem Aufmunterungsgerede und Anleitungen und Vorführungen unschlagbarer Kombinationen, die sie entwickelt hatten und mir bereitwillig zur Anwendung überließen. Dwight war in seinem Element. Er machte den Nutzraum gefechtsklar und setzte Training für mich an. Diesmal konnte keine Rede davon sein, Arthur einfach kalt zu erwischen. Ich brauchte eine Strategie. Wie Arthur denn zuschlug, wollte Dwight wissen.

»Voll«, erklärte ich ihm.

»Klar, aber *wie*?«

Arthur und ich hatten nicht mehr richtig miteinander gekämpft seit jenem Tag auf der Straße vor vier Jahren, aber wir hatten ein paar Runden im Sportunterricht hinter uns, und ich hatte ihn gesehen, wie er mit anderen Jungen boxte. »Ungefähr so«, sagte ich und bewegte meine Arme wie Arthur.

»Er fuchtelt also wie eine Windmühle«, stellte Dwight fest.

»Er macht es aber noch viel schneller«, fügte ich hinzu. »Und auch viel fester.«

»Es kommt nicht darauf an, wie fest er es macht. Wenn er fuchtelt, gehört er dir. Du hast ihn in der Tasche.« Dwight sagte, ich brauchte bloß mit einem Seitschritt auszuweichen, wenn Arthur auf mich losging, und dann einen Aufwärtshaken auf seinem Kinn zu landen. So einfach war das: Seitschritt, Aufwärtshaken.

Mit der eigentümlichen Geduld, beinahe Zärtlichkeit, die Dwight für die Kampfausbildung reservierte, übte Dwight vor dem Freistilboxen mehrmals diesen Schlag mit mir. Ich lernte ihn, aber ich glaubte nicht an ihn, ebensowenig wie ich an die Schläge glaubte, die mir meine anderen Berater gezeigt hatten. Ich war davon überzeugt, ich hatte soviel Chancen gegen Arthur wie ein Schneeball in der Hölle, es sei denn, ich ließ alle Strategie beiseite und rastete völlig aus, wie er es garantiert tun würde.

*

Jeder Kampf bestand aus drei Runden von je einer Minute. Alle Kämpfer warteten gemeinsam im Umkleideraum, bis Mr. Mitchell sie aufrief. Der Umkleideraum war spärlich beleuchtet. Wir sagten nichts. Abgesehen von den echten Schwergewichten sahen wir alle eher zerbrechlich aus mit unseren großen Handschuhen und viel zu weiten, flatternden Shorts. Einige der Jungen lagen flach auf den Bänken, die Unterarme über den Augen. Wir übrigen saßen vornübergebeugt mit unseren Handschuhen auf den Knien, auf den Boden starrend, und horchten auf den Tumult in der Turnhalle. Das Gebrüll war gleichmäßig, auf eine fast mechanische Weise, außer wenn es während der Pausen zwischen den Runden nachließ, oder wenn es anschwoll, in Augenblicken, die besonders heftige Abschnitte des gerade ablaufenden Kampfes sein mußten. Dann wurde das Brüllen fast greifbar. Wir hoben unsere Köpfe und senkten sie wieder, wenn das Geräusch abebbte. Alle fünf Minuten ungefähr schwang die Tür auf, und zwei weitere Jungen gingen hinaus, vorbei an den schwitzenden, keuchenden Wracks, die ihren Kampf gerade hinter sich hatten.

Arthur und ich mußten lange warten. Wir saßen in zwei verschiedenen Ecken des Umkleideraums und schauten uns nicht an. Andere Jungen kamen und gingen. Ich fragte mich, was ich hier eigentlich machte, und was gleich noch kommen sollte. Ich geriet in eine Trance aus Verwirrung und Besorgnis. Dann hörte ich meinen Namen und sprang auf die Füße und rannte in die Halle hinaus, Arthur hinter mir. Das Scheinwerferlicht blendete mich. Ich sah die Leute auf den Tribünen nur als farbige Masse. Sie brüllten, als wir hereingerannt kamen, und es war sogar noch lauter, als ich erwartet hatte, ein nervenkitzelnder Heidenlärm, der die Angst mit einem Schlag aus mir herausspülte. Wir gingen jeder in seine Ecke, und Mr. Mitchell stellte uns als zwei Jungen vor, zwischen denen es viel böses Blut gab, und das waren wir mittlerweile auch. Als mein Name erklang, erhob ich meine Handschuhe, und von den Tribünen brüllte es wieder. Und da wurde mir klar, daß ich unbesiegbar war. Ich würde ihm Prügel verpassen, die Prügel seines Lebens, und ich konnte es kaum abwarten.

Der Gong schlug, und wir legten los.

*

Meine Mutter sprach auf der Heimfahrt an jenem Abend fast kein Wort mit mir, so angewidert war sie. Sie weigerte sich zu verstehen, daß ich wirklich hatte kämpfen müssen, daß ich keine andere Wahl gehabt hatte. Das ganze Spektakel hatte sie angeekelt, und am allermeisten meine eigene Verliererrolle darin. Sie sagte, vor lauter Demütigung hätte sie die Hände vors Gesicht geschlagen. Das tat mir leid. Ich fand, ich hatte den Sieg nur knapp verfehlt. Dwight fand das auch und lobte mich, weil ich sein Training so gut genutzt hatte.

In Wahrheit hatte ich es bei weitem nicht gut genug genutzt. In der ersten Runde folgte ich meinem Plan und kämpfte wie ein Wahnsinniger. Arthur fiel über mich her, sein Wahnsinn war noch radikaler als meiner, wie sich zeigte. Zweimal landeten seine Handschuhe, die wie Windmühlenflügel fuchtelten, voll auf meinem Kopf, so daß ich in die Knie ging. Auch in der zweiten Runde brachte er mich in die Knie. Nachdem ich aufgestanden war, hetzte er mich, und ohne nachzudenken, wich ich aus und servierte ihm einen Aufwärtshaken. Der legte ihn lahm. Er stand bloß da und schüttelte den Kopf. Ich traf ihn noch einmal, und der Gong schlug.

Ich kriegte ihn in der letzten Runde noch zweimal mit diesem Aufwärtshaken, aber keiner brachte ihn wieder so ins Wanken wie der erste. Dieser erste war ein Prachtexemplar. Ich holte ihn von den Zehenspitzen herauf und legte alles hinein, was ich aufzubieten hatte, und er traf ihn bis ins Mark. Ich konnte spüren, wie er in einem sauberen Zug durch ihn hindurchfuhr. Ich konnte spüren, wie er ihm wehtat. Und als er landete, und der Kopf meines alten Freundes so schrecklich nach hinten krachte, durchlief mich eine Woge des Stolzes und der Verbundenheit; Verbundenheit nicht mit ihm, sondern mit Dwight. Dwights Gegenwart inmitten dieser heulenden Menge um mich war mir deutlich bewußt. Ich konnte sein Triumphieren über den Schlag, den ich gelandet hatte, fühlen, und seinen eigenen Stolz dabei, konnte ihn sehen, wie er

Das Maß ist voll: Als Dwight handgreiflich wird und Toby verprügelt, bekommt er von Tobys Mutter Caroline (Ellen Barkin) kräftig eins verpaßt.

Fluchtartig haben Caroline (Ellen Barkin) und Toby (Leonardo DiCaprio) Dwights Haus verlassen und überlegen nun, wie es weitergehen soll.

Der Abschied fällt schwer, doch es soll ja nicht für immer sein. Noch einmal umarmen sich Mutter und Sohn (Ellen Barkin, Leonardo DiCaprio), bevor Caroline in ihre alte Heimat zurückkehrt und Toby endlich seinen Traum vom Studieren verwirklichen wird.

zu mir herunter lächelte, voller Anerkennung und Freude und so etwas wie Liebe.

*

Ich hatte bei den Tests in Seattle gut abgeschnitten. Aber nicht lange, nachdem meine Resultate eingetroffen waren, bekam ich eine Absage aus Andover. Dann lehnte St. Paul's mich ab. Dann Exeter. Die Briefe waren höflich, drückten ihr Bedauern darüber aus, mir nichts Besseres mitteilen zu können, und wünschten mir alles Gute. Von Choate bekam ich überhaupt keine Antwort.

Diese Ablehnungen enttäuschten mich, aber ich hatte nicht wirklich mit diesen Schulen gerechnet. Ich zählte auf Deerfield. Als ihr Brief ankam, ging ich allein hinaus. Ich saß am Fluß und las ihn. Ich las ihn viele Male, zunächst weil ich zu betäubt war, um alles sofort zu begreifen, und dann, um irgendein Wort, irgendeinen Unterton zu finden, der alles andere auslöschen würde, das in dem Brief stand, oder mir zumindest Hoffnung auf Revision machen könnte. Aber sie wußten, was sie taten, die Leute, die solche Briefe schrieben. Sie wußten, wie man die Tür schließt, so daß kein Spalt mehr bleibt, kein Lichtstrahl durch die Ritzen dringt. Ich begriff, daß das Spiel aus war.

Ungefähr eine Woche später ließ mich die Schulsekretärin aus dem Unterricht rufen, um einen Telefonanruf im Büro entgegenzunehmen. Ich dachte, es wäre vielleicht mein Bruder oder gar mein Vater, aber der Anrufer entpuppte sich als ein Ehemaliger der Hill School, der in Seattle lebte. Er hieß Mr. Howard. Er sagte mir, daß die Schule an meiner Bewerbung »interessiert« war und ihn gebeten hatte, mich zu einem Gespräch zu treffen. Nur eine informelle Unterhaltung, meinte er. Er fügte hinzu, daß er unsere Gegend immer schon hatte besuchen wollen, und nun hatte er eine gute Entschuldigung dafür. Wir verabredeten ein Treffen vor der Concrete High nach Schulschluß am nächsten Tag. Mr. Howard sagte, er würde einen blauen Thunderbird fahren. Er erwähnte nichts davon, daß er meine Lehrer treffen wollte, Gott sei Dank.

»Egal, was du machst, versuche nicht, ihn zu beeindrukken«, warnte mich meine Mutter, als ich ihr von dem Anruf erzählte. »Sei einfach du selbst.«

*

Als Mr. Howard mich fragte, wo wir zum Reden hingehen könnten, schlug ich den Drugstore von Concrete vor. Ich wußte, dort würden auch andere von der Schule sein. Ich wollte, daß sie mich sahen, wie ich in dem Thunderbird vorfuhr und mit diesem Mann ausstieg, der gerade alt genug war, um mein Vater zu sein, und nicht aussah wie die anderen Männer, die man im Drugstore von Concrete zu Gesicht bekam. Ohne demonstrative Jungenhaftigkeit an den Tag zu legen, hatte Mr. Howard immer noch den Jungen in sich. Er hüpfte ein bißchen beim Gehen. Sein schmales Gesicht war lebhaft, fuchsähnlich. Sein Blick hatte etwas Erwartungsvolles, als wäre er bereit, sich für das zu interessieren, was er sah, und wenn es ihn interessierte, gestattete er sich, das auch zu zeigen. Er trug Anzug und Krawatte. Die Männer, die an der High School unterrichteten, trugen ebenfalls Anzug und Krawatte, aber weniger lässig. Sie zupften ständig an ihren Manschetten und fuhren mit ihren Fingern zwischen Kragen und Hals hin und her. Man erstickte schon beim bloßen Zusehen. Mr. Howard trug seinen Anzug und seine Krawatte, als wisse er nicht, daß er sie anhatte.

Wir saßen hinten in einer Nische. Mr. Howard lud mich zu einem Milkshake ein, und während wir tranken, fragte er mich nach der Concrete High. Ich erzählte ihm, daß mein Unterricht mir Spaß machte, vor allen Dingen, wenn ich gefordert wurde, aber daß ich mich in der letzten Zeit ein bißchen ruhelos fühlte. Es war schwierig zu erklären.

»Na komm«, meinte er. »Das ist doch leicht zu erklären. Du langweilst dich.«

Ich zuckte die Achseln. Ich hatte nicht vor, schlecht von den Lehrern zu sprechen, die so viel Gutes über mich geschrieben hatten.

»In Hill würdest du dich nicht langweilen«, sagte Mr. Howard. »Das kann ich dir versprechen. Aber du könntest es in anderer Hinsicht schwierig finden.« Er erzählte mir von seiner eigenen Zeit dort, in den Jahren kurz vor dem Zweiten Weltkrieg. Er war in Seattle aufgewachsen und ein guter Schüler gewesen. Er hatte erwartet, daß er sich leicht an das Leben in Hill gewöhnen würde, aber es war nicht so gekommen. Das akademische Arbeiten war viel härter. Er vermißte seine Familie und haßte die verschneiten Winter in Pennsylvania. Und die Jungen in Hill waren ganz anders als seine Freunde zu Hause, reservierter und wesentlich stärker an Geld und sozialem Status orientiert. Er hatte die Schule als kalt empfunden. Und dann, in seinem letzten Jahr, änderte sich plötzlich etwas. Die Jungen aus seiner Klasse kamen sich auf eine Weise nahe, wie er es niemals für möglich gehalten hätte, bis sie füreinander mehr Brüder als Freunde waren. Das kam daher, meinte er, daß sie jahrelang das gleiche Leben miteinander geteilt hatten. Es machte eine Familie aus ihnen. Und so sah er die Schule heute auch – als seine zweite Familie.

Aber er hatte harte Zeiten durchgestanden, um so weit zu kommen, und einige der Jungen schafften es überhaupt nicht. Sie standen immer unglücklich am Rande. Diesen gleichen Jungen wäre es möglicherweise besser ergangen, wenn sie zu Hause geblieben wären. Eine Prep School war eine Welt für sich, und nicht für jeden die richtige Welt.

Falls irgend etwas davon als Abschreckung gedacht war, so verfehlte es bei mir seine Wirkung. Klar orientierten sich die Jungen an Geld und sozialem Status. Klar war eine Prep School nicht für jeden gedacht – was für einen Sinn hätte sie sonst auch?

Doch ich setzte ein nachdenkliches Gesicht auf und versicherte ihm, daß diese Probleme mir bewußt waren. Mein Vater und mein Bruder hatten mich schon in ähnlicher Weise gewarnt, erklärte ich, und ich war bereit, alles auszuhalten, was nötig war, um eine gute Ausbildung zu bekommen.

Mr. Howard schien diese Antwort zu amüsieren, und er fragte mich, auf welchen Erfahrungen die Warnungen meines Vaters und meines Bruders basierten. Ich erzählte ihm, daß sie beide auf Prep Schools gegangen waren.

»Ach ja? Auf welche denn?«

»Deerfield und Choate.«

»Ich verstehe.« Er sah mich mit einem ganz neuen Interesse an, genau wie ich es erhofft hatte. Zwar war Mr. Howard kein Snob, aber ich spürte seine Befürchtung, daß ich mich an seiner Schule vielleicht nicht einfügen würde.

»Mein Bruder ist jetzt in Princeton«, fügte ich hinzu.

Er fragte mich nach meinem Vater. Als ich ihm sagte, daß mein Vater Luftfahrtingenieur war, horchte Mr. Howard auf. Es stellte sich heraus, daß er im Krieg Pilot gewesen und mit einem Flugzeug vertraut war, das mein Vater mitentworfen hatte – die P-51 Mustang. Er hatte sie zwar nicht selbst geflogen, aber er kannte Männer, die das getan hatten. Dadurch fiel ihm seine Zeit in Uniform wieder ein, die Piloten, mit denen er gedient hatte, und all die bekloppten Sachen, die sie immer angestellt hatten. »Wir waren ja noch die reinsten Kinder«, sagte er. Er sprach mit mir, als wäre ich nicht selbst ein Kind, sondern jemand, der ihn verstehen konnte, einer aus seiner Welt oder gar seiner Familie. Seine Hände lagen gefaltet auf der Tischplatte, sein Kopf war leicht vorgebeugt. Ich lehnte mich vor, um ihn besser hören zu können. Wir verstanden uns wirklich. Und dann tauchte Huff auf.

Huff hatte eine eigentümliche Stimme, hoch und nasal. Ich saß mit dem Rücken zur Tür, aber ich hörte, wie er hereinkam und sich in die Nische hinter uns setzte, zusammen mit einem anderen Jungen, dessen Stimme ich nicht erkannte. Die beiden erörterten einen Kampf, den sie am letzten Wochenende gesehen hatten. Ein Typ aus Concrete hatte einem Typ aus Sedro Woolley die Nase gebrochen.

Mr. Howard hörte auf zu reden. Er lehnte sich zurück

und zwinkerte ein wenig, als sei er eingenickt. Er sagte nichts, und ich auch nicht. Ich wollte nicht, daß Huff merkte, daß ich da war. Huff hatte gewisse Begrüßungsrituale, denen ich unbedingt ausweichen wollte, und wenn er spürte, daß es mir peinlich war, würde er mich erst recht nicht davonkommen lassen. Er würde mein Schiff ein für allemal versenken. Also hielt ich meinen Mund und senkte den Kopf, während Huff und der andere Junge von dem Kampf redeten, und von dem Mädchen, um das die beiden gekämpft hatten. Dann sprachen sie von einem anderen Mädchen. Und dann ließen sie sich über Mösenschlecken aus. Huff führte bei diesem Thema das große Wort und machte keine Anstalten, zum Ende zu kommen. Er breitete sich ausgiebig darüber aus. Ich hörte andauernd Jungen so herumreden, und ich tat es selber auch, aber nun hielt ich es für besser, mich gehörig schockiert zu zeigen. Ich runzelte die Stirn und schüttelte den Kopf und starrte auf die Tischplatte.

»Sollen wir gehen?« fragte Mr. Howard.

Ich wollte meine Deckung nicht verlassen, aber mir blieb keine Wahl. Ich stand auf und ging an Huffs Tisch vorbei, Mr. Howard hinter mir her. Obwohl ich mein Gesicht abgewandt hielt, war ich sicher, daß Huff mich sehen würde, und während ich mich auf die Tür zubewegte, wartete ich darauf, daß er rief: »Hey, Schwanzlutscher!« Es kam nichts.

Mr. Howard fuhr eine Weile in Concrete herum, bevor er mich zur Schule zurückbrachte. Er war neugierig, etwas über die Zementfabrik zu erfahren, und enttäuscht, daß ich ihm nicht sagen konnte, was darin vorging. Eine Zeitlang war er still. Dann meinte er: »Du mußt wissen, an einer Jungenschule weht manchmal ein ganz schön rauher Wind.«

Ich erwiderte, ich könnte schon auf mich aufpassen.

»Rauh meine ich nicht körperlich«, erklärte Mr. Howard. »Jungen reden über alles Mögliche. Selbst in einer Schule wie Hill findest du nicht gerade viele Jungen, die nachts über Shakespeare diskutieren. Sie reden von anderen Dingen. Sex, was weiß ich. Und zwar ohne Samthandschuhe.«

Ich sagte nichts.

»Weißt du, du kannst nicht erwarten, daß jeder ein Eagle Scout ist.«

»Das tue ich nicht«, antwortete ich.

»Ich will nur sagen, daß der Alltag in einer Jungenschule für jemanden, der ein behütetes Leben geführt hat, wie ein Schock sein kann.« Ich setzte zu einer Erwiderung an, doch Mr. Howard meinte: »Laß mich noch eines hinzufügen. Ganz offensichtlich machst du deine Sache hier sehr gut. Mit deinen Noten und so weiter wirst du später bestimmt problemlos in ein hervorragendes College kommen. Ich bin nicht sicher, ob eine Prep School für dich wirklich die richtige Entscheidung ist. Du könntest dir am Ende mehr schaden als nützen. Darüber solltest du nachdenken.«

Ich antwortete Mr. Howard, daß ich kein behütetes Leben geführt hatte und daß ich fest entschlossen war, mich um eine bessere Ausbildung zu kümmern, als ich sie hier bekam. Ich versuchte, meine Stimme am Überkippen zu hindern, und klang schließlich zornig.

»Versteh mich nicht falsch«, sagte Mr. Howard. »Du bist ein prima Junge, und ich werde dir gern ein positives Gutachten schreiben.« Er sprach diese Worte hastig aus, als sagte er sie auswendig her. Dann fügte er hinzu: »Du hast gute Chancen. Du solltest nur wissen, worauf du dich einläßt.« Er sagte, er würde der Schule am darauffolgenden Tag schreiben, und dann müßten wir abwarten und Tee trinken. Soweit er wußte, war ich einer von vielen Jungen, die für die wenigen verbleibenden Plätze in Betracht kamen.

»Ich nehme an, du hast dich auch bei anderen Schulen beworben«, schloß er.

»Nur in Choate. Aber ich würde lieber nach Hill gehen. Hill ist meine erste Wahl.«

Wir parkten vor der Schule. Mr. Howard zog eine Visitenkarte aus der Brieftasche und forderte mich auf, ihn anzurufen, falls ich irgendwelche Fragen hatte. Ich sollte mir keine Sorgen machen; was auch passierte, es wäre bestimmt zu meinem Besten. Dann sagte er Auf Wiedersehen und fuhr davon. Ich sah dem Thunderbird nach, den ganzen Weg bergab bis zur Hauptstraße, sah ihm nach, wie ein Mann einer Frau hinterherschauen mochte, die er gerade kennengelernt hatte und die nun wieder aus seinem Leben trat und das bißchen Hoffnung auf Veränderung, das sie in ihm entfacht hatte, mit sich nahm. Der Thunderbird bog an der Hauptstraße nach Süden ab und verschwand hinter Bäumen.

*

Ich ließ ein Brett durch die Tischsäge in der Schule laufen und witzelte mit dem Jungen herum, der als nächster dran war. Dann fühlte ich einen stechenden Schmerz und sah nach unten. Aus dem Ringfinger meiner linken Hand schoß Blut. Ich hatte mir das letzte Fingerglied abgeschnitten. Es lag neben dem wirbelnden Sägeblatt, mit Fingernagel und allem. Der Junge, mit dem ich gesprochen hatte, sah es sich auch an, sein Mund zuckte merkwürdig, dann drehte er sich um und ging fort. »Hey«, sagte ich. Im Werkraum war es laut; keiner hörte mich. Ich ging in die Knie. Jemand sah mich und fing an zu schreien.

Pferdegesicht Greeley brachte mich zum Arzt. Er nahm einen zweiten Lehrer mit, der das Auto steuerte, während Pferdegesicht mir Suggestivfragen stellte, um sich zu schützen, falls die Sache je vor Gericht kommen sollte. Ich begriff seine Absicht und gab ihm die Antworten, die er haben wollte. Ich fand, daß der Unfall meine Schuld war und daß es unfair wäre, wenn er deshalb Ärger bekäme. Ich war ein Dummkopf gewesen. Ich hatte mir einen Teil meines eigenen Fingers abgeschnitten. Nun wollte ich mich vor allem als Sportsmann beweisen, das war die einzige Möglichkeit, es wiedergutzumachen.

Der Finger sah furchtbar aus. Meine Mutter gab dem Arzt ihr Einverständnis, mich für eine Operation ins Krankenhaus von Mount Vernon zu bringen. Ich kam noch am gleichen Nachmittag unters Messer und erwachte am nächsten Morgen mit einem Verband von meinem Handgelenk bis zu den übriggebliebenen Fingerspitzen. Ich sollte drei Tage lang im Krankenhaus bleiben, aber der Arzt befürchtete eine Infektion, und es dauerte fast eine Woche, bis ich wieder nach Hause kam. Inzwischen war ich morphiumabhängig geworden, denn die Krankenschwestern hatten es mir großzügig verabreicht, weil ich der ganzen Station mit meinen Schreien auf die Nerven gegangen war, wenn ich es nicht bekam. Zuerst wollte ich es wegen der Schmerzen; es waren fürchterliche Schmerzen. Dann wollte ich es, weil es mir Ruhe gab. Unter Morphium hatte ich keine Sorgen. Ich dachte nicht einmal nach. Ich erhob mich aus meinem Ich und träumte sanftmütige Träume, glitt wie eine Möwe in dem lauen Aufwind dahin.

Der Arzt gab mir Tabletten mit, als ich das Krankenhaus verließ, aber sie wirkten nicht. Nun hatte ich zwei Sorten Schmerzen, von meinem Finger und vom Entzug. Obwohl die Entzugserscheinungen nur schwach gewesen sein können, kamen sie mir nicht gerade schwach vor, vor allem, da ich nicht wußte, was es war und ob es je wieder aufhören würde. Zu wissen, daß alles einmal ein Ende hat, ist ein Geschenk der Erfahrung, ein Trost dafür, daß auch unser Ende einmal kommt. Bevor wir es erhalten, leben wir in einer ständigen Gegenwart und stellen uns die Zukunft als ein Mehr dieser Gegenwart vor. Glück ist endloses Glück, unberührt von seiner eigenen, sicheren Vergänglichkeit. Schmerz ist endloser Schmerz.

Wenn ich an einem Ort gelebt hätte, wo mit Drogen gehandelt wurde, ich hätte mir welche besorgt. Ich hätte alles getan, um an sie heranzukommen. Aber ich kannte niemanden, der Drogen nahm. Die Marihuana-Abschreckungsfilme, die unser Interesse hätten wecken können, schafften es nie bis Concrete, und Heroinkonsum hielt man ausschließlich für eine Angewohnheit der Einwohner von New York City.

Die Haltung des Sportsmanns hatte ich gründlich hinter mir. Alles war mir Anlaß zur Klage. Ich klagte über die Schule, ich klagte über die ausbleibende Wirkung meiner

Medizin, ich klagte darüber, wie schwer es war, zu essen und mich anzuziehen. Ich bettelte um Aufmerksamkeit und verschmähte sie dann. Ich gab Widerworte und fand an allem etwas auszusetzen, besonders an Dwight. Hinter meiner Verletzung hervor sagte ich Dwight Dinge, die ich ihm früher nie gesagt hätte.

Mir kam der Gedanke, daß ich mich vielleicht mit Alkohol besser fühlen würde. Ich nahm etwas von Dwights Old Crow, mußte aber schon beim ersten Schluck würgen, und so füllte ich die Flasche mit Wasser auf und stellte sie zurück. Ein paar Tage später fragte mich Dwight abends, ob ich an seinem Whisky gewesen wäre. Der sei wäßrig, meinte er. Er schien vor allen Dingen neugierig zu sein. Wahrscheinlich hätte er mich mit einer Warnung davonkommen lassen, wenn ich es zugegeben hätte, aber ich sagte: »Ich bin nicht der Trinker in diesem Hause.»

»So redet man nicht mit mir, Mister«, erwiderte er und stieß mir seine Finger gegen die Brust.

So fest hatte er mich gar nicht gestoßen, aber es brachte mich aus dem Gleichgewicht. Ich taumelte zurück, stolperte über meine eigenen Füße, und als ich fiel, riß ich die Hände nach hinten, um den Sturz abzufangen. All das schien sehr langsam zu geschehen, bis zu dem Augenblick, wo ich auf meinem Finger landete.

Ich vergaß, wer ich war. Ich hörte ein ununterbrochenes Heulen um mich her, als ich auf den Boden schlug. Andere Geräusche. Dann saß ich auf dem Sofa, schweißgebadet, und meine Mutter versuchte mich zu beruhigen. »Es ist vorbei«, sagte sie. »Das war's, das war das letzte Mal. Jetzt hauen wir hier ab.«

*

Ich ging als erster. Nach all den Jahren, in denen ich daran gedacht hatte fortzugehen, tat ich es nun wirklich. Meine Mutter redete mit Chuck Bolgers Eltern, und sie waren einverstanden, daß ich in den nächsten Monaten bis zum Ende des Schuljahres bei ihnen in Van Horn wohnte. Bis dahin hoffte meine Mutter, eine Stelle in Seattle zu finden. Sobald sie mit der Arbeit anfing und eine Wohnung hatte, würde ich nachkommen. Mr. Bolger hatte zuerst ernste Zweifel. Er hatte den Verdacht, daß ich zum Teil an Chucks Wildheit schuld war. Doch Chuck war nun schon seit Jahren so wild, und Mr. Bolger war ein zu kluger Mann, um das nicht zu wissen, und ein zu gütiger Mann, um eine Bitte um Asyl abzulehnen. Er stellte allerdings bestimmte Bedingungen. Ich müßte mich in seinem Laden nützlich machen und mit der übrigen Familie zur Kirche gehen. Ich müßte seine Autorität akzeptieren. Ich dürfte weder trinken noch rauchen, noch fluchen.

Ich gab mein Wort in allen Punkten.

Chuck kam hochgefahren, um mich abzuholen. Er und Pearl und meine Mutter halfen mir beim Hinaustragen meiner Sachen, während Dwight in der Küche sitzenblieb. Als wir gerade abfahren wollten, kam er nach draußen und schaute uns zu. Ihm war anzusehen, daß er sich mit mir versöhnen wollte. Er hatte schon einen schlechten Ruf im Camp, und daß ein Mitglied seiner Familie sein Haus auf diese Weise verließ, würde ihn vollends entehren. Er wußte, ich würde den Leuten erzählen, daß er mich in meinem invaliden Zustand drangsaliert hatte. Und obwohl meine Mutter ihm nichts von ihren eigenen Fluchtplänen gesagt hatte, muß er gewußt haben, daß nun, da ich aus dem Weg war, sie nichts mehr halten konnte, nichts außer Drohungen.

Ich konnte förmlich sehen, wie er Anlauf nahm. Schließlich ging er zu uns herüber und sagte, wir sollten über die Sache reden. Ich hatte vorgehabt, irgendeine verletzende Antwort zu geben, wenn dieser Augenblick kam, aber ich schüttelte bloß den Kopf und schaute weg. Meiner Mutter gab ich einen Kuß zum Abschied, und zu Pearl sagte ich, wir würden uns in der Schule sehen. Dann stieg ich ins Auto. Dwight kam ans Fenster und sagte: »Also, viel Glück.« Er streckte seine Hand aus. Unfähig, mich zurückzuhalten, schüttelte ich sie und wünschte ihm auch viel Glück. Aber ich meinte es genausowenig ernst wie er.

Wir haßten uns. Wir haßten uns so sehr, daß andere Gefühle im dunkeln verkümmern mußten. Es verkrüppelte mich. Wenn ich an Chinook denke, muß ich nach den Gesichtern meiner Freunde suchen, nach ihren Stimmen, nach den Orten, wo ich willkommen war. Aber Dwights Gesicht kann ich immer sehen, seine Stimme immer hören. Ich höre seine Stimme in meiner, wenn ich im Ärger zu meinen Kindern spreche. Auch sie hören sie und sehen mich erstaunt an. Mein Jüngster sagte einmal zu mir: »Hast du mich nicht mehr lieb?«

Ich verließ Chinook, ohne einen Gedanken an die Jahre zu verschwenden, die ich dort verbracht hatte. Als wir über die Brücke fuhren, die aus dem Camp führte, griff Chuck unter seinen Sitz und holte eine Flasche Gorillablut hervor, das er für mich gemixt hatte. Die nahm ich mir vor, während Chuck immer wieder nach dem Canadian Club griff. Ich erinnere mich noch an das weizenfarbene Etikett mit den beiden großen C, und wie Chuck die Augen verdrehte, wenn er die Flasche ansetzte, wie der Alkohol zurückschwappte, wenn er sie wieder absetzte. Ich erinnere mich, wie der Whiskey in seinem Mundwinkel glitzerte.

Am Tisch des Herrn

Chuck betrank sich fast jeden Abend. Manchmal wurde er dann lustig. An anderen Abenden bekam er stille Wutanfälle, bei denen sein Gesicht rot wurde und anschwoll und seine Lippen die Worte murmelten, die in seinem Kopf brüllten. In der höchsten Rage warf er sich gegen Dinge, die nicht nachgaben. Er rammte seine Schulter gegen eine Wand, wich zurück und nahm neuen Anlauf. Mitunter stand er einfach da, sagte nichts und bombardierte die Wand mit den Fäusten. Am Morgen pflegte er mich dann zu fragen, was er letzte Nacht getan hatte. Ich glaubte ihm nicht wirklich, daß er es vergessen hatte, aber ich spielte mit und erzählte ihm, wie voll er gewesen war, völlig außer Kontrolle. Er schüttelte den Kopf über das Benehmen dieser seltsamen anderen Person.

Ich konnte nicht mithalten mit ihm und gab es irgendwann auf. Er sagte nie etwas dazu, aber ich wußte, er war enttäuscht von mir.

Chucks Vater hatte eine Molkerei betrieben, bevor er einen Laden aufgemacht hatte und Priester geworden war. Die Farm gehörte immer noch der Familie, aber jetzt war sie mitsamt dem Weideland an einen Nachbarn verpachtet. Mr. und Mrs. Bolger und ihre zwei kleinen Töchter wohnten im Hauptgebäude. Chuck und ich waren allein in einem umgebauten Lagerschuppen untergebracht, der etwa hundert Meter weiter weg stand. Mr. Bolger stellte sich vor, daß eine gute Portion Vertrauen uns zu einem erwachsenen Selbstbild verhelfen würde. Das hätte klappen müssen. Es klappte aber nicht.

Die Bolgers gingen um Punkt halb zehn zu Bett. Gegen zehn – falls Chuck nicht schon in der Falle lag – schoben wir sein Auto ein Stück die Einfahrt entlang, bevor wir es anwarfen, und fuhren dann zu Veronicas Haus. Arch und Psycho waren meistens da, manchmal auch Huff. Sie tranken und spielten Poker. Ich hatte kein Geld, deshalb saß ich auf dem Boden und sah mit Veronica den Spätfilm im Fernsehen. Veronica ruinierte jeden Film, indem sie mir alles über die Stars erzählte. Sie wußte den ganzen Tratsch aus Hollywood. Sie wußte, welcher Schauspieler, der angeblich tot war, in Wirklichkeit als sabberndes Gemüse vor sich hin vegetierte, und welche Schauspielerin niemals zu befriedigen war, es sei denn durch eine ganze Fußballmannschaft. Sie ging besonders hart mit den Männern ins Gericht. Laut Veronica waren sie alle ein Haufen warmer Brüder, und zum Beweis zeigte sie mir all die kleinen Signale und Bewegungen, mit denen sie ihre Neigung zu verstehen gaben. Wie sie eine Zigarette anzündeten, wie das Taschentuch in der Brusttasche saß, wie sie auf die Armbanduhr schauten oder in welchem Winkel sie den Hut aufsetzten – alles Indizien für Veronica. Selbst wenn sie nichts sagte, konnte ich spüren, wie sie die Männer auf dem Bildschirm beobachtete, bereit, loszuschlagen.

Auf dem Heimweg jagte Chuck mir Angst ein, indem er auf der Straße hin- und herschleuderte und Predigten über die Verdammnis hielt. Das sollten Parodien der Predigten seines Vaters sein, aber es waren in Wirklichkeit seine eigenen. Mr. Bolger predigte nicht so. Chuck konnte die Intonation und den Rhythmus seines Vaters nachmachen, aber nicht seine Musik. Was statt dessen herauskam, war seine eigene Angst, verdammt zu sein.

Ich war nicht an Menschen gewöhnt, die die Religion ernst nahmen. Das hatte meine Mutter nie getan, und Dwight war Atheist, einer von den orthodoxen Szientisten. (Jesus war nicht wirklich gestorben, er hatte eine Droge genommen, damit er tot aussah und später eine Wiederauferstehung fingieren konnte. Daß sich die Wasser des Roten Meeres auftaten, ließ sich durch einen Kometen erklären, der zu der Zeit am Himmel entlangzog. Manna war nichts als das altertümliche Wort für Kartoffel.) Alle paar Wochen kam ein Priester der Episkopalen, Father Karl, nach Chinook hochgefahren. Er meinte es vollkommen ernst, doch die Zuversicht, die er in mir erweckte, wenn ich ihm zuhörte, schwand wieder, wenn er abfuhr.

Mr. Bolger achtete darauf, keinen Druck auf mich auszuüben, aber ich begriff, daß er ein Menschenfischer war und mich als Freiwild betrachtete. Vielleicht kein großer Fang, aber doch ganz ordentlich. Die Gefahr bestand nicht darin, daß er mir irgend etwas aufzwingen würde, sondern darin, daß ich selbst mich zu etwas zwang, um mir seine Sympathien zu erwerben. Mr. Bolger war ein großer, würdevoller Mann. Er hatte ein langes Gesicht und einen brütenden Blick. Wenn ich mit ihm sprach, sah er mich so direkt an, daß ich manchmal vergaß, was ich gerade sagte. Ich hatte das Gefühl, daß er in mich hineinsehen konnte. Er behandelte mich höflich, aber ohne Zuneigung; er schien immer irgend etwas zurückzuhalten. Ich wollte, daß er gut von mir dachte.

Das war eine Gefahr. Die andere lag in der Musik. In Mr. Bolgers Kirche war die Musik mitreißend, nicht wie die klimakterialen katholischen Kirchenlieder, die ich in Salt Lake gelernt hatte. Die Menschen wurden mitgerissen, wenn sie diese Lieder sangen. Sie weinten und klatschten, sie schrien auf, sie schwankten den Gang entlang bis zum Altar. Ich hatte zuweilen Lust, es ihnen gleichzutun, aber ich hielt mich zurück. Chuck war stets neben mir, stumm wie ein Fisch. Er bewegte seine Lippen, ohne zu singen. Er war niemals vorn am Altar gewesen, und ich hatte Angst, daß er sich über mich lustig machen würde, wenn ich hinging. Also zauderte ich, obwohl ich gern nach vorn gehen wollte, aus musikalischer Sentimentalität und aus Gefallsucht. Und nach der Kirche war ich immer froh, es nicht getan zu haben, weil ich wußte, Mr. Bolger hätte mich durchschaut und wäre angewidert gewesen.

Chuck ging niemals auf mich los. In seinen trunkensten, düstersten Wutanfällen verletzte er nur sich selbst. Das war mein Glück. Chuck war ein Bulle, stämmig und breit gebaut. Ich hätte gegen ihn keine Chance gehabt. Die anderen Jungen ließen ihn in Frieden, und er ließ sie in Frieden, wozu er ohnehin neigte. Außer mit sich selbst war er gutmütig – nicht wie sein Vater, der wie alle würdevollen Männer seiner Güte diesen winzigen Hauch von Anstrengung verlieh, sondern wie seine Mutter. Er sah auch aus wie sie. Milchige Haut mit einem winterlich roten Fleck auf jeder Wange. Flachsgelbes Haar, das in der Sonne weiß wurde. Breite Stirn. Er hatte auch die blaßblauen Augen seiner Mutter und ihre Art, sie beim Zuhören zu verengen, auf den Boden zu sehen und zustimmend zu nicken, ganz gleich, was man sagte.

Jeder mochte Chuck. Im nüchternen Zustand war er freundlich und ruhig und freigiebig. Wenn ich einen seiner Pullover bewunderte, schenkte er ihn mir, und später schenkte er mir eine Buddy-Holly-Platte, bei der wir immer mitsangen. Chuck sang gerne, wenn er nicht in der Kirche war. Wenn man ihn bei Tageslicht sah, konnte man kaum glauben, daß er die Nacht zuvor damit zugebracht hatte, gegen einen Baum anzurennen. Deshalb machte es den Bolgers solche Schwierigkeiten, mit seiner Wildheit zu Rande zu kommen. Sie bekamen nichts davon mit. Er ließ sich Zeit beim Essen im Hauptgebäude, redete mit seinem Vater über den Laden, half seiner Mutter beim Abwaschen. Seine kleinen Schwestern scharwenzelten um ihn herum wie Spaniels. Für alle Welt wirkte Chuck wie ein Junge, der mit sich selbst im reinen war, und das war er in diesen Momenten auch. Er spielte den Leuten nichts vor. Und wenn der andere Chuck, der böse Chuck, etwas anstellte, erwischte es die Bolgers jedesmal an ihrem wunden Punkt und haute sie um.

*

Eines Abends kamen Psycho und Huff zum Kartenspielen herüber. Sie waren genauso pleite wie ich, also spielte ich mit. Wir tranken und spielten um Streichhölzer, bis es uns zu langweilig wurde. Dann beschlossen wir, daß es eine prima Idee wäre, rüber nach Bellingham und wieder zurück zu fahren. Chuck hatte nicht genug Sprit für die Fahrt, aber er sagte, er wüßte, wo wir welchen kriegen könnten. Er holte ein paar 20-Liter-Kanister und ein Stück Schlauch, und dann machten wir vier uns querfeldein auf den Weg.

An jenem Tag hatte es stark geregnet. Es nieselte immer noch ganz leicht durch den Dunst ringsum. Die Erde, frisch für die Saat gepflügt, war sumpfig. Sie zog an unseren Schuhen und ließ sie mit einem satten, matschigen Schmatzen wieder los. Psycho hatte Mokassins an und rutschte ständig aus ihnen raus. Schließlich gab er auf und kehrte um. Wir übrigen kämpften uns weiter. Alle paar Schritte hörten wir Psycho voller Wut hinter uns schreien.

Wir liefen eine gute halbe Meile, bevor wir die Farm der Welchs erreichten. Eine Weile lungerten wir bei den Nebengebäuden herum, dann überquerten wir den Hof, auf Mr. Welchs Laster zu. Chuck pumpte Benzin aus dem Tank, während Huff und ich das Haus beobachteten. Ich war nie zuvor dort gewesen, aber ich kannte die Welch-Söhne aus der Schule. Sie waren zu dritt, alle trübselig, schäbig gekleidet und still, beinahe stumm. Einer der Jungen namens Jack war in meiner Klasse. Er wirkte verloren und roch muffig wie ein alter Mann, der seinen Stolz verloren hat. Da wir den gleichen Vornamen hatten, fand es Mr. Mitchell witzig, uns beim Sport als Sparringspartner einzuteilen. Dann bildeten die anderen Jungen einen Kreis um uns und schrien: »Los, Jack! Gib's ihm, Jack! Mach ihn fertig, Jack!« Aber Jack Welch hatte nicht den Mumm. Er hielt seine Boxhandschuhe zweifelnd empor, als fürchtete er, sie könnten sich gegen ihn richten, und warf mir jedes Mal einen entschuldigenden Blick zu, wenn Mr. Mitchell ihn dazu antrieb, einen Schwinger zu versuchen. Es war merkwürdig, ihn sich in jenem dunklen Haus vorzustellen, seine unglücklichen Augen im Schlaf geschlossen, während ich draußen Schmiere stand. Huff grunzte, als er mit einem Stock an seinen Schuhen herumkratzte. Der Geruch von Benzin hing in der Luft.

Chuck füllte die Kanister, und wir machten uns wieder

auf. Der Rückweg war härter als der Hinweg. Jetzt ging es bergauf. Wir wechselten uns beim Tragen der Kanister ab, schwangen sie nach vorn und stolperten ihnen hinterher. Ihr Gewicht drückte uns in den Morast und brachte uns aus der Balance, so daß wir nur mühselig vorankamen und immer wieder hinfielen. Als wir es geschafft hatten, waren wir von oben bis unten voller Schlamm. Ich hatte mir an einem Stacheldraht das Hemd zerrissen. Mein unversehrter Arm war taub, so schwer zogen die Kanister, der andere Arm pochte vor Schmerz, wo ich mit meinem Finger an einem Pfahl entlanggeschrammt war. Ich war todmüde, und die anderen auch. Keiner sagte mehr ein Wort von Bellingham. Während Chuck Huff und Psycho nach Hause fuhr, schrubbte ich mich ab und fiel ins Bett.

Am nächsten Morgen weckte uns Mr. Bolger spät. Er streckte nur seinen Kopf durch die Tür und sagte: »Aufstehen«, aber etwas in seiner Stimme ließ mich hochschnellen, hellwach. Chuck auch. Wir sahen uns an und standen ohne ein Wort auf. Mr. Bolger wartete an der Tür. Sobald wir angezogen waren, sagte er: »Kommt mit« und wandte sich in Richtung Hauptgebäude. Er ging mit langen, vorwärtsdrängenden Schritten, den Kopf vornübergebeugt wie unter einer Last, und sah sich keinmal um, ob wir noch hinter ihm waren. Als ich zu Chuck hinüberspähte, waren seine Augen auf den Rücken seines Vaters geheftet. Sein Gesicht war leer.

Wir folgten Mr. Bolger in die Küche. Mrs. Bolger saß am Frühstückstisch und schluchzte in eine Serviette. Ihre Augen waren gerötet, und eine blaue Ader trat auf ihrer blassen Stirn hervor. »Setzt euch hin«, befahl Mr. Bolger. Ich setzte mich Mrs. Bolger gegenüber und starrte auf die Tischdecke. Mr. Bolger sagte uns, daß Mr. Welch gerade dagewesen war, aus Gründen, die wir uns sicher unschwer vorstellen könnten. Ich blieb ganz ruhig. Chuck genauso. Mr. Bolger wartete, aber wir sagten immer noch nichts. Dann, um sich unser dummes Leugnen zu ersparen, teilte er uns mit, daß wir eine Spur hinterlassen hatten, der jeder folgen konnte. Man mußte ihr nicht mal folgen – man konnte sie von hier aus sehen.

»Wie konntet ihr nur so etwas tun?« fragte Mrs. Bolger. »Noch dazu mit den Welchs, ausgerechnet?«

Ich blickte auf und sah, wie Mr. Bolger mich musterte. Wir sahen beide weg, als sich unsere Blicke trafen.

Neuerliche Schluchzer erschütterten Mrs. Bolger. Mr. Bolger legte seine Hand auf ihre Schulter. »Was ist eure Entschuldigung?« fragte er Chuck.

Chuck sagte, daß es keine gab.

»Jack?«

»Keine Entschuldigug, Sir.«

Er sah uns beide an. »Hattet ihr getrunken?«

Wir gaben beide zu, daß wir getrunken hatten.

Mr. Bolger nickte, und ich begriff, daß dies zu unserem Vorteil war, so groß war sein Glaube an die Macht des Alkohols, einen Menschen zu verwandeln. Es war auch zu unserem Vorteil, daß wir das Trinken nicht zu unserer Verteidigung vorgebracht, sondern als einen weiteren Fehler eingestanden hatten. Das ließ Mr. Bolger freie Hand, Entschuldigungen für uns zu finden.

Chuck und ich zeigten rituelle Scham und Mr. Bolger rituellen Zorn, doch das Schlimmste war überstanden, und wir alle wußten es. Wir verbrachten den restlichen Morgen am Küchentisch und arbeiteten einen Wiedergutmachungsplan aus. Chuck und ich würden das Benzin zurückbringen, das wir vor lauter Müdigkeit nicht mal mehr in seinen Tank geschüttet hatten. Wir würden uns bei Mr. Welch entschuldigen, und wir würden unser Wort geben, nicht wieder zu trinken. Die Versprechen, die wir bereits gebrochen hatten, wurden mit keiner Silbe erwähnt. Wir gingen auf alle Bedingungen von Mr. Bolger ein, bis auf eine – wir weigerten uns, ihm zu verraten, wer noch dabei gewesen war. Er bedrängte uns, um ihre Namen zu erfahren, aber mir war völlig klar, daß das zur Zeremonie gehörte, und daß er froh war, daß wir zumindest fähig zu Loyalität waren. Er muß sowieso gewußt haben, wer die anderen waren.

Wir standen auf und besiegelten alles mit einem Händedruck. Mr. Bolger ließ durchblicken, daß er nicht vorhatte, sich deshalb zum obersten Richter über uns aufzuschwingen. Er wollte das Ganze hinter sich bringen, je schneller, je lieber. Mrs. Bolger stand nicht auf. Ich sah ihr an, daß sie unser Unrecht immer noch schmerzlich fühlte, doch selber fühlte ich es nicht.

*

Chuck und ich luden die Kanister ein und brachten sie zur Farm der Welchs. Über die Felder war es zwar nicht so weit, aber um mit dem Wagen dorthin zu kommen, mußten wir bis zur Hauptstraße hochfahren und dann in einen gewundenen, nicht asphaltierten Feldweg abbiegen, der immer noch matschig vom Regen des Vortags war. Chuck fuhr schnell, damit wir nicht steckenblieben. Der Schlamm klatschte gegen den Unterboden des Autos. Wir kamen an Krüppelkiefernwäldern vorbei, die sich hie und da auftaten und den Blick auf ein Haus freigaben, oder eine Lichtung, auf der ein paar Kühe standen. Chuck fluchte den ganzen Weg am laufenden Meter.

Wir fuhren in die Einfahrt der Welchs und blieben noch einen Augenblick schweigend sitzen, bevor wir ausstiegen.

Während der Sommerferien hatte ich öfter auf Farmen gearbeitet, beim Heuen oder bei der Ernte. Diese Farmen lagen talaufwärts bei Marblemount, in der Nähe des Flusses, aber nicht allzu nahe, und hatten ein gutes Entwässerungssystem und fruchtbaren Boden. Den Besitzern ging es gut. Sie hatten moderne Geräte, und ihre Häuser und Scheunen waren immer frisch gestrichen. In ihren Höfen gab es gepflegte Rasenflächen, dekorative Blumenbeete und zur Verzierung Vogelbecken, Wagenräder und große Keramik-Eichhörnchen.

Der Hof bei den Welchs war ein einziges Schlammfeld, eine Suhle ohne Schweine. Da wuchs nichts. Und nichts bewegte sich, keine Katzen, keine Hühner, keine Köter, die herausgelaufen kamen, um uns zu verbellen. Das Haus war klein, aschgrau und baufällig. Dichtes Moos wuchs auf dem

Schindeldach. Es gab keine Veranda, nur eine Persenning hatte man von einer Wand aus gezogen, als Schutzdach für einen Waschzuber, eine Mangel und eine Wäscheleine, die von trostlosen Laken und schlaffen Hemden in verschiedenen Größen durchhing.

Rauch stieg aus einem Schornstein auf. Wenn man nach oben sah, war man überrascht, daß der Himmel frisch und blau war.

Chuck klopfte an. Eine Frau öffnete die Tür und stand im Eingang, hinter ihr ein kleines Mädchen. Beide waren rothaarig und dünn. Das kleine Mädchen lächelte Chuck an. Er lächelte traurig zurück.

»Ich war überrascht«, sagte die Frau. »Ich muß sagen, ich war überrascht.«

»Es tut mir leid«, entschuldigte sich Chuck. Er machte das beschämte Gesicht, das er am Morgen in der Küche aufgesetzt hatte.

»So was hätt' ich nie von dir gedacht«, sagte sie. Sie sah mich an, dann wandte sie sich wieder Chuck zu. »Du sagst, es tut dir leid. Na, mir auch. Und Mr. Welch auch. Mit so was hätten wir einfach nie gerechnet.«

Mrs. Welch beschrieb uns, wo wir ihren Mann finden konnten. Als wir durch den Matsch stapften und die Benzinkanister neben uns hin- und herschaukelten, zischte Chuck: »Scheiße, Scheiße, Scheiße...«

Mr. Welch saß auf einem Stapel Holz und beobachtete Jack und einen seiner anderen Söhne. Sie waren ein Stückchen weiter weg und gruben mit einem Pfahlspaten abwechselnd Löcher für Pfosten. Mr. Welch hatte nichts auf dem Kopf. Sein wuscheliges, braunes Haar wehte im Wind. Er trug einen neuen, dunkelblauen Overall, der steif wirkte und um die Knöchel schlammverkrustet war. Wir gingen zu ihm hin und setzten die Kanister ab. Er warf einen Blick darauf, dann auf seine Söhne. Sie behielten uns beim Arbeiten im Auge, nicht etwa drohend, sondern einfach um zu sehen, was da passierte. Ich hörte, wie der Pfahlspaten den Morast mit dem gleichen schlürfenden Geräusch hochstemmte, das unsere Schuhe in der vorigen Nacht gemacht hatten. Chuck winkte ihnen zu, und sie nickten beide.

Wir sahen ihnen eine Weile zu. Dann trat Chuck an Mr. Welchs Seite und begann mit leiser Stimme zu reden und ihm zu sagen, wie leid das Ganze ihm tat. Er versuchte, nichts zu erklären und erwähnte nicht, daß wir getrunken hatten. Sein Auftreten war ernsthaft und aufrichtig, fast tragisch.

Mr. Welch beobachtete seine Söhne. Er sagte nichts. Als Chuck fertig war, drehte sich Mr. Welch um und schaute uns an, und an der langsamen, mühseligen Bewegung, mit der er sich umwandte, konnte ich erkennen, wie elend ihm schon bei dem Gedanken zumute war, uns ansehen zu müssen. Seine Wangen waren stoppelig und eingefallen. Seine Augen waren verschwommen, als hätte er geweint oder sei kurz davor.

Ich brauchte nicht die Tränen in Mr. Welchs Augen zu sehen, um zu wissen, daß ich Schande über mich gebracht hatte. Ich wußte es schon, als wir in den Hof der Farm eingefahren waren und ich den Ort bei Tageslicht gesehen hatte. Alles, was ich danach sah, machte dieses Wissen nur noch zwingender. Diese Leute kamen nicht über die Runden. Sie standen nahe am Abgrund, und ich hatte sie noch ein kleines bißchen näher geschubst. Nicht viel, aber genug, um ihnen etwas von ihrem Spielraum zu nehmen. Daß wir das Benzin zurückgaben, änderte daran überhaupt nichts. Das eigentliche Übel lag darin, daß sie jetzt wußten, jemand konnte sie in diesem Zustand sehen und es fertigbringen, sich extra Zeit zu nehmen, um ihnen Schaden zuzufügen. Dieses Wissen mußte ihnen das Gefühl geben, klein und mutterseelenallein zu sein – das war der Schaden, den wir angerichtet hatten. Einiges davon verstand ich, den Rest fühlte ich.

Die Farm der Welchs wirkte vertraut auf mich. Es war nicht bloß die Ähnlichkeit zwischen ihrem Hof und dem Haus, wo ich in Seattle gelebt hatte, es war das gesamte Bild, das Haus, der Schlamm, die Stille, die Jungen, die den Pfahlspaten hochstemmten und wieder hineinstießen. Ich erkannte meine Vorstellungen vom Scheitern wieder, die hier ihre vollkommene Umsetzung erfahren hatte.

Warum gruben Jack und sein Bruder Löcher für Pfähle? Ein Zaun an dieser Stelle würde parallel zu dem verlaufen, der den Hof bereits umschloß. Die Welchs hatten keine Tiere, die sie ein- oder aussperren konnten – ein Zaun an dieser Stelle erfüllte keinerlei Zweck. Ihre Arbeit war sinnlos. Viele Jahre später, als ich auf ein Boot wartete, das mich über einen Fluß setzen sollte, beobachtete ich zwei Vietnamesinnen, die planmäßig mit Stöcken auf einen ausrangierten Lastwagenreifen einschlugen. Sie taten es eine ganze Weile lang und waren immer noch dabei, als ich den Fluß überquerte. Sie gehörten zu dem Traum, aus dem heraus ich die Welchs wiedererkannte, meinem Versagertraum, meinem Verdammnistraum, mit seiner feierlichen Choreographie redlicher, nutzloser Handlungen.

Es braucht eine kindliche oder eine verrottete Phantasie, um andere Menschen zu Symbolen zu machen. Ich kannte die Welchs nicht. Ich hatte kein Recht, sie so zu sehen. Ich hatte kein Recht, Furcht oder Mitleid oder Abscheu zu empfinden, kein Recht, irgend etwas anderes zu empfinden als Bedauern für das, was ich getan hatte. Trotzdem fühlte ich all das aber. Eine Art Panik überfiel mich. Ich konnte nicht atmen. Das einzige, was ich wollte, war von dort wegzukommen.

Mr. Welch hatte etwas zu Chuck gesagt, etwas, das ich nicht hören konnte, und Chuck war zur Seite getreten. Ich begriff, daß seine Entschuldigung angenommen worden war. Mr. Welch wartete nun auf meine, und seine Haltung während dieses Wartens sagte mir, daß ihm all dies schwerfiel. Es wurde Zeit, daß wir es hinter uns brachten. Aber ich blieb stehen, wo ich war, und beobachtete, wie die Welch-Jungen Schlamm hochholten. Ich brachte es nicht fertig, mich zu bewegen oder etwas zu sagen. Einfach nur dastehen, das war das einzige, was ich tun konnte. Als Chuck begriff, daß ich nichts sagen würde, murmelte er Auf Wiedersehen und schüttelte Mr. Welchs Hand. Ich folgte ihm zum Auto, ohne mich umzudrehen.

*

Mr. Bolger klopfte an unsere Tür, als wir wieder zu Hause waren. Diese kleine Höflichkeit klang vielversprechend, und als er hereinkam, sah ich, daß er nur darauf wartete, uns vergeben zu können. Es machte mich traurig zu wissen, daß ich seiner Vergebung zum Greifen nahe war und sie doch nicht erreichen konnte. Er nickte uns zu und fragte: »Wie ist es gewesen?«

Chuck antwortete nicht. Er hatte nicht mehr mit mir gesprochen, seit wir bei den Welchs losgefahren waren. Ich wußte, er verachtete mich dafür, daß ich mich nicht entschuldigt hatte, aber ich war nicht imstande, ihm meine Gefühle zu erklären, geschweige denn mir selbst. Ich war überzeugt, daß es keinen Unterschied gab zwischen Erklärungen und Entschuldigungen, und daß Entschuldigungen unmännlich waren. Genau wie Gefühle, vor allem komplizierte Gefühle. Ich gab sie nicht zu. Ich wußte kaum, daß ich welche hatte.

Chuck umgab sich mit Schweigen. Das Ende unserer Freundschaft stand kurz bevor. Ich konnte bei den Ausschweifungen nicht Schritt halten, und nun hatte ich auch bei der Reue versagt.

Mr. Bolger sah mich an, als er von Chuck keine Antwort bekam.

»Chuck hat sich entschuldigt«, sagte ich. »Ich nicht.«

Mr. Bolger bat Chuck, uns allein zu lassen, und setzte sich auf das andere Bett, als Chuck draußen war. Mit ostentativer Geduld versuchte er zu verstehen, warum ich mich nicht entschuldigt hatte. Alles, was ich sagen konnte war: »Ich konnte es nicht.«

Das war ihm zuwenig.

»Ich wollte«, sagte ich. »Aber ich konnte einfach nicht.«

»Du fandest doch auch, daß es deine Pflicht war, dich bei den Welchs zu entschuldigen.«

»Ja, Sir.«

»Du hattest versprochen, dich zu entschuldigen, Jack. Du hattest dein Wort gegeben.«

Ich wiederholte, daß ich gewollt, aber nicht gekonnt hätte.

Da verlor Mr. Bolger das Interesse an mir. Ich las es in seinen Augen. Er teilte mir mit, daß er und Mrs. Bolger gehofft hatten, ich würde glücklich bei ihnen sein, glücklicher jedenfalls, als ich es offenbar bei meinem Stiefvater gewesen war, aber ich machte nicht den Anschein. Alles in allem hielt er es für sinnlos, daß ich noch länger bei ihnen blieb. Er sagte, er wollte noch am gleichen Abend meine Mutter anrufen und mit ihr ausmachen, daß sie kommen und mich abholen sollte. Ich widersprach nicht. Ich wußte, er hatte sich entschieden.

Ich auch. Ich hatte beschlossen, zur Armee zu gehen.

*

Meine Mutter kam am nächsten Tag. Sie palaverte ein paar Stunden lang mit den Bolgers, dann fuhren wir gemeinsam ein Stück. Zuerst sagte sie nichts. Ihre Hände waren um das Steuerrad gekrampft; die Muskeln ihrer Kiefer waren angespannt. Wir fuhren die Landstraße ein paar Kilometer weit, bis zu einem Rastplatz. Meine Mutter bog auf den Parkplatz ein und stellte den Motor ab.

»Ich mußte sie anbetteln«, sagte sie.

Dann erzählte sie mir, was sie mit ihrem Betteln erreicht hatte. Mr. Bolger hatte schließlich doch eingewilligt, mich bei ihnen bleiben zu lassen, falls ich die Sache mit den Welchs ins reine brachte, indem ich nach der Schule auf ihrer Farm arbeitete.

Ich sagte, das würde ich lieber nicht tun.

Sie ignorierte mich. Den Blick über das Steuerrad hinweg gerichtet, fügte sie hinzu, daß Mr. Bolger außerdem wollte, daß Father Karl mal mit mir redete. Mr. Bolger hoffte, Father Karls Sorte Religion könnte mich vielleicht anrühren, da sie derjenigen näherstand, mit der ich aufgewachsen war. Meine Mutter stellte mich vor die Wahl: Entweder richtete ich mich nach Mr. Bolger, oder ich packte meine Sachen. Heute noch. Und falls ich letzteres tun wollte, hatte ich es mir hoffentlich gut überlegt, denn sie konnte mich nicht mit nach Hause nehmen – Dwight würde mich nicht zur Tür hereinlassen. Allem Anschein nach hatte sie Aussichten auf einen Job in Seattle, aber es würde noch eine Weile dauern, bis sie das sicher wußte, und dann würde sie Zeit brauchen, um in Gang zu kommen und eine Wohnung zu finden.

»Warum hast du dich nicht bei diesen Leuten entschuldigt?« fragte sie.

Ich sagte ihr, daß ich es nicht konnte.

Sie sah mich an und starrte dann wieder durch die Windschutzscheibe. Niemals war sie mir so fern gewesen. Wenn ich eine Bank ausgeraubt hätte, sie hätte zu mir gehalten, aber nicht bei sowas. Sie fragte: »Also, was hast du vor?« Es klang nicht besonders interessiert.

Ich antwortete, ich würde tun, was immer die Bolgers von mir verlangten.

Sie ließ den Wagen an und brachte mich zurück. Nachdem sie mich hatte aussteigen lassen, fuhr sie schnell weg.

*

Mr. Bolger hatte in der Woche keine Zeit, um meinen Dienst bei den Welchs in die Wege zu leiten, aber das wußte ich nicht. Jeden Tag nach der Schule kam ich in den Laden, in der Erwartung, daß man mich aufforderte, wieder nach draußen zu gehen und ins Auto zu steigen. Ich trat ein und zögerte, und wenn keiner etwas sagte, ging ich leise ins Hinterzimmer, band mir die Schürze um und begann mit der Hausarbeit. Chuck und ich hatten das immer zusammen getan, schwatzend, herumalbernd, mit den Staubtüchern klatschend und einander mit den Besenstielen pieksend. Jetzt arbeiteten wir jeder für sich, schweigend. Ich träumte. Manchmal sah ich die Farm der Welchs vor mir, sah mich dort, im Schlamm versinkend, umgeben von vorwurfsvollen Gesichtern. Immer wenn ich daran dachte, mußte ich die Augen schließen und tief Luft holen.

Gegen Ende der Woche kam Father Karl vorbei. Er sprach ein paar Minuten mit Mr. Bolger im Lagerraum, dann rief er mich nach draußen. »Machen wir einen Spaziergang«, schlug er vor.

Wir folgten einem Pfad zum Fluß hinunter. Father Karl sagte nichts, bis wir am Ufer angekommen waren. Er hob einen Stein auf und warf ihn ins Wasser. Ich hatte den zynischen Verdacht, er würde mir die gleiche Predigt halten, wie sie der Kaplan im letzten Sommer im Pfadfinderlager vor jeder Gruppe von Neuankömmlingen gehalten hatte. Er ging dazu immer ans Ufer des Sees, hob ganz nebenbei eine Handvoll Steine auf und warf einen hinein. »Nur ein Kieselstein«, sagte er dann versonnen, als käme ihm der Gedanke eben erst, »nur ein Kieselstein, aber seht euch an, welche Wellen er schlägt und wie weit die Wellen reichen...« Bis zum Ende des Sommers behandelten wir Lager-Trainer ihn alle mit offener Geringschätzung. Wir nannten ihn Kiesel.

Aber Father Karl hielt mir diese Predigt nicht. Hätte er auch nicht gekonnt. Er hatte sich seinen Glauben auf die harte Weise erkämpft, und er sprach nicht kunstvoll oder feinsinnig davon. Seine Eltern waren Juden. Sie waren beide in Konzentrationslagern umgebracht worden, und Father Karl hatte selbst nur knapp überlebt. Einige Zeit nach dem Krieg konvertierte er zum Christentum und wurde dann Priester. Seiner Sprache haftete noch immer etwas Osteuropäisches an. Er sah auf eine düstere Weise gut aus, was ihm nicht bewußt zu sein schien, und er hatte eine nachdenkliche Art, die zur Schärfe neigte, sobald er es mit Verstellung oder Oberflächlichkeit zu tun bekam. Ich hatte diese Schärfe bereits gespürt und es war kurz davor, daß ich sie erneut zu spüren bekam.

Er fragte mich, für wen ich mich eigentlich hielt.

Ich wußte nicht, wie ich diese Frage beantworten sollte. Ich versuchte es gar nicht erst.

»Schau dich doch an, Jack. Was machst du? Sag mir, was du deiner Meinung nach machst.«

»Ich vermassele wohl alles«, antwortete ich und versetzte meinen Kopf in ein reumütiges Schütteln.

»Laß den Quatsch!« rief er. »Laß den Quatsch!«

Er sah aus, als würde er mich gleich schlagen. Ich beschloß, mich ruhig zu verhalten.

»Was wird mit dir passieren, wenn du so weitermachst?« fragte er. »Antworte!«

»Ich weiß es nicht.«

»Aber sicher. Natürlich weißt du es.« Seine Stimme war weicher. »Du weißt es.« Er hob noch einen Stein auf und schleuderte ihn in den Fluß. »Was willst du?«

»Wie bitte?«

»Wollen! Du mußt doch etwas *wollen*. Was willst du?«

Ich wußte die Antwort auf diese Frage, das schon. Aber ich war mir sicher, daß meine Antwort ihn nur noch mehr aufbringen würde, denn ich wußte, sie war weltlich und stand all dem entgegen, was ich mir von seinen eigenen Wünschen ausmalen konnte. Ich konnte mir nicht vorstellen, daß Father Karl sich Geld wünschte, eine gewisse Auswahl an Gütern oder die Wertschätzung der Welt um jeden Preis. Ich konnte mir nicht vorstellen, daß er irgendeinen Wunsch hatte, der so groß war wie mein Wunsch nach all dem, konnte mir nicht vorstellen, daß er sich diese meine Wünsche ohne Verachtung anhören würde.

All dies konnte ich nicht in Worte fassen, genausowenig wie meine Einsicht, daß ich, um Father Karls Hoffnung auf Erlösung zu teilen, die meine hätte aufgeben müssen. Er glaubte an Gott, und ich glaubte an die Welt.

Ich schüttelte seine Frage ab. Ich wüßte nicht genau, was ich wollte, sagte ich.

Er setzte sich auf einen Baumstamm. Ich zögerte und ließ mich ein Stück weiter weg nieder und starrte über den Fluß. Er hob einen Stock auf und stocherte damit im Boden herum. Dann fragte er mich, ob ich meine Mutter unglücklich machen wollte.

Ich sagte nein.

»Das willst du nicht?«

Ich schüttelte den Kopf.

»Tja, das tust du aber.«

Ich sagte nichts.

»Na gut. Willst du sie denn glücklich machen?«

»Klar.«

»Gut. Das ist ja schon mal etwas. Das ist eine Sache, die du willst. Oder?« Als ich zustimmte, fuhr er fort: »Aber du machst sie unglücklich, oder etwa nicht?«

»Ich glaube schon.«

»Kein ›Ich glaube‹, Jack. Du tust es.« Er sah zu mir herüber. »Warum hörst du dann nicht auf? Warum hörst du nicht einfach auf damit?«

Ich antwortete nicht sofort, damit es nicht so aussah, als stimmte ich automatisch zu. Ich wollte, daß es wirkte, als dächte ich ernsthaft über seine Frage nach. »Also gut«, meinte ich. »Ich werde es versuchen.«

Er warf den Stock hin. Er musterte mich immer noch, und ich wußte, er hatte begriffen, was gerade passiert war; daß er mich kein bißchen »angerührt« hatte, weil mich nichts berühren konnte. Ich verbarg mich. Ich hatte einen Strohmann an meiner Stelle zurückgelassen, der ein bedauerndes Gesicht und lauter Versprechungen machte, während ich selbst weit weg war. Father Karl wußte das.

Trotzdem gingen wir nicht gleich zurück. Wir saßen da und starrten auf das Wasser hinaus. Der Fluß war angeschwollen vom Schmelzwasser. Eher braun als grün gluckste und zischte er am Ufer entlang. Weiter in der Mitte, zwischen den moosbewachsenen Felsen und den ineinander verflochtenen Baumwurzeln, die sich dort verfangen hatten, schäumte und brodelte er. Unter den wechselnden Oberflächengeräuschen des Flusses drang ein stetiges tiefes Seufzen hervor, das sich niemals änderte und immer lauter wurde, während man darauf lauschte, bis man nichts anderes mehr hörte als dieses Geräusch. Vögel flogen dicht über dem Wasser. Neue Blätter glitzerten an den Espen am Ufer.

Es war Frühling. Wir waren beide einen Augenblick lang davon gefangen und vergaßen unsere abweichenden Lebensvorstellungen. Wir gingen miteinander um wie Tiere derselben Rasse. Dann, mit einem Ruck, wußten wir wieder, wo wir waren. Father Karl gab noch eine abschließende Ermahnung ab, ich sagte, ich wollte mich bessern, und wir gingen zurück zum Laden.

Am Wochenende teilte mir Mr. Bolger mit, daß er mit den Welchs gesprochen hatte, und daß sie meine Hilfe abgelehnt hatten. »Sie wollten dich nicht haben«, sagte er, und seine Ernsthaftigkeit gab mir zu verstehen, daß dies die äußerste Strafe war, eine viel schlimmere Strafe als harte Arbeit auf ihrer Farm. Er schaffte es tatsächlich, daß ich enttäuscht war. Aber ich kam darüber hinweg.

*

Eines Abends kam der Sheriff ins Haus und teilte den Bolgers mit, daß Chuck mit einer Anklage wegen Verführung Minderjähriger zu rechnen hatte. Auch Huff und Psycho waren von der Anzeige betroffen. Das Mädchen war in meiner Klasse an der Concrete High – sie gehörte zu einer Meute hysterisch jammernder Backfische, die in hautengen Kleidern herumliefen, ihre Gesichter mit Make-up zukleisterten, kettenrauchten und im Unterricht schwätzten und ihr Bestes taten, um die Aufmerksamkeit der Jungen auf sich zu ziehen, die sie garantiert schlecht behandeln würden. Jemand hatte ihr einen dicken Bauch gemacht. Sie hatte ihre Schwangerschaft geheimgehalten, so lange sie konnte, und sie war schon im Normalzustand so fett, daß es erst zwei Monate vor der Entbindung zu dieser Enthüllung kam. Sie hieß Tina Flood, aber alle nannten sie bloß die Große Flut. Sie war fünfzehn Jahre alt.

Der Sheriff hatte mit Tina geredet und aufgrund ihrer Aussage ihren Vater überredet, die Anzeige noch eine Zeitlang zurückzuhalten. Tina hatte gesagt, daß sie niemanden wegen irgend etwas anzeigen wollte, sie wollte nur, daß

Chuck sie heiratete. Mr. Flood seinerseits wollte das ganze Pack am liebsten ins Gefängnis werfen lassen. Doch er muß wohl gewußt haben, daß das seiner Tochter nichts nützen würde und daß, wenn sie in eine Familie wie die Bolgers einheiratete, sie mehr Glück gehabt hatte, als sich irgend jemand je hätte träumen lassen. Deshalb hatte er den Rat des Sheriffs angenommen. Er wartete bloß noch auf Chucks Einwilligung.

An jenem Abend kam Chuck vom Haus herüber, setzte sich aufs Bett und erzählte mir alles. Er erzählte mir auch, daß er keineswegs vorhatte, Tina Flood zu heiraten. Das hatte er auch zum Sheriff gesagt, daß er lieber den Rest seines Lebens im Gefängnis verbringen würde. Der Sheriff meinte, er solle nichts überstürzen. Er würde Mr. Flood in Schach halten, bis Chuck sich die Sache in Ruhe überlegt und alles mit seiner Familie durchgesprochen hatte. Aber falls Chuck sich gegen Tina Flood entscheiden würde, hätte das Konsequenzen. Er würde ins Gefängnis kommen. Es handelte sich um ein ernsthaftes Vergehen, und die Anklage gegen ihn und die anderen stand auf festem Boden.

Chuck sagte, er wolle es nicht tun.

Ich versicherte ihm, das würde ich auch nicht. Ich machte ihm Mut, aber tief in meinem Herzen freute es mich, daß er im Schlamassel steckte, und nicht nur, weil ich damit aus der Schußlinie geriet. Ich war immer noch verletzt darüber, daß er mich bei meinen eigenen Schwierigkeiten im Stich gelassen hatte. Es mißfiel mir ganz und gar nicht, daß jetzt er auf der Anklagebank saß und ich die Chance hatte, ihm zu beweisen, daß ich ein besserer Freund war als er damals. Ich würde für ihn einstehen.

Sonst aber auch keiner. Nicht Huff, nicht Psycho, nicht mal seine Eltern. Mrs. Bolger litt zu sehr darunter, um auch nur mit ihm zu sprechen. Sie weinte ständig und ging fast nie aus dem Haus. Mr. Bolgers Sorge um sie äußerte sich in unerbittlichem Zorn gegen Chuck. Er setzte ihm hart zu, und wenn er das nicht tat, warf er ihm wütende Blicke zu, vor allem während der Mahlzeiten. Das Abendessen war die schlimmste Zeit des ganzen Tages. Niemand sagte ein Wort. Die Geräusche von Metall gegen Porzellan, von Kauen und Schlucken, von knarrenden Stühlen, alles klang grotesk, wie durch einen Verstärker. Chucks Schwestern schlangen ihr Essen hinunter und verdrückten sich. Das tat ich auch. Chuck mußte bleiben und dann, wenn alle anderen weg waren, die Moralpredigten seines Vaters ertragen.

Mr. Bolger wollte, daß er Tina Flood heiratete. Chuck hatte dem Mädchen schließlich beigewohnt, wie er selbst zugab. Es machte keinen Unterschied, ob sie auch mit den beiden anderen Jungen zusammengewesen war oder mit hundert anderen, Chuck hatte ihr beigewohnt, und durch diese Tat trug er die Verantwortung für das, was danach möglicherweise mit ihr geschah. Er hatte kein Recht dazu, diese Verantwortung abzulehnen, nur weil sie unbequem war. Er hatte den erwachsenen Mann gespielt; jetzt war der Zeitpunkt gekommen, auch ein erwachsener Mann zu sein.

Mr. Bolger muß an seinen eigenen Ratschlägen gewürgt haben. Er war großzügig, aber auch stolz, zu stolz, um ohne ein Gefühl der Demütigung diese Argumente vorzubringen, mit denen er sich die Große Flut als Schwiegertochter einhandelte. Aber er akzeptierte den Preis für seine Prinzipientreue und behielt seine Empfindungen für sich.

Huff und Psycho wollten ebenfalls, daß Chuck Tina heiratete, aber sie hatten viel simplere Gründe dafür als Mr. Bolger. Wenn er sie nicht heiratete, mußten sie beide mit ihm nach Walla Walla gehen. Das erschien ihnen unnötig und unfair. Alles, was Chuck zu tun hatte, war, für ein paar Jahre in den sauren Apfel zu beißen und sie dann fallenzulassen.

Das wollte Chuck nicht tun. Er erläuterte den beiden seine Gründe nicht, nicht einmal seinem Vater, doch nachts, wenn er am deutlichsten spürte, daß er sich allein und im Kriegszustand befand, erklärte er sie mir. Es kostete ihn Mühe, die richtigen Worte zu finden, und er war immer ein bißchen erstaunt, wenn sie herauskamen. Ich aber auch. Im Grunde wollte Chuck Tina Flood nicht heiraten, weil er glaubte, anderweitig gebunden zu sein. Sicher, er trieb es gern mit Mädchen, aber in seinem tiefsten Innern sparte er sich für seine Frau auf. Er hatte eine deutliche Vorstellung von ihr, und wenn er ihr eines Tages begegnete, würde er sie heiraten und auf ewig mit ihr verheiratet bleiben. Die Ehefrau, für die Chuck sich aufsparte, war eine Fernsehgattin, flott, fromm und adrett. Ihr gemeinsames Leben würde ein herzerwärmender Mehrteiler voller zärtlichem Geplänkel werden. Auch mit einem gewissen religiösen Gehalt; der Ehemann, den Chuck für seine Frau aufsparte, war ein Mensch, der ganz versessen darauf war, seine Verfehlungen einzusehen und sich zu bessern. Alkohol, Spiel und Unzucht für immer hinter sich zu lassen, gemeinsam mit dem schlechten Umgang seiner wilden Jugend. Und kaum verheiratet, Kinder, und zwar massenweise. Nüchternheit. Treue. Tischgebet und eine eigene Kirchenbank am Sonntag.

Er wollte gut leben. Das gute Leben, wie er es sich vorstellte, war genauso konventionell wie dasjenige, das ich mir für mich ausmalte, allerdings ohne die hochfliegenden Ansprüche. Und Chuck glaubte immer noch an seines, während mir das meine allmählich zerrann. Ich hatte nicht die geringste Ahnung, was aus mir werden würde. Mein Leben war ein einziges Durcheinander, und da ich die Schwierigkeiten meinem Pech zuschrieb, konnte ich mir kein anderes Heilmittel vorstellen als Glück – das ich offenbar nicht hatte.

Chuck klammerte sich an seinem Traum fest, als wäre er schon Wirklichkeit. Er war sogar bereit, dafür ins Gefängnis zu gehen. Tina Flood und ihr Baby waren für ihn nicht die Wirklichkeit. Sie waren lediglich eine weitere Eintragung auf der Liste vergangener Irrtümer; sie würden seinem zukünftigen Sinneswandel die dramatische Würze verleihen und durch sein tugendhaftes Eheleben wiedergutgemacht werden.

Der Sheriff hatte damit gerechnet, daß Chuck nach ein paar Tagen einen Rückzieher machen würde. Als das nicht geschah, schlug er einen härteren Ton an. Mr. Flood wollte nicht länger warten, sagte er. Jeden Tag konnte Anzeige erstattet werden, und sobald der Fall einmal vor Gericht kam, würde Chuck keine Chance auf Bewährung mehr haben. Der Sheriff wollte Chuck klarmachen, daß er da nicht bluffte. Ein Junge und ein Mädchen, das war eine Sache, aber drei Männer und ein Mädchen, das war etwas ganz anderes. In den Augen des Gesetzes waren Chuck und seine Freunde Männer, und sie würden als solche bestraft werden.

Chuck gab nicht auf. Die Aussicht, ins Gefängnis zu kommen, machte ihm Angst, aber er weigerte sich, eine Ehe mit Tina Flood auch nur in Erwägung zu ziehen. Schon bei dem Gedanken wurde ihm übel. Er kam mit brennenden Augen und fiebrig glänzendem Schweiß auf dem Gesicht von den abendlichen Moralpredigten aus dem Haus herüber. Meine Idee war, daß er davonlaufen und zur Armee gehen sollte, aber darüber wollte er nicht nachdenken. Er stand wie versteinert auf dem Gleis der Zukunft, die ihn überrollte, und seine Kräfte reichten gerade noch, um zu der armen Tina Flood nein zu sagen.

Als er anfing, nachts im Bett zu weinen, verging mir meine heimliche Schadenfreude. Ich hätte gern für ihn das gleiche getan wie früher für meine Mutter, meinen Arm um ihn gelegt und ihn ein bißchen getröstet. Doch das war zwischen uns nicht möglich, und außerdem wollte er nicht, daß ich ihn hörte.

*

Mitten in dieser ganzen Situation rief mich Mr. Howard zum zweiten Mal in der Schule an. Er schrie ins Telefon, als hätten wir eine schlechte Verbindung, was nicht der Fall war. Er teilte mir mit, daß ich ein Stipendium von der Hill School bekommen hatte. Er hatte am gleichen Morgen mit dem Leiter der Aufnahmeabteilung gesprochen. In ein paar Tagen würde mich der offizielle Brief erreichen, aber er wollte es mir höchstpersönlich erzählen und mir auch sagen, wie sehr er sich für mich freute. Und er freute sich. Ich konnte es an seiner Stimme hören, als wären es gute Neuigkeiten für ihn, von denen er mir am Telefon erzählen wollte.

Er sagte, er wäre ziemlich sicher gewesen, daß ich es kriegen würde, so sicher, wie man eben bei solchen Dingen sein konnte. Aber er hatte es für besser gehalten, mir nicht zu große Hoffnungen zu machen. Alles wäre möglich gewesen. »Trotzdem«, meinte er, »es hätte mich sehr überrascht, wenn du es nicht bekommen hättest, nach dem Brief, den ich geschrieben habe.«

Mr. Howard fügte hinzu, daß es eine Menge zu besprechen gab. Er wollte mir mehr über das Leben in Hill erzählen, damit ich nicht vollkommen unvorbereitet für das war, was mir bevorstand. Außerdem gab es das Kleidungsproblem. Ich würde eine umfangreiche Garderobe brauchen, um auch nur den Grundansprüchen der Schule zu genügen. Diese Kleider mußten nämlich einen gewissen Schnitt und eine gewisse Qualität haben. Er meinte, er würde liebend gerne sagen, daß die Jungen in Hill keinen Wert auf solche Dinge legten, aber unglücklicherweise waren sie darin wie alle anderen Jungen. Mr. Howard wollte nicht, daß ich mich fehl am Platze fühlte. Er schlug vor – falls meine Mutter einverstanden war – mich zu seinem eigenen Schneider in Seattle mitzunehmen und mit allem auszustatten, was ich brauchte. Er bat mich, meiner Mutter zu sagen, daß sie ihm einen großen Gefallen tun würde, wenn sie ihm die Erlaubnis dazu gäbe.

Er wollte mich noch einmal anrufen, um alles im einzelnen mit mir abzusprechen. »Ich freue mich sehr für dich«, sagte er wieder. Ich hatte kaum etwas gesagt. Nachdem Mr. Howard aufgelegt hatte, ging ich zurück in meinen Algebra-Unterricht, wo ich sowieso durchfiel, und sah für den Rest der Stunde zu, wie der Lehrer seinen Mund bewegte.

*

Der Brief kam. Man hatte mir ein Stipendium von 2300 Dollar im Jahr zugesprochen, bei 2800 Dollar Jahresbeitrag.

Der Aufnahmedirektor gratulierte mir zu meinen Schulzeugnissen und Testergebnissen und begrüßte mich, auch im Namen des Schulleiters, in ihrer Gemeinschaft. Unglücklicherweise hatte ich, da so wenige meiner Kurse in Concrete akademischer Art waren, nicht genug vorzuweisen, um in Hill die fünfte Stufe zu besuchen, das heißt, als Junior zu beginnen. Statt dessen hatten sie mich in die vierte Stufe eingeteilt. Das sollte mich nicht beunruhigen, versicherte er mir. Es war allgemein üblich, Schüler, die von den eher berufsbildenden staatlichen Schulen kamen, zurückzustellen. Es würde noch andere Jungen in der gleichen Lage geben, und dieses zusätzliche Jahr sollte mir ermöglichen, mich in Hill einzugewöhnen und ein solides Abschlußzeugnis zu erzielen, bevor ich mich für die Universität bewarb.

Der Aufnahmedirektor sandte mir herzliche Grüße und richtete mir das gleiche vom Schulleiter aus. Beide freuten sich darauf, mich im September kennenzulernen.

Ich las den Brief voller Besessenheit und sagte Wörter vor mich hin wie »Aufnahmedirektor« und »Vierte Stufe«. Der Aufnahmedirektor hatte das Journal der Ehemaligen beigelegt, voller Bilder von Gebäuden in gotischem Stil auf smaragdgrünen Rasenflächen, großen Bäumen in herbstlichen Farben, Sportplätzen und den Jungen selbst in unterschiedlichen Lebenslagen, bei Arbeit, Gebet und sportlicher Ertüchtigung. Hier gab es weitere Kostproben neuer Wörter. *Lacrosse. Squash. Chor.* Die Schüler sahen anders aus als die Jungen, die ich kannte. Sie unterschieden sich nicht nur in Kleidung und Haarschnitt. Sie waren von einem anderen Stamm – Züge, Haltung, Mienen wie Unterschriften. Ich brütete über diesen Bildern, so wie ich über den Fotos von Lappen und Kurden in *National Geographic* brütete. Zu einigen Gesichtern hatte ich keinen Zugang. Ich konnte die Menschen dahinter nicht erfühlen. In anderen spürte ich einen großzügigen, offenherzigen Geist. Ich studierte ein jedes genau und fragte mich, wer das wohl war und ob er mein Freund werden konnte.

Am Schluß des Blattes standen Notizen von der Klasse.

»R.T. ›Chip‹ Bladeswell, '52, ließ kürzlich zusammen mit altem Staffel-Partner R. Houghton ›Howdy‹ Emerson IV und seiner Gattin ›Noddy‹ (Miss Porter's, '55) die glorreiche Ära hochleben. Howdy und Noddy haben in der Stadt der Winde ihren Hausstand gegründet, während Howdy sich den Kopf zerbricht, wie Armour wohl Swift ausswiften könnte. Chip hatte, scheint's, am nächsten Tag in Oak Park mit einer gewissen Miss Sissy Showalter-Price (Madeira, '55) ›zu tun‹. Sie haben vor, nächsten Juni den Bund zu schließen. Seit die Anzeige erschienen ist, berichten die Bewohner von Greenwich über allgegenwärtiges Heulen und Zähneknirschen. Ei, wer *das* wohl ist... Na, nix verraten. Glückauf, Sissy! (Tip: Als zuletzt gesichtet, übergab Chip an der Ecke East Wacker und Lakeshore Drive an Howdy, Noddy immer heiß auf den Fersen...)

R.S.K. Unsworth St. John, '46, wurde kürzlich zum Leiter der Marketing-Abteilung bei Newcombe Industries befördert. Guter Mann, Un!«

Seitenweise standen da solche Notizen, einige begleitet von Bildern lächelnder, selbstbewußter Männer in Geschäftsanzügen, Tennisschuhen, Golfkleidung. Auf der letztern Seite des Blattes waren nichts als Babies abgebildet – alles Jungen, alles Söhne der Ehemaligen, und alle trugen Pullis mit einem großen H auf der Brust. Die Jahrgänge 1978 und 1979 füllten sich allmählich schon.

Der Aufnahmedirektor hatte ein Formular beigefügt, ein Informationsblatt mit direkten Fragen, die ich beantworten sollte. Ich schickte es nicht sofort zurück. Ein paar Tage lang trug ich es mit mir herum, dann füllte ich es aus. Wo nach meinem Namen gefragt war, so wie er im Schul-Katalog erscheinen sollte, gab ich an: »Tobias Jonathan von Ansell-Wolff III«.

*

Meine Mutter holte mich eines Nachmittags von der Schule ab und nahm mich auf eine Cola mit in die Stadt. Sie kam gar nicht darüber hinweg, daß ich ein Stipendium für Hill bekommen hatte. Immer wieder sah sie mich neugierig an, dann lachte sie. »Also gut«, meinte sie. »Was hast du ihnen erzählt?«

»Was willst du damit sagen, was hast du ihnen erzählt? Ich habe ihnen überhaupt nichts erzählt. Ich habe mich einfach beworben.«

»Ach komm.«

»Meine Testergebnisse waren ziemlich gut.«

»Du mußt ihnen irgend etwas erzählt haben.«

»Vielen Dank, Mom. Vielen Dank für den Vertrauensbeweis.«

»Wirst du Ärger kriegen?«

»*Ärger kriegen?* Was soll das nun wieder heißen?«

»Wirst du Ärger kriegen?«

»Nein. Ich werde keinen Ärger kriegen.«

»Versprochen?«

»Ich werde keinen Ärger kriegen, *versprochen*. Was willst du, Blut sehen?«

Wir gingen zu anderen Dingen über. Schließlich freute sie sich ja für mich und war willens, dem Glück nicht allzu genau auf den Zahn zu fühlen.

Sie hatte selber gute Neuigkeiten. Sie hatte Arbeit in Seattle bekommen, als Sekretärin bei der Aetna-Lebensversicherung. Übernächste Woche sollte sie dort anfangen. Eine Frau, die sie kannte, hatte angeboten, sie aufzunehmen, bis sie eine Wohnung gefunden hatte, damit sie nicht unter Druck stand und etwas mieten mußte, das ihr nicht gefiel. Sie konnte alles ruhig angehen und sich Zeit lassen, wo ich überdies im Juni nach Kalifornien fahren würde, anstatt zu ihr zu ziehen. Mein Vater hatte sich gemeldet, erzählte sie. Er hatte alles arrangiert. Ich sollte den Bus nach La Jolla nehmen, sobald die Schulferien begannen, und Geoffrey würde dort nach seinem Abschluß in Princeton zu mir stoßen.

»Und was ist mit dir?« fragte ich.

»Was ist mit mir?«

»Kommst du auch? Später, wenn alles gut läuft?«

»Ich müßte verrückt sein, wenn ich's täte«, knurrte sie, als wüßte sie, daß das auch kein Hinderungsgrund war.

Wir sprachen von Dwight und seinen kleinen Angewohnheiten. Wie er abends immer lange aufblieb und alle Bonbons im Haus zählte, um festzustellen, wie viele ich an dem Tage gegessen hatte. Wie er ins Wohnzimmer rannte, wenn er nach Hause kam, und seine Hand auf den Fernseher legte, um zu sehen, ob er noch warm war. Wie er Staubsaugerbeutel im Dutzend kaufte und Daten in einmonatigen Abständen draufschrieb, damit sie für genau ein Jahr reichten. Meine Mutter sagte, daß er sein bestes Benehmen an den Tag legte, seit sie sich nach Arbeit umsah. Er wollte nicht, daß sie fortging. Jetzt, wo sie etwas gefunden hatte, überschlug er sich geradezu, um liebenswürdig zu ihr zu sein. Er machte ihr sozusagen den Hof, meinte sie, war nett, und Pearl mußte sich die ganze Zeit bei ihr ankuscheln. Er hatte sogar eine Versetzung nach Seattle beantragt, damit er in ihrer Nähe sein konnte.

»Ich kapiere es nicht«, schloß sie. »Er mag mich nicht mal. Er will einfach nur weitermachen. Wirklich komisch.«

Dann kündigte meine Mutter an, daß sie mir etwas zu sagen hätte, und an der Art, wie sie es sagte, merkte ich, daß es nichts Gutes war. Es ging um mein Geld, sagte sie, das Geld, das Dwight von meiner Zeitungstour für mich gespart hatte. Sie wußte, ich hatte vor, davon das Schulgeld zu bezahlen, das nicht durch das Stipendium abgedeckt wurde. Das Problem war, Dwight hatte es nicht wirklich gespart. Es war nicht da. Kein Penny. Sie hatte ihn danach gefragt, und er hatte sich gewunden und das Thema vermieden, bis sie ihn schließlich in die Enge trieb und er gestand, daß er es nicht hatte. Er hatte auch das Geld nicht, das sie in der Kantine verdient hatte. Das Bankkonto war völlig leer.

»Ich werde die fünfhundert kriegen«, versicherte sie, »verlaß dich drauf.«

Ich konnte sie nur ansehen, sonst nichts.

»Wir können nichts dran ändern. Es ist weg. Du wirst es einfach vergessen müssen.«

Das hatte ich keineswegs vor. Ich würde es nicht vergessen. Ich erinnerte mich sehr gut. Über 1300 Dollar. Doch es war eigentlich nicht das Geld, weswegen ich mir leid tat, es war die Zeit. Zweieinhalb Jahre lang hatte ich jeden Nachmittag damit zugebracht, Zeitungen auszutragen. An den meisten Abenden ging ich nach dem Essen noch einmal los, trieb die Beiträge von meinen Abonnenten ein und versuchte, neue anzuwerben. Die Leute bezahlten nicht gerne. Selbst die ehrlichen hielten mich immer wieder hin. Und dann gab es da noch die Schnorrer. Entweder erzählten sie mir herzerweichende Märchen über verlorengegangene Schecks und Arztrechnungen, oder sie schalteten die Lichter und den Fernseher ab, wenn sie mich kommen hörten, und flüsterten und spähten durch die Fensterläden, bis ich aufgab und wieder abzog. Im Winter hatte ich immer nasse Schuhe und einen Brummschädel, meine Nase war aufgesprungen und rot. Ich langweilte mich zu Tode. Die Zeit vertrieb ich mir unter anderem damit, daß ich das bisher verdiente Geld zusammenzählte, wieder und wieder, bis auf den letzten Penny.

Ich fragte: »Was ist damit passiert?«

Meine Mutter zuckte die Schultern und meinte: »Keine Ahnung.« Ihretwegen konnten wir das Thema wechseln. Sie konnte die meisten Dinge gut ertragen, aber für Heulsusen hatte sie keine Zeit. Wenn man quengelte, wurde sie eisig.

Ich hörte nicht auf. »Das war mein Geld«, beharrte ich.

»Ich weiß«, erwiderte sie.

»Er hat es gestohlen.«

»Wahrscheinlich wollte er es zurückgeben. Was weiß ich. Es ist weg. Ich weiß nicht, was ich da machen soll. Ich habe doch schon gesagt, daß ich das Schulgeld bezahlen werde.«

Ich zog ein Gesicht.

»Wahrscheinlich bin ich auch ein bißchen daran schuld.« Sie meinte, sie hätte es besser wissen müssen und Dwight niemals das Geld überlassen dürfen, sie hätte auf einem gemeinsamen Bankkonto bestehen müssen. Aber für ihn war es eine Frage des Stolzes, daß er sich um die Finanzen kümmerte, und sie hatte vermeiden wollen, daß er sich groß darüber aufregte. Sie hatte gewollt, daß wir alle miteinander auskamen.

Wir tranken unsere Cola aus und gingen die Straße entlang, zurück zum Auto. Meine Mutter bewegte sich so leichtfüßig, als hätte sie gerade eine schwere Last abgeschüttelt. Wenn sie sich Sorgen machte, trug sie eine blasse, schmallippige Maske. In der letzten Zeit war diese Maske beinahe zu ihrem eigenen Gesicht geworden. Jetzt war sie weg. Meine Mutter sah jung und hübsch aus. Es war ein warmer Tag, in der Luft hing diesig der Zementstaub. Holztransporter donnerten an uns vorbei durch die Stadt, mit krachendem Getriebe und schwarzen Auspuffwolken. Im Gehen machten wir Pläne. Erwogen verschiedene Möglichkeiten. Wir waren wieder wir selbst – ruhelos, voller Ideen, auf dem Sprung.

*

Chuck gratulierte mir, als ich ihm von dem Stipendium erzählte, aber ich achtete darauf, meine Freude nicht allzu deutlich zu zeigen. Sein Jüngster Tag stand kurz bevor, und er hätte sich wohl fragen können, warum wir solch unterschiedliche Karten gezogen hatten. Diese Frage wäre mir jedenfalls durch den Kopf gegangen, wenn ich an seiner Stelle gewesen wäre. Aber vermutlich dachte er nichts dergleichen. Er wünschte sich nicht, was ich mir wünschte, und er interessierte sich wesentlich mehr dafür, was aus ihm werden sollte, als dafür, was aus mir wurde.

Dann stattete uns der Sheriff seinen letzten Besuch ab. Er war seit über einer Woche nicht vorbeigekommen, und damals war er wütend abgefahren, er hatte von Chucks Dickköpfigkeit die Nase voll. Er hatte ihm ein Ultimatum gestellt: Entweder du spurst jetzt, oder. Wenn Chuck ihn bis zu dem und dem Tag nicht anrief und ihm die gewünschte Antwort lieferte, dann würde er der Gerechtigkeit ihren Lauf lassen. Chuck hatte dem Sheriff die gewünschte Antwort nicht geliefert. Er hatte ihn überhaupt nicht angerufen.

Wir hörten seinen Streifenwagen in der Einfahrt. Das Geräusch des starken Motors war uns inzwischen vertraut geworden. Chuck zog seine Schuhe an und wartete darauf, daß Mr. Bolger kam und ihn abholte, und dann gingen die beiden zum Haus hinüber. Während er fort war, ging ich immer wieder zum Fenster und sah hinaus. Ich fühlte mich durch und durch miserabel.

Als Chuck zurückkehrte, saß ich in einer Art Benommenheit auf dem Bett. Er sah mich ohne jedes Zeichen des Wiedererkennens an und schloß die Tür sanft hinter sich. Dann sprang er auf die Erde und begann, mit seinen Fäusten zu trommeln wie ein kleines Balg, das den Koller kriegt, nur daß er nicht weinte, sondern lachte. Nachdem er das eine Weile gemacht hatte, stand er auf und taumelte von einer Wand zur anderen. Sein Gesicht war rot. Er packte mich bei den Schultern und tanzte mit mir quer durch den Raum. »Wolfmensch!« schrie er. »Wolfmensch!«

»Jau, Chuckles.«

»Ich liebe dich, Wolfmensch! Verdammt, ich liebe dich!«

Ich sagte: »Ist ja toll«, aber ich behielt ihn im Auge.

»Hör zu, Wolfmensch. Hör zu.« Er lehnte sich in mein Gesicht. »Es gibt eine Hochzeit, Wolfmensch. Die guten alten Hochzeitsglocken werden bimmeln. Was sagst du dazu?«

»Ich weiß nicht«, antwortete ich. »Was sagst du denn dazu?«

»Was ich dazu sage? Ich sage, es ist verdammt noch mal super, Wolfmensch, was denkst du verdammt noch mal denn, was ich dazu sage?« Er ging an seinen Schrank und holte sich seinen Canadian Club heraus. »Trinken wir auf die Braut«, sagte er. Er nahm einen Schluck und gab mir die Flasche. »Und jetzt trink auf den glücklichen Bräutigam«, fuhr er fort. »Na los, trink schon.« Er griff sich die Flasche zurück und sagte: »Wie wirst du Tina nach der Hochzeit anreden, Wolfmensch?«

Ich wußte nicht, was ich sagen sollte.

»Wie wirst du sie anreden?«

Keine Ahnung, antwortete ich.

»Wie wär's mit Mrs. Huff?« sagte er. »Wie wär's mit Mrs. Gerald Lucius Huff?« Als er sah, wie ich ihn anschaute, hielt er seine rechte Hand hoch und sagte: »Echt wahr, Wolfmensch. Ohne Scheiß.«

»Huff? Huff heiratet Tina?«

Chuck setzte zu einer Antwort an, aber plötzlich beugte er sich vor, hustete und schnaubte. Canadian Club lief aus seiner Nase. Ich klopfte ihm auf den Rücken. Ich hörte mich selbst heiser krächzen. Irgend etwas in mir brach auf und löste sich, eine hysterische, herzlose Sturmflut der Freude. Ich kriegte kaum noch Luft. Mein Gesicht zuckte. Ich zitterte vor Erleichterung und Freude und grausamem Spaß, denn in Wahrheit konnte ich Huff nicht leiden und fühlte kein bißchen Mitleid mit Tina. Für mich war sie bloß die Große Flut, und jetzt sah ich Huff vor mir, gefangen in ihrem Griff, wie er schwach auf ihrer weiten, wogenden Oberfläche umherpaddelte, geknufft und geknebelt, unterging und irgendwo anders wieder hochploppte, mit seinen haarigen Armen fuchtelnd, den Pompadour in vollem Glanze.

*

Pearl fühlte sich verlassen, nachdem meine Mutter fort war, und sie tat mir leid. Manchmal ließ ich sie mit mir zu Mittag essen. Alles in allem hatten wir uns doch eine Menge zu sagen. Ich spielte schamlos den gönnerhaften Berater, und sie ließ mich gewähren und hörte sich ohne Widerspruch meine offene Meinung über die Maßnahmen an, die sie ergreifen sollte, um mehr aus sich zu machen und beliebter zu werden. Eigentlich sah sie gar nicht so schlecht aus, vor allem, seit meine Mutter sie zu einem Arzt geschickt hatte, damit ihr kahler Fleck in Ordnung gebracht wurde. Sie war von einer hageren, sehnigen Schönheit, aber das erkannte ich nicht. Ich fand sie hoffnungslos, und das fand sie selbst auch.

An einem warmen Freitagnachmittag im Mai nahmen wir unser Mittagessen auf die billigen Plätze mit, von denen aus man das Football-Feld überblicken konnte. Andere Schüler waren dort, aßen und rauchten in Grüppchen ringsumher und starrten auf das glänzende Gras, als wäre ein Spiel im Gange. Wir redeten über dieses und jenes, und Pearl erwähnte, daß Dwight vorhatte, an jenem Abend nach Seattle hinunterzufahren, angeblich um das Wochenende mit Norma zu verbringen, in Wirklichkeit aber, um meine Mutter zu sehen und sie zu überreden, sich wieder mit ihm zu versöhnen. Und er nahm Pearl als Verstärkung mit.

Das hörte ich nicht gerne. Chuck sollte mich am nächsten Tag nach Seattle bringen, damit ich mit Mr. Howard zu Mittag essen und für meine Kleider Maß nehmen lassen konnte, und ich hatte gehofft, auf dem Heimweg meine Mutter zu treffen. Nun, da die Möglichkeit bestand, Dwight zu begegnen, mußte ich den Gedanken fallenlassen.

Doch später am Tag erkannte ich glasklar, was zu tun war. Chuck willigte ein, mir zu helfen, allerdings unter bestimmten Bedingungen. Ungefähr eine Stunde nach Mitternacht schoben wir seinen Wagen bis zur Hauptstraße und fuhren dann das Tal hinauf nach Chinook. Chuck hielt sich an die Geschwindigkeitsbegrenzung und trank nichts.

Das Camp war dunkel und still. Als wir uns dem Haus näherten, schaltete Chuck die Scheinwerfer aus, stellte den Motor ab und ließ den Wagen ausrollen. Dwights Ford war nirgendwo in Sicht. Ich stieg aus und sah mich sicherheitshalber hinten um. Chuck blieb im Auto. Wir glaubten beide, daß er, solange er das Haus nicht betrat oder irgend etwas anfaßte, gesetzlich nicht verantwortlich gemacht werden konnte, falls ich erwischt wurde.

Die Tür war unverschlossen, wie immer. Ich zog die Handschuhe an, die ich mitgebracht hatte, und betrat den Nutzraum. Ich wußte, ich sollte mich besser ans Geschäftliche halten und dann machen, daß ich fortkam, doch statt dessen spazierte ich in die Küche. Der Kühlschrank war fast leer. Ich machte mir ein Sandwich mit Erdnußbutter und goß mir ein Glas Milch ein und trug das Essen in meinen behandschuhten Händen von einem Zimmer ins andere. Überall knipste ich Lichtschalter an, bis das ganze Haus hell erleuchtet war.

In Pearls Zimmer roch es nach Parfüm. Ich setzte mich an ihren Schreibtisch und las ihr Tagebuch. Sie hatte nicht darin weitergeschrieben, seit ich das letzte Mal nachgeschaut hatte. Ich stand auf und ging den Flur entlang zu meinem alten Zimmer. Beide Betten waren abgezogen. Skipper hatte noch ein paar Sachen herumliegen, alte Stiefel, Angelzeug, einen Stapel Autozeitschriften, und nur meine Pfadfinderuniform, die im Schrank hing, erinnerte noch daran, daß ich jemals dort gelebt hatte.

Ich ging in Dwights Zimmer. Obwohl ich wußte, daß er weg war, hielt ich den Atem an und drehte den Türknopf langsam, bevor ich die Tür aufstieß. Das Bett war ungemacht. Die Luft roch säuerlich. Ich knipste das Licht an und schnüffelte herum. In einer der Kommodenschubladen fand ich eine Stange Camel, aus der ich zwei Schachteln herausschüttelte. Ich stieß auch auf einen Stapel offizieller Pfadfinderformulare, inklusive derjenigen, welche die Feldmeister an das Hauptquartier schickten, um zu melden, daß ihre Jungs die Bedingungen für die diversen Ränge und Tüchtigkeitsabzeichen erfüllt hatten. Davon nahm ich einige mit. Wenn Dwight mich nicht zum Eagle befördern wollte, mußte ich es eben selber machen.

Ich kehrte in die Küche zurück, spülte das Glas aus, stellte es in den Schrank zurück. Dann drehte ich alle Lichter wieder aus und schaffte ein paar Zielgewehre nach draußen ins Auto. Chuck kam nach hinten, um den Kofferraum aufzuschließen, und zischte mich an. Was ich verdammt noch mal machte, wo ich verdammt noch mal gesteckt hatte? Ich konnte sehen, daß er außer sich war, deshalb versuchte ich erst gar nicht zu antworten. Ich lief ins Haus zurück und holte die beiden Schrotflinten. Dann die Marlin und die Garand. Bei meiner letzten Tour ließ ich noch das Zeiss-Fernglas, das Puma-Jagdmesser und ein Futteral aus verziertem Leder mitgehen, das Dwight für die Marlin gekauft hatte. Er hatte vorgehabt, es einzuweihen, wenn er mit dem Pferd auf Elchjagd ging, wozu es dann allerdings nie gekommen war.

Chuck brachte die Sachen im Kofferraum unter und deckte sie mit den Sandsäcken zu, die er zum Anschleppen dabeihatte, falls es schneite. Dann verdrückten wir uns. Chuck war immer noch sauer auf mich, aber zu durcheinander, um irgend etwas zu sagen. Er hielt sich wieder an die Geschwindigkeitsbegrenzung und fuhr mit theatralischer Überkorrektheit. Wir hatten eine Heidenangst, angehalten zu werden. Allein der Gedanke daran machte uns gereizt und brachte uns zum Schweigen. Wir rauchten. Wir hörten Radio, und die Lieder wurden hinausgeschmettert und wieder ausgeblendet, während die Berge zu Feldern und die Felder wieder zu Bergen wurden. Durch die Wagenfenster sahen wir auf die emporragenden, purpurnen Schatten der Berge, auf den Fluß, auf die verlassene, kurvenreiche Straße. Immer wenn uns ein anderes Auto entgegenkam, blendete Chuck reflexartig ab und verlangsamte die Geschwindigkeit, als wäre er vorher gerast. Er fuhr so nervös, daß uns jeder kompetente Streifenpolizist auf der Stelle an den Straßenrand gewunken hätte.

Aber wir hatten Glück. Wir schafften es nach Hause, schoben den Wagen die Einfahrt hoch, gingen ins Bett und bekamen noch ein paar Stunden Schlaf ab, bevor Mr. Bolger eines der Mädchen herüberschickte, um uns zum Frühstück zu holen. Mr. Bolger hatte gute Laune. Er hatte allen Grund dazu. Der Morgen war frisch, Chuck war immer noch frei und unverheiratet, und in ein paar Wochen würde ich mich auf den Weg nach Kalifornien machen. Während wir uns an Schinken und Grütze und Eiern gütlich taten, breitete Mr. Bolger eine Karte auf dem Tisch aus und markierte unsere Route nach Seattle. Ohne es auszusprechen, gab er uns zu verstehen, daß diese Fahrt eine neue Chance für uns war, uns zu beweisen. Wir hatten direkt nach Seattle und direkt wieder nach Hause zu fahren. Keine Umwege. Keine Tramper. Kein Alkohol. Mr. Bolger versuchte, streng zu wirken, als er uns unsere Marschorder gab, doch es war klar, daß er sich freute, uns auf eine Reise zu schicken, die er für eine Angelegenheit von ziemlicher Tragweite und Gewichtigkeit hielt, was sie auch war, wenn auch nicht ganz so, wie er es sich vorstellte.

*

Ich traf Mr. Howard bei *Ivar's Acres of Clams* unten am Pier. Seine Frau war mitgekommen, eine große, feingliedrige Frau mit schwarzem Haar, das gerade begonnen hatte, grau zu werden – wenige Strähnen, die das übrige Haar noch schwärzer erscheinen ließen. Sie hatte tiefliegende, aufmerksame, dunkle Augen. Selbst wenn sie lächelte, hatte ich das Gefühl, daß sie mich abtaxierte, und spürte die Kraft ihrer Neugier. Es war keine arrogante Neugier: Sie wollte wissen, wer ich war. Es ist verunsichernd, so angeschaut zu werden, wenn man Gefahr läuft, durchschaut und bloßgelegt zu werden. Ich hielt meine Augen auf Mr. Howard gerichtet, der sich, unter dem Vorwand, mich vor den Fallstricken des Lebens in Hill zu warnen, fröhlich seinen Erinnerungen an die Zeit dort hingab – die Freunde, die er dort gehabt hatte, und die tollen Dinger, die sie gedreht hatten, zum Beispiel, als sie den Boden im Wohnhaus unter Wasser gesetzt und die Fenster geöffnet hatten, damit es gefror, um dann in den Räumen Eishockey zu spielen. Ich merkte, daß er manche seiner Erinnerungen für allzu heiße Eisen hielt. Er lächelte über sie, dann schüttelte er den Kopf und ging zu etwas anderem über. Seine Sprache wurde deftig. Ein albernes Grinsen stahl sich auf sein Gesicht. Er schien jünger und jünger zu werden, als würde das Reden über das Jungsein ihn wieder zu einem Jungen machen.

Mrs. Howard lockerte ihren prüfenden Blick. Als ich mich auf der Speisekarte nicht zurechtfand, half sie mir bei der Entscheidung, was ich bestellen sollte. Wir sprachen über *Julius Caesar,* den ich gerade im Englischunterricht las, und sie erwähnte, daß sie sich um Sponsoren für das Seattle Repertory Theatre bemühte.

»Sie war selber eine verflixt gute Schauspielerin«, sagte Mr. Howard.

Sie zog ein Gesicht.

»Na ja, aber es stimmt doch«, beharrte er. Ich sah, daß er sie bewunderte und von mir erwartete, daß ich das ebenfalls tat. Um die beiden war eine Atmosphäre der Partnerschaft, die mich innerlich erwärmte.

Wir saßen an einem Ecktisch mit Blick aufs Wasser. Möwen stolzierten auf dem Geländer draußen entlang, schüttelten ihr Gefieder und drehten uns ihre Köpfe zu. Der Geruch von Fischsuppe hing in der Luft. Sonnenlicht glitzerte auf dem Besteck, ließ die Eiswürfel in unseren Gläsern aufleuchten, brachte die Tischdecke zum Strahlen wie eine Schneefläche. Ich war träge und zufrieden, wie der Alte Pionier, dessen Verse auf unseren Sets standen:

Nicht länger muß nach Ruhm ich streben
Verlache heut die Welt mit ihrem Falsch und Neid
Ja, hier läßt sich's glücklich leben
Denn Ivar's hat die besten Muscheln weit und breit!

Mr. Howard blieb beim Essen still. Er aß die Hälfte seiner Mahlzeit schweigend und schob dann den Rest auf seinem Teller herum. Er stellte mir ein paar höfliche Fragen und hörte mir nicht zu, als ich antwortete. Dann sagte er, mit einer gespielten Beiläufigkeit, die mich sofort alarmierte, daß wir noch über etwas sprechen müßten. Etwas Ernstes.

Ich dachte, ich müßte sterben.

Er druckste eine Weile herum und fragte mich schließlich, ob ich vielleicht doch Vorbehalte dagegen hatte, nach Hill zu gehen. Es war noch nicht zu spät, meine Meinung zu ändern, meinte er. Die Sache war die, daß ich keine Angst haben sollte, ihn zu enttäuschen oder irgendwie im Stich zu lassen. Er machte sich Sorgen, ob er vielleicht zu sehr die Werbetrommel gerührt und mich so in eine Entscheidung hineingedrängt hatte, zu der ich eigentlich allein hätte kommen sollen. Es würde nämlich ein Mordsschritt für mich sein, und wenn ich diesen Schritt nicht machen wollte, dann sollte ich es auch nicht. Ich machte meine Sache in Concrete schließlich gut, verdammt gut sogar. Nach Hill zu gehen, war ein bißchen ein Vabanque-Spiel. Vielleicht würde es mir nicht gefallen. Vielleicht würde ich dort sogar scheitern, und dann stünde ich schlechter da als jetzt. Auch mit dieser Möglichkeit mußte man rechnen.

Er lehnte sich zurück. Also, was meinte ich dazu?

Ich sah ihn an. Er wollte tatsächlich eine Antwort haben. Ich erzählte ihm, daß ich ernsthaft darüber nachgedacht und mich dafür entschieden hatte, nach Hill zu gehen.

»Was ist mit deiner Mutter?« fragte Mrs. Howard. »Ich kann mir vorstellen, daß es ihr schwerfallen wird, sich nach all den Jahren von dir zu trennen.«

Ich gab zu, daß es ihr schwerfallen würde – sehr schwer. Aber wir hatten recht oft darüber gesprochen, behauptete ich, und meine Mutter hatte sich damit abgefunden, daß ich ging. Tatsächlich war sie jetzt dafür. Man konnte sogar sagen, daß sie nichts mehr davon abbringen würde.

»Das ist großherzig von ihr«, meinte Mrs. Howard. »Ich hoffe, ich bin auch so großherzig, wenn die Zeit gekommen ist.«

Sie und Mr. Howard sahen sich an.

Nach einer Weile sagte er: »Also. Du bist fest entschlossen?«

»Jawohl, Sir.«

Er sagte: »Prima!« und klatschte in die Hände, und ich konnte sehen, daß jede andere Antwort ihm das Herz gebrochen hätte.

*

Drei Männer standen im hinteren Teil des Schneidergeschäfts und legten Kleider zusammen, als wir hereinkamen. Einer davon kam auf uns zu, ein graugesichtiger Mann mit einem Adamsapfel so groß wie ein Kropf. Ich mußte mich zwingen, nicht ständig hinzustarren. Mr. Howard stellte ihn mir als Franz vor, und mich als Mister Wolff, ohne spürbare Ironie. Franz neigte den Kopf, streckte aber nicht die Hand zur Begrüßung aus und sagte auch nichts. Seine Augen waren milchig. Während Mr. Howard Franz erklärte, was wir brauchten, setzte sich Mrs. Howard in einen roten Ledersessel, der zu einer Sitzgruppe auf einem orientalischen Teppich mit Fransen gehörte. Zwei weißhaarige Männer in dunklen Anzügen saßen schon dort. Beide rauchten Zigarren und streiften die Asche in säulenförmige Messingaschenbecher, die mit Sand gefüllt waren. Der Laden war in dunklem Holz getäfelt. Drucke mit Fuchsjagdmotiven hingen zwischen den langen Spiegeln. Der Dielenboden war blankgebohnert und übersät mit Stoffetzen und Fäden.

Einer der Männer sagte etwas zu Mrs. Howard, und darauf sagte sie auch etwas. Dann schaute er mich an. Seine Nase war purpurrot und knollig. »Auf nach Hill, wie?« fragte er.

»Ja, Sir.«

»Ich habe früher gegen euch Kerls gerungen. Mächtig gute Mannschaft, Hill. Wirklich ungeheuer.« Das war alles, was er sagte. Kurze Zeit später drückten er und der andere Mann ihre Zigarren aus und verließen das Geschäft.

Mr. Howard führte mich zu einem Spiegel, und Franz folgte mit einem Armvoll Jacketts. Mr. Howard ging sie kurz durch, bis er eins fand, das ihn interessierte. Er ließ es mich anziehen, dann stand er hinter mir und musterte mein Spiegelbild.

»Haben Sie das auch in einem dunkleren Tweed da?«

»Jawoll«, sagte Franz schwer.

»Lassen Sie mal sehen.«

Franz brachte ein anderes Jackett. Ich mußte mich hierhin und dorthin drehen, das Jackett zuknöpfen und wieder aufknöpfen.

»Die Ärmel sind zu lang«, stellte er fest.

Franz maß die Ärmel und notierte etwas auf einem Block, den er bei sich hatte.

Mr. Howard schickte mich in die Umkleidekabine, wo ich einen Anzug anprobieren mußte, dann schickte er mich mit einem anderen noch mal hinein. Franz nahm Maß und steckte die Manschetten ab, aber er gab kein Urteil ab, nicht einmal durch die leiseste Veränderung seines Gesichtsausdrucks. Er stand ruhig daneben, während Mr. Howard die Stapel von Kleidern durchwühlte, die ihm gebracht wurden, wobei auf jedes Teil, bei dem er innehielt, um einen zweiten Blick darauf zu werfen oder es durch seine Finger gleiten zu lassen, zehn Teile kamen, die er verwarf. Mr. Howard schleuderte die aussortierten Stücke mit einer herrischen Geste beiseite. Seine Augen hatten sich verengt, seine Wangen waren gerötet. Mrs. Howard sah ihm mit einem amüsierten und stolzen Gesichtsausdruck zu.

Ich befürchtete, er würde nichts finden, das ihm gefiel, hielt aber meinen Mund. Ich begriff, daß ich nicht zum Vergnügen, sondern fürs Überleben ausgerüstet wurde, daß diese Kleider eine feinabgestimmte Sprache sprachen, welche die Jungen in meiner neuen Welt mit einem Blick lesen und mich daran messen würden, genau wie ich andere Pfadfinder nach den Uniformen beurteilte, die sie trugen.

Ich verhielt mich ruhig und tat, wie mir geheißen wurde. Mr. Howard schickte mich zwischen der Umkleidekabine und dem Spiegel hin und her. Während Franz mit Stecknadeln und Maßband wartete, richtete Mr. Howard die Länge eines Hosenbeins, hob es hoch und ließ es wieder herunter, bis es gerade eben auf den Schuh fiel. Er zupfte an meinen Ärmeln und drehte mich herum und winkelte meine Arme ab, als meißelte er an einer Skulptur. Wenn er mit etwas zufrieden war, nickte er Franz zu, und Franz legte es auf die Seite. Ein Stapel wuchs heran. Zwei Jacketts, eines aus Donegal-Tweed, das andere aus Harris-Tweed. Ein Blazer. Ein Anzug. Mehrere Paar Hosen aus Gabardine und Twill. Ein Dutzend Oxford-Hemden. Krawatten. Ein Regenmantel. Cordhosen und Flanellhemden »zum Herumtoben«, wie Mr. Howard es nannte. Ein Paar Weejun-Mokassins, ein Paar Schuhe zum Anzug und ein Paar schwere Schuhe –

ebenfalls zum Herumtoben. Drei Pullis. Dann ein weiterer Kleiderstapel für warmes Wetter, und noch einer für den Sport. Es wurde beschlossen, daß ich in zwei Wochen zur Endanprobe noch einmal herkommen sollte. Mr. Howard würde die Kleider abholen, wenn sie fertig waren, und im August nach Hill schicken, so daß sie bei meiner Ankunft dort auf mich warteten.

Ich brauchte noch einen dunklen Anzug für sonntags. Mr. Howard ließ mich vier oder fünf anprobieren, für mich kaum voneinander zu unterscheiden, bevor er auf einen stieß, der erwägenswert schien. Er kniete neben mir nieder und korrigierte die Länge der Hosenbeine. Dann richtete er sich wieder auf und überprüfte mein Spiegelbild, wobei er mich stupste und drehte. Inzwischen war ich so weich wie Butter. Mr. Howard bewegte sich hinter mir. Er knotete einen Schlips um meinen Kragen und stand da, die Hände auf meinen Schultern, nachdenklich in den Spiegel starrend.

»Er wird noch einen Mantel brauchen«, sagte Mrs. Howard.

»Richtig!« rief Mr. Howard. »Einen Mantel. Ich wußte, da war noch etwas.«

Franz ging zu einem Ständer und nahm ein paar Mäntel herunter, damit Mr. Howard sie sich ansah. Er suchte sich sofort einen schwarzen mit einem feinen Fischgrätmuster heraus. »Zieh den mal an«, forderte er mich auf. Ich nahm ihn. Er fühlte sich seidig an, wie ein Katzenfell. »Warte«, schaltete sich Mrs. Howard ein, als ich ihn gerade anziehen wollte. Sie kam herüber und streckte ihre Hand nach dem Mantel aus. Voller Widerwillen gab ich ihn heraus. »Mmm«, machte sie. »Kaschmir.« Sie drehte mich zum Spiegel und legte mir den Mantel um die Schultern wie ein Cape. Eine Zeitlang sagte sie nichts. Dann: »Ein Schal.«

»Etwas in Marineblau«, schlug Mr. Howard vor.

Sie schüttelte den Kopf. »Er würde wie ein Leichenbestatter aussehen. Bordeaux.«

Franz reichte ihr eine Auswahl von drei Schals. Sie ließ ihre Hand über ihnen schweben und schwenkte ihre Finger wie jemand, der sich eine Praline aussucht, dann fischte sie einen heraus und drapierte ihn mir um den Hals. Er hatte das gleiche, seidige Gewebe wie der Mantel. Mrs. Howard legte den Schal so, daß er locker zwischen den Aufschlägen des Mantels herabhing. Sie warf noch einen Blick auf mich und trat dann zurück, so daß ich allein vor dem Spiegel stand. Der elegante Fremde dort betrachtete mich mit einem skeptischen, fast gepeinigten Gesichtsausdruck. Nun, da er ins Dasein gerufen worden war, schien er nach einem Zeichen für das Ausschau zu halten, was ihm bevorstand. Er studierte mich, als wüßte ich die Antwort.

Er hatte Glück; er war kein Menschenkenner. Wenn er die Risse in meinem Charakter gesehen hätte, würde er vielleicht erkannt haben, was auf ihn zukam. Vielleicht hätte er begriffen, daß er auf alle möglichen Schwierigkeiten zusteuerte, und mit diesem Wissen hätte er womöglich seinen Mut verloren, noch bevor das Spiel begonnen hatte.

Doch er sah nichts Beunruhigendes. Er ging einen Schritt nach vorn, steckte seine Hände in die Taschen, warf die Schultern zurück und den Kopf hoch. Eine Spur Großtuerei schwang in seiner Pose mit, etwas vom Bühnenkavalier, doch sein Lächeln war freundlich und hoffnungsvoll.

*

Chuck hatte den Nachmittag bei einer Doppelvorstellung verbracht. Ich traf ihn vor dem Kino, und wir fuhren zum Pioneer Square hinüber. Ich hatte ihn über eine Stunde warten lassen, und er machte sich Gedanken wegen der Sache, die uns noch bevorstand, deshalb sagte er nicht viel. Ich merkte, für ihn war das Maß voll, was mich anging. Sein Mund war eine schmale Linie. Er zündete sich eine Zigarette nach der anderen an. Er fuhr mit lustloser Korrektheit, hin und wieder tief aufseufzend.

Ich ging zu drei Pfandleihern, bevor ich auf einen traf, der mich überhaupt zur Kenntnis nahm. Der dritte Laden wurde von einer Frau geführt. Sie war so groß wie ich und hatte das steife blonde Haar, die stachligen Wimpern und das weiche, wächserne Gesicht einer Puppe. Als ich sagte, ich hätte etwas zu verkaufen, machte sie sich an den Waren auf dem Regal hinter ihr zu schaffen. Ihre Hände waren rot und groß und voller Türkis-Schmuck. Sie würdigte mich keines Blicks, während ich in ihrem Laden war, weder in diesem Moment noch irgendwann danach.

Was denn, wollte sie wissen. Ihre Stimme war leise und flach.

Vier Gewehre, sagte ich. Außerdem zwei Schrotflinten. Und noch ein paar Gegenstände.

»Wo hast du die her?«

»Mein Vater hat sie mir hinterlassen«, antwortete ich. »Nach seinem Tode.« Als sie nichts sagte, fügte ich hinzu: »Meine Mom braucht das Geld.«

Sie grunzte. Das war der Zeitpunkt, an dem die anderen Pfandleiher mich aufgefordert hatten, abzuhauen. »Schaff deinen Ganovenarsch hier raus«, hatte der erste zu mir gesagt.

Ich beobachtete sie, wie sie Dinge in die Hand nahm und wieder hinstellte, Schallplattenspieler, Klarinetten, Toaster, Kameras, was ihr gerade unter die Hände kam. Das Geschäft war lang und eng. Elektrische Gitarren hingen von der Decke. Gewehre und Schrotflinten standen in verschlossenen Gestellen an der Rückwand des Ladens, unter einem Rohr, an dem eine Reihe glänzender Anzüge mit flatternden Revers hing.

»Wir schließen gleich«, meinte sie. Dann fügte sie hinzu, als hätte ich sie gebeten: »Na gut, ich kann ja mal einen Blick drauf werfen.«

Chuck machte den Kofferraum auf und wieder zu, während ich das Zeug hineintrug. Er sah aus, als wolle er sich gleich aus dem Staub machen. Sein Gesicht hatte eine ungesund weiße Farbe, und er rollte mit den Augen wie ein verschrecktes Pferd, wenn Leute vorbeikamen – Stadtstreicher, Seeleute, Indianer mit Cowboyhüten, Besoffene, die ihren Suff austorkelten und gegen Feinde wetterten, die nur sie allein sahen. Ich war selber flatterig. Aber da brauchte es schon mehr als einen Jungen mit einem Arm voller Schußwaffen, um die Aufmerksamkeit dieser Bürger zu wecken. Keiner sah uns zweimal an.

Die Pfandleiherin ignorierte mich, während ich zwischen dem Auto und dem Geschäft hin- und herging. Ich reihte alles auf der Vitrine auf und wartete.

»Das wär's?« fragte sie.

Ich sagte, ja, das wär's.

Sie kam hinter der Theke vor und schloß die Tür ab. Dann kehrte sie dahinter zurück. Sie ließ ihren Blick über die Ware schweifen. Sie nahm die doppelläufige Schrotflinte in die Hand, klappte sie auf, hielt die Läufe gegen das Licht und spähte erst durch den einen, dann durch den anderen. Dann ließ sie das Gewehr wieder zuschnappen, laut, zu laut. Es tat weh, ihr zuzusehen. Ich kannte diese Flinte, genau wie die andere und die Gewehre. Ich hatte sie alle benutzt und verspürte einen Respekt vor ihnen, etwas Tieferes als Respekt. Ich sah es nicht gern, wenn sie so behandelt wurden, wie diese Frau sie behandelte, die sie herumschmiß, an der Mechanik hebelte und pumpte, als wollte sie sie kaputtmachen. Aber ich sagte nichts. Ihre großen, zupackenden Hände irritierten mich und ihr Puppengesicht, das niemals den Ausdruck wechselte, und am allermeisten ihre Weigerung, mich anzuschauen. Je länger sie mich nicht ansah, desto heftiger wollte ich, daß sie es tat. Sie gab mir das Gefühl, körperlos zu sein, wodurch sie im Vorteil war. Und sie wußte genau, was sie tat. Sie nahm jedes Gewehr und jede Flinte auseinander, ohne ein Zögern, und setzte sie genauso schnell wieder zusammen, wie ich es auch gekonnt hätte.

Nachdem sie sich alles angesehen hatte, zuckte sie die Achseln und sagte: »Ich brauche diesen Plunder nicht.«

»Aber Sie haben doch gesagt, Sie wollten sich die Sachen ansehen.«

Sie drehte sich zu dem Regal hinter ihr um und fing wieder an, Gegenstände zu verrücken. »Ich habe sie mir angesehen.«

Ich starrte ihren Rücken an.

Sie sagte: »Du kannst sie ja versetzen, das könnte ich vielleicht machen.«

»Versetzen? Für wieviel kann ich sie denn versetzen?«

Sie hob die Schultern. »Fünf pro Stück.«

»Fünf Dollar? Das ist nicht fair!«

Sie antwortete nicht.

»Auf Ihrem Schild steht, Sie kaufen Gewehre.«

»Aber jetzt kaufe ich keine.«

»Sie sind viel mehr wert als das«, sagte ich. »Viel mehr.«

»Dann geh doch und laß dir mehr dafür bezahlen.«

»Das werde ich vielleicht auch«, erwiderte ich, aber ich hatte schon begriffen. Ich begriff auch, daß Chuck ohne mich abfahren würde, wenn er mich mit all diesen Schießeisen wieder aus der Tür kommen sah. »Für zwanzig würde ich sie verkaufen«, schlug ich vor.

»Ich habe dir doch schon gesagt, ich kaufe keine. Wenn du sie versetzen willst, bitte – fünf ist das Äußerste.« Dann fügte sie hinzu: »Na gut. Schmeiß diesen ganzen anderen Kram noch dazu, und du hast ein Geschäft gemacht.«

»Sie meinen zwanzig pro Stück?«

Sie zögerte, dann sagte sie: »Zehn. Sechzig für alles zusammen. Letztes Angebot.«

»Das Fernglas ist doch mehr wert«, beharrte ich, »allein das Fernglas.«

»Nicht als Pfand, da nicht.«

Ich starrte weiter ihren Rücken an. Sie rührte sich nicht. Sie wußte, ich würde aufgeben, ich konnte spüren, daß sie es wußte, und das bestärkte meinen Entschluß, nicht aufzugeben. Ich hob die Schrotflinten auf. Dann legte ich sie wieder hin. »Okay«, sagte ich.

Sie schloß die Tür hinter mir ab, als ich ging. Der Riegel schnappte mit einem Knall zu. Ich warf die Leihscheine in den Gulli, genau wie sie es vorhergesehen hatte.

Amen

Mein Vater fuhr mit seiner Freundin nach Las Vegas, einen Tag, nachdem ich in Kalifornien angekommen war. Er ließ mir die Schlüssel von einem gemieteten Pontiac da, und beim Lebensmittelladen an der Ecke konnte ich anschreiben lassen. Zwei Wochen lang brauste ich am Strand entlang und aß Fertiggerichte und ging mit einem Bekannten meines Vaters ins Kino, der angeboten hatte, ein Auge auf mich zu haben. Eines Morgens wachte ich auf, als dieser Mann mich umarmte und mir Liebeserklärungen machte. Ich warf ihn aus der Wohnung und rief meinen Vater an, dessen Empfehlung lautete, »knall den Bastard ab«, falls er wiederkommen sollte. Zu diesem Zweck erklärte er mir, wo er ein .223 *Airforce Survival*-Gewehr im Schrank versteckt hatte. Er blieb am Apparat, während ich die Waffe aus dem Versteck holte, und erläuterte mir dann, wie man sie zusammensetzte.

In der Nacht lehnte der Mann an der Wohnungstür und schluchzte, während ich im Dunkeln auf der anderen Seite stand, schweigend das Gewehr umklammert hielt und wie im Fieber schwitzte und zitterte.

Ein paar Tage, bevor mein Bruder eintraf, kam mein Vater wieder nach Hause. Er nahm mich mit zum Busbahnhof, um Geoffrey abzuholen, und setzte uns beide an der Wohnung ab, weil er noch ein paar Lebensmittel fürs Abendessen einkaufen wollte. Er kam nicht zurück. Einige Stunden später rief seine Freundin an, um uns mitzuteilen, daß er wahnsinnig geworden war und sich nun in polizeilichem Gewahrsam befand. Mein Bruder ging aufs Revier und stellte tatsächlich fest, daß mein Vater eine Art Zusammenbruch erlitten hatte. Er ließ ihn ins Buena-Vista-Sanatorium einweisen, wo mein Vater für den Rest des Sommers immer sonntags den großen Gastgeber für uns spielte und sich mit einer Reihe von Frauen einließ, die noch größere Probleme hatten als er selbst.

Meine Mutter sah, woher der Wind blies, und lehnte es ab, nachzukommen.

Geoffrey verdiente für uns alle den Lebensunterhalt bei Convair Astronautics. Er hatte keine Zeit, seinen Roman zu schreiben oder auch nur den Unterricht vorzubereiten, den er im Herbst in Istanbul halten sollte. Während er arbeitete, tobte ich mich aus. Er versuchte, mich zu beschäftigen und auf die Schule vorzubereiten, indem er mich Aufsätze über Pflichtlektüre schreiben ließ. »Krankheit als Metapher in *Die Pest*«. »Formen der Blindheit in *Oedipus Rex*«. »Gewissen und Gesetz in *Huckleberry Finn*«. Aber er hatte mehr Erfolg, als er mich Django Reinhardt und Joe Venuti lieben lehrte und mir die Chorlieder beibrachte, die er in Choate gelernt hatte. Wir singen sie immer noch, er im Tenor, ich im Baß.

Nachdem ich wegen der Schule in den Osten gezogen war, nahm meine Mutter eine Arbeit in Washington, D.C. an. Über Weihnachten spürte Dwight sie dort auf und versuchte, sie in der Eingangshalle unseres Wohnhauses zu erwürgen. Kurz bevor sie das Bewußtsein verlor, rammte sie ihm ihr Knie in die Eier. Er heulte auf und ließ sie los; dann schnappte er sich ihre Geldbörse und floh. Während all dies passierte, saß ich in unserer Wohnung, las *Hawaii* und redete mir träge ein, daß die merkwürdigen Geräusche, die ich hörte, von Katzen kamen. Die Gegend war ein heißes Pflaster, und ich hatte mir angewöhnt, alle Laute dieser Art anderem als menschlichem Ursprung zuzuschreiben. Als meine Mutter nach oben gestolpert kam und mir erzählte, was passiert war, raste ich blindwütig die Straße entlang und wurde augenblicklich von einem Kriminalbeamten in Zivil aufgegriffen, der mich eines anderen Verbrechens verdächtigte. Als ich wieder nach Hause kam, war Dwight verhaftet worden. Er stand draußen mit meiner Mutter und zwei Polizisten und starrte auf die Erde, während die Lichter des Streifenwagens über sein Gesicht blitzten.

»Bastard«, sagte ich, aber ich sagte es fast freundlich, weil mir die Falschheit meiner Rolle bewußt war. Ich hatte gemerkt, daß jemand in Schwierigkeiten war, und nichts unternommen.

Dwight hob den Kopf. Er wirkte verwirrt, als würde er mich nicht erkennen. Er senkte den Kopf wieder. In seinem lockigen Haar glitzerten lauter schmelzende Schneeflocken. Das war mein letztes Bild von ihm. Meine Mutter setzte eine einstweilige Verfügung durch, und die Polizei steckte ihn am nächsten Morgen in einen Bus nach Seattle.

*

In Hill war ich kein guter Schüler. Wie auch? Ich wußte nichts. Meine Unwissenheit war so groß, daß ganze Unterrichtsstunden vergingen, während deren ich absolut nichts von dem verstand, was gesagt wurde. Die Lehrer dachten, ich wäre faul, bis auf meinen Englischlehrer, der sah, daß ich Bücher liebte, aber nichts über sie sagen konnte, bis auf das wenige, was mich mein Bruder gelehrt hatte. Dieser Mann freundete sich mit mir an. Er war mein Mentor, gab mir Rollen in ein paar von den Theaterstücken, wo er Regie führte, und ertrug die Anmaßung, zu der seine Freundlichkeit mich manchmal hinriß. Doch die meisten meiner Lehrer waren sichtlich enttäuscht. Es machte mir Angst, so schlecht abzuschneiden, wo so viel von mir erwartet wurde, und um diese Angst zu übertünchen, wurde ich einer der wildesten Schüler von Hill – ein Trinker, ein Raucher, ein Möchtegern-Künstler bei den Tanzabenden, die wir mit Baldwin und Shipley und Miss Fine veranstalteten. Aber das ist eine andere Geschichte.

Wenn ich mich anstrengte, konnte ich mich gerade so über Wasser halten; sobald ich nachließ, ging ich unter. Wenn ich merkte, daß ich unterging, bekam ich Panik und markierte den wilden Mann, was mich in Schwierigkeiten brachte. Meine Tadelliste war fast immer die längste in der Klasse. Während die Jungen um mich herum bei der Andacht einnickten, betete ich wie ein Moslem, betete darum, daß ich es schaffte, mich irgendwie wieder zusammenzureißen und an diesem Ort zu bleiben, den ich insgeheim innig liebte.

Die Schule bewies Geduld, aber nicht endlos. In meinem letzten Jahr brachte ich das Faß zum Überlaufen und wurde aufgefordert, zu gehen. Meine Mutter holte mich vom Zug ab und nahm mich mit in eine Piano-Bar voller Männer in Nehrujacken, wo sie mir zuschaute, wie ich mich unter den Tisch soff. Ich sollte wissen, daß sie mir wegen nichts böse war und daß ich länger durchgehalten hatte, als sie es mir je zugetraut hätte. Sie war in Feierlaune, weil sie gerade einen guten Job in der Kirche gegenüber vom Weißen Haus an Land gezogen hatte. »Ich habe eine bessere Aussicht als Kennedy«, erzählte sie mir.

Mein bester Freund flog ein paar Wochen nach mir von der Schule, und gemeinsam tobten wir uns weiter aus. Ich trieb es bis zum Exzeß. Dann ging ich zur Armee. Ich tat es mit einem Gefühl der Erleichterung und der Heimkehr. Es tat gut, sich wieder in der klar gegliederten Welt aus Uniformen, Rängen und Waffen zu befinden. Als ich dort hinkam, schien es mir, als wäre ich diesen Weg schon immer gegangen, als könnte ich hier wieder zu mir finden. Alles, was mir fehlte, war ein Krieg.

Paß auf, wofür du betest.

*

Wenn wir noch grün sind, erst halb erschaffen, dann glauben wir, unsere Träume wären berechtigte Ansprüche, die Welt wäre willens, zu unserem Besten zu handeln, und Straucheln und Sterben wäre nur etwas für Feiglinge. Wir leben von der unschuldigen und monströsen Sicherheit, daß wir als einzige von allen jemals geborenen Menschen ein spezielles Vorrecht haben, nämlich das, auf ewig grün zu bleiben.

Diese Sicherheit leuchtet in gewissen Momenten besonders hell. Für mich loderte sie, als Chuck und ich Seattle verließen und uns auf die lange Heimfahrt machten. Ich war gerade eine Ladung Diebesgut losgeworden. Meine Brieftasche war prall von den Scheinen, die ich beim Kartenspiel in einer Nacht verlieren würde, von denen ich aber damals noch glaubte, sie würden monatelang vorhalten. In ein paar Wochen würde ich nach Kalifornien reisen, um bei meinem Vater und meinem Bruder zu sein. Bald nach meiner Ankunft würde meine Mutter sich uns anschließen. Wir würden alle wieder zusammen sein, ganz wie es sein sollte.

Und wenn der Sommer vorüber war, würde ich im Osten auf eine vornehme Schule gehen, wo ich gute Noten kriegen, die Schwimmannschaft anführen und in der großen Gemeinschaft willkommen geheißen würde, wie ich es ersehnte und verdiente. Es gab nichts auf dieser Welt, was ich mir nicht für mich hätte vorstellen können. Auf dieser Welt hatte man einzig und allein die Aufgabe, wählerisch zu sein.

Auch Chuck fühlte sich gut. In seinem Kofferraum lagen keine Gewehre. Er war Tina Flood entronnen, er war dem Gefängnis entronnen, und schon bald würde er auch mir entrinnen. Unsere Freundschaft war zu Ende, aber wir hatten beide Grund, uns zu freuen, und das half uns bei der Illusion, wir wären Freunde. Wir sangen zur Radiomusik und teilten uns eine Flasche Canadian Club, die Chuck mitgebracht hatte. Der DJ spielte zwei bis drei Jahre alte Lieder, Lieder, die uns bereits nostalgisch stimmten. Je weiter wir von Seattle entfernt waren, desto lauter sangen wir. Schließlich kamen wir vom Lande, und für einen vom Land ist der ganze Witz bei einem Ausflug in die Stadt der Augenblick, wenn er sie hinter sich läßt, der Augenblick, wo sie hinter seinem Rücken wieder zuspringt wie eine Falle, die zu spät zugeschnappt ist.

Die Nacht war diesig. Der Mond war nicht zu sehen. Die Fenster von Farmhäusern strahlten in einem butterweichen Licht, als wären sie unter Wasser. Wir fuhren durch Ackerland in die Wälder, dann erreichten wir den Fluß und fuhren daran entlang in die Berge hinauf. Ich betrachtete das Land, durch das wir kamen, mit einem hochmütigen Blick und gestattete mir nur kleine Aufwallungen der Zuneigung zu all dem, was in meinen Augen dabei versagt hatte, mich zu halten. Ich wußte nicht, daß sich mit dem Wort *Heimat* von nun an immer diese Gegend verbinden würde.

Die Luft wurde klarer, als wir höher stiegen, und kälter. Die Kurven folgten schnell aufeinander, als die Straße dem schlängelnden Verlauf des Flusses folgte. Jetzt konnten wir den Mond erkennen, einen dünnen silbernen Mond, der zwischen den schwarzen Baumwipfeln über uns schaukelte. Chuck verlor andauernd den Radiosender. Schließlich drehte er das Radio ab, und wir sangen eine Zeitlang Buddy-Holly-Lieder. Als wir die leid hatten, sangen wir Kirchenlieder. Zuerst »Allein geh ich zum Garten« und »Das alte, rauhe Kreuz« und ein paar andere, ruhige, damit wir unsere Tonlage fanden und in Stimmung kamen. Dann sangen wir die Himmelsjauchzer. Wir sangen sie voller Respekt, und wir sangen sie überschwenglich, schaukelten im Takt dazu und tippten im Kontrapunkt mit den Schultern aneinander. Zwischen den Kirchenliedern tranken wir aus der Flasche. Unsere Stimmen waren kräftig. Es war eine gute Nacht zum Singen, und wir sangen voller Inbrunst, als wären wir errettet worden.